À l'ombre du clocher

DU MÊME AUTEUR

Saga Le petit monde de Saint-Anselme :
I, *Le petit monde de Saint-Anselme, chronique des années 30*, roman, Montréal, Guérin, 2003, poche, 2011.
II, *L'enracinement, chronique des années 50*, roman, Montréal, Guérin, 2004, poche, 2011.
III, *Le temps des épreuves, chronique des années 80*, roman, Montréal, Guérin, 2005, poche, 2011.
IV, *Les héritiers, chronique de l'an 2000*, roman, Montréal, Guérin, 2006, poche, 2011.

Saga La poussière du temps :
I, *Rue de la glacière*, roman, Montréal, Hurtubise, 2005; compact, 2008, rééd., 2017.
II, *Rue Notre-Dame*, roman, Montréal, Hurtubise, 2005; compact, 2008, rééd., 2017.
III, *Sur le boulevard*, roman, Montréal, Hurtubise, 2006; compact, 2008, rééd., 2017.
IV, *Au bout de la route*, roman, Montréal, Hurtubise, 2006; compact, 2008, rééd., 2017.

Saga À l'ombre du clocher :
I, *Les années folles*, roman, Montréal, Hurtubise, 2006; compact, 2010, rééd., 2020.
II, *Le fils de Gabrielle*, roman, Montréal, Hurtubise, 2007; compact, 2010, rééd., 2020.
III, *Les amours interdites*, roman, Montréal, Hurtubise, 2007; compact, 2010, rééd., 2020.
IV, *Au rythme des saisons*, roman, Montréal, Hurtubise, 2007; compact, 2010, rééd., 2020.

Saga Chère Laurette :
I, *Des rêves plein la tête*, roman, Montréal, Hurtubise, 2008, compact, 2011, rééd., 2017.
II, *À l'écoute du temps*, roman, Montréal, Hurtubise, 2008, compact, 2011, rééd., 2017.
III, *Le retour*, roman, Montréal, Hurtubise, 2009, compact, 2011, rééd., 2017.
IV, *La fuite du temps*, roman, Montréal, Hurtubise, 2009, compact, 2011, rééd., 2017.

Saga Un bonheur si fragile :
I, *L'engagement*, roman, Montréal, Hurtubise, 2009, format compact, 2012, rééd., 2019.
II, *Le drame*, roman, Montréal, Hurtubise, 2010, format compact, 2012, rééd., 2019.
III, *Les épreuves*, roman, Montréal, Hurtubise, 2010, format compact, 2012, rééd., 2019.
IV, *Les amours*, roman, Montréal, Hurtubise, 2010, format compact, 2012, rééd., 2019.

Saga Au bord de la rivière :
I, *Baptiste*, roman, Montréal, Hurtubise, 2011, compact, 2014, rééd., 2018.
II, *Camille*, roman, Montréal, Hurtubise, 2011, compact, 2014, rééd., 2018.
III, *Xavier*, roman, Montréal, Hurtubise, 2012, compact, 2014, rééd., 2018.
IV, *Constant*, roman, Montréal, Hurtubise, 2012, compact, 2014, rééd., 2018.

Saga Mensonges sur le Plateau Mont-Royal :
I, *Un mariage de raison*, roman, Montréal, Hurtubise, 2013, rééd., 2018.
II, *La biscuiterie*, roman, Montréal, Hurtubise, 2014, rééd., 2018.
Rééditée en un seul tome en format compact, 2015.

Le cirque, roman, Montréal, Hurtubise, 2015.

MICHEL DAVID

À l'ombre du clocher

Tome II

Le fils de Gabrielle

Hurtubise

Les Éditions Hurtubise bénéficient du soutien financier du gouvernement du Québec par l'entremise du programme de crédit d'impôt pour l'édition de livres et de la Société de développement des entreprises culturelles du Québec (SODEC). L'éditeur remercie également le Conseil des arts du Canada de l'aide accordée à son programme de publication.

Financé par le gouvernement du Canada | Canadä

Conception graphique : René St-Amand
Illustration de la couverture : Marc Lalumière (Polygone Studio)
Maquette intérieure et mise en pages : Andréa Joseph [pagexpress@videotron.ca]

ISBN 978-2-89781-519-6 (version imprimée)
ISBN 978-2-89647-331-1 (version numérique PDF)
ISBN 978-2-89647-651-0 (version numérique ePub)

Dépôt légal : 1er trimestre 2020
Bibliothèque et Archives nationales du Québec
Bibliothèque et Archives Canada

Diffusion-distribution au Canada :
Distribution HMH
1815, avenue De Lorimier
Montréal (Québec) H2K 3W6
www.distributionhmh.com

Diffusion-distrubution en Europe :
Librairie du Québec/DNM
30, rue Gay-Lussac
75005 Paris FRANCE
www.librairieduquebec.fr

Imprimé au Canada
www.editionshurtubise.com

La roue ne cesse de tourner
Emportant gestes et regards
Dans un tourbillon d'infortune
Sans nous offrir un lendemain.

Gilles Vigneault, *Au temps dire*

Les principaux personnages

LA PAROISSE

Ludger Ménard: curé de Saint-Jacques, un gros prêtre âgé d'une cinquantaine d'années.
Hervé Leroux: jeune vicaire.
Amélie Provost: ménagère du curé, une grande femme sèche de cinquante-cinq ans.
Elphège Turcotte: bedeau paresseux de soixante-quatre ans.

PIERREVILLE

Conrad Bélanger: médecin.
Édouard Beaubien: notaire.
Normand Desfossés: entrepreneur de pompes funèbres.

LE VILLAGE

Hélèna Pouliot: propriétaire du magasin général.
Côme Crevier: garagiste.
Alcide Boudreau: fromager.
Arthur Boisvert: gérant de la Caisse de Pierreville et maire de Saint-Jacques-de-la-Rive.
Rose-Aimée Turcotte: sœur célibataire du bedeau.

LA CAMPAGNE

La famille Veilleux

Ernest: patriarche de la famille, un veuf âgé de soixante-quatorze ans.
Jérôme: fils d'Ernest, cultivateur ambitieux de trente-sept ans.
Colette: trente-cinq ans, épouse de Jérôme et mère de Carole (quinze ans) et d'André (treize ans).
Albert: fils aîné d'Ernest, âgé de cinquante ans. Il vit à Montréal.

Céline: fille d'Ernest, âgée de quarante et un ans, épouse de Clément Tremblay.

Anne: fille d'Ernest, âgée de trente-neuf ans, épouse d'Armand Labbé. Elle vit à Nicolet.

Léo: fils d'Ernest, âgé de trente-cinq ans. Il vit à Pierreville.

Jean-Paul: fils d'Ernest, âgé de trente-trois ans. Il vit à Pierreville.

La famille Hamel

Georges: cultivateur de cinquante-quatre ans.

Rita: épouse de Georges et mère de Charles (vingt-huit ans), Claudette (vingt-six ans) et Adrienne (vingt-quatre ans).

La famille Tremblay

Thérèse: veuve d'Eugène Tremblay, née Durand, soixante-neuf ans.

Gérald: cultivateur de trente-huit ans, fils de Thérèse, héritier du bien familial.

Cécile: trente-six ans, épouse de Gérald et mère d'Élise (seize ans) et de Bertrand (quatorze ans).

Claire: fille aînée de Thérèse, épouse de l'ingénieur Hubert Gendron et mère de Pierre (dix-sept ans).

Clément: cultivateur âgé de quarante et un ans, époux de Céline Veilleux (quarante et un ans) et père de Françoise (vingt ans), Louis (dix-neuf ans) et Jean (seize ans).

Aline: fille célibataire de Thérèse, âgée de trente-quatre ans.

Lionel: fils célibataire de Thérèse, âgé de trente-trois ans.

Jeannine: fille cadette de Thérèse, âgée de trente et un ans.

La famille Fournier

Germain: cultivateur de cinquante et un ans.

Gabrielle: quarante ans, épouse de Germain et mère d'Étienne (vingt ans) et de Berthe (dix-huit ans).

Chapitre 1

La chasse aux déserteurs

Les premières gouttes de pluie vinrent frapper l'avant-toit de la galerie arrière du presbytère et une légère brise se leva, charriant l'odeur entêtante de l'herbe fraîchement coupée. Après deux semaines de grosses chaleurs, le ciel daignait enfin ouvrir ses vannes et apporter un peu de fraîcheur aux habitants de Saint-Jacques-de-la-Rive en ce premier vendredi de septembre 1943.

Le curé Ludger Ménard cessa brusquement son lent va-et-vient sur la large galerie et jeta un regard absent vers la rivière Saint-François, qui coulait à l'extrémité du terrain du presbytère. Le prêtre déposa son bréviaire sur le garde-fou avant de tirer de l'une de ses poches un large mouchoir avec lequel il épongea son crâne à demi chauve après avoir soulevé sa barrette. Le gros prêtre âgé d'une cinquantaine d'années jeta ensuite un coup d'œil à droite, vers le cimetière situé derrière l'église paroissiale. Un sourire moqueur apparut sur son visage couperosé à la vue de son bedeau traînant avec nonchalance son vieux moulin à gazon derrière lui.

— En voilà un qui doit pas être fâché pantoute qu'il se mette à mouiller, fit une voix réprobatrice, derrière la porte moustiquaire.

Le curé Ménard sursauta légèrement en entendant la voix de sa servante derrière lui. À cinquante-cinq ans,

Amélie Provost était une grande femme sèche qui dirigeait de main de maître «son» presbytère depuis une douzaine d'années. Le brave homme savait depuis longtemps qu'il ne faisait pas bon s'opposer à ses volontés.

— Voyons, madame Provost, la réprimanda doucement le prêtre en se tournant vers elle. Ce pauvre Tit-Phège fait ce qu'il peut.

— Laissez faire, monsieur le curé. C'est pas à moi que vous allez faire croire que Tit-Phège Turcotte est travaillant. Non seulement il est laid comme un pou, mais en plus, il a toujours été paresseux comme un âne. C'est venu au monde avec un poil dans la main, ce monde-là. Il vaut pas plus cher que sa sœur Rose-Aimée qu'on voit écrasée toute la sainte journée dans sa chaise berçante sur sa galerie, en train de lire ses maudits romans au lieu de nettoyer. Si Agathe Cournoyer pouvait voir la soue à cochons qu'est devenue sa maison, je crois bien qu'elle se revirerait dans sa tombe, la pauvre femme!

— C'est pas donné à tout le monde d'être débrouillard, plaida le curé Ménard, un peu agacé.

— Vous êtes pas assez sévère, monsieur le curé, fit la servante d'une voix coupante. Moi, je trouve que le Tit-Phège se débrouille pas mal pour rien faire la plupart du temps. En tout cas, on peut dire qu'on est pas chanceux avec nos bedeaux. Après le père Groleau qui buvait comme un trou, on est pognés à cette heure avec Tit-Phège Turcotte à qui il faut toujours pousser dans le dos.

— Un peu de charité chrétienne, ma fille. Il ne faut tout de même pas exagérer, la tança le prêtre.

— Combien de fois vous lui avez demandé de s'occuper de l'entretien du cimetière depuis le printemps passé? Au moins dix fois! Depuis un mois, les pierres tombales sont perdues dans un champ de foin. C'est une vraie honte! J'ai même vu Ernest Veilleux venir faucher le lot où sa famille est enterrée. Puis voilà qu'au moment où notre bedeau commence à couper l'herbe, la pluie arrive… Tiens, parlant d'arriver, est-ce que c'est pas aujourd'hui qu'on va voir enfin la tête du nouveau vicaire ? demanda la ménagère.

— J'ai encore appelé à l'évêché après la messe, dit le prêtre, soulagé de changer de sujet de conversation. Il devrait arriver demain après-midi, au plus tard.

— Bon. Il est temps que monseigneur Poitras s'aperçoive que vous avez besoin d'aide, reprit la servante, impertinente. Ça fait un bon cinq semaines que l'abbé Larivière est parti à Saint-Germain et qu'on attend son remplaçant.

— Vous devriez être la secrétaire de monseigneur, suggéra le curé Ménard, un rien sarcastique. Je suis sûr que ça marcherait plus rondement dans le diocèse.

— Vous pouvez être certain de ça.

— En tout cas, inquiétez-vous pas. Notre nouveau vicaire s'en vient, conclut le pasteur de Saint-Jacques-de-la-Rive en s'emparant de son bréviaire pour faire comprendre à sa servante qu'il voulait en reprendre la lecture.

Cette dernière retourna dans les profondeurs du presbytère au plus grand soulagement du prêtre qui reprit ses allées et venues. La pluie s'était intensifiée et tambourinait maintenant plus vigoureusement sur l'avant-toit. Un brouillard de chaleur commençait à s'élever au-dessus de la Saint-François et montait lentement à l'assaut des champs s'étendant à perte de vue sur l'autre rive.

⌣

Quelques minutes plus tard, un camion bâché de couleur kaki vint s'arrêter devant le presbytère dans un grincement de freins. Le gros bâtiment carré en brique rouge à un étage était imposant. On y accédait par une dizaine de marches qui conduisaient à une grande galerie peinte en blanc.

Le lieutenant assis dans la cabine du camion ouvrit la portière d'un geste décidé et descendit en se coiffant de son képi.

— J'en ai pour cinq minutes, dit-il au caporal installé derrière le volant. Personne descend du *truck*, ajouta-t-il avant de s'emparer d'une planchette sur laquelle étaient retenues quelques feuilles.

En passant, l'officier jeta un bref coup d'œil à la douzaine de soldats qui encadraient deux jeunes civils assis sur les banquettes en bois à l'arrière du camion et escalada l'escalier menant à la porte d'entrée du presbytère.

Au premier coup de sonnette, la servante abandonna sur la table de la cuisine le chaudron qu'elle était en train de récurer et parcourut sans se presser le long couloir pour aller répondre à la porte.

— J'aimerais parler à monsieur le curé, annonça l'officier sur un ton autoritaire en pénétrant dans l'entrée.

La ménagère, pas du tout intimidée par le ton de l'inconnu, se contenta de demeurer plantée devant lui et de jeter un coup d'œil mécontent au plancher, sur lequel il venait de poser ses brodequins.

— Avant de voir monsieur le curé, vous allez enlever votre chapeau et vous essuyer les pieds comme du monde, lui commanda-t-elle d'une voix cassante. Vous viendrez pas cochonner mon plancher avec vos pieds crottés.

Dompté, l'officier retira son képi et essuya longuement ses chaussures sur le paillasson installé devant la porte.

— Assoyez-vous dans la salle d'attente. Je vais aller voir si monsieur le curé peut vous recevoir, finit par lui ordonner Amélie Provost en ouvrant la première porte à droite.

Puis la servante disparut et alla chercher le curé Ménard sur la galerie arrière. Un instant plus tard, le prêtre entra dans la pièce.

— Lieutenant Paul Fortin, se présenta l'officier en quittant précipitamment la chaise sur laquelle il venait de s'asseoir.

— Qu'est-ce que je peux faire pour vous, lieutenant ? demanda le prêtre sans manifester la moindre chaleur.

— L'armée est à la recherche de trois hommes de votre paroisse, monsieur le curé, répondit sèchement le lieutenant Fortin.

— Comment ça ? fit le pasteur en prenant son air le plus naïf.

— Ils ont reçu un avis de mobilisation et ils se sont pas présentés au centre de recrutement de Nicolet.

— Des garçons de ma paroisse ?

— Oui, fit l'officier en consultant brièvement la première feuille retenue sur sa planchette. Lionel Tremblay, Louis Tremblay et Émile Tougas. Vous les connaissez ?

— Évidemment.

— Les avez-vous vus dernièrement ?

— Non.

— Quand les avez-vous vus la dernière fois ?

— Comment voulez-vous que je m'en souvienne ? J'ai six cent quatre-vingts fidèles à Saint-Jacques-de-la-Rive. S'il fallait que je me rappelle quand j'ai vu un tel ou une telle...

— On peut pas dire que vous êtes très coopératif, monsieur le curé, fit remarquer le lieutenant d'une voix cassante en lissant du bout d'un doigt sa fine moustache.

— Vous trouvez ? demanda le prêtre d'un air narquois.

— Je vous rappelle, monsieur le curé, que les évêques de la province ont demandé au clergé de voir à ce que les citoyens respectent les autorités et obéissent aux lois.

Depuis l'année passée, tous les hommes en santé de dix-huit à soixante ans peuvent être appelés sous les drapeaux. C'est leur devoir.

— Merci de me le rappeler, lieutenant, répliqua abruptement le curé Ménard. Si ça vous fait rien, je vais me passer de vos leçons.

Sur ce, il ouvrit la porte de la salle d'attente, signifiant ainsi la fin de l'entrevue à son interlocuteur.

— Si je comprends bien, vous refusez de m'aider à retrouver ces trois déserteurs? dit le lieutenant Fortin d'une voix acide en se dirigeant vers la porte. Vous pouvez peut-être m'indiquer où se trouve le rang… le rang Sainte-Marie, précisa-t-il après avoir consulté encore une fois sa feuille.

— Je suis pas originaire de la paroisse; je connais mal les rangs de Saint-Jacques, répondit le curé avec une mauvaise foi évidente. Je pense que vous êtes mieux de vous informer à du monde de la place. Ils vous diront où ça se trouve. Madame Provost, reconduisez donc le lieutenant, s'il vous plaît, ajouta-t-il à l'intention de la servante qui s'avançait dans le couloir.

L'officier salua le prêtre d'un bref signe de tête et suivit la ménagère jusqu'à la porte d'entrée qui se referma derrière lui dans un claquement sec. Dès la sortie du soldat, le curé Ménard s'empressa d'entrer dans son bureau dont l'une des fenêtres donnait sur la façade du presbytère. Amélie Provost le suivit sans rien dire jusqu'à l'entrée de la pièce et le vit écarter légèrement le rideau de dentelle pour regarder à l'extérieur.

— Si vous avez un coup de téléphone à donner, madame Provost, faites-le discrètement de manière à ce que j'entende rien, lui dit le prêtre sans se donner la peine de se tourner vers elle.

La ménagère se contenta de hausser les épaules et de lever les yeux au ciel avant de tourner les talons. Un instant plus tard, elle était au téléphone à l'autre bout du couloir et disait à mi-voix à son interlocuteur :

— Les MP[1] sont au village. Ils les cherchent. Ils viennent de sortir du presbytère.

Sur ces mots, elle raccrocha doucement avant de retourner dans la cuisine pour terminer la préparation de la soupe aux légumes qu'elle voulait servir au dîner.

À l'extérieur, le lieutenant Fortin s'arrêta un bref instant au pied de l'escalier du presbytère malgré la pluie qui continuait à tomber et jeta un regard circulaire autour de lui. Il remarqua alors l'annonce de Coca-Cola un peu rouillée suspendue au-dessus de la porte de l'épicerie de Hélèna Pouliot, de l'autre côté de la route. L'officier se remit en marche, passa devant le camion toujours stationné devant le presbytère et traversa la route en évitant le plus possible les flaques d'eau. Les pieds tout de même boueux, il gravit les trois marches conduisant à la galerie qui ornait la façade de l'épicerie du village et poussa la porte de l'établissement.

Quelques secondes lui furent nécessaires pour permettre à sa vue de s'ajuster à la pénombre qui régnait dans le local. Les quatre murs étaient occupés par des rayons plus ou moins remplis de boîtes de conserve et de divers articles de mercerie.

— Oui ? fit une voix peu amène.

Le lieutenant aperçut alors une petite femme âgée toute voûtée dont le visage pointu était surmonté par un maigre chignon blanc. La dame venait de repousser le

---

1. MP : abréviation de *military police* ou policiers militaires.

rideau de perles qui séparait ses appartements privés de son épicerie et se tenait debout derrière son comptoir, encombré par une antique caisse enregistreuse et quelques pots de bonbons.

— Bonjour, madame. Pourriez-vous me dire où se trouve le rang Sainte-Marie ?

— Il y a un rang Sainte-Marie à Saint-Jacques-de-la-Rive ? Première nouvelle, répondit la propriétaire de l'épicerie d'une voix un peu grinçante.

— Voyons, madame, voulut la raisonner le soldat en manifestant sa mauvaise humeur. Vous savez comme moi qu'il y a un rang de ce nom-là dans votre paroisse.

— Aïe ! protesta Hélèna Pouliot en haussant la voix. Ici, c'est pas un bureau d'informations. C'est une épicerie. Votre rang, je viens de vous dire que je le connais pas. Est-ce que c'est assez clair pour vous, jeune homme ?

Fortin ne se donna pas la peine de répondre. Il tourna le dos à l'épicière et sortit. Il s'était peu à peu habitué à ce genre de comportement quand il se présentait quelque part. Rien au Québec n'était aussi impopulaire que la police militaire depuis que la mobilisation générale avait été votée à Ottawa après le plébiscite d'avril 1942. Quand elle se présentait quelque part, tous les gens semblaient frappés d'amnésie et on fuyait ses représentants comme la peste.

Pendant ce temps, le conducteur du camion avait fait faire demi-tour à son camion bâché et il était venu s'arrêter de l'autre côté de la route, devant l'épicerie. Au moment où le lieutenant Fortin allait se résigner à monter à bord sans avoir obtenu aucun renseignement utile, il aperçut un gamin qui courait sous la pluie en direction de l'épicerie. L'officier lui coupa le chemin.

— Où est le rang Sainte-Marie ? lui demanda-t-il sur un ton brusque, sans s'embarrasser de précautions inutiles.

L'enfant s'arrêta pile et demeura sans voix durant un bref moment.

— Où est le rang Sainte-Marie ? Est-ce que t'es sourd ? répéta Fortin, un peu plus fort.

— Ben, il est juste là, finit par articuler l'enfant en pointant un doigt vers le chemin qui s'ouvrait en face de l'église et passait à côté de l'épicerie, à peine quelques pieds plus loin.

— Merci.

Le gamin ne demanda pas son reste et s'engouffra dans l'épicerie pendant que le lieutenant ouvrait la portière du camion et se hissait à l'intérieur du véhicule. Il n'aurait pas l'occasion de voir la taloche que le garçon allait recevoir de sa mère mécontente quand il lui raconterait la scène, quelques minutes plus tard.

— Tu tournes ici, à droite, dit l'officier au conducteur. Il paraît que c'est le rang où restent nos trois lâches. Prends ton temps pour qu'on ait la chance de lire les noms sur les boîtes à lettres. Regarde mes bottines, ajouta-t-il avec rage. Elles sont pleines de bouette. Ça va me prendre une heure pour tout nettoyer ça quand on va rentrer.

Le camion avança en cahotant sur la route étroite parsemée de nids-de-poule. De temps à autre, Fortin entendait les exclamations des soldats trop durement secoués à l'arrière. La pluie abondante des dernières minutes cédait peu à peu la place à une pluie fine qui noyait tout le paysage dans une espèce de brume grisâtre. Si cette pluie durait encore quelques heures, la route en terre allait devenir difficilement carrossable à cause des ornières.

— Surveille à gauche, je vais regarder à droite, commanda Fortin au conducteur. On cherche un Tougas et deux Tremblay.

Le véhicule roula lentement pendant un long moment jusqu'à ce que le conducteur prévienne son passager.

— On est rendus au bout du rang, lieutenant. De mon côté, j'ai pas vu un nom sur aucune boîte à lettres.

— Moi non plus. On dirait que ces maudits habitants-là ont fait exprès pour ôter leur nom dessus. Je me demande comment fait le facteur…

— Ordinairement, à la campagne, le bonhomme connaît tout le monde.

— Bon. On vire de bord et on va s'arrêter à la première ferme, ordonna l'officier. On va prendre les grands moyens.

Le camion tourna dans le chemin de traverse au bout du rang Sainte-Marie et reprit la route en sens inverse. Un arpent plus loin, il s'engagea dans la cour de la première ferme à gauche. Durant une minute, les deux hommes demeurèrent silencieux à l'intérieur de la cabine, attentifs à détecter le moindre signe de vie autour d'eux.

La maison à un étage et au toit pentu était recouverte d'une espèce de papier brique rouge. Une étroite galerie courait sur sa façade et sur son côté gauche jusqu'à la porte de ce qui semblait être une cuisine d'été. Pas un signe de vie apparent. Pas plus dans la maison que dans l'étable, la porcherie, le poulailler ou la remise. Seules quelques vaches paissant à droite de l'étable prouvaient que l'endroit était habité.

— On y va, décida Fortin en ouvrant la portière du camion.

Il descendit et s'approcha du hayon du camion.

— Deux hommes avec moi, commanda-t-il.

Deux soldats enjambèrent le hayon et le suivirent docilement jusqu'à la porte de la cuisine d'été où le lieutenant frappa à plusieurs reprises avant d'entendre un bruit de pas. La porte s'ouvrit sur un homme de taille moyenne, râblé, aux épais cheveux bruns rejetés vers l'arrière.

— Oui ? dit-il sans la moindre trace d'amabilité.

Le lieutenant avança un pied sur le seuil pour éviter qu'on lui referme la porte au nez.

— Bonjour, monsieur. Police militaire. J'aimerais voir vos papiers d'identité.

— Quels papiers d'identité?

— N'importe lesquels. On peut entrer?

L'homme se contenta de laisser la porte ouverte derrière lui et disparut. Le lieutenant et les deux soldats pénétrèrent dans la cuisine. Deux adolescents, une femme d'une trentaine d'années et un vieillard étaient assis à la table et ne tournèrent même pas la tête vers eux. L'homme revint de la pièce voisine et tendit une carte à l'officier.

— Jérôme Veilleux, c'est ça?

— Oui.

— Vous avez été réformé par l'armée à ce que je vois.

— Oui.

— Pouvez-vous me dire où restent les Tremblay et les Tougas dans votre rang? demanda le lieutenant en lui rendant sa carte.

— Je les connais pas, répondit l'autre d'une voix bourrue.

— Merci tout de même, répondit l'officier en faisant signe aux soldats de sortir.

Les trois hommes regagnèrent le camion pendant qu'Ernest Veilleux et sa bru, comme l'avait fait un peu plus tôt le curé Ménard, se précipitaient vers la fenêtre pour les regarder partir.

— Ils ont l'air de vouloir s'arrêter dans toutes les fermes du rang, fit remarquer Jérôme à sa femme qu'il venait de rejoindre. Les Tremblay pourront pas s'en sauver comme la dernière fois en refusant d'ouvrir leur porte.

— S'ils demandent les papiers d'identité, dit Ernest Veilleux à son fils, ils vont trouver vite. Ça aura pas servi à grand-chose que tout le monde gratte son nom sur sa boîte à lettres.

— On dirait que ç'a pas été plus utile que le nom du rang soit arraché à l'entrée de chaque rang de la paroisse, ajouta Colette, la petite femme de Jérôme.

— Je suppose que le Lionel, comme le garçon de Céline, ont pas été assez bêtes pour revenir chez eux juste au moment où les MP les cherchent pour les embarquer, reprit le vieil homme, comme se parlant à lui-même.

— D'autant que le téléphone a prévenu tout le monde qu'ils étaient dans la paroisse.

— Pour Tougas… commença à dire Colette.

— Laisse faire Tougas, l'interrompit son mari. Lui, s'ils le pognent, ce sera juste un bon débarras. Ça fait assez longtemps qu'il fait des mauvais coups à gauche et à droite. Un peu d'armée lui mettrait juste un peu de plomb dans la tête.

— En tout cas, ils viennent de débarquer à côté, dit Ernest Veilleux qui n'avait pas cessé un instant de regarder chez leur voisin de gauche, Gérald Tremblay.

Le vieil homme avait toujours autant de mal à prononcer le nom « Tremblay », même si Eugène Tremblay, cet éternel rival qu'il avait détesté à s'en confesser, était décédé depuis près de dix ans. Le fait que l'homme lui ait sauvé la vie quelque vingt ans auparavant et qu'il ait été le père de son gendre Clément ne changeait rien à l'affaire. Lorsqu'une pneumonie avait emporté celui qui le dominait d'une demi-tête, il avait d'abord éprouvé une étrange allégresse. Mais cette dernière avait été de courte durée. Très vite, le voisin tant haï avait fini par lui manquer.

⌒

Lorsque le lieutenant Fortin frappa à la porte de la grande maison blanche à un étage de la famille Tremblay, la porte s'ouvrit immédiatement sur une femme âgée d'une soixantaine d'années à la mine austère. La dame, vêtue d'une stricte robe grise protégée par un large tablier et les cheveux enserrés dans un filet, les invita à entrer sans sourire.

— Puis-je savoir votre nom, madame ? demanda poliment l'officier.

— Thérèse Tremblay.

— Est-ce que Louis Tremblay est parent avec vous ?

— C'est mon petit-fils, mais il ne reste pas ici. Ici, vous êtes chez Gérald Tremblay, mon garçon. Louis, c'est le fils de mon Clément. Vous êtes pas chanceux : Gérald est parti à Sorel avec sa femme et ses deux enfants pour la journée. Ils reviendront pas avant le train, à la fin de l'après-midi.

— Où est-ce qu'il reste, votre Clément ?

— Je suis sûre que vous êtes capable de trouver la place tout seul, le nargua la vieille dame.

— Et Lionel Tremblay ?

— C'est aussi mon garçon. Mais il est parti de la maison depuis la fin de juillet, depuis qu'il a reçu sa feuille de mobilisation.

— Il s'est jamais présenté à sa convocation, madame, dit le lieutenant sur un ton sec. Il restait bien ici, non ?

— Oui, mais on l'a pas vu depuis six semaines.

— Madame Tremblay, vous savez que cacher un déserteur est puni par la loi. Vous pouvez avoir à purger jusqu'à cinq ans de prison pour ce délit.

— On le cache pas, protesta la dame.

— Bon. Comme la loi nous en donne le droit, on va fouiller votre maison et les bâtiments, madame, annonça l'officier. Je vous demanderais de vous asseoir dans cette pièce aussi longtemps que mes hommes auront pas fini.

— Comme vous voudrez, concéda la femme, le visage subitement fermé, en se laissant tomber dans la chaise berçante placée près de la fenêtre. Mais arrangez-vous pour rien casser.

Sur un signe de la main du lieutenant, les deux soldats silencieux debout derrière lui ouvrirent la porte de la cuisine d'hiver et entrèrent dans la maison. Pendant ce temps, Fortin sortit sur la galerie.

— Deux hommes restent avec les détenus. Tous les autres, fouillez-moi les bâtiments à fond. Dépêchez-vous! hurla-t-il à l'intention des soldats demeurés dans le camion.

Huit hommes sautèrent hors du camion et, sous la direction du caporal, se dirigèrent au pas de course vers les divers bâtiments de la ferme de Gérald Tremblay. La fouille des lieux dura près d'une demi-heure. À voir le désordre que les militaires laissèrent derrière eux au moment où ils remontèrent à bord du camion, on comprenait un peu mieux la haine qui accompagnait chacune de leurs apparitions. Dans la maison, les chambres à l'étage avaient été volontairement retournées et tous les planchers de la maison portaient les traces boueuses des brodequins des soldats.

— Nous reviendrons, promit le lieutenant à Thérèse Tremblay avant de refermer la porte derrière lui.

Lorsqu'elle monta à l'étage et constata le désordre laissé par les soldats, elle ne put s'empêcher de s'exclamer avec rage:

— Les maudits sauvages!

Chez Georges Hamel, la maison voisine, l'arrêt de la police militaire ne dura qu'un bref moment, surtout parce que le cultivateur leur prouva que son fils Charles appartenait au 22ᵉ régiment et était en Angleterre depuis plus d'un an. Leur fils était parti au printemps 1941 avec un voisin, Jean-Paul Veilleux. Tous les deux s'étaient enrôlés comme volontaires sur un coup de tête. Avant de s'embarquer pour l'Europe à l'automne, ils étaient revenus à Saint-Jacques-de-la-Rive, fiers de parader en uniforme dans le village.

Dans les fermes suivantes, les occupants prouvèrent leur identité sans faire montre d'un empressement excessif. Quand le camion vert olive freina bruyamment devant la petite maison pimpante de l'une des dernières fermes du rang, un homme âgé d'une quarantaine d'années aux tempes grises sortait de la remise érigée sur le côté de la maison. L'homme à la silhouette un peu épaisse se dirigea lentement vers l'officier qui avait fait quelques pas dans sa direction. Jean, son fils de seize ans, demeura près de la porte de la remise, regardant la scène de loin.

La pluie avait cessé depuis un moment, mais le ciel demeurait gris et menaçant.

— Monsieur Tremblay?

— Oui.

— Vous êtes parents avec Louis Tremblay?

— C'est mon garçon. Qu'est-ce qui lui est arrivé?

— On le cherche, monsieur, fit Fortin. Est-il ici?

— Non. Il est dans l'armée depuis la fin juillet. Il a été appelé en même temps que son oncle Lionel. Ils sont partis ensemble.

— Justement. Ils se sont jamais présentés. Si vous savez où ils se cachent, vous vous éviteriez pas mal d'ennuis de nous le dire.

— Première nouvelle! mentit maladroitement le cultivateur. Ma femme et moi, on a pas entendu parler d'eux autres depuis qu'ils sont partis.

— Bon. On va fouiller.

— Comme vous voudrez, mais j'aime autant vous dire que vous perdez votre temps. Ils sont pas ici.

Le scénario qui s'était produit plus tôt chez la mère du cultivateur se répéta. Les soldats fouillèrent avec soin la maison et les bâtiments en accordant une attention particulière à la cave de la maison et au fenil de la grange. Ils ne trouvèrent rien. Plusieurs minutes plus tard, ils revinrent bredouilles au camion. Pendant tout ce temps, Clément Tremblay était demeuré assis, imperturbable, sur le long banc installé sur la galerie, pendant que sa femme Céline finissait de laver la vaisselle du dîner en compagnie de sa fille Françoise.

Des soldats parlaient à voix basse à leur caporal au moment où le lieutenant sortit du poulailler en compagnie de l'un d'entre eux. Le caporal s'approcha et lui murmura quelques mots. L'officier se contenta de hocher la tête et lui fit signe d'attendre un instant.

— Est-ce que ça vous dérangerait que mes hommes dînent dans votre cour ? Ils saliront rien.

— Si ça vous fait rien, j'aimerais autant que vous alliez manger ailleurs, laissa tomber Clément Tremblay en se levant de son banc. Chez nous, je reçois juste les gens que j'invite.

— C'est correct, monsieur, dit l'officier sur un ton cinglant. Mais dites-vous bien qu'on va revenir et qu'on finira bien par mettre la main sur votre garçon et sur votre frère. À ce moment-là, si j'ai une chance de prouver que vous les avez aidés, je vais vous faire regretter de m'avoir rencontré.

— On verra ben, laissa tomber le cultivateur, apparemment peu impressionné par la menace.

Sur ces mots, l'homme lui tourna le dos et entra dans sa maison en laissant claquer derrière lui la porte moustiquaire. Fortin adressa au cultivateur un regard haineux avant d'ordonner à ses hommes de monter à bord du camion. Le lourd véhicule kaki sortit de la ferme de Clément Tremblay et ne roula qu'une centaine de pieds avant de s'arrêter sur le bord du chemin. Là, il demeura à l'arrêt près d'une heure, période durant laquelle les soldats purent manger leur ration.

Le camion reprit ensuite la route et la police militaire visita deux autres maisons situées du côté gauche du chemin avant d'arriver à la dernière exploitation agricole du rang Sainte-Marie. Le conducteur ne découvrit la ferme d'Antonius Tougas qu'après avoir négocié un long virage. Fait surprenant, l'arrivée de la police militaire sembla provoquer une étrange agitation dans la vieille maison grise couverte de bardeaux et à la cour encombrée de plusieurs instruments aratoires rouillés. Un rideau défraîchi retomba brusquement devant une fenêtre poussiéreuse et des portes claquèrent dès que le camion s'immobilisa au milieu de la cour.

Au moment où il allait quitter la cabine, le lieutenant aperçut une tête brune disparaître au coin de l'étable.

— Vite, dehors, hurla-t-il à ses hommes entassés à l'arrière. Deux hommes pour me rattraper le gars qui vient de se sauver derrière l'étable. Dépêchez-vous !

À peine venait-il de donner cet ordre que la porte de la maison s'ouvrit sur un grand homme maigre. Son pantalon, trop grand, était retenu par de larges bretelles. Les os de ses épaules semblaient être sur le point de percer sa vieille chemise délavée dont les manches avaient été remontées sur ses bras noueux. Il portait une vieille casquette grise à la visière cassée. Derrière la porte moustiquaire, Fortin devina une femme dissimulée dans l'ombre.

— Votre nom ? demanda Fortin.

— Antonius Tougas.

— Vous êtes le père d'Émile Tougas ?

— Oui.

— Où est-ce qu'il est? s'enquit l'officier de moins en moins patient.

— J'en ai pas la moindre idée.

— C'était qui, le gars qui vient de disparaître derrière votre étable?

— Il y avait quelqu'un? Je l'ai pas vu. Ça devait être...

Il y eut des cris ponctués de jurons bien sentis en provenance de l'arrière de l'étable.

— Fatiguez-vous pas, dit le lieutenant au cultivateur. On va tout de suite savoir qui c'est. Mes hommes le ramènent.

La porte moustiquaire fut poussée dans le dos du grand homme maigre et une petite femme au teint blafard apparut à ses côtés.

Un instant plus tard, un homme de taille moyenne au visage chafouin fut poussé sans ménagement vers l'officier. Les deux soldats l'avaient menotté et à voir les marques que portait son visage, ils avaient dû le malmener un peu pour le maîtriser.

— Maudite bande de chiens sales! hurla-t-il en se démenant inutilement. Vous avez pas le droit de traiter le monde comme ça! Ça va vous coûter cher!

— Ta gueule! lui ordonna sèchement l'officier en s'approchant de lui. Ton nom?

— ...

L'un des soldats tendit à son supérieur un vieux porte-monnaie au cuir fatigué. Il ne contenait qu'une pièce de deux dollars et deux cartes.

— Tiens! Tiens! Si c'est pas notre Émile Tougas, fit le lieutenant d'une voix sarcastique. On a fini par te mettre la main dessus, on dirait. Il paraît que t'es trop lâche pour venir te battre pour ton pays. On va bien s'occuper de toi, tu vas voir, ajouta l'officier en arborant un air sadique. Embarquez-moi ça. On va essayer d'en faire un homme.

— Vous pouvez pas me forcer à aller me battre si je veux pas, protesta Émile Tougas, beaucoup moins rageur qu'un instant plus tôt.

— C'est ce qu'on va voir, mon coco ! se moqua l'officier en faisant un signe de tête aux deux soldats qui encadraient le fugitif.

— Vous pouvez pas nous l'enlever, intervint la petite femme d'une voix suppliante, c'est le dernier de nos garçons qui nous reste. On en a deux aux États-Unis et René est dans l'armée depuis trois ans. C'est le seul qui nous reste pour nous aider à cultiver notre terre.

— C'est la loi, madame. Je peux rien y faire, expliqua Fortin sur un ton radouci. Comptez-vous chanceux, vous et votre mari, que je fasse pas un rapport contre vous pour l'avoir caché. Vous pourriez tous les deux vous ramasser en prison.

Émile Tougas fut hissé à l'arrière du camion et poussé sans ménagement au fond, près des deux autres conscrits des environs qu'on avait attrapés au début de la matinée. Un soldat le força à s'asseoir sur l'un des bancs de bois et attacha ses menottes à un longeron du camion. Emma Tougas, l'air éploré, se précipita vers l'arrière du camion pour voir son fils. Le déserteur n'eut pas un mot pour ses parents ; il se contenta de les regarder pendant que le camion quittait en cahotant la cour de la ferme familiale. La dernière vision qu'il emporta des siens fut son père serrant contre lui sa mère, debout au bord du chemin, sous la pluie qui s'était remise à tomber.

La nouvelle de la capture d'Émile Tougas se répandit comme une traînée de poudre dans la paroisse et suscita de multiples commentaires.

— Veux-tu ben me dire, torrieu, comment ce maudit sans-dessein a pu se faire prendre aussi bêtement quand tout le monde savait que les MP rôdaient dans le village depuis le matin? demanda Ernest Veilleux à son fils.

— Je le sais pas, p'pa. Ça se peut que l'Émile se soit senti plus fin que tout le monde, comme d'habitude, et qu'il ait pensé qu'il pourrait se pousser à temps quand les MP arriveraient. À moins qu'il ait cru qu'ils étaient déjà repartis ailleurs.

— Moi, je pense plutôt qu'il devait avoir faim et qu'il était venu à la maison de son père se chercher à manger, intervint sa femme.

— En tout cas, conclut Ernest en allumant sa pipe, ça servira de leçon aux autres qui se cachent.

Au milieu de l'après-midi, Gérald Tremblay revint rapidement de Sorel avec sa femme et ses deux grands enfants. La visite à sa sœur Jeannine, hospitalisée depuis quelques jours à l'Hôtel-Dieu, avait été beaucoup plus brève que prévu. Au moment où les Tremblay pénétraient dans l'institution, ils avaient croisé le docteur Bélanger, de Pierreville, qui leur avait appris avoir vu en chemin un camion de la police militaire qui se dirigeait vers Saint-Jacques-de-la-Rive. Immédiatement, Cécile s'était tourmentée pour son beau-frère Lionel et son neveu Louis. Elle avait exigé de revenir le plus tôt possible à la maison. Gérald avait obtempéré, sentant que sa femme ne cesserait de s'inquiéter que lorsqu'ils seraient de retour chez eux.

— Je le savais bien qu'on devait pas prendre le chemin aujourd'hui, dit-elle au moment où le boghei couvrait les derniers milles entre Pierreville et Saint-Jacques-de-la-

Rive. C'était pas raisonnable de laisser ta mère toute seule à la maison.

— Veux-tu ben te calmer! lui ordonna son mari, agacé. Il est rien arrivé à personne. Tu sais ben que Lionel et Louis sont pas assez bêtes pour s'être approchés de la maison en plein jour. Ils sont ben cachés tous les deux dans notre cabane à sucre. Lionel m'a juré qu'ils allumeraient le poêle pour se faire à manger que le soir, quand il fait noir, pour pas se faire remarquer.

— Je peux pas m'empêcher de m'en faire. Je suis comme Céline. Je trouve que son Louis est tellement jeune.

— Il a dix-neuf ans, bout de cierge! En plus, il est avec mon frère. Ils sont pas fous. Ils restent même pas tout le temps dans notre cabane au cas où un écornifleux aurait remarqué quelque chose. Clément et même le père de Céline leur ont dit de se servir aussi de leurs cabanes. En plus, ils avaient aucune raison de s'approcher de la maison; Céline leur a envoyé à manger hier. Inquiète-toi donc pas pour rien. Ils manquent de rien. Ils sont ben mieux là que dans l'armée. S'ils continuent à faire attention, qu'est-ce que tu veux qu'il leur arrive? Cette maudite guerre-là va ben finir un jour.

Chapitre 2

Les Veilleux

Après deux jours de pluie, le beau temps était revenu. Septembre semblait vouloir se donner des airs de juillet tant la chaleur écrasait sous son poids hommes et bêtes. Depuis le début de la semaine, il faisait si chaud que l'air paraissait vibrer, accompagné par les stridulations assourdissantes des insectes. Dans le rang Sainte-Marie, les vaches s'abritaient à l'ombre des quelques arbres plantés en bordure des champs et les chiens n'avaient même pas le courage de japper après les rares voitures qui passaient sur la route en soulevant un nuage de poussière.

Ce matin-là, chez les Veilleux, cette chaleur humide et étouffante avait exacerbé les tensions dès le réveil.

Comme chaque matin depuis seize ans, Colette avait été la première debout dans la maison, suivie de près par son beau-père.

— Bon, maudite affaire! s'exclama la petite femme en soulevant le couvercle du coffre à bois. Pas un rondin pour allumer le poêle! Ça, ça commence bien une journée!

— Je vais aller t'en chercher une brassée dans la remise, dit Ernest en passant les bretelles de son pantalon.

— Il en est pas question, beau-père! rétorqua sa bru en repoussant une mèche brune qui s'était détachée de son chignon. Il manquerait plus qu'un homme de soixante-quatorze ans soit obligé de faire ça quand un grand flanc-mou de treize ans traîne encore dans son lit.

Sans perdre un instant, Colette ouvrit la porte de communication de la cuisine d'hiver et se rendit au pied de l'escalier qui conduisait à l'étage.

— André! André! cria-t-elle. Lève-toi tout de suite et va me chercher du bois. Dépêche-toi. J'attends après toi pour allumer le poêle.

— Quoi? finit par demander une voix ensommeillée à l'étage.

— Grouille-toi! Tu m'as bien entendue. Fais-moi pas répéter pour rien.

La mère retourna dans la cuisine d'été et se mit à actionner vigoureusement le bras de la pompe installée au-dessus de l'évier. Une minute plus tard, un grand adolescent aux cheveux hirsutes entra dans la pièce en se frottant les yeux.

— Va tout de suite me chercher du bois! Tu m'entends? Dépêche-toi! Ton père est en train de se lever. S'il s'aperçoit que le poêle est pas encore allumé pour son thé, tu vas recevoir une claque derrière la tête.

André sortit en maugréant et revint un instant plus tard avec une brassée de rondins qu'il laissa tomber bruyamment dans le coffre à bois.

— Va m'en chercher une autre brassée!

— Ça peut pas attendre après le train?

— Non. Fais ça vite, lui ordonna sa mère sans même se donner la peine de regarder dans sa direction alors que son grand-père s'activait déjà à allumer le poêle.

André sortit de la maison en maugréant de plus belle. À son retour, il trouva son père et sa sœur Carole debout dans la cuisine.

— Je te l'avais dit d'aller chercher du bois hier soir, après le souper, lui fit remarquer sa sœur de quinze ans à

34

qui le visage parsemé de quelques taches de rousseur donnait un air mutin.

— Toi, mêle-toi de tes affaires, répondit son jeune frère, l'air mauvais.

L'adolescente se contenta de lui adresser une grimace moqueuse avant de s'installer aux côtés de sa mère occupée à préparer le repas.

— Va chercher les vaches, lui ordonna son père en s'emparant de la vieille théière noircie dans laquelle le liquide avait commencé à bouillir.

Jérôme se versa une tasse de thé et tendit la théière à son père qui l'imita. Quelques instants plus tard, les deux hommes quittèrent la maison pour faire le train pendant que Carole prenait la direction du poulailler dans l'intention de nourrir les poules et de ramasser les œufs. On ne nourrirait les quatre cochons qu'après le déjeuner, principalement avec les restes de table de la veille et un peu de moulée.

Plus d'une heure plus tard, toute la famille se retrouva assise autour de la table de la cuisine d'été en train de manger des crêpes abondamment arrosées de mélasse.

— C'est pas mal meilleur avec du bon sirop d'érable, fit remarquer le grand-père, un petit homme sec et nerveux.

— Je le sais ben, p'pa, dit son fils, mais on est obligés de le ménager, notre sirop. Il nous en reste juste trois gallons pour faire l'année. Avec le printemps pourri qu'on a eu, ça a presque pas coulé. On va se reprendre le printemps prochain, je vous le garantis.

— Étiez-vous obligés d'en donner tout un gallon à Marcelle quand elle est venue cet été ? demanda le vieil homme sur un ton de reproche.

— Voyons, p'pa. Cette pauvre Marcelle aime tellement ça !

— Verrat! Jérôme, t'oublies que ta sœur a cinquante-deux ans et comme la plupart des bonnes sœurs, elle est ben capable d'attirer la pitié pour avoir quelque chose. Moi, c'est drôle, à regarder l'épaisseur de lard qu'elle a sur les côtes, j'ai toujours eu l'impression qu'elle faisait moins pitié que nous autres… En tout cas, c'est ce que je répétais à ta mère de son vivant, chaque fois qu'elle venait à la maison et qu'elle repartait de chez nous les bras pleins.

Sa bru réprima difficilement un sourire entendu. Elle n'était pas loin de partager l'opinion de son beau-père à propos de sa belle-sœur religieuse qui venait chaque été passer quelques jours sous leur toit en compagnie d'une autre religieuse. Même si sœur Gilbert était une grande femme dynamique et pleine d'allant, elle voyait bien que cette dernière s'arrangeait toujours pour ne pas partir pour Sorel les mains vides. Il lui arrivait de regretter que la religieuse n'aille pas se faire parfois héberger chez sa belle-sœur Céline, qui demeurait un peu plus loin dans le rang Sainte-Marie.

— On en fait pas plus pour elle qu'on en faisait pour Maurice quand il vivait, p'pa, reprit Jérôme.

Durant un court moment, un nuage assombrit le regard d'Ernest Veilleux au souvenir de la mort prématurée de son fils Maurice, frère mariste. Le frère infirmier était décédé de la tuberculose cinq ans plus tôt, à l'âge de trente-huit ans.

— Je veux pas critiquer, se défendit mollement le patriarche de la famille. Je sais que vous avez le cœur sur la main.

— On est pas meilleurs que les autres, monsieur Veilleux, plaisanta à demi sa bru. On a juste l'esprit de famille. Si on pouvait aider Albert, Anne et Léo qui se privent à cause du rationnement, on le ferait. Pas vrai, Jérôme?

— Certain.

Le silence retomba dans la cuisine d'été des Veilleux. Sa dernière bouchée avalée, le grand-père quitta la table et alla s'asseoir dans sa chaise berçante placée sur la galerie, près de la porte moustiquaire. Après avoir allumé sa seconde pipe de la journée, il laissa remonter ses souvenirs en lui, ce qu'il faisait de plus en plus souvent ces derniers mois.

La mort de son Yvette en 1933 avait été un rude coup. La disparition de cette femme au caractère jovial avait signifié pour lui le début réel de la vieillesse. Même s'il n'avait alors que soixante-quatre ans, le poids des années lui était tombé dessus comme une charge de briques. Son unique chance avait été que Jérôme, sa femme et leurs deux enfants vécurent avec lui à la ferme. Il ne pouvait compter sur l'aide d'aucun de ses six autres enfants.

À l'époque, Marcelle et Maurice étaient en communauté. Albert, toujours employé du Canadien Pacifique, vivait avec sa famille à Montréal depuis une douzaine d'années. Anne venait d'épouser Armand Labbé, un vendeur de machinerie agricole de Nicolet. Léo et Jean-Paul vivaient et travaillaient à Pierreville, chez Thibault, et ils n'avaient pas plus envie de revenir s'établir sur la terre que de se marier. Enfin, Céline, mariée depuis dix ans avec son Clément, avait déjà trois enfants à élever. Dans tout ça, l'unique bon point avait été que cette pauvre Yvette n'avait pas eu à voir son Jean-Paul partir pour la guerre. C'était leur plus jeune fils et on était sans nouvelles de lui depuis plus d'un an. Par chance, Jérôme et Léo avaient été réformés, pour une histoire de pieds plats d'après les médecins. Tant mieux! Les prières de toute la famille n'avaient pas été inutiles.

Soudain, le vieillard fut tiré de ses pensées par des éclats de voix en provenance de la cuisine.

— Je veux pas y aller ! Je vais avoir quatorze ans au mois de décembre. J'haïs ça, l'école ! Je perds mon temps. La bonne femme Rivest m'aime pas la face ! s'écria André dont la voix était en train de muer.

Il y eut un bruit de gifle.

— Toi, tu vas apprendre à vivre, mon garçon ! s'exclama sa mère qui venait de lui allonger une taloche. C'est madame Rivest, pas la bonne femme Rivest, tu m'entends ?

— Mais…

— Pour l'école, il y a pas de discussion. Demain matin, après le train, tu te changes et tu vas à l'école. Un point, c'est tout.

— Pourquoi je peux pas faire comme Bertrand Tremblay ? demanda l'adolescent, rouge de colère, se tenant la joue où se voyait nettement la marque des doigts de sa mère. Lui, il y retourne pas cette année.

— Il te faut ta 7e année, comprends-tu ? répliqua sa mère.

— Tremblay l'a pas, lui.

— Bertrand Tremblay a déjà quatorze ans et il est plus obligé d'aller à l'école. Toi, oui. Je te l'ai dit cent fois, tête de mule. Est-ce qu'il faut que je te fasse un dessin ? Depuis l'année passée, la loi t'oblige à aller à l'école jusqu'à quatorze ans ou jusqu'à ta 7e année.

— Je vais avoir l'air d'un grand niaiseux avec des petits, maugréa André en se dirigeant vers la porte.

Sa mère, excédée, haussa les épaules et se tourna vers sa fille.

— Toi, démets donc la table au lieu de bayer aux corneilles, lui dit-elle. T'aurais pu au moins dire un mot à ton gars, ajouta-t-elle à l'intention de son mari qui finissait placidement de boire sa tasse de thé, assis au bout de la table.

— Pourquoi je m'en serais mêlé? répliqua son mari. Pour élever les enfants, t'as ben plus le tour que moi. Je te laisse faire.

— C'est ça, mon Jérôme. Garde-toi le beau rôle avec les enfants et laisse-moi celui de la marâtre.

Carole, debout derrière sa mère, adressa à son père un clin d'œil malicieux. Jérôme fit comme s'il ne l'avait pas vue.

— Qu'est-ce que tu veux? Moi, je serais ben mal pris pour obliger quelqu'un à aller à l'école, j'ai même pas fini ma 6ᵉ année. J'aimais pas ça aller à l'école. Même si ma mère me poussait dans le dos pour que j'y aille, j'apprenais rien. J'étais juste bon à travailler sur la terre.

— C'est correct, je connais l'histoire, l'interrompit la petite femme énergique en s'essuyant le visage, où perlaient quelques fines gouttelettes de sueur, avec un coin de son tablier.

— Remarque, même si mon père m'aide encore un peu, ajouta à voix basse Jérôme en jetant un bref coup d'œil vers la porte, j'aurais ben besoin de notre gars. Je me demande comment je vais arriver à tout faire presque tout seul. Il me faudrait presque un homme engagé, mais ça coûterait trop cher… Bon, je vais faire un petit somme et, après, je monte à Saint-Gérard.

— Déjà? demanda Colette.

— J'ai promis au père Couture d'aller chercher les vaches au commencement de la semaine, précisa son mari à mi-voix en faisant signe à sa femme de baisser le ton. Ça sert à rien d'attendre.

— Tu trouves pas qu'il fait pas mal chaud pour les ramener?

— C'est encore mieux que d'attendre qu'il mouille.

Jérôme sortit dans l'intention d'aller s'étendre à l'ombre, comme chaque début d'après-midi, à l'extrémité de la galerie où l'attendaient un vieil oreiller et une mince couverture délavée. Au moment où il passait devant son père, ce dernier lui demanda :

— Est-ce qu'on commence à couper le blé cet après-midi ? Il est pas mal prêt.

— Si ça vous tente de commencer aujourd'hui, p'pa, vous pouvez le faire. Moi, après mon somme, je vais à Saint-Gérard. Je vais m'organiser pour revenir pour l'heure du train.

— Qu'est-ce qui se passe, là ? fit Ernest, étonné.

Toute la figure de Jérôme prit un air embarrassé qui n'échappa pas à son père.

— Ah ben, verrat ! C'est pas vrai ! T'es pas allé acheter les Jersey du père Couture ?

— C'est une bonne affaire, p'pa. Avec quatre vaches de plus, ça va nous en faire dix-huit, juste des bonnes laitières, à part ça.

— Torrieu ! Où est-ce qu'on va prendre l'argent pour payer cette dépense de fou là ? On n'a pas assez d'argent pour les acheter. Je te l'ai expliqué la semaine passée quand tu t'es mis cette idée-là dans la tête !

— On est capables de s'organiser, voyons donc ! Le père Couture demande pas une fortune pour ses vaches.

— C'est pas juste ça, reprit Ernest, de plus en plus en colère, en se levant de sa chaise berçante. Où est-ce que tu vas les mettre, tes maudites vaches, quand ça va être le temps de rentrer les animaux au mois de novembre ? Il y a déjà pas assez de place pour nos vaches et leurs veaux.

— On va agrandir l'étable.

— Avec quel argent ?

— On a du bois ben sec en masse dans la remise et dans la grange.

— Et pour les nourrir ? Je suppose que tu vas me dire qu'on a assez de foin !

— Peut-être pas, mais si le beau temps reste encore deux ou trois semaines, on va pouvoir faire une autre coupe. À ce moment-là, on en aura ben assez.

— Baptême ! Tu vas tous nous mettre dans le chemin avec tes idées de grandeur, Jérôme Veilleux. Si j'avais pensé que tu serais pas capable de mener la terre comme du monde, jamais...

— Whow ! p'pa ! Charriez pas, là ! s'emporta à son tour le cultivateur que toute envie de sieste avait subitement quitté. Ça fait plus que vingt ans que je travaille sur la terre. Quand vous avez décidé qu'on était des associés il y a douze ans, vous me faisiez confiance parce que j'avais fait mes preuves. C'est pas parce que j'ai acheté pour un maudit bon prix quatre vaches au père Couture que je suis devenu un sans-génie pas capable de voir où il s'en va.

— Tu vas voir, tu vas le regretter, le prévint le vieil Ernest, déjà résigné en apparence à ce qu'il considérait comme une folle dépense. Mais je t'avertis : viens surtout pas te plaindre à moi ! Je t'aurai prévenu ! Quand on a presque pas d'argent, on le garroche pas par les fenêtres.

Cet éclat entre le père et le fils n'était pas le premier. Les frictions entre les deux hommes se produisaient assez souvent. Colette savait qu'il ne servait à rien d'intervenir pour calmer les esprits. Avec les années, elle avait appris à ne pas trop s'inquiéter des divergences de vue qui les dressaient parfois l'un contre l'autre. Elle comprenait que le choc des générations était inévitable. L'un et l'autre explosaient peut-être rapidement, mais ils n'étaient pas rancuniers.

— Bon, les voilà encore en chicane ! dit-elle à Carole à mi-voix. On va encore avoir droit à une couple de jours de bouderie de ton grand-père et à l'air bête de ton père.

— Pourquoi grand-père s'enrage comme ça après p'pa ? demanda l'adolescente en tendant le cou pour tenter d'apercevoir les deux hommes qui se faisaient face sur la galerie.

— Ton grand-père est trop prudent et, d'après ton père, il est d'un autre temps.

Il y eut un bruit de pas dans l'escalier. Quelques minutes plus tard, Colette vit passer son mari sur le côté de la maison. Il conduisait sa voiture à laquelle il avait attelé la jument grise. Il prit la route en direction du village.

— Mets ton chapeau de paille, commanda-t-elle à Carole. On va aller ramasser des tomates dans le jardin. Baisse les manches de ta robe, sinon tu vas avoir les bras bruns comme une vraie sauvagesse.

— On pourrait pas attendre que le soleil baisse un peu, m'man ? Il me semble qu'il fait pas mal chaud pour aller travailler dans le jardin.

— Arrive, Carole ! Le ketchup se fera pas tout seul. Si on veut en avoir cet hiver, il faut se grouiller. Cet après-midi, on va ébouillanter nos pots et faire cuire nos tomates rouges. J'en veux une vingtaine de pots.

— André pourrait nous aider.

— Ton père lui a demandé de nettoyer l'étable.

— Je vais aller lui donner un coup de main, dit son beau-père qui venait de se planter devant la porte moustiquaire.

— Vous pourriez peut-être vous ménager un peu, monsieur Veilleux. Le soleil tape dur et dans l'étable, ça doit être pas mal chaud.

— Si le jeune est capable de travailler là, moi aussi, je suis capable de le faire.

Vers la fin de l'après-midi, Carole fut la première à apercevoir son père qui s'apprêtait à pénétrer dans la cour. Il avait attaché deux Jersey à l'arrière de la voiture qui avançait au pas. André sortit du poulailler pour venir admirer les deux magnifiques bêtes. Carole et sa mère quittèrent, elles aussi, la cuisine d'été pour venir voir de plus près les nouvelles acquisitions.

— C'est pas des belles vaches, ça ? demanda Jérôme, tout content.

— Ça va être nos plus belles, fit Colette.

— Et elles vont donner pas mal de lait.

— T'étais pas supposé revenir avec les quatre ? demanda sa femme.

— Ben oui, mais pas moyen de les ramener toutes ensemble. Déjà, deux, c'était pas facile. En plus, ça marche pas vite sur le chemin, ces bêtes-là. Il était pas question de prendre la chance qu'elles se blessent en allant trop vite. Saint-Gérard a beau être juste à trois milles du village, je pouvais pas risquer de les faire crever. Ça fait que j'ai décidé d'en ramener deux aujourd'hui et j'irai chercher les deux dernières demain avant-midi.

— Elles ont pas l'air vieilles, fit remarquer Colette.

— Quatre ans, pas plus, assura Jérôme. Bon. Amène-les dans l'étable, André. L'heure du train est presque arrivée. Où est mon père ?

— Il est parti s'étendre dans sa chambre quelques minutes. Il a travaillé une bonne partie de l'après-midi à nettoyer l'étable avec André.

— Pourquoi il se repose pas quand il fait chaud comme ça ? demanda Jérôme, réprobateur.

— Tu le connais. Il veut pas reconnaître qu'il vieillit, lui répondit sa femme avant de se diriger en compagnie de Carole vers la maison. Essaie de t'entendre avec lui, veux-tu ?

— C'est pas de ma faute s'il est têtu comme un âne, répliqua son mari en baissant involontairement la voix, comme si son père pouvait l'entendre.

— Peut-être, mais c'est tout de même ton père. Tu lui dois le respect.

Chapitre 3

Les Tremblay

— Élise, tu peux sortir le vinaigre et le sucre, dit la grand-mère à l'adolescente de seize ans en retirant du feu une grosse marmite dans laquelle on avait mis à cuire une quantité impressionnante de betteraves.

— Les pots ont été ébouillantés et la paraffine est prête, annonça Aline Tremblay, la célibataire de la famille.

— Je pense, madame Tremblay, qu'on a le temps d'empoter les betteraves avant de se mettre à préparer le souper, fit Cécile, la maîtresse de maison. Qu'est-ce que vous en pensez?

Sa belle-mère jeta un coup d'œil à l'horloge avant d'acquiescer.

— T'as raison. On a amplement le temps de tout faire avant que Gérald et Bertrand aient fini le train.

Le silence retomba dans la pièce. En cette fin d'après-midi, les fenêtres grandes ouvertes de la cuisine d'été des Tremblay laissaient passer toutes sortes d'odeurs appétissantes. Cette pièce était le cœur de la grande maison blanche où s'activaient les quatre femmes malgré la chaleur presque insupportable dégagée par le poêle à bois. Il régnait entre elles une harmonie et une coordination issues autant de longues années de pratique que de la nécessité absolue de s'entendre.

À la fin de l'hiver 1934, Eugène Tremblay avait attrapé une pneumonie probablement causée par un refroidissement après une longue journée à bûcher. Qui aurait dit que la maladie emporterait en quelques jours ce colosse de soixante et un ans plein de vitalité ? À cinquante-neuf ans, Thérèse s'était retrouvée soudainement seule avec sa fille Aline. Ses autres enfants avaient leur vie et ne pouvaient tout abandonner pour venir l'aider à cultiver la terre familiale.

L'aînée, Claire, vivait depuis quelques années à Québec parce que son mari, Hubert Gendron, occupait un poste important au ministère de la Voirie. Elle vivait loin et avait de quoi remplir ses journées avec l'entretien de sa maison et l'éducation de Pierre, son fils unique, qui avait un an de plus que Jean, le fils cadet de Clément.

Ce dernier habitait avec sa famille deux fermes plus loin, sur l'ancienne terre de Bruno Pierri, qui avait été contraint de vendre quelques années plus tôt après le décès de sa femme.

Bien sûr, Thérèse pouvait toujours compter sur l'aide occasionnelle de Clément, mais l'homme de quarante et un ans en avait déjà plein les bras avec tout ce qu'il avait à faire chez lui. Même s'il pouvait se faire aider par sa femme Céline et ses trois enfants, il ne pouvait tout de même pas se charger de cultiver une deuxième terre.

Jeannine, toujours célibataire, enseignait à Sorel alors que Lionel travaillait dans une meunerie et demeurait à Nicolet. À l'époque, le jeune homme de vingt-quatre ans n'avait aucune envie de retourner à Saint-Jacques-de-la-Rive et sa mère n'avait pas voulu le forcer à revenir vivre avec elle.

Mais la providence avait eu pitié de la veuve un peu désemparée. Gérald, son fils de trente et un ans, lui avait offert de venir demeurer sur la terre familiale avec sa femme et ses deux enfants, Élise et Bertrand. Cécile avait accepté de suivre son mari. Même si les choses n'avaient jamais été dites clairement, la veuve avait cru comprendre à l'époque que le père de Cécile Langlois, un cultivateur de Saint-François-du-Lac, n'appréciait pas particulièrement son gendre, qui habitait encore sous son toit. On disait un peu partout que les deux hommes étaient à couteaux tirés.

Thérèse connaissait bien son fils. Elle avait une bonne idée des causes de la mésentente entre les deux hommes. Il était de notoriété publique que Gérald n'avait pas inventé le travail. Même s'il était grand et costaud, il n'avait jamais été un chaud partisan de l'effort soutenu. Seule une femme aussi énergique que Cécile pouvait le supporter, selon elle. Sept ans plus tard, l'homme de trente-huit ans n'avait guère changé, mais sa femme le suivait de près et voyait à ce qu'il accomplisse le travail nécessaire.

Thérèse aimait autant sa bru que ses trois filles. À son avis, la force de caractère, la piété et l'énergie de cette maîtresse femme la faisaient ressembler à sa fille Claire. À trente-six ans, le large visage aux agréables pommettes hautes de Cécile ne présentait pas une ride. Aucun fil d'argent ne s'était encore glissé dans son épaisse chevelure noire. Peu de choses échappaient à ses yeux brun foncé. En un mot comme en cent, la veuve se retrouvait dans la femme de son fils et elle ne se gênait pas pour l'appuyer dans tout ce qu'elle entreprenait. En fait, elle se sentait beaucoup plus proche d'elle que de sa fille Aline, qui n'avait jamais envisagé de quitter la maison paternelle.

Un an, jour pour jour, après l'installation de la famille de Gérald sur le domaine familial, Thérèse avait fait de son fils le propriétaire unique de la ferme. Dans l'acte notarié passé chez le vieux notaire Anatole Beaubien, il avait été entendu qu'en contrepartie, le fils assurerait le vivre et le couvert à sa mère et à sa sœur Aline jusqu'à la fin de leurs jours. Cette donation ne modifia en rien le comportement de Cécile à l'endroit de sa belle-mère et de sa belle-sœur. Elle demeura une femme au caractère égal dont la générosité n'était jamais prise en défaut.

Quand Lionel avait perdu son emploi à la meunerie le printemps précédent, Thérèse n'avait même pas eu à suggérer qu'on puisse l'inviter à revenir à la maison. Cécile l'avait devancée en lui offrant tout naturellement de venir habiter avec eux aussi longtemps qu'il le désirerait.

Tout avait soudainement basculé en juillet quand, le même jour, Lionel et Louis, le fils de Clément, avaient reçu leur avis de mobilisation. Ils avaient quarante-huit heures pour se présenter au bureau de recrutement de Nicolet. Jusqu'à ce jour-là, la vieille femme avait cru que les siens étaient à l'abri de la conscription. Ne lui avait-on pas répété des dizaines de fois que les fils de cultivateurs allaient être épargnés parce que le pays avait besoin de bras pour cultiver la terre ? Pourtant, elle aurait dû savoir que c'était faux puisqu'on lui avait dit qu'Émile Tougas avait reçu sa convocation au début du mois.

Ce soir-là, un conseil de famille s'était tenu dans la cuisine d'été de la maison de Gérald.

Quelques minutes plus tôt, Thérèse avait vu Clément et Céline, marchant sur la route, précédés de peu par leurs trois enfants. Françoise, l'aînée, suivait de près ses frères Louis et Jean. Dès leur arrivée, tous étaient entrés dans la maison et s'étaient installés autour de la grande table de la cuisine d'été.

— Il est pas question que Louis aille se faire tuer dans les vieux pays pour rien, avait déclaré d'entrée de jeu Clément, en serrant les poings.

— J'ai pas mis au monde des enfants pour les envoyer se faire massacrer, avait fait Céline en s'essuyant les yeux. Cette année, c'est Louis qu'ils veulent, et dans deux ans, ils vont venir chercher Jean, je suppose. Non ! Je les laisserai pas faire.

— D'abord, il y a pas trente-six solutions, avait déclaré Gérald. Si tu veux pas que ton gars aille se faire estropier dans les vieux pays, il lui reste juste à prendre le bois.

— Se cacher comme un voleur quand il a rien fait ! s'exclama Céline.

Clément avait posé sa main sur le bras de sa femme pour la calmer. À quarante et un ans, Céline Veilleux n'était plus depuis longtemps la mince jeune fille que les garçons de Saint-Jacques-de-la-Rive, y compris le solitaire Germain Fournier, rêvaient de courtiser. Trois fausses couches et trois maternités avaient épaissi sa taille. Mais toutes ces grossesses n'étaient pas parvenues à gommer les traits fins de son visage parsemé de taches de rousseur, éternel héritage des Veilleux. Depuis peu, deux petites mèches blanches étaient apparues dans ses cheveux brun cendré.

— Lionel, j'espère que tu veux pas imiter le frère de ma femme ou Charles Hamel en allant au bureau de recrutement comme un mouton, avait demandé Clément à son plus jeune frère.

L'homme de trente-trois ans ne s'était même pas donné la peine de répondre. Il avait passé une main nerveuse dans sa mince chevelure brune et s'était contenté de secouer la tête en signe de dénégation.

— Il manquerait plus qu'il soit aussi bête que mon frère ! s'était exclamée Céline. En tout cas, il y a déjà bien assez que mon père se ronge les sangs avec ce qui peut arriver à Jean-Paul pour qu'il ait à s'inquiéter pour son petit-fils. Louis ira pas là, un point c'est tout ! On en a parlé avec lui : il veut pas y aller.

Le jeune homme à la chevelure châtain ondulée et à la fine moustache, gêné d'être le sujet de préoccupation de tant de gens, avait hoché la tête sans rien dire.

— C'est certain que je me présenterai pas, avait finalement dit Lionel, comme s'il venait de prendre une décision irrévocable. On va être tous les deux dans le même bateau, mon Louis, ajouta-t-il en tapant sur l'épaule de son neveu.

— Il reste à savoir combien de temps vous allez être pognés pour vous cacher, avait laissé tomber Gérald, sur un ton songeur.

— Ça a pas d'importance, lui avait fait remarquer sa belle-sœur Céline. La guerre durera pas indéfiniment.

— C'est vrai, avait reconnu Gérald. Mais après, qu'est-ce qui va se passer?

— Ça, il y a juste l'avenir qui va nous le dire, avait déclaré Clément. Si je me rappelle ben ce que le père nous a raconté, le gouvernement a pardonné à tous les déserteurs après la guerre, en 1918. Ils ont juste eu à payer une petite amende.

— Ça sert à rien de se tourmenter pour plus tard, avait déclaré Cécile sur un ton décidé. On verra bien ce qui arrivera. À cette heure, il reste à savoir où vous allez vous cacher tous les deux et comment vous allez faire pour manger.

Le silence était brusquement tombé autour de la table. Durant une minute ou deux, personne n'osa prononcer un mot.

— Pourquoi mon oncle et Louis se cacheraient pas dans notre cabane à sucre? avait proposé Françoise.

La jeune fille à la taille élancée ressemblait étonnamment à sa mère. Elle avait un visage ovale aux traits délicats de madone, éclairé par deux grands yeux bruns pétillants.

— Ça va être la première place que les MP vont aller fouiller, avait fait observer son oncle Gérald.

— C'est peut-être vrai, avait reconnu Clément, mais s'ils font ben attention de pas se faire voir, ce serait pratique en maudit pour eux autres pour le manger. On pourrait les nourrir facilement.

— C'est pas bête, avait reconnu Lionel en laissant percevoir un réel soulagement.

Il avait jeté un coup d'œil à son neveu avec qui il se préparait à vivre jusqu'à la fin de la guerre pour vérifier si ce dernier était consentant.

— On peut encore faire mieux, avait ajouté Cécile dont le visage venait de s'illuminer. Qu'est-ce que vous diriez s'ils s'installaient dans trois cabanes à sucre en même temps?

— Comment ça? s'étaient écriés tous ceux qui étaient assis autour de la table.

— Il me semble qu'on pourrait s'entendre pour que notre cabane à sucre, celle de Clément et même celle de ton père, Céline, leur servent d'abri. Ce serait peut-être pas mal moins dangereux pour tout le monde si Louis et Lionel pouvaient changer de place une ou deux fois par semaine. Comme ça, il y aurait moins de chance qu'un fouineux les aperçoive. Elles sont toutes les trois au bout de nos terres, au milieu du bois. Il y a pas grand chance que quelqu'un les voie.

— Et on ferait ben attention à pas allumer de poêle durant la journée, quand il fait clair, avait précisé Louis dont c'était la première intervention.

Gérald avait regardé son frère Clément en hochant la tête.

— Pour moi, il y a pas de problème. J'ai laissé à la cabane quatre ou cinq cordes de bois le printemps passé. Ils auront pas de problème pour chauffer le poêle.

— Moi aussi, avait fait Clément.

— Pour le manger? avait demandé Céline.

— Nous autres, les femmes, on est capables de s'en occuper, l'avait rassurée sa belle-sœur. Tiens! Une semaine, je vais m'en occuper et tu feras la même chose la semaine d'après.

— Correct. Mais est-ce que ce sera pas dangereux quand ils vont venir le chercher à la maison? avait demandé Thérèse.

— Écoutez, grand-mère. On pourrait peut-être faire quelque chose, avait suggéré Françoise. Jusqu'à la fin de l'automne, nos vaches, comme les vôtres, vont brouter jusqu'au bord du bois. Celui qui va chercher les vaches le matin pourra toujours laisser le manger à une place donnée. Mon oncle et Louis pourront venir le chercher là sans être vus par personne. Nous autres, au bout de notre champ, il y a une grosse pierre. On pourra toujours laisser le manger près de cette pierre-là. Si vous faites la même chose, ma tante Cécile, personne les verra jamais.

— C'est bien beau, ton idée, mais qu'est-ce qu'on va faire à partir de la fin de l'automne? avait demandé sa mère.

— Les hommes vont aller bûcher presque tous les jours. Ils trouveront bien un moyen de leur apporter du linge chaud et à manger, avait conclu la grand-mère Tremblay.

— Bon, est-ce qu'on fait ça à soir? avait repris Cécile. Il y a pas de lune et il fait noir comme chez le diable. On est peut-être aussi bien de pas attendre à la dernière minute au cas où un imprévu arriverait. C'est demain après-midi qu'ils doivent se présenter à Nicolet.

Une heure plus tard, Louis, son frère Jean et son père, lourdement chargés, s'étaient glissés à travers champs, derrière les bâtiments de la ferme de Gérald. Ce dernier les attendait en compagnie de son fils Bertrand et de

Lionel. Les six hommes avaient longé les champs dans un parfait silence, assurés d'être invisibles aux yeux des voisins. Gérald prit la tête de ce petit défilé lorsqu'ils arrivèrent au bois. Il connaissait son érablière et n'eut aucun mal à conduire tout le monde jusqu'à la cabane dissimulée entre les arbres.

La porte du petit bâtiment s'était ouverte dans un grincement accompagné par le bruit du trottinement des mulots qui s'étaient empressés de fuir les lieux. Gérald alluma un fanal qu'il déposa sur la table grossière installée près de l'unique fenêtre. Immédiatement, Lionel avait tiré de son baluchon une vieille couverture rapiécée que sa belle-sœur Cécile lui avait donnée pour obstruer la fenêtre. Les bagages des deux fugitifs avaient été déposés au centre de l'unique pièce.

— Bon, avait fait Clément. Vous avez de quoi manger pour deux jours. Louis, tu te rappelles où se trouve la source, dans le bois ?

— Oui, p'pa.

— Essayez de vous souvenir de rien laisser traîner dans une cabane ou l'autre quand vous partez. Au cas où les MP viendraient fouiner dans le coin... On sait jamais, quelqu'un peut avoir un doute et vous dénoncer.

— À votre place, avait suggéré Bertrand, le jeune cousin de Louis, je cacherais presque toutes mes affaires derrière une des cordes de bois dans l'appentis.

— C'est pas bête, ce qu'il dit là, avait reconnu Clément. Mais surtout, faites pas de bruit et essayez de vous occuper durant la journée.

— On va faire un peu de ménage, avait dit Louis.

— Oui, mais en dedans, pas dehors... Ce serait trop visible qu'il y a du monde, l'avait corrigé son oncle Gérald. Rappelez-vous surtout de changer de cabane tous les deux jours et enterrez vos poubelles.

— Venez surtout pas traîner autour des maisons à moins que quelque chose de ben grave arrive, avait recommandé Clément avant de quitter les lieux. Oubliez pas qu'on risque la prison nous autres aussi en vous aidant. Bonne chance !

Gérald, son frère et les deux adolescents avaient repris le chemin de la maison. Ils ne s'étaient séparés qu'à leur arrivée près de la maison où Cécile, debout derrière la porte moustiquaire, les avaient attendus pour s'assurer que l'expédition s'était bien déroulée.

Quelques minutes plus tard, Clément avait retrouvé Céline et Françoise assises près de la fenêtre de la cuisine, guettant leur arrivée.

— Ils sont ben installés, avait voulu les rassurer Clément en entrant dans la pièce.

Sa femme s'était contentée de hocher la tête et de contenir ses larmes.

— On va réciter un chapelet pour que le bon Dieu les protège, avait-elle annoncé en s'agenouillant au centre de la pièce, aussitôt imitée par sa fille Françoise.

Clément avait eu un soupir d'exaspération avant de se laisser tomber à genoux, tout de suite après Jean dont l'air mécontent disait assez ce qu'il pensait de l'idée de sa mère.

Depuis ce soir de juillet, six semaines s'étaient écoulées et, par chance, il n'y avait eu qu'une alerte sérieuse lors de la visite de la police militaire la semaine précédente. Cependant, les Veilleux, comme les Tremblay, s'inquiétaient du bien-être des deux déserteurs à la pensée de l'automne qui allait apporter des jours de plus en plus froids.

Chez Gérald Tremblay, on n'entendait dans la cuisine d'été que le bruit des ustensiles heurtant les parois d'un chaudron.

— Élise, laisse faire les betteraves et commence donc à éplucher les patates pour le souper, fit sa mère en jetant un coup d'œil à l'horloge murale avant de se tourner vers l'une des fenêtres de la cuisine.

Cécile demeura le couteau en l'air et, durant un bref moment, son visage refléta un vif mécontentement.

— Gagez-vous qu'on va voir notre Gérald sortir de l'étable dans deux minutes? dit-elle à voix basse en se penchant à l'oreille de sa belle-mère qui travaillait à ses côtés.

— Qu'est-ce qui se passe? demanda Thérèse.

— On a de la visite qui s'en vient sur le chemin. Notre voisine vient nous voir, on dirait.

— Claudette?

— En plein ça, madame Tremblay. Regardez-la s'en venir, tout écourtichée... Je peux même vous dire ce qu'elle va dire en entrant: «Mais mon Dieu! Ça sent donc bien bon chez vous, madame Tremblay!» dit-elle en minaudant.

— Voyons, Cécile, raisonne-toi, lui conseilla sa belle-mère à voix basse. Claudette Hamel est pas une méchante fille.

— Peut-être, mais je lui donnerais pas le bon Dieu sans confession.

— Tiens, c'est Claudette qui s'en vient chez nous, fit sa belle-sœur Aline qui venait de voir la jeune voisine entrer dans leur cour et se diriger vers la maison. Je suppose qu'elle vient me rapporter le patron de robe que je lui ai prêté la semaine passée.

— On l'a vue, Aline, fit sa mère.

Georges et Rita Hamel étaient les voisins des Tremblay depuis plus de trente ans. Ils exploitaient la ferme située entre la leur et celle des Fournier. Ils avaient trois grands enfants. Charles, leur seul fils, avait quitté la ferme l'année précédente pour aller s'enrôler dans l'armée, tandis que leurs deux filles âgées de vingt-quatre et vingt-six ans demeuraient encore à la maison et attendaient avec une certaine fébrilité les garçons prêts à les conduire au pied de l'autel. Si Adrienne, la cadette de la famille, avait une conduite irréprochable, toutes sortes de racontars circulaient sur le compte de sa sœur Claudette dans la paroisse.

La jeune fille à l'épaisse chevelure châtain et aux yeux bleus était indéniablement jolie. Ses allures libres, ses airs aguicheurs et son petit rire de gorge, quand elle était en présence des hommes, avaient le don de lui aliéner toutes les femmes de la paroisse. La belle Claudette Hamel faisait tourner la tête des hommes et elle semblait en tirer une certaine fierté.

— Qu'est-ce que je vous disais ? murmura Cécile en montrant d'un coup de menton son mari qui sortait de l'étable au moment où Claudette posait le pied sur la première marche conduisant à la galerie.

— T'as pas de raison d'être jalouse, tenta de la rassurer sa belle-mère.

— Laissez faire, madame Tremblay. Je connais mon Gérald. Cette petite dévergondée l'excite. Pour le faire sortir aussi vite de l'étable, il faut qu'il ait des idées derrière la tête.

La méfiance de la femme de trente-six ans s'était peu à peu transformée en jalousie après qu'elle eut surpris son mari à trois ou quatre reprises en grande conversation avec la jeune voisine depuis le début du printemps précédent. Chaque fois qu'il avait été interrogé sur le sujet de leur entretien, Gérald avait rougi et s'était montré si évasif qu'il n'avait fait qu'attiser les soupçons de sa femme.

Elle trouvait profondément injuste d'avoir à se battre contre une fille qui avait dix ans de moins qu'elle et qui n'avait pas été abîmée par les maternités.

Mise au courant de ses soupçons, sa belle-mère faisait tout pour la rassurer. Malgré tout, Cécile avait songé, durant un moment, à aller se plaindre à Rita Hamel de la conduite de sa fille, mais son amour-propre l'en avait empêchée. Finalement, elle en était venue à détester si intensément sa jeune voisine qu'elle s'était sentie obligée de s'en confesser au curé Ménard qui lui avait conseillé de garder l'œil ouvert et de protéger son foyer par tous les moyens.

— Va donc demander à Gérald de nous donner un peu de crème pour le dessert, dit Thérèse en tendant un petit pichet à sa bru.

— Je peux bien y aller, grand-mère, proposa Élise.

— Laisse ta mère y aller, dit sa grand-mère. Ça va lui faire du bien de sortir dehors deux minutes.

Cécile comprit la manœuvre suggérée par sa belle-mère. Elle saisit le pichet et s'apprêtait à sortir de la maison au moment même où Claudette Hamel allait frapper à la porte moustiquaire.

— Ça sent donc bien bon chez vous, madame Tremblay! s'exclama la jeune fille, comme Cécile l'avait prévu.

— Entre, Claudette, l'invita cette dernière sans grande chaleur. Ça sent juste les betteraves. Je pense que t'as affaire à Aline. Elle arrive. Moi, je dois aller à l'étable.

Sur ces mots, la mère de famille sortit de la maison et s'empressa d'intercepter son mari qui arrivait à la maison.

— Viens me donner de la crème; on en a besoin pour souper, lui commanda-t-elle en lui barrant le chemin intentionnellement.

— Bertrand est dans l'étable. Dis-lui de t'en donner.

— Laisse faire Bertrand, fit-elle en haussant la voix. C'est à toi que je le demande. Arrive !

Quelque chose dans le ton de sa femme dut alerter Gérald parce qu'il se décida à faire demi-tour et à l'accompagner à l'étable après avoir jeté un regard déçu vers la porte de la cuisine d'été où venait de disparaître Claudette Hamel.

Dans la laiterie, il saisit avec une mauvaise humeur évidente une louche avec laquelle il recueillit la crème montée à la surface d'un bidon de lait.

— T'avais pas besoin de moi pour faire ça, dit-il à sa femme en lui tendant son pichet rempli de crème.

— Je le sais, mais comme t'avais l'air d'avoir fini ton train, j'ai pensé que ça te dérangerait pas, fit Cécile.

Au moment où le couple sortait de l'étable, la porte moustiquaire de la cuisine d'été claqua et Cécile aperçut Claudette Hamel quitter la maison et reprendre la route. En voyant l'air dépité de son mari, elle eut du mal à réprimer un sourire de contentement.

Chapitre 4

Les Fournier

En ce samedi matin, malgré l'heure matinale, les signes d'activité ne manquaient pas.

Chez les Fournier, tout le monde était au travail depuis six heures. Après le déjeuner, Germain était allé finir de couper son blé avant que la pluie ne tombe, pendant que son fils Étienne nettoyait l'étable. Pour sa part, Gabrielle s'était chargée de la vaisselle après avoir envoyé sa fille Berthe travailler au jardin, derrière la maison. Le temps était venu de récolter les derniers légumes et les derniers fruits de la saison. Les carottes ne grossiraient plus et les citrouilles étaient déjà prêtes. Le temps était devenu sensiblement plus frais depuis quelques jours. On devait se rendre à l'évidence : on était déjà à la mi-septembre et l'été tirait à sa fin.

La femme de quarante ans entendit le bruit caractéristique d'une roue métallique sur la terre durcie de la cour. Elle leva un moment la tête pour jeter un coup d'œil distrait par la fenêtre située au-dessus de l'évier de sa cuisine d'été. Ce n'était qu'Étienne qui poussait la vieille brouette à la roue cerclée de métal. Il allait porter au chemin les trois bidons de lait quotidiens qui seraient ramassés par le fromager à la fin de l'avant-midi. En le voyant revenir, elle ne put empêcher un rictus de crisper ses traits durs.

— Un bossu! dit-elle à mi-voix pour elle-même.

Vingt ans plus tôt, elle avait donné naissance à un enfant bossu, à un infirme. À cette simple évocation, l'ancienne servante du curé Lussier sentait monter en elle un vague sentiment de culpabilité mêlé de frustration à l'idée d'avoir à supporter cette honte toute sa vie, comme un injuste fardeau.

Dès son arrivée à Saint-Jacques-de-la-Rive, l'orpheline avait tout fait pour se faire épouser par Germain Fournier dans l'unique but d'échapper à sa condition de servante. Depuis le tout premier jour de son mariage, sa vie avait été gâchée par des regrets. Elle n'aurait jamais dû épouser un homme dont la laideur lui répugnait. Elle éprouvait surtout des remords d'avoir été assez stupide pour le lui dire dès le début de leur union. Les conséquences de cet aveu avaient été bien pires que tout ce qu'elle avait pu alors imaginer. Le mâle timide et amoureux qu'était Germain s'était transformé en un homme intraitable et dur. Il avait réagi en la chassant de sa chambre à coucher et en refusant de lui adresser la parole durant des semaines. À cette époque, elle en était rapidement venue à regretter son état de servante au presbytère, mais il était trop tard.

Si la belle Gabrielle avait cru attendrir son mari en lui apprenant qu'il allait être père quelques mois plus tard, elle s'était trompée. La nouvelle ne les avait pas rapprochés le moins du monde. L'unique réaction de Germain avait été de la forcer à réintégrer leur chambre à coucher et, depuis, il ne s'était plus jamais gêné pour exercer les droits que le mariage lui donnait.

Durant plusieurs mois, la future mère avait alors rêvé de se débarrasser du petit être qu'elle sentait grandir inexorablement en elle. Elle avait prié Dieu de lui épargner cette épreuve et elle avait multiplié les gros travaux ménagers dans l'espoir de provoquer une fausse couche.

Elle s'était juré que si elle y parvenait, elle s'empresserait de quitter Saint-Jacques-de-la-Rive le jour même avec la ferme intention de ne jamais plus y remettre les pieds.

Non seulement Dieu ne l'avait pas exaucée, mais Il l'avait punie en lui donnant un enfant anormal à la fin de l'hiver 1923. Et elle n'avait jamais su si son mari lui en avait voulu de lui avoir donné un tel fils.

Gabrielle jeta un nouveau regard vers son fils poussant devant lui sa brouette vide. Il venait de s'arrêter près du jardin pour parler à sa sœur. Si on ne tenait pas compte de sa bosse, il ressemblait à son père. Mêmes traits taillés à coups de serpe et même chevelure châtain clair. L'unique différence venait de ce que son visage n'était pas marqué par l'acné. Ses épaules larges et ses bras noueux disaient assez à quel point le jeune homme de vingt ans était solide.

Il y eut un éclat de rire de Berthe et Étienne se remit en marche en direction de l'étable. En entendant le rire cristallin de sa fille de dix-huit ans, Gabrielle eut un pincement au cœur. Cette fille qui lui avait été donnée deux ans après l'arrivée d'Étienne, elle avait rêvé de s'en faire une alliée et une amie. Elle allait remplacer les voisines qu'elle avait toujours boudées de crainte qu'elles propagent des rumeurs sur le climat qui régnait dans son foyer. Dès les premières années de l'enfant, elle lui avait confectionné de belles robes et même fabriqué des poupées en tissu. Elle avait volontairement négligé son fils pour consacrer le plus clair de ses énergies à gâter sa fille. Étrangement, Berthe ne lui avait jamais manifesté plus d'attachement pour ses efforts. Au fil des années, elle était devenue une belle jeune fille un peu froide et réservée qui ne semblait partager ses secrets qu'avec son frère.

— Qu'est-ce que ton frère te disait de si drôle? demanda-t-elle à Berthe quelques minutes plus tard, lorsque la jeune fille revint à la maison en portant une chaudière remplie de carottes.

— Quoi ?

— Aïe, la lune ! Je te parle, fit Gabrielle en haussant la voix.

— Je me rappelle plus, m'man.

— À t'entendre rire, ça devait pourtant être pas mal drôle.

Berthe souleva les épaules et présenta à sa mère ce visage buté qu'elle avait de plus en plus souvent. Gabrielle aurait donné cher pour savoir ce qui se passait derrière ce front... et entre le frère et la sœur. Il lui semblait qu'ils tenaient de plus en plus souvent des conciliabules.

— Bon. Laisse-moi juste un plat de carottes, dit-elle abruptement, et va porter le reste dans le carré de légumes, dans la cave. Après, t'iras voir s'il reste des betteraves dans le jardin ; je vais commencer à vider les citrouilles. On va les préparer aujourd'hui et faire de la compote.

Berthe s'approcha de sa mère, prit un grand bol et y déposa des carottes. Les deux silhouettes se confondaient presque. Même taille, mêmes cheveux châtains bouclés, même front haut et mêmes lèvres charnues. Par contre, le visage de la jeune fille ne présentait pas ces rides profondes au coin des lèvres et ses yeux bleus n'avaient pas la dureté minérale de ceux de sa mère.

Berthe descendit à la cave, puis elle retourna dans le jardin sans aucun entrain.

— Si elle continue à avoir cet air-là, se dit sa mère à mi-voix en repoussant une mèche de cheveux d'un geste impatient, elle va finir par ressembler à l'autre avec sa face de bois.

L'autre, c'était évidemment son mari, l'homme avec qui elle entretenait une guerre larvée depuis plus de vingt ans. Entre eux, aucune réconciliation n'était possible, même pas sur l'oreiller. Les deux époux ne s'adressaient la parole que lorsqu'ils ne pouvaient faire autrement. Ils s'ignoraient ouvertement. Pas de cris et pas de disputes fracassantes comme celle qui avait eu lieu au début de leur vie commune en 1923. Pire : uniquement une froideur polaire qui rendait irrespirable l'atmosphère de leur foyer. Ils ne vivaient pas l'un avec l'autre, mais l'un à côté de l'autre. Il suffisait de quelques instants pour se rendre compte que chacun détestait l'autre et avait une tonne de griefs à lui reprocher.

De fait, Gabrielle avait poussé sa haine jusqu'à dépersonnaliser celui qu'elle avait épousé. Depuis longtemps, elle l'avait baptisé « l'autre », le noyant dans un mépris qui, avec les années, avait fini par englober tous les hommes. Étrangement, elle se considérait comme une victime du mauvais sort, une orpheline qui n'avait jamais eu la chance d'être heureuse. À ses yeux, la vie avait été injuste. Pas un moment, elle n'avait pensé qu'elle avait été la première artisane de sa vie malheureuse en rejetant Germain Fournier, complexé, qui ne demandait pourtant qu'à l'aimer. Si elle avait fait preuve d'un peu de douceur et de compréhension, il l'aurait adorée et choyée. Il aurait fallu si peu de choses pour que tout bascule.

En fait, elle avait érigé elle-même les murs qui l'isolaient du reste du monde et le hasard avait fait le reste. Tout d'abord, le sort avait voulu qu'elle soit orpheline et que la sœur de son mari, Florence, leur unique parente, refuse tout contact avec eux parce qu'elle s'était sentie spoliée de sa part d'héritage à la mort de leur mère. Ensuite, dès les premiers temps de son mariage, elle avait tenu délibérément ses voisines à l'écart de peur qu'elles ne devinent à quel point son ménage se dégradait. Avec le temps, les Tremblay, les Hamel et les Veilleux avaient fini par les ignorer, elle et sa famille. Quand ils la rencontraient, ils se contentaient de la saluer de loin sans chercher à se lier. Bien sûr, tout aurait pu changer avec les enfants, mais elle leur avait toujours interdit d'attirer à la maison les enfants des alentours. «Je veux pas de fouineux dans ma maison», leur répétait-elle, suspicieuse.

Un peu avant midi, la mère de famille vit son mari et son fils s'arrêter au puits creusé à l'entrée du jardin. Étienne en tira une chaudière d'eau fraîche et son père s'empressa d'y plonger une vieille tasse en grès qu'on laissait toujours sur la margelle pour se désaltérer.

Germain Fournier avait pris quelques livres avec les années. Son visage s'était un peu arrondi et sa peau hâlée paraissait peut-être moins grêlée à cause des nombreuses rides apparues au coin de ses yeux et sur son front. Par contre, il avait toujours la même tignasse hirsute, même si ses cheveux avaient pris une teinte gris acier. À cinquante et un ans, il fallait reconnaître qu'il était demeuré un homme à la charpente solide.

Désaltérés, les deux hommes traversèrent bientôt la cour sans se presser jusqu'à une petite table grossière appuyée contre le mur de l'appentis. Ils versèrent de l'eau dans le bol à main déposé sur le meuble et, à tour de rôle, ils se rafraîchirent. Après s'être essuyés avec une vieille serviette, le père et le fils se dirigèrent vers la galerie où ils s'arrêtèrent, le temps de retirer leurs bottes avant d'entrer dans la cuisine d'été.

Les Fournier s'assirent à leur place habituelle et chacun se servit dans le bol de bouilli de légumes déposé au centre de la table. Seul le bruit des ustensiles heurtant les assiettes venait troubler le silence pesant qui régnait dans la pièce. À la fin du repas, Gabrielle se leva sans un mot et se mit à desservir la table.

— Va me chercher une chaudière d'eau et verse-la dans le *boiler* du poêle, commanda Gabrielle à Berthe qui venait de se lever à son tour pour l'aider.

— Dérange-toi pas, j'y vais, dit son frère en quittant sa chaise.

— Si encore on avait une pompe à bras à l'évier, comme tout le monde, fit remarquer la mère sans s'adresser à personne en particulier, on serait pas obligés de courir au puits chaque fois qu'on a besoin d'un peu d'eau.

Son mari fit comme s'il ne l'avait pas entendue.

— Moi, m'man, j'ai bien plus hâte d'avoir l'électricité comme à Pierreville, fit Berthe. Y avez-vous pensé? Plus de lampe à l'huile, plus de fanal, plus besoin de chauffer le poêle à bois en plein été. Quand ça va arriver, ça va être le ciel!

— Je pense que t'as surtout hâte d'écouter le radio pour entendre chanter le soldat Lebrun, ajouta son frère, moqueur. Pour moi, ma sœur, t'étais faite pour être princesse.

— Bon. Ça va faire, vous deux, intervint leur mère. Ça vous sert à rien de vous faire des idées. Tout ça, c'est pas pour demain. En plus, il faut de l'argent pour payer toutes ces belles affaires-là.

— On pourrait peut-être commencer par avoir le téléphone comme à peu près tout le monde dans le rang, fit remarquer le jeune homme.

— Pour quoi faire? demanda sa mère sur un ton agressif, en se campant devant lui, les mains sur les hanches. Il me semble que t'es bien assez vieux pour comprendre que c'est une bébelle inutile! On s'en servirait pour appeler qui? Ça coûte, cette affaire-là, et il paraît qu'on est six par ligne. Quand tu décroches, tout le monde se garroche sur le téléphone pour écouter ce qui se dit. Ça fait que tout le monde est au courant de tes affaires.

Le père se contenta de secouer la tête en entendant sa femme. Il se leva lentement de table, prit sa pipe et sa blague à tabac déposées sur le bras de sa chaise berçante et sortit sur la galerie, sans avoir prononcé un seul mot. Germain alla s'asseoir sur sa vieille chaise berçante placée à l'extrémité de la galerie pendant que son fils entrait dans la petite remise accolée à la maison après avoir apporté le seau d'eau demandé par sa mère. C'était là son domaine où bien peu de membres de la famille mettaient les pieds.

Quelques minutes plus tard, Berthe se présenta devant la porte du bâtiment demeurée ouverte. Il régnait dans les lieux une forte odeur de vernis.

— Puis, qu'est-ce que t'en penses ? lui demanda Étienne en lui montrant de la main un magnifique petit secrétaire en érable orné d'un panneau central sculpté. Je l'ai verni hier soir. Regarde.

Le jeune homme s'approcha du meuble qui brillait dans la pénombre et en releva le battant pour lui montrer les espaces de rangement ainsi qu'une douzaine de petits tiroirs.

— J'ai aussi prévu un trou pour la bouteille d'encre et un grand tiroir pour mettre les papiers. L'aimes-tu ?

— Je pense que c'est le plus beau meuble que t'as jamais fait, déclara Berthe, admirative. J'ai jamais rien vu d'aussi beau.

— Attends, j'ai autre chose aussi, l'interrompit son frère dont le visage rayonnait de fierté.

Étienne fit quelques pas et retira quelques poches de jute qui recouvraient un fauteuil fait du même bois que le secrétaire. On retrouvait sur le dossier le même motif floral sculpté que sur le panneau central du secrétaire.

— Il va avec, dit le jeune homme en poussant le fauteuil vers le secrétaire.

— Je te le dis, Étienne, t'as un don pour travailler le bois. Ton secrétaire est encore bien plus beau que la commode que t'as faite pour ma chambre.

— Je le trouve pas pire, fit son frère avec une fausse modestie. Je pourrais peut-être faire mieux, mais il me faudrait de meilleurs outils.

Le garçon passa doucement la main sur le dessus de son secrétaire comme pour vérifier le satiné du bois.

— Je vais dire à p'pa de venir voir ça ; ça vaut la peine, déclara Berthe, enthousiaste.

— Donne-moi tout de même une minute pour que je le sorte dehors, à la clarté, dit son frère.

Étienne tira à l'extérieur son secrétaire et son fauteuil pendant que sa sœur se dirigeait vers la maison. Il n'y avait rien qu'il préférait autant que le moment où il pouvait admirer un meuble qu'il avait construit de ses propres mains. Il travaillait le bois depuis son adolescence. Il existait entre lui et ce matériau une passion développée par les milliers d'heures qu'il lui avait consacrées. Quand il sciait, rabotait ou sculptait, il oubliait son infirmité et le rejet dont il avait toujours été l'objet.

Il avait toujours souffert de l'espèce de froide indifférence manifestée autant par sa mère que par son père. Sa mère l'avait nourri et soigné, mais elle ne lui avait jamais témoigné la moindre tendresse. Pour elle, il était le fils de son père. Ses rares élans d'amour, elle les avait gardés pour Berthe.

Par ailleurs, même si son père n'était guère plus expansif que sa mère, il le préférait. Il lui inspirait une vague pitié tant il semblait vivre seul dans un monde bien à lui, un monde d'où sa femme et ses enfants étaient exclus. Il travaillait à ses côtés depuis qu'il avait quitté l'école, à treize ans, et ils en étaient venus à se comprendre sans avoir à se parler. Jusqu'à présent, sans le savoir, Étienne avait eu une vie qui ressemblait étrangement à celle que son père avait connue. Durant leur enfance, tous les deux avaient souffert des moqueries des jeunes de Saint-Jacques-de-la-Rive.

Adolescents, les filles et les garçons les avaient repoussés sans aucun ménagement. La laideur du père, comme l'infirmité du fils, avait été la cause d'une solitude difficile à vivre.

Même si Étienne avait vécu exactement les mêmes vexations que son père à cause de son infirmité, il ne s'était pas enfermé dans une rancune amère. Il s'était consolé en travaillant le bois et, surtout, en partageant un même rêve avec sa sœur : celui de quitter la maison paternelle dans quelques mois. C'était d'ailleurs ce dernier projet qui était l'objet de la plupart des conciliabules qui énervaient tant leur mère.

À la fin de l'hiver, le jour de ses vingt et un ans, il avait été décidé que le jeune homme partirait s'installer à Montréal. Lorsqu'il aurait trouvé un emploi, Berthe entreprendrait le siège de ses parents pour les convaincre de la laisser le rejoindre. Elle était persuadée d'y parvenir en jouant l'un contre l'autre. Elle voulait aller travailler dans une usine où, à cause de la guerre, on versait des salaires intéressants aux femmes. Le frère et la sœur en avaient assez de vivre dans cette maison. Ils voulaient partir et ne plus y revenir.

Étienne fut tiré de ses réflexions par le claquement de la porte moustiquaire de la cuisine d'été. Levant la tête, il aperçut Berthe précédant de quelques pas leur mère. Il eut un imperceptible geste de dépit en voyant cette dernière.

Gabrielle descendit de la galerie et vint se camper devant le petit meuble qu'il venait de déposer en plein soleil. Elle le scruta d'un œil critique durant un long moment avant d'en faire lentement le tour.

— Il est pas mal, finit-elle par laisser tomber sans manifester le moindre enthousiasme. On pourrait peut-être le mettre dans un coin de la cuisine d'hiver. Peut-être même qu'on pourrait le vendre à quelqu'un de Pierreville.

On sait jamais. Il y a du monde que ça pourrait intéresser. Un peu d'argent nuirait pas pour nous aider à hiverner.

Gabrielle n'avait pas entendu son mari arriver derrière elle. Il avait été tiré de sa sieste par le claquement de la porte de la cuisine. Germain la contourna, abaissa doucement le panneau du secrétaire et admira la rangée de petits tiroirs. Ensuite, il se pencha vers le fauteuil pour l'examiner.

— C'est du bel ouvrage. T'en feras ce que tu voudras, dit-il à son fils sur un ton sans appel. C'est à toi, ce meuble-là. Si tu veux le vendre, tu le vendras. Si tu veux le garder, t'es ben libre de le faire… Bon, c'est ben beau tout ça, mais on a l'avoine à faucher.

Sur ces mots, le père de famille tourna les talons et prit la direction de l'écurie pour aller y chercher les chevaux. Gabrielle, mécontente, se contenta de dire à sa fille :

— Aide ton frère à rentrer ça dans la remise. Après, tu viendras me donner un coup de main à finir d'arranger les citrouilles.

La jeune fille aida son frère à mettre à l'abri son secrétaire et son fauteuil qu'ils recouvrirent de vieilles poches de jute.

— Qu'est-ce que tu vas faire ? lui demanda-t-elle au moment de quitter la remise.

— Je vais les vendre. J'en ai parlé au père Murray, à Pierreville, la semaine passée. Il m'a dit de venir les lui montrer. Il est intéressé à acheter le secrétaire et le fauteuil s'ils font son affaire.

— Il les garderait pour lui ?

— Il l'a pas dit. C'est pas ben important, ajouta Étienne. Que ce soit pour lui ou pour les vendre dans son magasin, ce qui est important, c'est qu'il m'en donne un bon prix.

— Tu vas faire quoi avec cet argent-là ?

— Il va aller rejoindre ce que j'ai déjà de ramassé. J'en aurai pas de trop quand je vais partir pour Montréal.

Le jeune homme n'en dit pas plus. Berthe et lui se trouvaient maintenant trop près de la maison paternelle.

Chapitre 5

La visite paroissiale

L'automne s'installa vraiment dans la région dès le milieu de la première semaine d'octobre. Il avait suffi de deux jours de pluie et de vent pour faire disparaître les dernières traces de l'été. Le temps avait fraîchi et les routes s'étaient transformées en bourbiers. Subitement, on s'aperçut que les journées raccourcissaient et que le soleil ne parvenait plus à réchauffer vraiment l'atmosphère. Les ramures des arbres, à peine revêtues de leurs couleurs automnales éclatantes, avaient été si durement secouées par le vent qu'elles avaient perdu la moitié de leurs feuilles maintenant plaquées au pied des bâtiments.

Le début d'octobre était une période d'intense activité à Saint-Jacques-de-la-Rive. Les ménagères confectionnaient leurs dernières marinades et confitures avec ce qui restait dans leur jardin avant de s'installer dans leur cuisine d'hiver. C'était aussi le moment de procéder à un grand ménage de la cuisine d'été utilisée par la famille durant les quatre derniers mois. Les parterres étaient préparés pour l'hiver et on mettait les bulbes à l'abri. Pour la dernière fois avant l'arrivée de la saison froide, on lavait les fenêtres et les rideaux et on nettoyait à fond le salon en prévision de la visite annuelle du curé de la paroisse qui, traditionnellement, faisait sa tournée paroissiale à compter du 15 octobre.

À l'extérieur, d'immenses vols d'outardes traversaient bruyamment un ciel gris et bas. De temps à autre, on pouvait entendre au loin le « Hue donc ! » impatient qu'un cultivateur adressait à son attelage pendant qu'il labourait son champ. Derrière lui, des dizaines de mouettes effrontées s'abattaient sur les sillons fraîchement retournés. Partout, les champs étaient maintenant dénudés. Il ne restait qu'à récolter le sarrasin. Cette année encore, la nature avait été généreuse. À présent, le temps pressait. Il fallait profiter des derniers beaux jours pour labourer et épandre du fumier pour engraisser la terre. Il n'était pas question de se faire surprendre par les premières gelées qui n'allaient pas tarder à arriver.

⁓

Dans la cuisine du presbytère, Amélie Provost ne décolérait pas depuis le début de la matinée. Elle claquait avec humeur les portes d'armoires et heurtait sans ménagement ses chaudrons. Le curé Ménard, qui la connaissait depuis une douzaine d'années, avait jugé plus prudent de se retirer dans son bureau plutôt que dans le salon, où il avait l'habitude de lire son bréviaire quand la température était trop froide à l'extérieur.

— Maudits hommes ! jura la ménagère en pinçant les lèvres. Pas un pour racheter les autres !

Pour la vingtième fois depuis le début de la journée, la cuisinière alla à la fenêtre qui donnait sur l'arrière du bâtiment et jeta un coup d'œil vers le jardin. Elle sursauta en apercevant le curé Ménard en train de monter à bord de sa Plymouth 1936 noire qu'il venait de sortir de l'ancienne écurie convertie en garage. Elle ne l'avait pas entendu quitter le presbytère. À voir briller la carrosserie du véhicule sous le timide soleil d'octobre, il ne faisait aucun doute que son propriétaire avait pris la peine de l'astiquer avant de se mettre au volant.

Elle se rappela soudainement avoir entendu, la veille, le brave homme dire à son vicaire qu'ils commenceraient la visite paroissiale le lendemain. Quand le curé Ménard avait précisé à son subordonné qu'il lui laissait le village parce qu'il n'avait pas de moyen de transport, l'abbé Leroux avait osé proposer d'ajouter à sa tâche un ou deux rangs supplémentaires en utilisant la Plymouth. Le «Il en est pas question, l'abbé!» horrifié de Ludger Ménard avait fait blêmir le petit prêtre, ce qui avait suscité un sourire satisfait chez la ménagère.

Même s'il n'était à Saint-Jacques-de-la-Rive que depuis peu, le vicaire aurait dû savoir que le seul domaine où son curé était intraitable, c'était sa voiture. Personne n'avait le droit de poser la main sur ce trésor qu'il n'utilisait que parcimonieusement à cause du rationnement de l'essence. Il aurait dû remarquer que son curé en prenait un soin maniaque et qu'il passait beaucoup plus de temps à la bichonner qu'à la conduire. Heureusement d'ailleurs! Comme beaucoup de gens de son époque ayant appris à conduire tardivement, Ludger Ménard avait une nette tendance à considérer son véhicule comme un vieux cheval dont il fallait ménager les forces. Il roulait au pas, au centre de la route, et il lui parlait constamment. Les «tout doux, ma belle!» au moment de ralentir précédaient de peu les «Whow!» quand il s'imposait de freiner. À ses yeux, seuls les mécaniciens de son concessionnaire de Drummondville avaient la compétence nécessaire pour entretenir et réparer sa voiture, ce qui mettait Côme Crevier en colère. Forgeron et mécanicien, l'homme au tour de taille confortable ne pardonnait pas à son curé ce manque de confiance.

— C'est comme si j'allais me confesser au curé Biron de Pierreville parce que je pense que notre curé est pas assez bon pour moi, répétait-il depuis des années à ses connaissances et à ses clients.

Bref, cette répartition de la tâche pastorale signifiait que l'abbé Hervé Leroux allait revenir assez tôt au presbytère, ce qui était une autre raison pour accroître la mauvaise humeur de la ménagère. Elle fit un effort méritoire pour cesser de penser aux deux prêtres. Elle avait bien assez d'avoir à se préoccuper d'un sujet bien plus irritant: le bedeau.

— S'il m'oblige à aller le chercher chez eux, le Tit-Phège Turcotte, il va s'en souvenir, lui, dit-elle à mi-voix, les dents serrées. Je vais te le ramener ici par les oreilles, l'espèce de sans-cœur.

Depuis plus d'une semaine, Amélie Provost demandait quotidiennement au bedeau de vider le jardin du presbytère. Il restait encore une bonne quantité de carottes, de pommes de terre et d'oignons qui devaient être mis à l'abri, dans le caveau, avant que les premiers gels ne viennent les gâcher. Mais l'autre promettait sans jamais se décider à faire le travail. Ce qui enrageait le plus la veuve autoritaire, c'était de constater que le bedeau ne la craignait nullement... un peu comme le nouveau petit vicaire qu'elle avait entrepris de «mettre à sa main», comme elle disait.

Trois semaines plus tôt, la servante du curé Ménard était allée répondre à un coup de sonnette impératif à la porte du presbytère. En ouvrant la porte, elle s'était trouvée en face d'un petit prêtre âgé d'à peine trente ans dont

74

les yeux gris et froids la dévisageaient sans ciller derrière des lunettes à monture d'acier.

— J'aimerais parler à monsieur le curé Ménard, avait-il dit sans faire montre de la moindre amabilité.

Ce disant, l'abbé était entré après s'être emparé d'une valise déposée à ses pieds. Il ne s'était pas plus présenté à elle qu'il ne l'avait saluée. La grande femme sèche avait vivement réagi à ce manque de savoir-vivre. Le visage mauvais, elle s'était contentée de dire abruptement au visiteur en lui ouvrant la porte de la salle d'attente :

— Attendez là. Je vais aller voir si monsieur le curé peut vous recevoir.

Elle l'avait planté là et elle était allée prévenir Ludger Ménard. Le curé, tout souriant, était venu accueillir le vicaire qu'il attendait depuis près de deux mois. Enfin, l'abbé Hervé Leroux était là, prêt à le seconder dans sa tâche pastorale.

D'excellente humeur, le pasteur de la paroisse avait fait passer le jeune prêtre dans son bureau où les deux hommes avaient discuté durant plusieurs minutes. Ludger Ménard avait fini par appeler Amélie Provost à qui il avait présenté le nouveau vicaire qui l'avait saluée d'un bref signe de tête. Elle avait fait de même. Quand le curé Ménard lui avait demandé de conduire l'abbé à sa chambre, la servante n'avait pas eu un regard pour le nouvel arrivant. Elle s'était contentée de se tourner vers son curé pour lui dire :

— Je peux pas, monsieur le curé. Mon dîner est sur le poêle et il risque de brûler. C'est la première porte en haut de l'escalier. Je suppose que si notre nouveau vicaire a pas les deux pieds dans la même bottine, il va finir par trouver ça tout seul.

D'entrée de jeu, le ton avait été donné aux relations qui allaient exister entre le vicaire et la ménagère irascible.

Au moment où elle regagnait sa cuisine, toute contente d'avoir fait sentir au petit abbé qu'il ne l'impressionnait pas, elle avait entendu le curé Ménard dire :

— Je sais pas ce que vous lui avez fait, l'abbé, mais je pense qu'il va falloir que vous fassiez la conquête de madame Provost.

La servante n'avait pas eu la chance d'entendre la réponse du nouveau venu.

Depuis ce premier contact, les choses ne s'étaient guère arrangées entre la ménagère et le jeune prêtre. Il existait entre eux une antipathie naturelle difficilement explicable. La moindre chose devenait cause de friction et le curé Ménard, malgré toute sa bonhomie naturelle, avait du mal à supporter le climat d'affrontement qui régnait maintenant dans son presbytère.

Dès le premier jour, Amélie Provost s'était juré de dompter cet espèce d'avorton haut comme trois pommes qui se tenait raide comme la justice pour ne pas perdre un pouce de sa petite taille. Ce n'était pas parce qu'il portait un col romain et une soutane qu'il allait lui faire peur. Il avait beau prendre ses airs supérieurs et la regarder de haut, il allait apprendre qui était Amélie Provost. Ce n'était pas lui qui allait venir faire la loi dans « son » presbytère.

La lutte s'était engagée dès le premier repas, quand l'abbé Leroux avait repoussé son assiette après avoir avalé une bouchée en disant que le ragoût était trop gras et que son estomac ne le digérerait pas.

— Madame Provost pourrait peut-être vous cuisiner vite fait quelque chose de moins riche, avait proposé Ludger Ménard au moment où la cuisinière déposait un plat de légumes au centre de la table.

— Il en est pas question, monsieur le curé, avait-elle dit sur un ton sans appel. Je suis toute seule dans la cuisine, au cas où vous l'auriez oublié. J'ai pas le temps de préparer deux menus différents. Ici, c'est pas un hôpital, c'est un presbytère.

Cette escarmouche avait été suivie de nombreuses autres et chaque fois, le pauvre curé Ménard avait été dans l'obligation de s'en mêler pour éteindre le feu qui risquait de prendre des proportions regrettables.

Fait étrange, cette inimitié entre le nouveau vicaire et la servante faisait déjà l'objet de cancans dans la paroisse. Mise au courant par Hélèna Pouliot, Amélie avait eu tôt fait de déduire que le bedeau avait été celui qui était à leur origine et elle s'était promis de lui faire payer cher de n'avoir pas su tenir sa langue.

Par ailleurs, toujours par l'entremise de la vieille épicière à la langue bien pendue, la veuve avait appris, non sans plaisir, que le jeune prêtre s'était déjà aliéné certains paroissiens par ses manières trop cassantes et son intransigeance au confessionnal.

~

— D'abord le Tit-Phège, dit à voix haute la servante en s'emparant de son épaisse veste de laine noire pendue derrière la porte de la cuisine, c'est aujourd'hui que ça se règle, cette affaire-là.

La grande femme retira son ample tablier blanc et s'assura qu'aucune mèche de cheveux ne s'était échappée de son lourd chignon gris avant d'endosser sa veste. D'un pas décidé, elle traversa le long couloir et sortit du presbytère. Le vent la fit légèrement frissonner. Elle descendit l'escalier et se mit en marche jusqu'au trottoir. Au moment où elle allait traverser la route, elle aperçut l'abbé Leroux qui revenait de l'école du village. Elle fit comme si elle ne l'avait pas vu et traversa. Elle n'eut alors que quelques pas à faire avant d'aller frapper à la porte de la petite maison blanche habitée par Rose-Aimée Turcotte et son frère. Dès qu'elle posa un pied sur la galerie, elle vit bouger le rideau qui masquait la fenêtre de la cuisine.

Un instant après, la porte s'ouvrit sur une femme au tour de taille imposant, étonnamment laide et peu soignée. La dame âgée d'une cinquantaine d'années portait des verres épais qui mettaient en évidence ses paupières tombantes. Son large visage était en outre déparé par un nez bulbeux et deux grosses verrues d'où sortaient quelques longs poils. L'effet était saisissant. Celui qui connaissait Tit-Phège Turcotte, le bedeau, avait l'impression de se retrouver en face de sa copie féminine, les verrues en surplus.

De tout temps, Rose-Aimée Turcotte avait été une célébrité à Saint-Jacques-de-la-Rive. Sa paresse était aussi célèbre que celle de son frère aîné. Elle avait passé la plus grande partie de sa vie à lire des romans à l'eau de rose et à attendre le prince charmant. À l'entendre, elle n'avait jamais cessé de repousser les prétendants qui l'assiégeaient. En réalité, ces derniers l'avaient boudée, comme elle avait toujours boudé la plupart des travaux ménagers.

— Bonjour, madame Provost, fit la célibataire, aimable. Entrez. Restez pas dehors; c'est pas chaud.

— Merci, madame Turcotte.

La servante entra dans la cuisine de l'ancienne petite maison d'Agathe Cournoyer. Une odeur indéfinissable se dégageait de la pièce surchauffée.

— Entrez vous asseoir, proposa la maîtresse de maison.

— Vous êtes bien aimable, mais j'ai beaucoup d'ouvrage qui m'attend au presbytère, dit Amélie en refusant l'invitation d'un geste de la main. Je cherche votre frère. Est-ce que vous l'auriez vu?

— Elphège est couché. Après le déjeuner, il se sentait pas dans son assiette, le pauvre homme, expliqua la grosse femme. Il a décidé de retourner se coucher.

— Monsieur le curé m'a envoyée le chercher d'urgence, madame Turcotte, mentit la servante. Il voudrait le voir tout de suite.

— Si ça vous fait rien d'attendre une minute, je vais aller le réveiller, proposa la sœur du bedeau.

Sur ce, Rose-Aimée se dirigea vers l'escalier étroit situé au fond de la petite cuisine et se mit en devoir de le gravir en se hissant lourdement d'une marche à l'autre. Durant son absence, Amélie inspecta les lieux en arborant une mine dégoûtée.

Le comptoir disparaissait sous une pile de casseroles et d'assiettes souillées. Le dernier nettoyage du parquet devait dater de plusieurs semaines. Les carreaux des fenêtres étaient sales et les rideaux défraîchis auraient eu besoin d'un sérieux lavage. Des objets traînaient partout où le regard se posait. La servante esquissa un sourire méprisant en apercevant un livre ouvert sur le siège d'une antique chaise berçante dont le coussin laissait échapper la bourrure.

— Si ça a de l'allure de vivre comme ça ! se dit à mi-voix la veuve, un peu apitoyée par l'état de la pièce.

Il y eut des chuchotements à l'étage et Elphège Turcotte apparut soudainement dans l'escalier qu'il descendit en passant une main dans sa chevelure gris fer ébouriffée.

— Qu'est-ce qui se passe, madame Provost ? demanda-t-il d'une voix un peu ensommeillée.

— Monsieur le curé veut vous voir, se contenta de lui répondre la ménagère.

— Bon. J'arrive. Le temps de me chausser et de passer quelque chose de chaud.

— Moi, je rentre au presbytère ; j'ai quelque chose sur le feu, expliqua Amélie, la main déjà posée sur la poignée de la porte. Merci, madame Turcotte.

— Vous reviendrez me voir.

Amélie rentra d'un pas rapide au presbytère où, sans perdre un instant, elle sortit les paniers et les chaudières qu'elle déposa sur la galerie arrière. Quelques minutes plus tard, elle entendit la porte d'entrée claquer et des pas se diriger vers la cuisine. Le bedeau entra dans la pièce.

— J'espère que vous vous êtes bien essuyé les pieds avant de marcher sur mon plancher propre, lui dit-elle sur un ton sévère.

— Ben oui, madame Provost, répondit l'autre, un peu exaspéré. Où est monsieur le curé ?

— Parti faire sa visite paroissiale. Pourquoi ? Vous avez affaire à lui ?

— Ben, vous venez de me dire qu'il avait affaire à moi d'urgence, fit remarquer l'homme qui ne comprenait plus où il en était.

— C'est vrai. Il m'a dit qu'il voulait que vous ramassiez tout ce qui reste dans le jardin aujourd'hui même, mentit Amélie avec aplomb. Et je vous garantis qu'il était pas de bonne humeur quand il s'est aperçu qu'on était en train de perdre des légumes qui sont en train de pourrir là.

— Il y a pas le feu, se défendit Tit-Phège de sa voix traînante.

— Ça fait une semaine que vous me dites que vous allez le faire, lui rétorqua la cuisinière. Vous trouvez pas que vous exagérez ? On n'est pas pour laisser gaspiller de la bonne nourriture du bon Dieu en plein temps de rationnement quand du monde, en ville, meurt de faim.

— C'est ben beau tout ça, mais moi, j'ai une bonne grippe et je suis pas pour attraper mon coup de mort à travailler dehors quand il mouille.

— Il mouille pas aujourd'hui. Il fait juste un peu frais, trancha Amélie. Il est déjà neuf heures. J'ai placé les chaudières et les paniers sur la galerie. Commencez. Dans cinq minutes, je vais aller vous donner un coup de main. À deux, ça va aller plus vite et on va avoir fini pour midi.

En fait, il n'était pas du tout dans les intentions de la veuve d'aller faire le travail d'un paresseux, surtout qu'elle avait à cuisiner le repas des deux prêtres. Mais pour fouetter l'ardeur défaillante du bedeau, elle entrouvrit de temps à autre la porte de la cuisine durant la matinée pour lui crier qu'elle arriverait bientôt. Le voir à genoux en train de déterrer les pommes de terre et les carottes et en remplir les chaudières la faisait sourire malgré elle.

— Le vlimeux! dit-elle à mi-voix. Il travaille pas à fine épouvante parce qu'il pense que je vais aller l'aider. Il se trompe s'il pense que je vais aller faire son ouvrage à sa place.

Elle était enfin parvenue à ses fins. Le travail fut terminé à la fin de l'avant-midi.

Elphège, épuisé par cet effort physique inhabituel, venait de transporter dans le caveau sa dernière chaudière de légumes lorsque le curé Ménard rentra au presbytère pour dîner. Il se présenta à la porte de la cuisine au moment où le prêtre allait quitter la pièce. Le bedeau entra et s'arrêta sur le paillasson en apercevant le regard furieux que la ménagère venait de diriger vers ses pieds boueux.

— Vous allez être content, monsieur le curé, annonça-t-il fièrement. Il reste plus un légume dans votre jardin. Tout est rentré dans le caveau pour l'hiver.

— T'es bien serviable, mon Tit-Phège, répondit le curé. Mais t'étais pas obligé de faire ça aujourd'hui. T'aurais pu attendre une journée plus chaude…

Le bedeau, abasourdi, regarda alternativement le prêtre et la cuisinière, se demandant s'il devait en croire ses oreilles.

— J'avais cru comprendre que c'était urgent et que vous vouliez absolument que…

— Bien oui, monsieur Turcotte. C'est ce que monsieur le curé voulait. On vous remercie beaucoup. Vous avez été bien fin de nous faire ça aujourd'hui.

Amélie s'empressa de lui ouvrir la porte de la cuisine, ne lui laissant d'autre choix que de sortir.

— Vous m'avez ben eu, hein! fit-il à mi-voix à la veuve, sans montrer plus d'animosité qu'il le fallait.

Le sourire triomphal de la cuisinière fut la seule réponse qu'il obtint.

⌒

Cet après-midi-là, lorsque la Plymouth du curé Ménard pénétra dans le rang Sainte-Marie un peu après deux heures, le téléphone se mit à sonner dans toutes les maisons où il était installé. On se prévenait mutuellement de son arrivée. Dans presque tous les foyers, les ménagères s'empressèrent d'épousseter et de ranger le salon avant d'aller revêtir leur robe du dimanche.

— J'ai dans l'idée que monsieur le curé va être ici dans une dizaine de minutes, déclara Thérèse Tremblay en aidant sa bru Cécile et sa fille Aline à épousseter et à remettre de l'ordre dans le salon. Je viens de le voir passer. Il a tourné chez les Veilleux, à côté.

— J'aime mieux que ce soit lui que le petit vicaire, déclara Cécile.

— C'est vrai qu'il est bête en pas pour rire, ce prêtre-là, confirma sa belle-sœur.

— Aline, critique pas un prêtre, l'avertit sévèrement sa mère.

— Où est passée Élise encore ? demanda Cécile.

— Je l'ai vue monter dans sa chambre, il y a pas cinq minutes.

Cécile sortit de la pièce. Debout au pied de l'escalier, elle cria à sa fille de changer de vêtements pour la visite du curé et d'aller voir aux bâtiments si son père et son frère étaient là. Quelques minutes plus tard, Gérald entra dans la maison, suivant de peu sa fille. Il trouva sa femme, sa mère et sa sœur Aline en train de vérifier à tour de rôle le bon ordre de leur coiffure devant le petit miroir installé derrière la porte du garde-manger.

— Dépêche-toi, Gérald, lui ordonna sa femme. Monsieur le curé s'en vient. Va changer de pantalon et de chemise.

— Il y a pas le feu, protesta le grand et gros homme d'une voix un peu traînante.

— Et Bertrand, lui, où il est passé ?

— Je l'ai envoyé chez Crevier, au village.

— C'est correct. Envoye ! Grouille ! Monsieur le curé vient de monter dans son char. Il s'en vient, précisa Cécile qui regardait par la fenêtre, du côté des Veilleux.

Quelques minutes plus tard, la Plymouth noire s'arrêta dans la cour des Tremblay. Avant de se diriger vers la porte d'entrée de la maison, le prêtre jeta un regard désolé à la carrosserie maintenant boueuse de sa voiture. Bien au courant des traditions de la région, il ignora la porte située sur le côté de la maison pour se présenter à la porte d'en avant, celle qu'on n'ouvrait que pour la visite pastorale ou pour sortir le cercueil d'un membre de la famille qui avait été exposé dans le salon de la maison.

Le curé Ménard n'eut pas à frapper. La porte s'ouvrit devant lui dès qu'il atteignit la dernière des trois marches de l'escalier.

— On dirait bien que vous m'attendiez, madame Tremblay, dit-il avec un bon rire à Thérèse qui s'était avancée pour l'accueillir.

— Le téléphone, c'est pas pour les chiens, monsieur le curé, répliqua l'hôtesse sur un ton plaisant.

— Si j'ai bonne mémoire, ça se faisait même avant le téléphone. Je me souviens pas d'être déjà arrivé par surprise chez un de mes paroissiens.

Le curé enleva son manteau qu'il tendit à Élise et l'adolescente s'empressa d'aller le déposer sur le dossier d'une chaise de la cuisine.

— J'entre dans la maison de trois Dames de Sainte-Anne, fit remarquer Ludger Ménard en s'assoyant dans l'un des fauteuils, après avoir salué Aline et Cécile.

— Et d'une enfant de Marie, monsieur le curé, précisa Gérald en lui montrant sa fille Élise.

Durant quelques minutes, le prêtre s'informa de la santé des habitants de la maison, prenant toutefois bien soin de ne pas mentionner Lionel pour ne pas mettre ses hôtes mal à l'aise. On parla des récoltes et des projets d'avenir d'Élise et de Bertrand qui avaient finalement abandonné l'école quelques mois auparavant.

— Vous prendrez bien un morceau de sucre à la crème, proposa Aline en tendant au prêtre une assiette qu'elle venait d'aller chercher dans la cuisine.

— Je vais en prendre un, même si je sais que c'est pas très raisonnable, dit le pasteur au ventre avantageux. Tu me fais faire là un péché de gourmandise… Pendant que j'y pense, reprit-il après avoir mangé la sucrerie, j'espère, Gérald, que tu vas te présenter à l'un des deux postes de marguillier qui va se libérer au début du mois de novembre. La paroisse a besoin de bons pères de famille comme toi, des hommes qui ont du jugement. Je vais dire un bon mot pour toi au conseil de fabrique.

— C'est ben fin de votre part de penser à moi, dit Gérald sur un ton peu enthousiaste que son curé remarqua.

— Rappelle-toi que c'est un honneur pour toute ta famille si t'es choisi.

— C'est certain qu'il va accepter, monsieur le curé, confirma Cécile après avoir donné un coup de coude dans les côtes de son mari, geste qui n'échappa pas non plus au prêtre.

Enfin, le pasteur de Saint-Jacques-de-la-Rive se leva pour bénir toute la famille et quitta les lieux après avoir rappelé discrètement que la dîme devait être versée avant la fin du mois. Sa visite paroissiale avait duré une vingtaine de minutes.

Le curé Ménard profita de la même réception chaleureuse chez Georges et Rita Hamel, à la ferme voisine. Il rassura les parents du mieux qu'il put quand Rita lui apprit qu'ils étaient sans nouvelles de leur Charles depuis plus de six mois.

— Continuez à prier pour lui, leur conseilla-t-il. Vous savez bien que les lettres des soldats qui sont de l'autre bord prennent toujours pas mal de temps avant d'arriver.

— C'est vrai. En plus, notre Charles a jamais été un écriveux, confirma Georges, autant pour se rassurer sur son fils unique que pour remonter le moral de sa femme et de ses deux grandes filles qui n'avaient pas encore dit un mot depuis l'arrivée du curé.

Soudain, l'homme d'Église se rendit compte du silence anormal de Claudette et d'Adrienne et se tourna vers elles.

— Vous faites pas beaucoup de bruit, vous deux, leur dit-il avec un large sourire. Est-ce que vos amours vont bien ?

— C'est plutôt tranquille de ce côté-là, monsieur le curé, dit Claudette, l'aînée dont les yeux bleus pétillaient de malice.

La jeune fille de vingt-six ans n'était pas très grande, mais elle possédait un petit visage rond expressif encadré d'une abondante chevelure noire.

— Comment ça se fait ? Les gars de Saint-Jacques sont-ils devenus aveugles ?

— Non, mais les plus beaux sont partis, répondit sa sœur Adrienne avec dépit.

— Soyez pas trop difficiles, toutes les deux, leur recommanda Ludger Ménard. À votre âge, il serait normal que vous soyez mariées. Regardez pas juste la beauté. Dans la paroisse, il reste encore des bons partis capables de faire de bons pères pour vos enfants.

Les deux célibataires se jetèrent un rapide regard de connivence, mais elles n'ajoutèrent rien. Elles savaient toutes deux ce que signifiait un « bon parti » pour les gens de la génération de leurs parents ou de celle du curé : un homme travaillant, sobre et honnête. Mais quant à passer sa vie avec un homme, elles préféraient obtenir les faveurs du plus beau spécimen possible. À leur avis, leur bonheur n'en serait que plus grand.

⌣

Quelques minutes plus tard, le curé de Saint-Jacques-de-la-Rive monta à bord de sa Plymouth, non sans avoir d'abord chassé d'un coup de pied le chien de la maison qui se préparait à lever la patte près de l'un des pneus arrière de son véhicule. Il démarra, mais pendant un moment, il demeura assis derrière son volant, hésitant à poursuivre ses visites. Il était déjà près de quatre heures, l'heure où la plupart des cultivateurs s'apprêtaient à faire leur train.

À sa sortie de la cour des Hamel, il tourna à gauche, encore indécis sur la conduite à suivre. La vue de la maison grise au toit couvert de tôle des Fournier lui rappela ses visites des années précédentes et l'étrange atmosphère dans laquelle baignait cette maison.

— Aussi bien les voir tout de suite, se dit le prêtre à voix haute. Whow! Whow! ma belle, ajouta-t-il à l'adresse de sa voiture en écrasant doucement la pédale de frein pour ralentir avant de tourner dans la cour. C'est ici qu'on s'en vient.

Ludger Ménard descendit lentement de voiture après l'avoir rangée près de la maison. Il prit le temps de scruter les alentours avant de se diriger vers la porte d'entrée. La maison avait un petit air pimpant avec ses ouvertures peintes en blanc, comme la grande galerie qui la ceinturait sur deux de ses côtés. Les bâtiments étaient propres et bien entretenus. Les losanges gris et noirs peints sur leurs portes prouvaient que les propriétaires étaient soigneux. Il ne restait plus de fleurs pour orner les deux grands parterres disposés près de l'entrée de la cour, mais la terre soigneusement ratissée en cette période de l'année prouvait qu'on les entretenait bien.

Lorsque le curé leva la tête, il vit un rideau bouger imperceptiblement à l'une des fenêtres de la cuisine. Sans plus tarder, il gravit les marches qui le conduisirent à la galerie. La porte s'ouvrit dès qu'il eut frappé.

— Entrez, monsieur le curé, fit Gabrielle en s'effaçant pour le laisser pénétrer dans le petit salon d'une propreté irréprochable.

La maîtresse de maison avait disposé des napperons de dentelle sur les dossiers du divan et du fauteuil recouverts d'un velours brun un peu passé.

— Vous êtes toute seule ? demanda le prêtre.

— Non, ma fille Berthe s'en vient, répondit-elle en esquissant un mince sourire sans joie. Il manque juste mon mari et mon garçon Étienne. Ils sont partis redresser une clôture au bout de notre terre avant que nos vaches s'en aillent dans le bois. Assoyez-vous, monsieur le curé.

Le prêtre remarqua que sa paroissienne ne lui avait pas offert de retirer son manteau. À voir son air peu engageant, il sentait que sa visite n'était pas la bienvenue. Sa présence semblait déranger.

L'hôtesse aurait pu dire au pasteur que son mari s'était empressé de quitter la maison par la porte arrière dès qu'il avait aperçu sa Plymouth se diriger vers leur ferme, mais elle préféra se taire.

— Tu restes pas ? avait demandé Gabrielle à Germain d'une voix neutre quelques minutes avant l'arrivée du prêtre.

— Je veux pas le voir. J'en ai assez du dimanche. J'ai de l'ouvrage à faire.

Lorsqu'elle avait vu Étienne se lever à son tour, elle n'avait pu se retenir :

— Toi, tu vas rester au moins !

— Je vais aller donner un coup de main à p'pa, s'était contenté de répondre le garçon de vingt ans avant d'ouvrir la porte qui donnait sur l'appentis.

— Tiens, voilà votre Berthe, fit le curé en voyant entrer dans le salon la jeune fille qui le salua d'un air timide. Comment ça se fait que tu fais pas partie des enfants de Marie de la paroisse ? lui demanda-t-il.

— Elle a pas le temps, monsieur le curé, répondit Gabrielle à la place de sa fille, le visage fermé. Si vous saviez tout l'ouvrage qu'on a à faire, on fournit pas, mentit-elle.

— Vous avez pourtant la chance d'avoir deux grands enfants en pleine santé, non ?

— On dit ça, mais mon garçon est plus porté à s'amuser avec le bois qu'à vraiment nous donner un coup de main.

Ludger Ménard ne manqua pas de saisir au passage le regard chargé de mépris que la fille adressa à sa mère, et il en fut un peu retourné. Qu'est-ce qu'il se passait réellement dans cette maison pour que l'air y soit à ce point irrespirable ? L'ecclésiastique était certain que le père et le fils avaient volontairement évité de le rencontrer. Pourquoi ? Il chercha à alléger l'atmosphère en posant quelques questions.

— C'est sûr que trouver quelqu'un pour donner un coup de main, c'est pas facile. Madame Provost en sait quelque chose quand elle a besoin d'aide pour son grand ménage d'automne. Vous devez savoir ce que c'est puisque vous avez été vous-même ménagère au presbytère.

— Ça fait au moins vingt ans, dit sèchement Gabrielle, apparemment peu désireuse de déterrer un passé qu'elle jugeait peu reluisant. De mon temps, j'avais l'aide de madame Cournoyer.

— Depuis, Dieu a été bon avec vous. Il vous a donné un mari travaillant et deux beaux enfants.

— Oui, je sais.

— J'espère que vous le remerciez tous les jours pour ses bontés.

— Oui.

— Ça fait longtemps que j'ai remarqué que vous et votre mari ne faites partie d'aucun mouvement paroissial, dit le curé Ménard que la politesse glacée de la maîtresse de maison commençait sérieusement à mettre mal à l'aise. Il y a une raison pour ça ?

— Oui, monsieur le curé, répondit Gabrielle d'une voix légèrement exaspérée. Comme je viens de vous le dire, on n'a pas assez de nos journées pour tout faire.

— Bon, mais essayez tout de même de vous rappeler qu'il y a que nos bonnes actions qu'on emporte en mourant, dit le prêtre en se levant. Toutes les richesses restent ici. Si vous le voulez, je vais vous bénir avant de partir.

Berthe et sa mère s'agenouillèrent au milieu du salon pour recevoir la bénédiction de leur pasteur qui quitta leur toit sans regret.

Dès le départ du prêtre, le silence retomba sur la maisonnée, alourdi par le profond mépris que Gabrielle éprouvait à l'égard de l'ecclésiastique.

— J'ai joué ben assez longtemps à la servante comme ça, se dit-elle en pénétrant dans sa chambre pour changer de robe. S'il s'imagine que je vais recommencer…

De son côté, Berthe s'était aussi murée dans le silence, se jurant qu'il était plus que temps que son frère et elle quittent cette maison.

Ce soir-là, à six heures précises, le curé Ménard prit place à un bout de la grande table en chêne de la salle à manger du presbytère. Un instant plus tard, le petit abbé Leroux, la mine sombre, s'assit à la gauche de son supérieur. Immédiatement, la porte battante séparant la pièce de la cuisine s'ouvrit sur la cuisinière portant un plat de pommes de terre et de carottes qu'elle déposa sur la table.

— Qu'est-ce que vous nous avez fait de bon pour le souper, madame Provost? demanda le curé en glissant sa serviette de table entre son cou et son col romain.

— De la saucisse et du boudin, monsieur le curé.

— Ah, la bonne nourriture du bon Dieu! s'exclama Ludger Ménard avec sa bonne humeur coutumière. Apportez-nous ça, on laissera rien dans nos assiettes.

— Sauf votre respect, monsieur le curé, lui fit remarquer sans sourire Amélie, vous feriez peut-être mieux d'en laisser un peu. Si vous continuez comme ça, vous arriverez plus à boutonner votre soutane.

Le prêtre bien en chair éclata d'un rire bon enfant pendant que la cuisinière retournait dans la pièce voisine chercher le plat de résistance.

— Je sais pas comment vous parvenez à endurer l'effronterie de cette femme-là, lui dit à mi-voix son vicaire. Je la trouve absolument insupportable.

— Voyons, l'abbé! Il faut pas se fâcher pour des niaiseries. Madame Provost passe son temps à nous gâter. Quand elle fait ce genre de remarque-là, c'est jamais bien méchant.

— Peut-être, mais on peut pas en dire autant de tous vos paroissiens, laissa tomber le jeune prêtre en pinçant les lèvres.

Le curé Ménard ne releva pas la remarque. Il se signa et entreprit, comme au début de chaque repas, la récitation à haute voix du bénédicité auquel le vicaire répondit par un *amen* sonore tout en faisant son signe de la croix. Au même moment, la porte de cuisine s'ouvrit de nouveau sur la cuisinière qui laissa sur la table un plat de saucisses rôties et de boudin nageant dans une épaisse sauce aux tomates. Ludger Ménard ne perdit pas une seconde pour se servir et tendit ensuite fort obligeamment le plat à son subordonné pour qu'il en fasse autant.

Après avoir avalé plusieurs bouchées avec un bel appétit, le curé de Saint-Jacques leva la tête pour regarder avec un air désapprobateur son vicaire en train de chipoter dans son assiette.

— Allez, l'abbé. Mangez un peu, lui conseilla-t-il sur un ton paternel. Ça va vous redonner des couleurs.

— J'ai pas tellement faim ce soir.

Soudain, le pasteur prit conscience de l'air accablé d'Hervé Leroux et déposa, un peu à contrecœur, sa fourchette et son couteau.

— Qu'est-ce qu'il y a, l'abbé? On dirait que vous avez perdu un pain de votre fournée.

— J'ai eu un après-midi difficile.

— Comment ça?

— On aurait dit que tout allait de travers.

— Racontez-moi ça, lui ordonna le curé Ménard en reprenant ses ustensiles.

— Comme vous me l'avez conseillé, j'ai commencé la visite paroissiale par ce bout-ci du village.

— Oui, puis?

— On aurait dit que les paroissiens que je suis allé visiter étaient pas contents que ce soit moi plutôt que vous qui venais les voir.

— C'est assez normal, l'abbé. Je suis ici depuis quinze ans. Ils me connaissent pas mal plus que vous.

— C'est pas ça, monsieur le curé. Plusieurs m'ont fait sentir qu'ils m'aimaient pas beaucoup.

— Voyons donc! J'ai toujours eu un vicaire et c'est bien la première fois que j'entends ça, protesta le curé Ménard. Qu'est-ce qui vous fait dire ça?

— Par exemple, la veuve Boisvert s'est plainte d'avoir pas pu aller se confesser depuis trois semaines. Quand je lui ai proposé de la confesser là, chez elle, elle a carrément refusé en disant que j'avais la réputation de donner des pénitences beaucoup trop dures. Elle a préféré attendre de venir se confesser à vous.

— Bah, c'est pas bien grave, dit le pasteur pour rassurer son vicaire.

— C'est pas le pire, monsieur le curé. L'épicière, en face...

— Hélèna Pouliot?

— Oui, c'est ça.

— Qu'est-ce que notre Hélèna vous a fait? demanda le curé sur un ton léger.

— Quand je lui ai fait remarquer qu'elle devrait surveiller d'un peu plus près les jeunes qui se rassemblent sur la galerie de son commerce le soir, elle m'a répondu bêtement qu'elle faisait pas partie de la police. Elle a même eu le front d'ajouter que si ça me dérangeait tant que ça, j'avais qu'à sortir du presbytère pour venir m'en occuper.

— Ne vous en faites donc pas tant avec ça, lui conseilla son supérieur. Tout le monde sait que la vieille Hélèna a jamais eu la langue dans sa poche.

— Je veux bien le croire, mais il y a tout de même des limites...

— Vous devriez retenir une leçon de tout ça, lui suggéra le curé avec une certaine sagesse. Nos paroissiens sont humains. Personne a jamais dit qu'ils étaient parfaits. Soyez pas trop durs avec eux et essayez plus de les comprendre que de les juger. Si vous faites ça, ils vont mieux vous apprécier.

Chapitre 6

Beau-Casque

Octobre tirait doucement à sa fin. Ce matin-là, au lever du jour, les gens de Saint-Jacques-de-la-Rive purent apercevoir, pour la première fois de la saison, leurs champs blanchis par le frimas, ce qui les avait fait frissonner malgré eux. Un vent du nord poussait dans le ciel de lourds nuages annonciateurs de pluies abondantes. Les arbres tendaient leurs bras dépouillés de leurs dernières feuilles qui voletaient, brunes et racornies, dans les champs et sur la route.

Après avoir approché une allumette de la mèche de la lampe à huile, Céline Tremblay se mit en devoir d'allumer le poêle à bois pour réchauffer la grande cuisine d'hiver qu'elle avait réintégrée au début du mois. Clément sortit de la chambre à coucher au moment où elle remettait en place le rond du poêle.

— Les enfants sont debout? lui demanda-t-il en s'assoyant pour se chausser.

— Je les ai entendus bouger en haut. Ils devraient pas tarder à descendre.

— Il fait pas chaud ici-dedans, constata son mari en s'emparant de sa grosse chemise à carreaux suspendue près de la porte d'entrée.

— L'hiver approche. J'espère que Louis a bien tout ce qu'il lui faut, dit Céline d'un air inquiet.

— Arrête donc de t'en faire pour rien, ordonna son mari pour la rassurer. Ça fait trois mois qu'il vit dans le bois avec Lionel. Il est pas tout seul et il manque pas de bois pour se chauffer dans aucune des trois cabanes à sucre. Il vient chercher son manger au bout du champ tous les deux jours. Il mourra pas de froid et il risque pas de mourir de faim non plus. Sais-tu qu'il y a des fois que j'haïrais pas ça être à sa place, moi. Il me semble que ça doit pas être trop fatigant de se reposer tout le temps.

Jean et sa sœur Françoise descendirent à cet instant, ce qui empêcha Céline de sortir la réplique cinglante qui lui était venue aux lèvres. Le père et le fils quittèrent immédiatement la maison pour aller soigner les animaux.

Lorsqu'ils revinrent à la maison, il était un peu plus de sept heures et le jour se levait à peine. Le poêle à bois répandait maintenant une douce chaleur dans la cuisine. Françoise était déjà en train de verser la pâte à crêpe dans une grande poêle.

— Vous avez vu dehors ? leur demanda-t-il en entrant. On a eu notre premier gel.

— Oui, on a vu ça, répondit sa femme. Ceux qui sont à la chasse aux canards sur la rivière doivent pas avoir trop chaud dans leur cache.

— C'est décidé, reprit son mari. On va garder les vaches dans l'étable à partir d'aujourd'hui. Il fait trop froid dehors. On risquera pas d'en perdre une pour sauver une couple de jours de nettoyage de l'étable.

— Ça veut aussi dire qu'il va falloir penser bientôt à faire boucherie, lui fit remarquer Céline.

— On a ben encore une quinzaine de jours avant de faire ça.

Françoise apporta une grande assiette remplie de crêpes pendant que sa mère déposait un pot de sirop d'érable et une théière au centre de la table. Avant de se servir, chacun eut une pensée pour Louis dont on continuait à mettre le couvert pour rappeler qu'un membre de la famille manquait.

— Qu'est-ce qu'on va faire pour Louis et mon oncle Lionel ? demanda la jeune fille à ses parents.

— Pourquoi tu demandes ça ? dit sa mère.

— Bien. Jusqu'à aujourd'hui, on apportait toujours leur manger et leur linge en allant chercher les vaches et personne remarquait rien. Mais avec les vaches dans l'étable, il y a bien quelqu'un qui va finir par se demander ce qu'on fait dans le champ quand il y a plus rien.

— Ce sera pas un problème, répondit son jeune frère. On va attendre qu'il fasse noir et j'irai porter ce qu'il leur faut. Bertrand est capable de faire la même chose quand ce sera son tour d'y aller.

— C'est ça. T'organiseras ça avec ton cousin, approuva sa mère.

Le reste du repas se fit en silence. Après avoir pris le temps de fumer sa pipe en sirotant une tasse de thé, Clément dit à son fils :

— Bon. On se grouille. Il mouille pas ; on va aller s'occuper du sarrasin. On devrait avoir le temps d'aller le porter au moulin de La Visitation.

— C'est de valeur qu'on n'ait pas un *truck* comme Boudreau, fit remarquer l'adolescent en parlant du camion Fargo dont venait de se doter le fromager du village.

— Ouais, mais c'est déjà beau qu'on ait une Ford pour aller à la messe et aller faire nos commissions à Pierreville, dit son père, bougon. Oublie pas qu'on est les seuls du rang à avoir un char. Même s'il est pas neuf, il nous sert pas mal.

Ce disant, Clément jeta un regard en biais à sa femme qui lui fit une grimace d'un air mutin. De toute évidence, elle ne voulait pas recommencer la dispute que l'achat de la vieille Ford 1929 avait provoquée au début du printemps précédent, même si l'envie ne devait pas lui manquer.

Au début du mois d'avril, Clément était parti un samedi matin pour Pierreville à bord de la voiture de son frère Gérald pour acheter du fil de fer barbelé et des clous chez Murray. Après leurs achats, les deux hommes avaient attaché leur cheval devant l'hôtel Traversy où ils étaient entrés pour boire une bière, le temps que la pluie abondante qui s'était mise à tomber se calme un peu. À leur entrée dans le bar, ils avaient découvert que toutes les tables étaient occupées. Ils allaient quitter la place quand un vieux voyageur de commerce leur avait fait signe d'approcher.

— Assoyez-vous avec moi, leur avait proposé l'homme au visage rubicond. Je suis tout seul à ma table et je fête ma dernière journée d'ouvrage. C'est moi qui vous paye la bière.

Les deux cultivateurs ne s'étaient pas fait prier pour accepter l'invitation.

— Vous êtes pas mal jeune encore pour vous arrêter déjà, avait dit Clément pour relancer la conversation.

— J'ai soixante-cinq ans ben sonnés et j'ai ben mérité de me reposer un peu, avait protesté l'inconnu. Ça fait que je lâche tout et je retourne chez nous. Finis les voyages pour moi. Ça fait trente ans que je suis sur les chemins six jours par semaine.

— Où est-ce que vous restez? lui avait demandé Gérald.

— À Québec. Cet après-midi, je vais laisser mon char dans un garage de Drummondville et je vais prendre le train.

— Votre char est brisé?

— Pantoute. C'est juste que j'en ai plus besoin. Le garagiste me l'achète. C'est un vieux Ford 29, mais il roule ben. Si je m'en débarrasse, c'est que je veux pas avoir à me bâdrer avec ça une fois rendu chez ma fille, à Québec. Le gars du garage est ben content parce que je lui donne presque mon char. Je lui demande juste cent piastres. Lui, il va le revendre presque le double du prix, c'est certain.

À table, il y avait eu un long silence que Clément avait fini par briser.

— Et si vous me le vendiez à moi, votre Ford, avait-il proposé sur un coup de tête au vieux voyageur de commerce.

— Pourquoi je ferais ça ? Je l'ai déjà promis à Guindon, à Drummondville.

— Guindon vous ferait peut-être attendre après votre argent ou pourrait essayer de vous faire baisser votre prix en vous voyant pressé de vous en débarrasser. En plus, vous auriez pas à aller à Drummondville pour vous défaire de votre char. Après me l'avoir vendu cet avant-midi, vous auriez juste à sauter dans le train pour Québec, ici, à Pierreville.

— Ouais, c'est un-pensez-y-ben, avait fait l'homme d'un air songeur.

— Il faudrait tout de même qu'on voie votre Ford avant de l'acheter, avait précisé le grand Gérald de sa voix traînante habituelle. Cent piastres, c'est pas mal d'argent.

Le commis voyageur les avait entraînés sous la pluie dans la cour arrière de l'hôtel Traversy et leur avait montré une Ford bleue haute sur roues dont la carrosserie semblait intacte. Il avait invité ses deux compagnons à monter à bord de son véhicule et était parvenu à le faire démarrer après de nombreuses tentatives.

— C'est l'humidité, avait-il expliqué, mi-figue, mi-raisin. Mais une fois ben réchauffé, le moteur tourne comme un moine.

Sur ces mots, il avait embrayé et la voiture était sortie de la cour. Son chauffeur avait parcouru quelques centaines de pieds avant de faire demi-tour et revenir se ranger devant l'hôtel.

— Je vous l'achète, avait décidé Clément, sans consulter son frère.

— Tu sais conduire?

— Ça doit ressembler pas mal à un tracteur. J'en ai conduit un une fois, chez un cousin.

— C'est à peu près la même chose, avait reconnu le commis voyageur, perplexe.

Tout excité à la perspective de posséder une automobile, Clément avait demandé à son frère de rentrer seul à Saint-Jacques-de-la-Rive. Ce dernier, stupéfait, s'était contenté d'acquiescer sans chercher à le raisonner.

— Dis rien à Céline, lui avait ordonné Clément. Je veux lui faire la surprise.

Accompagné du futur retraité, il s'était présenté à l'étude du notaire Beaubien où toutes ses économies étaient déposées. Quelques minutes avaient suffi pour que le contrat de vente soit établi et que l'argent change de main. Inutile de dire que cette ponction avait écorné sérieusement le bas de laine de la famille Tremblay.

Fier comme un paon, Clément avait pris place quelques minutes plus tard derrière le volant d'une automobile, son automobile. Pour la première fois, il s'était mis en devoir de la faire démarrer. Il n'y était parvenu qu'après plusieurs essais infructueux. La conduite du véhicule lui était alors apparue sérieusement plus compliquée qu'il ne l'avait d'abord cru lorsqu'il avait cherché à enclencher les vitesses, provoquant de terribles grincements qui avaient fait grimacer les rares passants. Finalement, la voiture avait fini par consentir à avancer par à-coups. Son conducteur, crispé au point d'avoir mal aux mains, avait pris tant bien que mal la direction de Saint-Jacques-de-la-Rive. Par chance, il n'avait croisé aucun autre véhicule sur la route de terre reliant Pierreville à son village.

Au moment où il avait tourné dans le rang Sainte-Marie, le chauffeur néophyte avait pris suffisamment d'assurance pour se croire un pilote expérimenté. Malheureusement, les pluies abondantes de l'avant-midi avaient détrempé la route en terre et d'importantes accumulations d'eau avaient comblé des ornières. La Ford s'était subitement étouffée en tentant de franchir une mare assez profonde et rien n'avait pu la décider à redémarrer.

Au comble de l'exaspération, Clément avait dû aller demander l'aide d'Antonius Tougas dont la ferme était située à une centaine de pieds de l'endroit où il était tombé en panne. Ce dernier avait obligeamment attelé ses deux chevaux et entrepris de tirer le véhicule bleu jusqu'à la ferme voisine. C'est dans cet équipage peu glorieux que la Ford avait fait une entrée très remarquée chez son nouveau propriétaire.

Céline, muette de stupéfaction, s'était précipitée à l'extérieur en compagnie de ses enfants. Elle avait eu beaucoup de mal à attendre le départ du voisin avant de laisser éclater sa colère.

— C'est quoi, ça? avait-elle demandé, furieuse, en pointant la Ford couverte de boue.

— C'est notre char, avait proclamé fièrement son mari alors que Françoise, Louis et Jean ouvraient les portières pour regarder l'intérieur du véhicule.

— Mais es-tu malade, Clément Tremblay? À quoi ça va nous servir, cette affaire-là?

— On va s'en servir pour aller à la messe et pour faire nos commissions. On va sauver ben du temps, tu vas voir, avait-il plaidé.

— Et combien t'as payé ça?

— Pas cher.

— Combien ?

— Juste cent piastres.

— J'en reviens pas ! s'était écriée Céline avec des larmes de rage. On gratte à cœur de jour pour sauver cinq cennes et toi, tu vas garrocher cent piastres pour un paquet de tôle qui marche même pas. Ah, c'est beau d'avoir la folie des grandeurs !

Voyant que la dispute prenait de l'ampleur, les trois enfants avaient sagement décidé de s'esquiver dans la maison. Durant de longues minutes, leurs parents s'étaient enguirlandés à l'extérieur. Enfin, la mère était rentrée à son tour, en proie à une rage froide qui n'avait pris fin que quelques jours plus tard.

Pendant quelques semaines, Céline avait carrément refusé de monter à bord de la Ford pour aller à la messe.

— De quoi on va avoir l'air là-dedans ? avait-elle laissé tomber. On va ressembler à des habitants qui veulent péter plus haut que le trou. J'irai pas faire rire de moi.

— Aïe ! avait protesté Clément. T'oublies que ce char-là est loin d'être neuf.

— Ça, on le sait. Mais on dirait que t'as jamais remarqué qu'il y a juste le curé Ménard, le maire et le gros Côme Crevier qui ont un char dans la paroisse. Il y a pas un cultivateur assez fou pour se payer ce genre de bébelle-là !

Puis, au fil du temps, Céline s'était habituée au gros véhicule bleu et avait fini par apprécier d'aller à l'église ou à Pierreville, à l'abri des intempéries et en beaucoup moins de temps grâce à ce moyen de locomotion.

— Je pense que t'aimes surtout que les voisins t'appellent pour te demander si on aurait pas une petite place pour eux le dimanche matin, quand on se prépare pour aller à la messe, la taquinait volontiers Clément.

— Arrête donc tes niaiseries ! Tu sais bien que c'est pas vrai, protestait Céline en feignant d'être fâchée.

— En tout cas, on voit tout de suite que t'aimes ça jouer à la grosse madame quand t'es assise dans notre char, poursuivait son mari.

— Jouer à la grosse madame dans un char qui roule pas la plupart du temps ! Fais-moi pas rire, Clément Tremblay ! s'écriait-elle.

Céline avait raison de faire cette remarque. Elle trouvait, à juste titre, que son mari n'avait pas beaucoup de raisons d'être si fier de son acquisition. Dès les premiers jours, la Ford ne cessa jamais de lui causer toutes sortes d'ennuis, tombant en panne aux moments les plus inopportuns. Tout se passait comme si la maudite mécanique avait pris en grippe son nouveau propriétaire et s'était juré de lui faire gagner son ciel sur terre. Bref, bien malgré lui, le cultivateur du rang Sainte-Marie devint un client assidu du garagiste du village.

⌒

Quelques minutes à peine après le départ de son père et de son frère pour le champ de sarrasin, Françoise endossa sa veste de laine verte et sortit dans l'intention de se rendre dans le poulailler pour nourrir les poules et ramasser les œufs. En posant le pied sur la galerie, elle aperçut un homme assis sur la plate-forme, près de la boîte aux lettres des Tremblay, plate-forme sur laquelle son père avait déposé les bidons de lait dont le fromager allait prendre livraison durant la matinée. L'homme la regardait sans ciller, la figure illuminée par un large sourire idiot. La jeune fille rentra précipitamment dans la maison en claquant la porte derrière elle.

— Qu'est-ce que t'as oublié? lui demanda sa mère en levant la tête de la chemise qu'elle était à repriser.

— J'ai rien oublié, m'man. C'est encore Beau-Casque qui est planté devant la maison, les yeux dans la graisse de bines, dit Françoise en réprimant difficilement un frisson. Il me fait peur.

Céline se leva et souleva le rideau qui masquait l'une des fenêtres de la cuisine pour regarder à l'extérieur. L'homme n'avait pas bougé et regardait vers la maison.

— C'est juste un pauvre innocent. T'as qu'à lui dire de s'en aller et il va partir, voulut la rassurer sa mère.

— Ça marche peut-être avec vous, mais pas avec moi.

Antoine Beauregard, surnommé Beau-Casque, était apparu deux ans plus tôt à Saint-Jacques-de-la-Rive. L'homme, âgé d'une trentaine d'années, avait une dégaine d'épouvantail. D'une taille un peu supérieure à la normale, il avait des épaules étroites, mais des bras démesurément longs qui finissaient par des mains larges et puissantes. Mais c'était sa tête qui attirait d'abord l'attention des gens. On trouvait au bout d'un long cou à la pomme d'Adam saillante, une figure glabre ornée de deux grandes oreilles largement décollées. Ses petits yeux bruns et vifs faisaient parfois oublier son incroyable tignasse brune qui descendait bas sur le front étroit.

Dès le premier jour, tous les habitants de la région l'avaient surnommé Beau-Casque parce que le nouvel arrivant tirait une fierté démesurée d'un vieux casque à oreillettes flottantes qui ne quittait jamais sa tête, quelle que soit la saison. D'ailleurs, la première phrase qu'il disait lorsqu'il rencontrait une personne était invariablement : «As-tu vu que j'ai un beau casque?» Mieux valait alors l'approuver sans hésitation si on ne voulait pas s'en faire un ennemi irréductible. Et Beau-Casque pouvait être redoutable quand il se fâchait! L'homme ne connaissait pas sa force. De toute évidence, il s'agissait d'un pauvre innocent qui avait à peu près cinq ans d'âge mental et qui avait passablement de mal à s'exprimer convenablement.

Quelques jours après son arrivée dans le village, on avait tout de même cherché à s'en débarrasser parce qu'on ne cessait de le trouver assis sur une galerie ou endormi dans une grange, comme s'il était chez lui. Lorsque des chapardages se produisirent dans la paroisse, on l'accusa et on le chassa. Mais ce fut inutile. Quelques heures plus tard, Beau-Casque était revenu comme si Saint-Jacques-de-la-Rive était devenu son port d'attache. Finalement, le curé Ménard était intervenu au nom de la charité chrétienne. Il avait réussi à persuader les religieuses du couvent du village de réserver au pauvre innocent une petite place dans la chaufferie en échange de menus services qu'il pouvait leur rendre. Depuis ce jour, Beau-Casque appartenait au paysage paroissial et, de temps à autre, des cultivateurs l'employaient quelques jours en échange d'une poignée de sous.

Au début de l'été précédent, Françoise avait senti un regard insistant posé sur elle durant la grand-messe du dimanche. Il ne lui avait pas fallu longtemps pour découvrir que l'innocent du village, assis un peu en retrait, ne la quittait pas des yeux. Il semblait fasciné par l'ovale de son visage et ses longs cheveux bruns bouclés. Elle fit comme si elle n'avait rien remarqué, mais elle eut le malheur de signaler le fait aux siens à son retour à la maison.

À compter de ce jour, ses frères Louis et Jean ne cessèrent de la taquiner sur son amoureux transi en jurant qu'ils faisaient un bien beau couple, ce qui avait le don de faire sortir la jeune fille de ses gonds. Pire, Beau-Casque se mit à rôder dans le rang Sainte-Marie pratiquement tous les jours de la semaine, cherchant de toute évidence à apercevoir l'objet de sa flamme. Il alla même, en quelques occasions, jusqu'à laisser un petit bouquet de fleurs des champs sur la galerie.

— Pour moi, il est à la veille de venir faire sa grande demande, avait dit Louis, quelques jours avant d'aller se cacher dans le bois. Il a encore laissé un bouquet sur la galerie d'en avant pour notre sœur.

— Ça va être une sacrifice de belle noce, ça ! avait renchéri Jean en adressant un clin d'œil à son père qui n'avait pas encore ouvert la bouche. C'est vrai que c'est un bel homme, s'était-il moqué. Je le vois descendre la grande allée de l'église avec son beau casque sur la tête et ma sœur en pâmoison…

— Je vous trouve pas drôles pantoute, s'était emportée Françoise, énervée. Il me fait peur, ce gars-là. Il me lâche pas d'une semelle depuis le commencement de l'été. J'ose même pas aller au village parce que j'ai peur de le rencontrer.

— Je vais m'en occuper, avait fini par lui promettre son père en faisant signe à ses deux fils de cesser de taquiner leur sœur.

Mais les semaines avaient passé et Clément n'y avait plus pensé, trop préoccupé par les travaux de la terre et la sécurité de son fils et de son frère, cachés dans la cabane à sucre.

⁓

Céline eut un soupir exaspéré et sortit sur la galerie.

— Qu'est-ce que tu veux, Beau-Casque ? cria-t-elle.

L'innocent quitta la plate-forme et prit pied sur la route, l'air effaré, surpris d'être pris à parti. Françoise sortit à son tour et se planta aux côtés de sa mère.

— Rien.

— Qu'est-ce que t'attends là d'abord ?

L'homme fit quelques pas dans la cour en direction des deux femmes et se mit à tenir un discours incompréhensible en effectuant de grands moulinets avec ses bras. Il était clair que quelque chose l'avait mécontenté parce qu'il semblait en colère. En tout cas, il criait assez fort pour avoir attiré l'attention d'Étienne Fournier, le voisin.

Le bossu se rendit immédiatement compte que quelque chose d'anormal se passait chez les Tremblay et s'avança sur la route en direction de la maison voisine. Si sa mère l'avait vu, elle lui aurait ordonné de ne pas s'en mêler. Mais Gabrielle était dans la maison.

Même s'il avait toujours vécu près de la résidence des Tremblay, Étienne ne les connaissait pratiquement pas parce que ses parents s'étaient toujours contentés de les saluer de loin lorsqu'ils les croisaient. Il avait fréquenté la même école que Louis et Jean, mais ils avaient fait partie de ceux qui se moquaient de son infirmité. Sa sœur Berthe n'avait pas plus fréquenté Françoise, la seule fille chez les Tremblay.

Lorsqu'il arriva devant la maison des voisins, Beau-Casque s'était encore rapproché de la galerie et son attitude était plutôt menaçante. Impossible de savoir ce qui avait déclenché le courroux du pauvre homme.

— Beau-Casque ! lui cria Étienne, sur un ton de commandement.

L'innocent tourna un instant la tête en sa direction avant de reprendre son discours enflammé adressé aux deux femmes qui l'écoutaient, debout sur leur galerie, soudainement figées par la peur.

Étienne parcourut rapidement la trentaine de pieds qui le séparaient du dément et le saisit par le bras.

— Lâche-moi ! hurla Beau-Casque en se secouant brutalement.

Étienne resserra son étreinte. Le jeune homme avait la poigne solide et ne se laissa pas désarçonner.

— Viens-t'en! Ils ont besoin de toi au village, lui cria-t-il en l'entraînant malgré lui vers la route.

— J'ai pas fini! protesta Beau-Casque en tournant la tête vers Céline et Françoise qui étaient demeurées debout sur la galerie.

— Tu finiras ça une autre fois. Arrive! Les sœurs vont se fâcher si elles sont obligées de te courir après chaque fois qu'elles ont besoin de toi.

Le rappel des religieuses qui l'hébergeaient sembla faire reprendre pied dans la réalité à l'innocent. Après un dernier regard farouche adressé à Françoise, il consentit à accompagner Étienne sur la route. Ce dernier fit un signe de la main aux deux voisines qui le regardèrent s'en aller aux côtés de l'intrus. Elles rentrèrent dans la maison quand elles virent Étienne rentrer chez lui. Beau-Casque continua seul son chemin en direction du village.

Lorsque Clément et son fils revinrent du moulin de La Visitation, Céline attendait son mari de pied ferme.

— On a eu de la visite cet avant-midi, lui dit-elle sèchement.

— Qui ça?

— Beau-Casque.

— Qu'est-ce qu'il venait faire ici?

— Devine! Tout ce que je peux te dire, c'est qu'il était planté devant la maison et, comme d'habitude, il a fait peur à Françoise.

— T'avais juste à le renvoyer.

— Si tu penses que c'est facile, toi. Quand j'ai essayé, il s'est mis à nous crier après comme un vrai fou et il s'est même rendu presque à la galerie.

— Ben voyons donc!

— Une chance que t'avais dit que tu lui parlerais! lui reprocha sa femme en commençant à déposer les tasses et les assiettes sur la table.

— J'y ai plus repensé pantoute, se défendit son mari.

— En tout cas, on a été chanceuses que le petit Fournier vienne s'occuper de lui.

— Le bossu?

— T'en connais un autre, toi?

— Qu'est-ce qu'il a fait?

— Il l'a pogné par un bras et il a forcé cette espèce de détraqué à sortir de la cour. Il l'a même traîné jusque devant chez eux. Si la Gabrielle l'a vu, elle a ben dû se demander ce que son gars faisait avec l'innocent.

— Bon. Tout a fini par s'arranger, si je comprends ben.

— Oui, mais c'est pas de ta faute.

— En tout cas, ça devait être beau à voir un bossu avec un innocent comme Beau-Casque, se moqua méchamment Jean.

Françoise jeta un regard furieux à son jeune frère.

— Tu ferais mieux de te taire si t'as pas quelque chose de plus intelligent à dire, lui lança-t-elle d'une voix cinglante. Il est peut-être bossu, mais il a été assez courageux pour venir nous aider.

Incapable de trouver une réplique mordante, Jean se tut. Sa sœur se permit alors un petit sourire narquois.

Chapitre 7

Espoirs et déceptions

Le dimanche 2 novembre, le curé Ménard annonça en chaire, à la fin de la grand-messe, que l'engagement de deux ans des marguilliers Paul Couture et Roland Melançon prenait fin ce jour-là et que le conseil de fabrique allait se réunir immédiatement après la messe pour choisir leurs remplaçants. Il en profita pour remercier les deux hommes de leur dévouement.

Cette nouvelle suscita des chuchotements un peu partout dans l'église. Cécile Tremblay donna un coup de coude à sa belle-mère assise à ses côtés et lui montra Gérald d'un bref coup de tête. L'homme à la stature imposante somnolait et n'avait pas bronché.

À la fin de la messe, les Tremblay demeurèrent près d'une demi-heure sur le parvis de l'église à échanger des nouvelles avec des voisins et des connaissances. Il faisait beau et frais. Aline avait assisté à la basse-messe avec Élise et Bertrand, et se chargeait, comme d'habitude, de la préparation du dîner du dimanche. Évidemment, beaucoup de conversations portèrent sur le choix des prochains marguilliers de la paroisse.

Sur le chemin du retour, Cécile, ses hautes pommettes rougies par le froid, entreprit de rafraîchir la mémoire de son mari.

— J'espère que monsieur le curé se souvient de ce qu'il t'a promis.

— Qu'est-ce qu'il m'a promis? demanda Gérald en mettant son cheval au pas.

— Tu te rappelles pas qu'il a dit qu'il te recommanderait comme nouveau marguillier quand il est passé pour la visite paroissiale?

— J'y tiens pas pantoute, laissa tomber le cultivateur en enfonçant sa casquette un peu plus profondément sur sa tête.

— Voyons, Gérald, le tança sa mère, c'est un honneur d'être marguillier. Toute sa vie, ton père aurait bien voulu l'être, mais il a jamais été nommé. Rappelle-toi comment il s'était rongé les sangs avec ça en 1922. Je le vois encore en train de passer toute la soirée à côté du poêle, à guetter l'arrivée du président de la fabrique qui devait venir lui annoncer la bonne nouvelle… C'est quelque chose d'important. Tu te vois aller t'installer dans l'un des cinq bancs recouverts en cuir en avant de l'église? Moi, j'haïrais pas ça, et Cécile non plus. Pas vrai, Cécile?

— Je comprends, madame Tremblay. En plus, je serais bien fière de mon mari, ajouta-t-elle en adressant un clin d'œil de connivence à sa belle-mère.

— Je suis pas sûr que je serais capable de faire cette *job*-là, dit Gérald en hésitant.

— Moi, j'en suis certaine. Monsieur le curé est pas bête. Il sait reconnaître ceux qui sont capables de prendre soin de la fabrique. Il prendrait pas de chance.

— En plus, ajouta Thérèse, on aurait l'avantage de plus avoir à payer de banc d'église pendant deux ans.

— On va ben voir, répondit Gérald, sans grande conviction, en faisant mine de se concentrer sur la conduite du boghei.

À leur arrivée, Bertrand s'empressa de sortir de la mai-son pour aller dételer la jument et la mener à l'écurie. Sa grand-mère et ses parents pénétrèrent dans la maison où ils furent accueillis par les odeurs appétissantes du dîner en train de mijoter sur le poêle à bois.

— C'est presque prêt, leur annonça Aline.

— On se change et on vient vous donner un coup de main, dit Cécile à sa belle-sœur et à sa fille occupées à dresser le couvert. Toi, Gérald, tu ferais peut-être mieux de garder ton linge propre.

— Pourquoi? demanda son mari qui avait déjà des-serré sa cravate qui l'étouffait un peu.

— Parce que Roméo Lamarche va sûrement s'arrêter après la réunion du conseil de fabrique pour venir te dire que t'es nommé marguillier. T'es pas pour le recevoir habillé avec ton vieux linge de semaine.

— Écoute donc! s'insurgea son mari. Lamarche, c'est pas le pape. C'est juste le président de la fabrique, un culti-vateur comme nous autres. On n'est pas pour se mettre à faire des cérémonies à tout casser parce qu'il va s'arrêter cinq minutes en retournant chez eux dans le rang du Petit-Brûlé.

— Attendre une heure ou deux avant de te changer te fera pas mourir, intervint sa mère.

— S'il est pas venu après le dîner, moi, je vais me cou-cher, annonça Gérald sur un ton définitif en laissant per-cer son agacement devant ce qu'il considérait comme des simagrées.

Le rôti de porc et les pommes de terre furent mangés de bon appétit chez les Tremblay, même si Cécile et sa belle-mère gardèrent un œil sur la fenêtre qui donnait sur la route tout au long du repas. Mis au courant des attentes de leur père, Élise et Bertrand attendaient, eux aussi, l'arri-vée du messager. À la fin du dîner, Gérald alluma sa pipe et alla s'asseoir dans sa chaise berçante pendant que les trois femmes de la maison se chargeaient de remettre de l'ordre dans la cuisine.

— Ça leur prend bien du temps à se décider! finit par dire Thérèse. Il me semble que c'est pas si long que ça nommer deux marguilliers. Ça fait un bon deux heures que la messe est finie.

— En tout cas, moi, je finis ma pipe et je vais faire un somme. Je suis pas pour rester planté là tout l'après-midi, annonça Gérald, agacé par l'attente.

Cependant, le cultivateur n'en fit rien. Il demeura près de deux heures dans sa chaise berçante, jetant des regards de plus en plus impatients par la fenêtre pendant que sa mère et sa femme tricotaient. Soudain, au moment où il venait de se lever pour jeter quelques rondins dans le poêle, il entendit du bruit en provenance de la route. Il s'avança rapidement vers la fenêtre et écarta le rideau suffisamment vite pour apercevoir la voiture de Roméo Lamarche passer devant la maison. Cécile s'était précipitée elle aussi vers la fenêtre.

— Ah ben! Ça parle au maudit! jura Gérald en réalisant que l'attelage du président de la fabrique ne tournait pas dans sa cour.

En effet, Roméo Lamarche ne tourna même pas la tête en direction de leur maison en passant devant; il poursuivit son chemin.

— C'est drôle, dit Cécile. On dirait qu'il s'en va directement chez eux. Il va prendre le raccourci au bout du rang... Mais non, regarde. Il arrête chez les voisins.

— Veux-tu bien me dire ce qu'il va faire chez Ernest Veilleux? demanda sa belle-mère.

— Inquiétez-vous pas, madame Tremblay, dit Cécile. Vous connaissez Colette. Ça prendra pas de temps qu'on va savoir ce que Lamarche est allé faire chez eux. Ça fera même pas dix minutes qu'il va être parti que le téléphone va sonner.

— Si c'était arrivé du vivant de mon mari, une affaire comme ça, reprit Thérèse, il en aurait fait une maladie... surtout si c'est le vieux Ernest Veilleux qui a été nommé marguillier. Mon Eugène et le voisin ont jamais pu se sentir.

— Attendez, on va finir par le savoir dans pas long-temps, la fit patienter sa bru.

— En tout cas, moi, j'ai assez niaisé, déclara Gérald, tout de même un peu déçu de la tournure des événements.

Il secoua bruyamment sa pipe dans le poêle et il prit la direction de sa chambre à coucher.

— Tu me réveilleras pour le train, se contenta-t-il de dire à sa femme sur un ton bourru avant de refermer la porte de la chambre derrière lui.

Quelques minutes plus tard, comme prévu, Colette Veilleux téléphona à sa voisine pour lui apprendre la grande nouvelle. Elle savait fort bien que les quatre autres abonnés du téléphone dans le rang s'étaient précipités vers leur appareil dès la première sonnerie.

— Tu connais la nouvelle ? demanda la petite femme, tout excitée. La fabrique a nommé Jérôme marguillier.

— Tu le féliciteras de notre part, dit Cécile en s'efforçant de faire disparaître de sa voix toute trace de jalousie. Qui a été nommé marguillier à part ton mari ?

— Wilfrid Giguère, le beau-frère de ta belle-mère. Roméo Lamarche nous a dit que le conseil avait bien confiance en notre ancien maire. Il paraît qu'il a accepté tout de suite.

— Je comprends, dit Cécile avec un pincement au cœur. C'est tout un honneur. Oublie pas de féliciter Jérôme pour nous.

— En tout cas, on est ben contents, conclut la voisine.

— Vous avez raison de l'être. Je suis certaine que Jérôme va bien faire ça.

Après avoir raccroché, Cécile reprit sa place près de sa belle-mère. Elle avait la mine sombre.

— C'est Jérôme Veilleux et le mari de votre sœur Marthe qui ont été nommés, finit-elle par dire à Thérèse. Je trouve ça de valeur pour Gérald, ajouta-t-elle après avoir exhalé un soupir. Il me semble que ça lui aurait fait du bien qu'on lui montre un peu de considération dans la paroisse.

— Monsieur le curé a pas dû pousser trop fort pour le faire nommer, fit sa belle-mère, elle aussi déçue de la tournure des événements. Il a dû se rappeler que Gérald avait pas l'air d'y tenir bien gros quand il lui en a parlé.

⁓

Deux jours plus tard, vers la fin de l'après-midi, le ciel s'ennuagea rapidement et quand on sortit de l'étable après avoir soigné les animaux, une pluie abondante et froide s'était mise à tomber, noyant tout le paysage.

Chez Clément Tremblay, une activité fébrile régnait.

— On peut pas dire que cette pluie-là tombe ben, fit l'homme aux tempes grises. On a une vache qui va vêler d'une minute à l'autre et il faut en plus aller porter le manger de Louis et de Lionel. Bon, donnez-moi à souper vite que je retourne à l'étable. Il manquerait plus qu'on perde un veau.

— Quand les vrais froids vont arriver, lui fit remarquer Céline, on pourra toujours leur apporter du manger pour plusieurs jours. Il y aura plus de problème pour le garder.

— De toute façon, p'pa, je suis capable d'aller leur porter leur linge propre et leur manger pendant que vous

vous occupez de la vache, offrit Jean, plein de bonne volonté.

— Je peux y aller avec toi, proposa Françoise. La noirceur me fait pas peur.

— Non, trancha sa mère. C'est pas ta place de te promener dans les champs le soir, à la noirceur. Moi, je vais aller donner un coup de main à ton père à l'étable. Toi, tu chaufferas le poêle à la maison pendant que Jean ira leur porter ce qu'il leur faut. À seize ans, il est capable de faire ça.

Immédiatement après le souper, Clément alluma un fanal et retourna à l'étable. Sa femme le rejoignit quelques minutes plus tard après avoir aidé sa fille à confectionner le paquet contenant la nourriture et les vêtements propres destinés aux deux fugitifs.

— Dis-leur bien de ne pas approcher des maisons, recommanda Céline à son jeune fils. On a encore vu un *truck* plein de MP se promener dans les rangs de Saint-Jacques il y a deux jours. C'est pas le temps de faire des imprudences.

— Ayez pas peur, m'man. Je vais leur faire la commission.

— Toi, fais bien attention de pas te faire voir. Il a beau faire noir, quelqu'un peut passer sur la route et te voir aller.

— Je suis habillé en foncé, m'man, et je marche toujours le long des arbres.

— En revenant, arrête à l'étable pour me dire comment ton oncle et ton frère vont, dit Céline en boutonnant une grosse chemise à carreaux sur sa robe avant de sortir de la maison.

Jean enfonça sa casquette sur sa tête et s'empara du paquet préparé par sa mère et sa sœur. Il quitta la maison à son tour. Un vent violent s'était mis à souffler et poussait la pluie abondante presque horizontalement. L'adolescent releva le collet de son manteau et marcha jusqu'à la grange qu'il contourna sur la gauche. Seules les fenêtres de la cuisine des Fournier, à gauche, et celles des Tougas, à droite, perçaient la nuit d'encre en laissant filtrer la maigre lueur des lampes à huile allumées. Il faisait si noir qu'une fois la grange dépassée, Jean ne vit plus aucun repère. Il suivit vaguement la clôture de fil de fer barbelé qui séparait les terres de son père de celles de Germain Fournier, puis il pataugea une quinzaine de minutes dans la boue et l'herbe détrempée et atteignit enfin l'orée du bois. Après quelques tâtonnements, l'adolescent parvint à trouver la grosse pierre derrière laquelle on laissait les provisions de Louis et de son oncle Lionel depuis plus de trois mois.

Au moment où l'adolescent se penchait pour déposer le paquet, un chuchotement le fit violemment sursauter et il faillit perdre l'équilibre.

— Jean, c'est moi, fit une voix dans le noir.

Il aperçut alors son oncle Lionel qui venait de se lever derrière le bosquet où il s'était caché. Il maintenait sur sa tête plusieurs sacs de jute pour se protéger tant bien que mal de la pluie.

— Je t'attendais. Pourrais-tu demander à ta mère quelque chose pour soigner ton frère? Je pense qu'il a attrapé une bonne grippe. Il est couché dans la cabane de ton grand-père depuis hier soir. Dis-lui qu'il fait pas mal de fièvre.

— OK, mon oncle.

— Dis-lui que si elle avait une couverte ou deux de trop, ça ferait ben notre affaire. Penses-tu être capable de m'apporter ça dans la soirée?

— C'est certain. Je peux revenir.

— Dans ce cas-là, je vais t'attendre ici.

— Laissez faire, mon oncle. Attendez-moi pas. À cette heure que je sais où vous êtes, je vais aller vous porter ça directement à la cabane de grand-père Veilleux.

Sur ces mots, l'adolescent prit le chemin du retour. Quelques minutes plus tard, en passant près de l'étable, il se souvint de la demande de sa mère. Il poussa la porte du bâtiment et se guida sur la lueur d'un fanal suspendu à un clou. Son père et sa mère étaient penchés sur une vache qui mugissait, étendue sur une épaisse litière de paille. La mise à bas n'avait pas l'air de se passer très bien.

— Tout est correct? demanda Céline assez fort pour être entendue malgré les mugissements assourdissants de la vache.

— Je sais pas trop, répondit son fils. Mon oncle m'attendait proche de la roche. Il dit que Louis a la grippe et qu'il fait de la fièvre. Il est couché dans la cabane de grand-père. Je pense qu'il voudrait avoir quelque chose pour le soigner. En tout cas, il aimerait avoir une ou deux couvertes de plus, si vous en avez de trop.

— Il faut que j'y aille, déclara immédiatement la mère en se relevant.

— J'ai besoin de toi ici, lui dit Clément. Ton gars est pas à l'article de la mort: c'est juste une grippe. Ça peut ben attendre une couple d'heures, le temps que le veau arrive.

— J'ai presque envie de dire à Lionel de ramener Louis à la maison. Là, je pourrais le soigner comme du monde.

— Es-tu folle, toi? Des plans pour qu'il se fasse pogner par les MP. Calme-toi un peu.

— En tout cas, le veau va attendre que je sois allée préparer deux couvertes et ce qu'il faut pour soigner Louis, dit Céline sur un ton décidé. Viens-t'en changer de linge à la maison, toi, ajouta-t-elle à l'endroit de Jean. Il manquerait plus que tu tombes malade, toi aussi.

Céline sortit de l'étable avec son fils sur les talons. En entrant dans la cuisine, elle trouva Françoise penchée sur le catalogue de Dupuis frères qu'elle consultait à la lueur de la lampe posée au centre de la table. En quelques mots, elle mit sa fille au courant de la situation en s'activant pour réunir ce qui était nécessaire pour soigner Louis.

— Le veau est pas encore au monde? demanda Françoise.

— Non. Et ton père a besoin de moi. Si ça tarde jusqu'à demain matin, il va faire clair et je pourrai pas aller soigner ton frère.

— Bon. C'est moi qui vais aller soigner Louis, m'man, dit Françoise sans hésitation. Je suis capable de lui faire des mouches de moutarde. En plus, avec du sirop de gomme d'épinette et de l'alcool à friction, je devrais être capable de me débrouiller.

— Ça peut prendre pas mal de temps avant que tout ça fasse un peu d'effet. Comment tu vas faire pour revenir?

— Si Jean vient me reconduire jusqu'à la cabane de grand-père, je reviendrai demain soir, quand il fera noir. Comme ça, j'aurai le temps de voir si Louis va mieux.

Céline, soulagée que son aînée prenne les choses en main, prépara tout ce qu'il fallait, en ajoutant un peu de nourriture pour l'infirmière improvisée.

— Je vais apporter un peu de bouillon de poulet, m'man, fit Françoise à la dernière minute. Ça va l'aider.

— Est-ce que vous voulez que j'avertisse mon oncle Gérald ou grand-père en passant? proposa Jean qui avait endossé des vêtements secs et s'apprêtait déjà à repartir pour accompagner sa sœur.

— Ça sert à rien de les déranger. Ils peuvent rien faire de plus que nous autres, répondit sa mère.

Au moment où ses deux enfants s'apprêtaient à sortir de la maison, Céline éprouva une inquiétude subite.

— Êtes-vous sûrs que vous êtes capables de retrouver la cabane à sucre de grand-père en passant par chez nous ?

— Inquiétez-vous pas, m'man, la rassura son fils. On va marcher jusqu'au bois, mais on n'entrera pas dedans avant d'être rendus à la terre de grand-père. Comme ça, on pourra pas manquer le chemin qu'il a ouvert jusqu'à sa cabane.

Quand Françoise et Jean quittèrent la maison, la pluie tombait avec moins de violence. L'un derrière l'autre, ils traversèrent les deux grands champs situés derrière les bâtiments qui les séparaient du boisé. Ensuite, ils franchirent les terres de Germain Fournier, de Georges Hamel et de leur oncle Gérald avant de fouler les dernières terres du rang, celles de leur oncle Jérôme qu'ils considéraient encore comme celles de leur grand-père Veilleux. Malgré l'obscurité et la petite pluie fine et froide, ils n'éprouvèrent pas trop de difficulté à repérer le chemin étroit qui menait à l'érablière de Jérôme Veilleux.

Lorsqu'ils arrivèrent à proximité de la petite cabane en bois gris, aucune lueur ne filtrait par son unique fenêtre. Seule l'odeur du bois brûlé indiquait que l'endroit était habité. Jean frappa et son oncle Lionel vint immédiatement ouvrir. Les deux visiteurs s'empressèrent d'entrer.

L'endroit était chaud et un fanal déposé sur une petite table en pin éclairait l'unique pièce. Des sacs de jute obstruaient la fenêtre. Louis était étendu sur un lit de fortune à gauche de la petite fournaise qui chauffait la cabane.

— Je suis venue m'occuper du mourant, dit Françoise en retirant son manteau mouillé. J'ai tout ce qu'il faut pour le ressusciter… Même de l'huile de foie de morue pour renforcer cette petite nature !

— Whow, toi ! protesta son frère, mi-sérieux. J'espère que t'es pas venue ici pour m'achever avec tes cochonneries.

— Il faut ce qu'il faut, répliqua la jeune fille en s'approchant de son frère dont les yeux cernés et le visage pâle faisaient pitié à voir. Avec ce que m'man m'a donné, je t'achève ou je te remets sur le piton en vingt-quatre heures; t'as pas le choix.

— Ouais! Mon oncle, vous auriez jamais dû en parler, dit Louis à Lionel. Vous allez avoir ma mort sur la conscience.

— En attendant, dit sa sœur, je vais commencer par te faire chauffer un bon bouillon de poulet pour te dégager un peu.

— Bon. Si tout est correct, déclara Jean, je pense que je vais m'en retourner à la maison. Je vais revenir te chercher demain soir, après le souper, ajouta-t-il à l'intention de sa sœur.

L'adolescent partit après avoir été remercié par son frère et son oncle. Pendant que Lionel allait chercher du foin dans l'appentis pour confectionner une couche improvisée pour sa nièce, Françoise, prenant son rôle d'infirmière à cœur, appliqua une couche de moutarde brûlante sur la poitrine de son frère à qui elle fit ingurgiter ensuite une bonne dose de sirop d'épinette.

— Je vais avoir ben trop chaud, se plaignit le malade quand il la vit étendre sur lui deux épaisses couvertures de laine grise apportées de la maison.

— Arrête de te plaindre, femmelette, le réprimanda sa sœur. Il faut que tu sues pour faire sortir le méchant. Je vais même demander à mon oncle de chauffer encore plus.

Louis choisit de s'endormir très rapidement, peut-être poussé par la peur que sa sœur n'invente d'autres remèdes pour le soigner. Le lendemain matin, la fièvre était tombée et il déjeuna avec un appétit qui sembla prouver que la grippe était vaincue. Cependant, Françoise continua à prendre soin de lui toute la journée avec un tel zèle que l'adolescent la regarda partir avec un soupir de soulagement, peu après la tombée de la nuit.

⁓

Le lundi soir suivant, l'unique rue du village, habituellement si paisible après le souper, devint la scène d'une curieuse animation, même si le mercure était sous le point de congélation. Dès sept heures, de nombreux bogheis, éclairés par un fanal allumé à l'avant, convergèrent vers la petite école blanche située à quelques centaines de pieds du couvent. Pendant que les conducteurs attachaient leur cheval, plusieurs piétons se dirigeaient sans se presser vers le petit édifice qui servait, une fois par mois, de salle municipale. L'importance des sujets qui allaient être traités ce soir-là à la réunion du conseil municipal justifiait cette affluence inhabituelle.

— On va tout de même finir par savoir ce que Boisvert a réussi à arracher à Drolet, dit Jérôme Veilleux à son père en pénétrant dans la salle déjà passablement enfumée.

Une seule des quatre fenêtres de la classe avait été entrouverte, mais la fournaise et la quantité de personnes déjà entassées dans la salle parvenaient à maintenir une bonne chaleur dans les lieux éclairés par plusieurs lampes à huile. Les pupitres des élèves avaient été repoussés le long des murs et une quarantaine de chaises avaient été installées au centre de la pièce.

— Tu vas voir qu'il aura rien eu encore de notre député, comme d'habitude, dit Ernest Veilleux en détachant son lourd manteau. Drolet est un vrai rouge. Il est seulement bon pour se vanter. Quand on lui demande quelque chose, on a juste du vent. S'il y en a qui ont cru qu'on aurait tout ce qu'on voulait en votant pour les maudits libéraux, ils vont finir par se réveiller. C'est pas parce qu'ils sont au pouvoir, eux autres, qu'ils vont s'occuper des cultivateurs.

Le vieillard et son fils aperçurent en même temps Georges Hamel en grande discussion avec les Tremblay et Antonius Tougas, debout dans un coin. Ils se joignirent au petit groupe. Quand ils se rendirent compte que la salle était presque pleine et qu'ils risquaient de ne pas avoir de chaises pour assister à la réunion, ils s'empressèrent d'aller s'asseoir.

À sept heures trente précises, l'entrée pleine de dignité d'Arthur Boisvert, de l'abbé Leroux et de ses trois échevins fut saluée par quelques moqueries.

— Dis-moi pas, Arthur, que t'étais encore après téléphoner au premier ministre pour lui dire comment *runner* la province! s'exclama Armand Genest, un farceur du rang Saint-Pierre.

— Il le dira pas, mais je suis certain que c'est ça, assura un cultivateur du rang Saint-Edmond d'un air sérieux. La province irait chez le diable si Godbout pouvait pas demander des conseils à notre maire.

— Ça me surprendrait pas pantoute qu'il soit nommé ministre un de ces quatre matins, ajouta un autre.

— Aïe, toi! Fais pas de farce, fit un voisin en prenant un air catastrophé. Qu'est-ce qu'on deviendrait si notre Arthur était pas là pour nous dire quoi faire?

Arthur Boisvert jeta un regard noir aux plaisantins avant de prendre place derrière le pupitre de l'institutrice installé sur une petite estrade, à l'avant de la salle, sous un grand crucifix. Le vicaire et les échevins s'assirent de part et d'autre du maire, en bas de l'estrade trop étroite.

Par son maintien plein de morgue et un peu prétentieux, il était visible que le gérant de la Caisse populaire de Pierreville se considérait comme un homme important à qui on devait le respect. Natif de Saint-Gérard, le village voisin, le petit homme bedonnant âgé d'une cinquantaine d'années s'était établi à Saint-Jacques-de-la-Rive trente ans auparavant, même si son poste de caissier à la Caisse populaire de Pierreville aurait dû l'inciter à demeurer dans la petite municipalité voisine. Au fil des ans, il avait participé aux activités paroissiales à titre de marguillier, puis de président du conseil de fabrique avant de se tourner vers les affaires municipales. Devenu gérant de la Caisse populaire, l'homme ambitieux s'afficha comme un opposant de tous les instants au maire Wilfrid Giguère qu'il avait fini par remplacer huit ans plus tôt. Depuis le début de son premier mandat, il avait beau prendre des poses, force était de reconnaître que Saint-Jacques-de-la-Rive n'avait pas tellement progressé.

Le silence tomba lentement sur la salle après que le maire eut frappé à quelques reprises sur le bureau avec le maillet dont il se servait à chacune des réunions.

— La prière va être dite par monsieur l'abbé Leroux qui remplace monsieur le curé ce soir, se contenta-t-il d'annoncer en se levant et en se tournant vers le crucifix.

Un bruit de raclements de chaises repoussées se fit entendre. Après un grand signe de croix, le vicaire demanda à Dieu d'éclairer les débats qui allaient se dérouler et toute l'assistance se signa avant de se rasseoir. Arthur Boisvert se pencha alors vers Raymond Desrosiers, l'un de ses échevins, et lui demanda un renseignement avant d'ouvrir l'assemblée.

— Bon. Je voudrais commencer par le déneigement des chemins cet hiver, déclara le maire. À la dernière assemblée du conseil, j'avais demandé d'avoir des soumissions. Ceux qui étaient intéressés avaient jusqu'à hier soir, minuit, pour se faire connaître. Je viens d'en parler à monsieur Desrosiers...

— À Elzéar Desrosiers? demanda avec étonnement un fermier aux joues rebondies, assis au centre de la salle.

— Non, à son fils, l'échevin.

— Arrête donc de faire des manières, Arthur, et appelle-le donc Raymond, comme tout le monde, le rembarra l'homme. On pensait que tu parlais de son père.

Ses voisins ricanèrent, mais le maire se gourma et poursuivit, choisissant volontairement de ne pas relever la remarque.

— Nous avons reçu deux soumissions identiques. Les membres du conseil en ont discuté avant l'assemblée et nous avons décidé de couper la poire en deux, si les deux soumissionnaires sont intéressés. On donnerait les rangs Sainte-Marie, Saint-Pierre et Petit-Brûlé à nettoyer à Armand Michaud et on laisserait les rangs Saint-Edmond, Saint-Paul et des Orties à Jean-Jacques Arsenault. Est-ce qu'ils sont présents ce soir?

Deux hommes d'une quarantaine d'années se levèrent au milieu de l'assistance. L'un d'eux demanda au maire:

— On se partagerait le montant en deux?

— Oui.

Les deux cultivateurs acceptèrent cette entente sans rechigner. De toute évidence, il valait mieux toucher la moitié de la somme que rien du tout.

— C'est réglé, déclara Arthur Boisvert sur un ton satisfait. Il reste les chemins. Clovis Duchesne, l'échevin responsable de ce dossier-là, dit que le chemin du rang des Orties est pas mal magané…

— Il y a un bon bout de Saint-Paul qui est pas mieux, fit la voix d'une femme présente dans la salle.

Le maire se tourna vers son échevin qui fit un signe de tête pour approuver ce que venait de dire l'intervenante.

— C'est possible, mais il faut comprendre qu'on n'a pas une cenne noire à mettre dans l'achat de voyages de gravier avant le printemps prochain, et encore. Tout le problème, c'est qu'il y a des cultivateurs qui chargent trop leurs voitures quand la route est détrempée après la pluie. Le résultat: la route défonce et on a de la misère à l'arranger. On l'a dit plusieurs fois...

— Ben oui, on va attendre qu'il fasse beau pour charrier quelque chose, Arthur, se moqua une voix dans la salle. Quand il mouillera, on restera assis dans la cuisine, les pieds sur la bavette du poêle.

— En tout cas, la saison est trop avancée. À moins qu'il y ait un redoux qui nous permettrait de boucher les trous et d'égaliser la route, je vois pas ce qu'on peut faire.

— Parlant de route, monsieur le maire, dit un homme assez corpulent assis sur un pupitre au fond de la salle, les jambes pendantes.

— Oui?

— Je sais pas si vous l'avez remarqué, mais il y a au moins deux madriers du pont qui sont pas mal pourris. Un de ces jours, quelqu'un ou un cheval va passer à travers et se casser une jambe.

— Ça concerne pas la municipalité, déclara sans hésitation Beaudoin en repoussant sur son nez ses lunettes à fine monture d'acier. Le pont appartient à la voirie provinciale. C'est elle que ça regarde.

— Allez-vous faire quelque chose? s'entêta l'intervenant en haussant la voix.

— Il y a plus d'un mois, j'ai signalé le problème au ministère de la Voirie et on m'a répondu qu'on s'en occuperait le printemps prochain.

— Ah ben, barnak! jura Côme Crevier qui se leva, comme mû par un ressort. Tu t'es contenté de cette réponse-là?

Il était bien connu que le garagiste à la grosse tête ronde nourrissait l'ambition de prendre la place du maire actuel. Les vieux du village disaient de lui qu'il était aussi ambitieux que son père, Adélard Crevier, l'avait été avant lui. On se demandait sérieusement s'il aurait plus de chance de remplacer le maire actuel aux prochaines élections qu'Adélard en avait eu avec Wilfrid Giguère dans les années 1920. Tous se rappelaient que le forgeron avait été battu à chacune des trois élections auxquelles il s'était présenté.

L'abbé Leroux sursauta et rougit violemment en entendant ce juron si près d'un sacre. Il jeta un regard courroucé à son paroissien qui lui lança un sourire moqueur en guise de réponse.

— Pas moyen de faire autrement, répondit le maire, habitué aux piques de son adversaire.

— Même en demandant à ton grand ami Alcide Drolet ?

— Monsieur Drolet est seulement notre député, pas le ministre de la Voirie.

— Ben, moi, je vais te dire ce que je vais faire, répliqua durement Crevier. J'attendrai pas la semaine des quatre jeudis. Demain matin, je vais ramasser deux madriers dans mon garage et je vais aller remplacer ce qui est pourri sur le pont. Je trouverai ben un ou deux hommes pour m'aider à faire la *job*. Pas vrai ? demanda le garagiste en se tournant vers l'assistance.

Plusieurs voix se firent entendre pour l'approuver. Quelques hommes lui dirent bien haut qu'ils iraient l'aider.

— Tu feras ce que tu veux, dit Boisvert, furieux. Mais je t'avertis : arrange-toi pour qu'il t'arrive rien en faisant ça parce que la municipalité sera pas responsable... Bon. On passe au second point : le paiement des taxes.

— Il est de bonne heure en maudit pour parler des taxes, Arthur, fit remarquer Ernest Veilleux. Les comptes de taxes municipales sont dus seulement en janvier, non ?

— Oui, monsieur Veilleux. Je parle pas des taxes de 1944. Je veux parler de celles de 1943. Il y a deux propriétaires de Saint-Jacques qui ont pas encore payé leur compte dix mois après l'avoir reçu. Ils ont reçu les avertissements, comme la loi nous oblige à le faire. À cette heure, on en est rendu à la saisie et à la vente aux enchères.

— On peut savoir qui c'est ? demanda le patriarche des Veilleux, curieux de connaître l'identité des récalcitrants.

— En tout cas, ça doit pas être des rouges de la paroisse, fit la voix tonitruante de Crevier. Avec tout l'argent que Godbout doit leur avoir donné pour se faire élire aux dernières élections, ils ont de quoi payer leurs taxes.

Des cris de protestations et des insultes se mêlèrent à des éclats de rire bruyants des partisans conservateurs réunis dans la salle. Les Veilleux, qui étaient conservateurs de père en fils depuis des générations, ne furent pas les derniers à s'esclaffer.

— Je ne peux pas divulguer leurs noms, affirma le maire en tapant de son maillet sur le bureau de l'institutrice pour ramener le calme dans la salle. Tout ce que je peux dire, c'est qu'il y en a un qui reste dans votre rang et l'autre est au village. Il leur reste trois jours avant que les avis de saisie soient affichés.

Une vague de murmures s'éleva dans la salle. On s'interrogeait sur l'identité des deux personnes qui allaient bientôt perdre leurs biens, faute d'avoir payé leurs taxes. De toute évidence, ces personnes suscitaient la sympathie de la majorité des gens. Tous savaient depuis longtemps à quel point l'argent était rare et difficile à gagner.

Arthur Boisvert assena deux coups de maillet sur le pupitre pour ramener, encore une fois, le public à l'ordre. Il formula ensuite une remarque malheureuse qui eut le don de lui aliéner quelques concitoyens de plus.

— En tout cas, dit-il, la saisie de la maison du village pourrait régler un problème de la municipalité. Ça fait des années qu'on cherche les moyens d'avoir un petit hôtel de ville. Bien, ma Caisse serait prête à avancer l'argent à la municipalité pour racheter cette maison-là si on décide d'en faire notre hôtel de ville.

— Ah ben, j'aurai tout entendu! s'emporta Côme en se remettant debout. Je dois me tromper! J'espère que tu viens pas de dire que t'es prêt à jeter dehors du pauvre monde en plein hiver pour acheter pour une bouchée de pain leur maison! En plus, il manquerait plus que ta maudite Caisse fasse de l'argent dans tout ça! Ce serait ben le restant des écus, une histoire de même!

Le climat dans la salle devint alors si hostile qu'Arthur Boisvert décida de faire immédiatement marche arrière.

— C'est pas ce que j'ai voulu dire, Côme Crevier, protesta-t-il, rouge de confusion. Il reste encore trois jours pour que les comptes soient acquittés, et j'espère qu'ils vont l'être.

La grogne de l'assistance sembla se calmer progressivement après cette mise au point. Le maire sortit de sa poche sa montre de gousset pour consulter l'heure.

— L'heure avance et…

— Est-ce qu'on va finir par entendre parler du pavage du village? demanda alors Hélèna Pouliot, assise à l'avant de la salle.

— Et de l'électricité? poursuivit Jérôme Veilleux en jetant un coup d'œil à son père. Après tout, je pense que c'est pour ça que tant de monde s'est dérangé à soir.

— Nous y arrivons, répondit le maire. Tout d'abord le pavage.

— Ouais, fit Antoine Desjardins du rang Sainte-Marie. Raconte-nous donc ce que la grande gueule d'Alcide Drolet t'a dit quand t'es allé lui en parler.

— Comme promis, je suis allé au bureau de notre député à la mi-octobre et je lui ai demandé de faire des pressions pour obtenir une subvention du gouvernement pour qu'on fasse paver le bout du rang Saint-Edmond qu'on appelle le village.

— Il va jusqu'où, ce bout-là, d'après toi ? demanda Côme dont le garage et la maison étaient situés à l'extrémité du village.

Un mince sourire vengeur éclaira le visage rond du maire durant un bref moment.

— À peu près mille pieds.

— Mille pieds ?

— Bien oui. Le bout de route entre les deux trottoirs qui sont déjà là.

Le court trottoir de bois de deux cent cinquante pieds construit en 1923 avait été doublé de l'autre côté de la route dès l'année suivante, pour la plus grande satisfaction de l'épicière, Hélèna Pouliot. Ensuite, au fil des années, on l'avait progressivement allongé, même si son entretien était exigeant. Finalement, deux mois avant les élections de 1939, le gouvernement Duplessis avait cru se gagner des votes en le remplaçant par deux magnifiques trottoirs en ciment et en promettant d'asphalter la chaussée l'année suivante. Malheureusement, l'Union nationale avait été défaite et la route était demeurée en terre.

Si Côme Crevier avait toujours mal accepté que le trottoir s'arrête à une centaine de pieds de son garage et de son domicile, il était littéralement outré que cette situation perdure avec le revêtement de la chaussée. Si ce que le maire disait était exact, il allait continuer à être considéré comme habitant hors du village, ce qui avait le don de le mettre hors de lui.

— Ça a pas d'allure, s'insurgea le garagiste, prêt à exploser tant il était furieux. J'ai un commerce, moi ! Je suis forgeron et garagiste. Ce serait normal qu'on me considère comme faisant partie du village. Ça ressemble à une vengeance, ça, dit-il sur un ton accusateur en pointant un gros doigt boudiné en direction du maire.

— J'ai ben peur que tu t'énerves pour rien, Côme, répliqua le maire. Notre député était bien plus intéressé à parler des bons de la Victoire que d'asphalte.

— Ça, c'est du Alcide Drolet tout craché, dit Hélèna Pouliot à sa voisine. Jamais là quand on a besoin de lui.

— En tout cas, il m'a dit qu'il en toucherait un mot au ministre de la Voirie quand il le verrait, reprit Arthur Boisvert en s'adressant à Côme Crevier. Mais ça le surprendrait que ça se fasse vite. Au fond, il y a pas de quoi s'énerver. Je suis sûr que toi, tu vas trouver un moyen de le faire bouger plus vite que ça quand tu vas être maire de Saint-Jacques-de-la-Rive, conclut-il, sur un ton sarcastique.

Quelques rires saluèrent la pique dirigée vers le garagiste.

— Et l'électricité, monsieur Boisvert? demanda Clément Tremblay. Est-ce qu'on est à la veille de l'avoir, sacrifice?

— C'est vrai, ça, reprit Georges Hamel, son voisin. Ça fait cinq ans qu'ils l'ont à Pierreville. Nous autres, on est juste à cinq milles de là, et c'est comme si on vivait sur une autre planète. C'est pourtant pas la fin du monde de planter une couple de poteaux et de faire courir un fil jusque chez nous.

— J'ai bien peur que ce soit un peu plus compliqué que ça, reprit le maire en affichant un air supérieur. D'après notre député, c'est pas de la mauvaise volonté du gouvernement si Saint-Gérard et Saint-Jacques ont pas encore l'électricité. C'est à cause du rationnement du plomb qu'il y a dans les fils. En plus, la plupart des usines qui produisent le fil électrique et tout le matériel ont été transformées en industries de guerre.

— Êtes-vous en train de nous dire qu'il y a pas de chance de l'avoir avant la fin de la guerre ? reprit Clément, qui aspirait à ce luxe depuis plusieurs années.

— C'est ce que j'ai demandé au député. Il paraît qu'on a encore des chances de l'avoir avant, peut-être même avant la fin de l'année prochaine. Selon lui, on est le prochain village sur la liste dans le comté. C'est pas sûr, mais d'après Drolet, il serait pas étonné qu'on ait l'électricité à Saint-Jacques-de-la-Rive l'automne prochain… Mais il m'a dit que c'était pas une promesse.

— Ça, c'est encore du Drolet tout craché, commenta le vieux Ernest Veilleux. Du vent, rien que du vent. À quoi ça nous sert d'avoir élu un député libéral s'il est jamais capable de nous avoir quelque chose de son maudit gouvernement ? On va se réveiller l'automne prochain avec une rue du village encore en belle terre et on va encore s'éclairer avec des lampes à l'huile. Vous allez voir !

— C'est tout ce que je peux vous dire là-dessus, conclut le maire en se levant pour signifier la fin de l'assemblée.

Pendant que le maire, l'abbé Leroux et les échevins endossaient leur manteau, l'assistance se dirigea vers la porte de l'école dans un brouhaha assourdissant. Un épais nuage de fumée s'étirait près du plafond. Édouard Meunier, l'un des échevins, alla fermer la fenêtre demeurée ouverte.

— Il faudrait presque faire un peu de ménage avant de partir, fit-il remarquer au maire et aux deux autres échevins pendant que le vicaire se dirigeait vers la porte.

— Laisse faire, Édouard, lui conseilla le maire en posant son chapeau sur sa tête. La petite maîtresse d'école va faire nettoyer ça demain matin par ses élèves.

Les lampes à huile furent éteintes et rangées, et la porte fut verrouillée. À l'extérieur, il ne restait plus que quelques personnes en train de se saluer avant de se quitter.

— Je crois ben qu'on va rentrer sans traîner, dit Jérôme Veilleux aux Tremblay, prêts à monter, eux aussi, dans leur voiture.

— Ça me surprendrait pas qu'on ait un peu de neige pendant la nuit, prédit Ernest debout à ses côtés.

— J'aimerais mieux ça que de la pluie, laissa tomber sa fille Céline, qui avait accompagné son mari à la réunion.

Chapitre 8

Un retour inattendu

Ernest Veilleux s'était trompé. Il fallut attendre une semaine de plus avant de voir tomber la première neige de la saison. Ce matin-là, à leur réveil, les gens de Saint-Jacques-de-la-Rive découvrirent en frissonnant un paysage tout blanc. Au lever du jour, l'intérieur des maisons en fut tout éclairé.

— Nous voilà repartis pour un autre hiver de misères, je crois bien, dit Colette Veilleux aux siens qui venaient de rentrer du train.

— Il en est pas tombé épais, fit Jérôme en enlevant sa casquette qu'il accrocha derrière la porte de la cuisine. À peu près un pouce.

— Ça, ça veut dire qu'il va falloir s'occuper de la viande cette semaine, fit remarquer son père.

— Je vais appeler chez Comtois après le déjeuner, intervint la petite femme volontaire. Ils ont notre vache et notre cochon depuis quatre jours. Ils devraient être prêts à nous préparer notre viande. Il va falloir que j'aille surveiller ça.

Depuis plus de vingt ans, Ludger Comtois et ses deux fils exploitaient une boucherie à Pierreville et faisaient la tournée des villages voisins durant la belle saison pour vendre de la viande aux ménagères. Les bouchers offraient également aux fermiers intéressés d'abattre leur vache et de découper et emballer la viande selon leurs désirs pour un montant fixe.

Quelques années auparavant, Colette était parvenue à vaincre la résistance de son beau-père et de son mari et avait réussi à les persuader d'utiliser les services des Comtois. En réalité, même s'il continuait à appeler cela « un maudit gaspillage inutile », le vieil Ernest avait fini par prendre goût à de la viande bien préparée, ce qu'il n'était jamais arrivé à faire quand il débitait lui-même sa vache et son porc.

— On va laisser Carole pour surveiller la maison si on doit aller à Pierreville cet avant-midi, déclara Jérôme en passant une main dans son épaisse chevelure rejetée en arrière.

— Oui, monsieur le marguillier, se moqua sa femme.

— Moi, je pourrais venir vous donner un coup de main, proposa André.

— Toi, tu vas à l'école, trancha sa mère sur un ton sans appel.

— Ah non ! C'est plate…

— Tu fermes ta boîte et tu fais ce que je dis, le coupa sa mère en lui jetant un regard mauvais.

— Est-ce que mon oncle Léo va venir vous rejoindre à la boucherie ? demanda Carole.

— S'il travaille pas, il va venir, dit son grand-père. On lui donne un bon quartier de viande, au vieux garçon. Le moins qu'il puisse faire, c'est de venir le chercher.

— En revenant, on pourrait fumer les…

— Non, Jérôme Veilleux ! Pas cette année ! le coupa sa femme. L'automne passé, t'as gaspillé cinq gros jambons en essayant de fumer notre cochon. Tu recommenceras pas cette année.

— C'est pas de ma faute si le feu a pogné dans le fumoir, se défendit le cultivateur en prenant son vieux père à témoin.

— Moi, je me mêle pas de ça, se défendit Ernest, pour une fois très diplomate. J'ai rien eu à voir là-dedans.

— En tout cas, cette année, j'ai l'intention de manger du vrai jambon qui goûte bon, reprit Colette. J'ai demandé à Clément de prendre notre viande dans son fumoir.

— Ben sûr! Le beau-frère est ben meilleur que moi, dit Jérôme, vexé.

— Il est pas meilleur que toi, précisa sa femme, mais ta sœur Céline surveille le fumoir comme si c'était la prunelle de ses yeux et leurs jambons fumés à l'érable sont pas battables.

Au même moment, tous les Tremblay réunis chez Gérald s'apprêtaient à faire boucherie. Clément et Gérald avaient chacun abattu une de leurs vaches trois jours auparavant et les avaient suspendues au bout d'une chaîne dans l'entrée de la grange. Ils les avaient vidées avant de faire de même avec deux porcs engraissés pour la circonstance depuis le printemps précédent.

Le matin même, on avait dressé deux longues tables en posant quelques madriers sur des tréteaux à l'intérieur de la grange, à faible distance des carcasses suspendues. Les femmes avaient apporté les couteaux, le jute et le papier ciré brun dont elles allaient avoir besoin.

— Clément a allumé le fumoir hier soir, déclara Céline en posant devant elle ses couteaux. Aussitôt que les cochons vont être dépecés, on va pouvoir aller porter les jambons là.

— Ce qui est certain, assura Cécile, c'est qu'on n'a pas intérêt à traîner trop longtemps ici aujourd'hui. On gèle tout rond.

— Le problème, dit Aline, c'est que si on ferme la porte de la grange, on verra plus rien.

— En travaillant, on va bien finir par se réchauffer, fit Thérèse, s'adressant aussi bien à sa fille qu'à ses deux brus.

— Au moins, on n'aura pas à faire le boudin aujourd'hui. Il faut dire qu'on a pas perdu notre temps hier quand on a égorgé les cochons, reprit Aline en jetant un regard malicieux à sa nièce Françoise qui n'était pas parvenue à cacher une grimace de dégoût. C'est toujours ça de gagné.

— Voyons, Françoise, raisonne-toi un peu, dit Céline qui avait remarqué la réaction de sa fille. C'était juste du sang de cochon. Hier, on t'a pas demandé de le boire. T'avais juste à le brasser pour l'empêcher de cailler.

— Ça me lève le cœur, m'man. C'est plus fort que moi.

— J'étais pareille à son âge, reprit Cécile en s'emparant du premier morceau de viande que Gérald venait de trancher. Chez nous, chaque fois que le cochon se mettait à crier quand on l'égorgeait, le mal de cœur me prenait. Ça faisait enrager ma mère ; ça je peux vous le dire.

Durant une bonne partie de la journée, tous les Tremblay s'activèrent si ardemment qu'à la fin de l'après-midi, les gros coffres de bois dans lesquels Cécile et Céline entreposaient la viande durant l'hiver débordaient. Elles durent même se contraindre à placer dans des boîtes cartonnées quelques rôtis et les os qu'elles désiraient conserver pour cuisiner des soupes.

— On va être pris pour laisser ça dans des boîtes, dans la cuisine d'été, tout l'hiver, dit Cécile, mécontente.

— Je suis comme toi, déclara sa belle-sœur Céline. J'aime pas voir de la viande traîner à l'air libre.

— Ça sert à rien de s'énerver. On va s'arranger pour que les hommes nous construisent d'autres coffres pour la viande, dit Thérèse.

— Bonne chance, belle-mère. Ça fait deux ans que je pousse dans le dos de Clément pour qu'il m'en fasse un plus grand. Il promet, mais il fait rien. À l'entendre, il a toujours quelque chose de plus important à faire.

— La même chose pour Gérald, reprit Cécile.

Deux fermes plus loin, les Fournier en avaient fini depuis deux jours avec leur approvisionnement en viande pour l'année. Germain avait toujours été habile dans la préparation de la viande et n'avait jamais eu même la tentation de faire appel aux Comtois. D'ailleurs, il n'avait qu'une confiance toute relative en l'honnêteté des bouchers de Pierreville. L'avant-veille, quand son fils lui avait demandé pourquoi il n'envoyait pas faire abattre et préparer sa vache à leur boucherie, son père s'était contenté de lui répondre :

— Es-tu malade, toi ? Qu'est-ce qui te dit qu'ils changeraient pas notre vache pour une autre ? Une fois la peau enlevée, elles se ressemblent toutes. Il y a le poids aussi…

Pendant un court moment, Germain avait guetté une réaction de Gabrielle, occupée à desservir la table avec Berthe. Sa femme aurait pu dire que les Comtois ne lui arrivaient pas à la cheville dans la préparation de la viande, ce qui aurait été la stricte vérité, mais elle ne broncha pas. Sa figure figée ne laissa paraître aucun sentiment.

Par conséquent, toute la famille avait passé la journée à préparer des provisions de viande suffisantes pour une grande partie de l'année. On pouvait reprocher beaucoup de choses à Gabrielle Fournier, mais elle avait conservé son don de cuisinière et les siens ne manquaient jamais de bonne nourriture.

~

Cet automne-là, le conseil de fabrique dut encore accepter, bien malgré lui, que certains paroissiens paient exceptionnellement leur dîme en nature, faute d'argent.

— C'est mieux que rien du tout, avait déclaré le curé Ménard à un Roméo Lamarche plutôt réticent.

— Je veux ben le croire, monsieur le curé, avait répliqué le président de la fabrique, mais ça fait vingt ans qu'on dit aux paroissiens de payer leur dîme en argent. Là, on revient en arrière. Payer la dîme en nature, ça se fait plus nulle part. La fabrique peut pas payer les réparations de l'église ou l'entretien du presbytère en nature, elle.

— Ça revient au même, Roméo, dit le prêtre d'une voix pondérée. De toute façon, il aurait fallu sortir de l'argent pour payer la viande mangée au presbytère.

— C'est vrai ce que vous dites, mais comme ça, c'est difficile de voir si le conseil dépasse ou non le budget qu'on donne pour le fonctionnement du presbytère.

— Ne t'en fais pas avec ça, Roméo. La paroisse, c'est pas une compagnie. On n'a pas besoin de déclarer des profits à l'évêché chaque année. Tant qu'on n'est pas dans le rouge et qu'on a assez d'argent à envoyer pour les quêtes du diocèse, c'est tout ce que monseigneur demande.

Le président de la fabrique quitta le bureau du curé Ménard en secouant la tête, tout de même assez mécontent que le prêtre ait accepté la viande laissée par Alfred Laramée, du rang du Petit-Brûlé, pour payer sa dîme. Il n'était pas le seul à avoir acquitté ainsi son dû. Dans sa cuisine, Amélie Provost ronchonnait en montrant les pièces de viande étalées sur la table de sa cuisine.

— Ça a pas d'allure, monsieur le curé. Regardez-moi ça ! C'est taillé n'importe comment et ce sera pas mangeable.

— Je suis sûr que c'est de la bonne viande, dit le prêtre pour la calmer.

— Peut-être, concéda la ménagère, mais Alfred Laramée sait pas couper sa viande. J'aime autant vous avertir tout de suite : préparez-vous à manger du bouilli souvent. Cette viande-là, elle va être bonne juste pour ça. Je pourrai pas vous faire des rôtis ou des steaks parce que vous allez vous casser une dent là-dessus.

La mine du prêtre s'assombrit. Il appréciait particulièrement les excellents rôtis que sa servante savait si bien apprêter.

~

Par une matinée froide de la troisième semaine de novembre, Ernest Veilleux se berçait dans la cuisine surchauffée. Il fumait paisiblement sa pipe en jetant de temps à autre un coup d'œil à la route devant la maison. Le ciel était uniformément gris et une petite neige folle tombait doucement. Sa bru avait étalé sur la table des pièces de tissu et montrait à sa fille Carole comment tailler les carrés qui allaient former la courtepointe qu'elles projetaient de confectionner durant l'hiver.

L'homme de soixante-quatorze ans avait décidé de se reposer ce matin-là quand Jérôme lui avait annoncé qu'il allait marquer les arbres qu'il voulait abattre durant l'hiver dans le but d'en faire du bois de chauffage. Le vieil homme allait se mettre à somnoler doucement quand le bruit caractéristique d'un camion le força à ouvrir les yeux. Un instant, il crut que la police militaire revenait, mais ce n'était que l'employé de Boudreau, le fromager, qui faisait la collecte des bidons de lait laissés sur les plates-formes à l'entrée de chaque cour du rang Sainte-Marie. Le vieillard allait refermer les yeux quand un boghei qui suivait probablement de près le camion entra dans la cour. Son conducteur descendit de voiture et attacha le cheval à la rampe de l'escalier avant de se diriger lentement vers la porte.

— Tiens, on a de la visite, dit Ernest aux deux femmes qui venaient de se lever en entendant les bruits de pas sur la galerie.

— C'est mon oncle Léo, dit Carole en regardant à son tour par la fenêtre.

— Veux-tu ben me dire ce qui l'amène en plein cœur de la semaine ? demanda Colette à haute voix, alertée par cette visite inhabituelle. Va ouvrir à ton oncle, Carole.

L'adolescente s'empressa d'ouvrir la porte à Léo Veilleux, qui entra dans la cuisine en soufflant sur ses doigts.

— Bonjour tout le monde, salua l'homme dont les oreilles et le nez étaient rougis par le froid. Je vous dis qu'il fait pas chaud dehors.

— Enlève ton manteau et viens te réchauffer proche du poêle, l'invita son père après que sa belle-sœur Colette l'eut débarrassé de son lourd manteau.

— C'est ça. Ta nièce va te servir une bonne tasse de thé chaud, dit la maîtresse de maison.

— Merci, c'est pas de refus, accepta le jeune homme.

Le célibataire de trente-cinq ans à la fine moustache brune vivait depuis près de quinze ans à Pierreville avec son jeune frère Jean-Paul, non loin de l'usine Thibault où ils travaillaient tous les deux. Même s'ils ne demeuraient qu'à cinq milles de Saint-Jacques-de-la-Rive, ils ne venaient pas très régulièrement à la maison paternelle. Le caractère vif de leur père faisait que les réunions familiales tournaient parfois en disputes que Colette avait souvent du mal à calmer.

— Tu travailles pas aujourd'hui ? s'étonna Ernest au moment où son fils s'assoyait dans la chaise berçante placée de l'autre côté du poêle à bois.

— Non. J'avais droit à un congé.

— Tu t'es greyé d'un cheval et d'une voiture ? s'informa Colette en approchant une chaise des deux hommes.

— Je les ai empruntés à mon propriétaire pour venir vous voir.

Le ton de son beau-frère mit Colette mal à l'aise et elle se demanda ce qu'il pouvait bien cacher.

— Jérôme est pas ici ? demanda le visiteur.

— Il est parti dans le bois après le déjeuner. Il devrait être à la veille de revenir… Changement d'à propos : as-tu eu des nouvelles de Jean-Paul dernièrement, toi ? Nous autres, sa dernière lettre date de la fin juillet. On veut bien croire qu'il aime pas écrire et que l'armée prend bien du temps pour envoyer les lettres, mais là…

— C'est vrai que ce maudit sans-cœur-là se force pas gros pour nous donner des nouvelles, l'interrompit son beau-père en parlant de son fils cadet, volontaire depuis deux ans dans l'armée.

— L'Angleterre, c'est pas la porte d'à côté, p'pa, dit Léo pour excuser son frère. Puis, il arrive toutes sortes d'accidents des fois.

Immédiatement, Colette devina la raison de la visite de Léo et son visage fin changea d'expression.

— Il lui est arrivé quelque chose ! s'écria-t-elle. Je le sentais ! C'est pour ça que t'es venu ! Il est mort !

À ces paroles, le sang s'était brusquement retiré de la figure du vieux père. Il serrait sa pipe entre ses dents, en attente de la confirmation de la nouvelle. Pour sa part, Carole s'était rapprochée de sa mère et avait posé une main sur son bras.

— Whow ! Calmez-vous un peu. Il est pas mort pan-toute.

Les signes d'un soulagement évident apparurent sur toutes les figures.

— J'ai eu de ses nouvelles hier. Il a été blessé à une jambe à la fin d'août. Il paraît qu'il a reçu des éclats de bombe. Il a été opéré trois fois. À cette heure, c'est fini l'armée pour lui.

— Où est-ce qu'il est ? demanda sa belle-sœur.

— Il est à Montréal depuis une couple de semaines. Il revient aujourd'hui.

— Si l'armée en veut plus, c'est qu'il doit être estropié à vie, dit son père d'une voix blanche.

— L'important, c'est que votre gars soit pas mort, beau-père, le reprit sa bru en replaçant nerveusement une mèche de cheveux noirs qui s'était échappée de son chignon. Il arrive quand?

— À la fin de l'après-midi, par le train, si je me fie à ce qu'il m'a raconté hier soir au téléphone.

— Comment il était au téléphone? demanda Colette.

— Il avait l'air pas trop mal.

— Bon. Comment vous allez vous organiser tous les deux? reprit-elle en regardant son beau-frère.

— C'est un peu pour ça que je suis passé vous voir avant qu'il arrive, admit Léo en affichant un air un peu embarrassé. Jean-Paul reste avec moi depuis longtemps, mais s'il a besoin de soins, je me sens pas ben capable de faire ça. En plus, s'il faut le remplumer, moi, comme lui, on n'est pas ben bons dans une cuisine.

Ernest allait parler quand sa bru lui coupa la parole.

— Il va falloir que tu parles de ça avec Jérôme. Après tout, ton frère a son mot à dire là-dedans. Mais ça me surprendrait qu'il refuse qu'on garde Jean-Paul le temps qu'il faudra pour le remettre d'aplomb. Tu connais Jérôme, il est comme ton père, il manque pas de cœur. Moi, en tout cas, ça me ferait plaisir qu'il vienne rester ici. On va lui préparer une chambre en haut.

Ernest eut un sourire de contentement en entendant ces paroles.

Lorsque Jérôme Veilleux apprit la nouvelle à son retour à la maison, vers midi, il n'hésita pas un instant à offrir l'hospitalité à son frère. Plus encore, il décida d'aller accueillir lui-même Jean-Paul à la gare de Pierreville pour éviter à Léo de revenir à Saint-Jacques-de-la-Rive. Durant son absence, son père et André se chargeraient de traire les vaches et de soigner les animaux. Léo quitta la ferme un peu après le dîner et donna rendez-vous à Jérôme à la gare, vers cinq heures.

À la fin de l'après-midi, Jérôme alla atteler le cheval à la voiture.

— On va vous attendre pour souper, lui dit sa femme au moment où il s'apprêtait à partir.

— On traînera pas en chemin, lui promit son mari avant de claquer la porte derrière lui.

Le petit homme râblé quitta la ferme un peu avant quatre heures, chaudement emmitouflé. C'était la période de l'année qu'il détestait le plus quand il avait à se déplacer. Il n'y avait pas suffisamment de neige pour utiliser la *sleigh* et le cheval peinait à traîner la lourde voiture. Quand il quitta la cour de la ferme, le ciel gris virait doucement au noir et la faible neige qui tombait depuis le début de l'avant-midi ne s'était pas intensifiée.

Quelques minutes plus tard, au moment de rejoindre son frère Léo devant la petite gare de Pierreville, Jérôme réalisa que la neige s'était soudainement mise à tomber beaucoup plus dru, poussée par un vent soufflant en rafales.

— On dirait qu'on va avoir droit à notre première vraie tempête, dit Léo en relevant frileusement son col de manteau.

— Ça peut encore se calmer, répliqua son frère sans trop y croire, en attachant son cheval.

— En tout cas, s'il fait trop mauvais, tu pourras toujours venir coucher à la maison avec Jean-Paul.

Les deux frères entrèrent se mettre à l'abri dans la gare. Une dizaine de personnes se trouvait déjà dans la petite salle d'attente surchauffée. Le responsable, installé derrière son guichet, était en train de rassurer une vieille dame qui s'inquiétait du retard possible du train. Comme il n'y avait que deux personnes encombrées de valises, les Veilleux en déduisirent que toutes les autres attendaient des voyageurs.

Ils n'eurent pas à patienter bien longtemps. Quelques minutes après cinq heures, le train en provenance de Montréal s'arrêta devant la petite gare dans un hurlement de freins et un nuage de vapeur. En un instant, la salle d'attente se vida comme par enchantement. Tout le monde se précipita vers le quai faiblement éclairé par un unique lampadaire. La porte de l'un des cinq wagons accrochés à la locomotive s'ouvrit devant un employé qui déploya un marchepied pour permettre aux voyageurs de descendre. Une grosse dame descendit lentement, suivie de près par deux jeunes permissionnaires, encore fiers d'exhiber leur uniforme tout neuf. Enfin, Jean-Paul Veilleux apparut à la porte. L'employé du Canadien Pacifique prit le sac et les béquilles qu'il lui tendait et il entreprit de descendre en se retenant difficilement à la barre d'appui.

Jérôme et Léo s'avancèrent précipitamment vers lui pour l'aider, mais avant même qu'ils arrivent, leur frère handicapé avait déjà pris pied sur le quai et tendait les mains vers ses béquilles sur lesquelles il s'appuya avec un soulagement évident.

— Tiens! Si c'est pas les petits Veilleux qui sont là! s'exclama le cadet de la famille avec un plaisir évident de revoir ses frères.

Il leur tendit la main en gardant tant bien que mal son équilibre.

— Va pas te faire des idées, répliqua Léo. C'est pas toi qu'on venait voir, c'est le train. Et on peut te dire qu'il est pas mal plus beau que toi.

— T'as pas changé, toi. T'es toujours aussi jaloux du plus beau de la famille, rétorqua Jean-Paul.

Les trois frères éclatèrent de rire. Jérôme s'empara du sac de toile de son frère et le petit groupe se mit en marche.

— On dirait ben que j'arrive en pleine tempête de neige. À Montréal, la neige avait pas encore commencé à tomber quand le train est parti.

— Ce sera peut-être pas une tempête, fit Jérôme. Viens dans la salle d'attente ; on va jaser un peu.

À leur entrée dans la salle maintenant déserte, Jérôme put examiner plus aisément son frère. Il se rendit compte avec un pincement au cœur à quel point celui-ci avait changé en deux ans.

Jean-Paul avait toujours été le plus grand de la famille. Il dépassait Jérôme d'une demi-tête. On le reconnaissait à son large visage ouvert surmonté d'une épaisse chevelure brune et bouclée. Comme tous les Veilleux, il possédait des yeux noisette et ses joues portaient quelques taches de rousseur. Son père lui reprochait souvent son manque de sérieux parce qu'il aimait rire et plaisanter. Quand il avait quitté la ferme familiale pour s'installer avec Léo à Pierreville, personne n'en avait été surpris. Le jeune homme n'avait jamais particulièrement aimé travailler la terre. Son enrôlement volontaire avait cependant jeté la consternation chez les Veilleux, qui n'avaient pas du tout compris son envie de voir du pays et son goût de l'aventure.

— Tu vas te faire tuer dans cette maudite niaiserie-là ! lui avait hurlé son père, furieux, quand il lui avait fait part de son désir de s'engager dans l'armée.

— Ben non, p'pa. Ils vont juste m'entraîner et m'envoyer en Angleterre pour une couple de mois.

Il faut croire que l'histoire avait mal tourné. À trente-trois ans, Jean-Paul revenait lourdement handicapé au pays. Il n'y avait qu'à voir son visage émacié, ses yeux un peu fiévreux et la petite mèche grise qui retombait sur son front pour se rendre compte que son aventure ne s'était

pas déroulée comme il l'avait espéré. Il flottait littéralement dans son vieux paletot et avait besoin de béquilles
pour se déplacer avec sa jambe raide.

— Comment t'as attrapé ça ? demanda Léo en lui
montrant sa jambe, qu'il venait d'étendre avec précaution
devant lui en s'assoyant sur un banc.

Le visage de Jean-Paul se rembrunit.

— Une grenade, dit-il succinctement. Deux gars de
mon unité ont été tués à côté de moi. Moi, j'ai été chanceux. J'ai juste reçu des éclats dans la jambe. Les docteurs
ont eu de la misère à tous les enlever. J'ai eu trois opéra-
tions. Là, il paraît que c'est correct.

— D'après les docteurs, vas-tu pouvoir marcher normalement ? demanda Jérôme.

— À peu près. Ils pensent que je vais avoir une patte un
peu raide pour le reste de mes jours.

— Et tes béquilles ?

— Il paraît que dans un mois ou deux, je vais pouvoir
me servir juste d'une canne.

— Vas-tu revenir travailler chez Thibault ? fit Léo.

— À la fin de l'hiver, s'il y a de l'ouvrage pour moi, je
devrais être capable de revenir.

— Je vais en parler au *boss*, promit son frère. Je suis sûr
que Thibault va te reprendre. On manque de gars qui
connaissent ben la *job*.

Il y eut un long moment de silence entre les trois
hommes avant que Jérôme ne reprenne la parole.

— Qu'est-ce que tu dirais de venir passer un bout de
temps à la maison pour te laisser gâter par Colette ?

— Ben voyons… je vais être une gêne, avança le blessé
en montrant sa jambe.

— Ben non, le reprit son frère. L'hiver commence. Il y
a presque plus rien à faire, sauf faire le train matin et soir
et bûcher du bois. Si ça la dérangeait, tu peux être sûr que

ma femme t'offrirait pas de venir rester à la maison. En plus, ça va faire plaisir au père de te revoir.

Jean-Paul n'hésita pas plus longtemps.

— Et quand voulez-vous que je vienne ?

— Colette t'attend à soir, si ça fait ton affaire. Ta chambre est déjà prête. Je suis venu à Pierreville pour te ramener à la maison. Je pense même qu'on est mieux d'y aller sans trop traîner parce que la neige a l'air de vouloir tomber de plus en plus fort.

Les frères Veilleux se levèrent et sortirent de la salle d'attente. Il n'y avait plus personne autour de la gare. Un vent violent poussait maintenant de gros flocons de neige, créant ainsi une sorte de rideau opaque à travers lequel il était difficile de voir. La rue était déserte. La neige semblait être parvenue à chasser les derniers passants. Le seul signe de vie était le cheval de Jérôme qui s'ébrouait. Le cultivateur s'empressa d'enlever la couverture déposée sur le dos de sa bête et d'allumer le fanal suspendu à l'avant de la voiture. Pendant ce temps, Léo aidait Jean-Paul à prendre place dans le véhicule non couvert.

— Vous seriez ben mieux de venir coucher à la maison, offrit-il. On voit pas à dix pieds en avant de nous autres avec cette maudite neige-là.

— Tout le monde nous attend, dit Jérôme en s'emparant des guides. En plus, si on reste, on pourra peut-être pas ramener la voiture avant des semaines.

— Ce serait pas grave. Le père viendrait vous chercher demain matin avec la *sleigh*. T'as juste à téléphoner à Colette que le mauvais temps t'empêche de prendre la route.

— Ben non. Saint-Jacques est juste à cinq milles. Ça nous prendra pas une éternité à rentrer. Monte, je vais te laisser devant chez vous.

— Laisse faire, ça va aller plus vite en passant à pied par la cour de chez Traversy.

— T'es sûr ?

— Ben oui. On se donne des nouvelles bientôt. Rendez-vous ben.

En un instant, Léo disparut de la vue de ses deux frères et Jérôme mit son cheval en marche.

— Prends la couverte pliée en arrière et mets-toi ça sur le dos, dit Jérôme à son frère au moment où il engageait la voiture sur la route, laissant derrière lui les lumières de Pierreville.

La tête enfouie dans le collet relevé de son manteau et les yeux à demi fermés pour ne pas être aveuglé par la neige qui tombait presque horizontalement, il conduisait prudemment sa bête au pas, attentif à ne pas sortir de la route devenue uniformément blanche. Il devait se guider sur les piquets de clôture pour ne pas dévier de son chemin. Les gros flocons semblaient tout feutrer et une sorte de silence surnaturel régnait autour des deux voyageurs, silence que seuls troublaient les hurlements du vent.

— J'espère juste qu'il s'est pas formé des bancs de neige avec un vent pareil, cria-t-il quelques minutes plus tard à Jean-Paul pour se faire entendre malgré le vent.

L'autre se contenta de secouer la tête pour lui faire comprendre qu'il l'avait entendu.

Soudain, Jérôme comprit à quel point il s'était montré téméraire en prenant la route par un temps pareil. S'il rencontrait sur son chemin un de ces fameux amoncellements de neige, la voiture ne passerait pas. Qu'allait-il faire ? Jean-Paul serait aussi incapable de l'aider que de marcher dans la neige jusqu'à une ferme voisine. Cela signifiait qu'il devrait le laisser seul au milieu du chemin pour aller chercher du secours. À cette seule pensée, il redoubla d'attention, priant pour qu'une telle situation ne se présente pas.

Les minutes s'étirèrent lentement dans cette tourmente et à plus d'une occasion, Jérôme dut corriger à la dernière seconde la direction prise par le cheval qui se dirigeait directement vers le fossé. Finalement, ils arrivèrent devant l'église de Saint-Jacques-de-la-Rive et tournèrent à droite dans le rang Sainte-Marie.

— On arrive, dit le conducteur en éprouvant un réel soulagement. Dans dix minutes, on va être à la maison.

La chance était du côté des voyageurs. Ils ne rencontrèrent aucun obstacle sur leur route jusqu'au moment où la voiture put enfin venir se ranger près de la maison, quelques minutes plus tard.

Colette avait pris la précaution d'installer une lampe à huile à l'une des fenêtres de la cuisine. Ernest avait dû guetter leur arrivée parce que la porte s'ouvrit immédiatement devant Jérôme et Jean-Paul quand ils arrivèrent sur la galerie.

— Dépêchez-vous à entrer, leur dit le vieillard. C'est pas un temps à mettre un chien dehors.

Les deux voyageurs pénétrèrent dans la maison après s'être secoués un moment à l'extérieur pour se dégager de la neige qui les couvrait.

— Une vraie tempête, dit Jérôme en retirant sa casquette après avoir repoussé la porte derrière son frère. Tenez, je vous amène de la visite rare.

Colette et ses deux enfants s'avancèrent vers Jean-Paul, en équilibre instable sur ses deux béquilles. Le blessé s'empressa d'embrasser sa belle-sœur et sa nièce sur une joue avant de passer une main dans les cheveux d'André. Ensuite, il tendit la main à son père qui n'avait encore rien dit depuis qu'il avait invité ses fils à entrer.

— Donne-moi tes béquilles et enlève ton manteau, lui commanda son père en tendant la main.

Jean-Paul se dépêcha d'obtempérer, sachant fort bien que tout le monde autour de lui l'examinait attentivement.

— Carole, va accrocher le manteau de ton oncle, ordonna Colette.

— Et toi, André, habille-toi, dit Jérôme. Va t'occuper du cheval et de la voiture.

— Je peux ben y aller, offrit Ernest.

— Ben non, grand-père, je suis capable de faire ça, assura l'adolescent qui sortit de la maison une minute plus tard après avoir endossé son manteau et chaussé ses bottes.

Jean-Paul se laissa tomber doucement dans l'une des chaises berçantes près du poêle avec un plaisir évident. Son père ne le quittait pas des yeux.

— Baptême! jura-t-il, assez ému. On te nourrissait pas dans l'armée? T'es maigre à faire peur. T'as l'air d'une vraie chenille à poil!

— On mangeait pas trop mal, p'pa, le rassura son fils. Ce sont les deux mois et demi à l'hôpital qui m'ont un peu magané.

— On soupe dans cinq minutes, annonça Colette. Ici, on va te remplumer. Ça prendra pas de temps, tu vas voir.

— Je sais comment tu cuisines ben, dit Jean-Paul. Je suis certain que quand je vais partir d'ici, je vais être gras comme un voleur.

— Ouais, mais elle va avoir pas mal d'ouvrage à faire pour y arriver, fit remarquer Jérôme.

— Et ta jambe? s'informa Colette.

— Elle va finir par guérir. J'ai été opéré encore une fois la semaine passée. Il paraît que tout va ben.

— Les docteurs lui ont dit qu'à la fin de l'hiver, il aurait plus besoin de béquilles, ajouta Jérôme.

— Bon, ça c'est une bonne nouvelle. Je t'ai installé dans la chambre à côté de celle de ton père, la verte.

— T'es ben fine de te donner autant de mal, le remercia son beau-frère. J'aurais ben pu retourner chez nous avec Léo.

— Pour mourir de faim! Je vous connais, les deux petits frères. La cuisine, ç'a jamais été votre fort. Vous avez voulu rester vieux garçons, vous payez le prix. Quand les hommes ont pas de femmes pour prendre soin d'eux autres, ils sont bien mal pris.

Personne n'osa contredire la maîtresse de maison et on passa rapidement à table. Après le repas, on se rassembla près du poêle à bois. On passa la soirée à faire raconter à Jean-Paul sa vie dans l'armée et, surtout, ce qu'il avait vu de l'autre côté, en Angleterre. À l'extérieur, la tempête faisait rage au point que les vitres des fenêtres vibraient sous les coups de boutoir du vent.

Un peu après dix heures, chacun décida de se mettre au lit. Après avoir jeté une grosse bûche dans le poêle, Jérôme souffla la lampe à huile et prit la direction de sa chambre où Colette achevait de passer une épaisse robe de nuit.

— Comment tu le trouves? lui demanda son mari.

— Je trouve qu'il en mène pas large. Il est bien trop maigre. On sait qu'il a jamais été un plaignard, mais avoir des cheveux gris à son âge, ça veut dire qu'il en a pas mal arraché.

— Et sa jambe?

— Ça, on verra bien avec le temps ce qui va arriver, le rassura sa femme en enlevant ses épingles à cheveux. Moi, je pense que c'est tout de même mieux que de revenir avec un membre en moins, comme le petit Moreau de Saint-Gérard.

— Pour ça, t'as raison.

Ils s'enfouirent tous les deux sous les épaisses couvertures et s'endormirent au son du vent qui semblait vouloir arracher la toiture.

Au matin, les Veilleux furent réveillés par Ernest, en train de jeter une bûche dans le poêle. La cuisine était chichement éclairée par la lampe à huile déposée au centre de la table. La maison était froide et humide et il faisait encore noir à l'extérieur.

— Il est quelle heure, p'pa? lui demanda Jérôme qui sortait de la chambre en se grattant le cuir chevelu.

— Ben proche six heures. Je pense qu'on manquera pas d'ouvrage avec toute la neige qui est tombée depuis hier soir. Le vent s'est calmé et on dirait que la neige s'est arrêtée.

Colette quitta à son tour la chambre et entreprit de monter à l'étage en tenant sa robe de chambre fermée d'une main.

— Je vais aller réveiller les enfants en faisant attention de pas déranger Jean-Paul, chuchota-t-elle aux deux hommes en train de se chausser près du poêle.

Quelques minutes plus tard, André et Carole descendirent au moment où leur grand-père et leur père déposaient leur tasse de thé vide sur la table.

— Bon. On va y aller. André, dégage les entrées pendant qu'on fait le train. Nettoie aussi la plate-forme avant que j'arrive avec les bidons, lui ordonna son père en ouvrant la porte après s'être emparé du fanal qu'il venait d'allumer.

À l'extérieur, le jour n'était pas encore levé. Tout était uniformément blanc et les marches de l'escalier disparaissaient sous une bonne épaisseur de neige. Les bourrasques de vent de la nuit avaient entassé la neige en monticules au pied du moindre obstacle. Jérôme et son père durent marcher jusqu'à l'étable avec de la neige à mi-jambes.

— Baptême! jura Ernest, il en est tombé un bon pied.

— Si ça vous fait rien, p'pa, je vais vous laisser commencer tout seul le train et m'occuper d'atteler les chevaux à la gratte pour nettoyer la cour, proposa Jérôme.

Ernest se contenta de hocher la tête avant de prendre le fanal que lui tendait son fils. Il pénétra dans l'étable et Jérôme se dirigea vers la remise où était entreposée la gratte durant la belle saison.

L'appareil rudimentaire n'avait guère changé depuis des générations. Il s'agissait toujours d'un lourd assemblage de trois larges madriers retenus ensemble par des ferrures. Le tout était lesté et muni de chaînes de manière à ce que les chevaux puissent le tirer aisément.

Le cultivateur vérifia rapidement l'état de la gratte avant d'aller atteler les chevaux à l'écurie. Le déneigement de la cour dura une bonne heure et ne prit fin qu'au moment où le soleil commençait à se lever dans un ciel sans nuage.

— Espérons que Michaud se traînera pas trop les pieds pour nettoyer le rang, dit Ernest au moment où son fils venait prendre les bidons de lait pour aller les déposer sur la plate-forme située au bord du chemin.

— S'il prend trop de temps à faire sa *job*, p'pa, vous pouvez être certain qu'il va vite avoir Boudreau sur le dos. Lui, il est pas patient. Quand sa tournée de ramassage de lait est retardée, il est pas parlable.

Lorsque les deux hommes rentrèrent dans la maison, le déjeuner était prêt depuis longtemps.

— Pour moi, l'école va être fermée à cause de la neige, dit André en cachant mal son espoir de ne pas avoir à se rendre au village pour une journée de classe.

— Voyons donc, André, le réprimanda sa mère. Tu sais bien que c'est pas une petite bordée de neige qui va empêcher madame Rivest d'ouvrir l'école. Grouille-toi de déjeuner si tu veux pas arriver en retard.

L'adolescent adressa à son père un regard implorant, mais ce dernier fit comme s'il ne l'avait pas vu.

Chapitre 9

Le début de l'hiver

Dès le lendemain de son arrivée, la nouvelle du retour à la maison de Jean-Paul Veilleux était déjà connue par une bonne partie de la population de Saint-Jacques-de-la-Rive. Il avait suffi d'un simple appel téléphonique de Jérôme à sa sœur Céline, la veille. Quand on partageait une ligne téléphonique avec plusieurs autres abonnés, il était inévitable que des «écornifleux», comme le disait Colette, écoutent sur la ligne et répandent les nouvelles.

Quelques jours après la première tempête de neige de l'hiver, tout était déjà rentré dans l'ordre. En ce dernier dimanche de novembre, le soleil brillait et il régnait un froid vif et sec. Les voitures avaient été remplacées par des *sleighs*, des traîneaux et des carrioles, et les chemins arboraient déjà d'importantes bordures de neige. Au moment où les attelages commençaient à arriver devant l'église, Elphège Turcotte finissait sans se presser d'enlever du parvis le demi-pouce de neige tombé durant la nuit précédente.

Durant la grand-messe du curé Ménard, plus d'un regard plein de curiosité fut dirigé vers le banc occupé par les Veilleux. Jean-Paul, assis au bout du banc aux côtés de son frère et de sa belle-sœur, les sentait peser sur lui, mais il n'osait tourner la tête. Lorsque l'officiant prononça son *Ite missa est*, la foule des fidèles, comme à son habitude, s'écoula lentement à l'extérieur et il suivit le mouvement difficilement, en équilibre instable sur ses béquilles.

Un bon nombre de paroissiens se regroupèrent sur le parvis afin de se raconter les dernières nouvelles. Évidemment, les Tremblay furent les premiers à venir saluer Jean-Paul et à s'informer de sa santé. Après tout, ils étaient apparentés. Céline trouva que son frère avait déjà bien meilleure mine qu'à son arrivée quelques jours plus tôt et elle s'empressa de féliciter sa belle-sœur Colette pour la qualité de ses soins.

— C'est facile, se défendit Colette avec humilité. J'ai juste à faire à manger.

— J'ai pas le choix, feignit de se plaindre Jean-Paul avec bonne humeur. Avec elle, je dois manger tout ce qu'il y a dans mon assiette ou elle m'envoie coucher dans la grange avec les mulots.

— À part manger, qu'est-ce que tu fais de tes journées ? demanda Gérald Tremblay à son voisin.

— Rien pantoute. Je guette le chemin par la fenêtre. Je me sens pas mal inutile. Pendant que mon père et Jérôme ont commencé à bûcher, je suis pogné dans la maison à chauffer le poêle.

Georges et Rita Hamel s'avancèrent vers le petit groupe en compagnie de leur fille Claudette. Ces voisins de longue date s'étaient toujours bien entendus autant avec les Veilleux qu'avec les Tremblay. Pourtant, le visage de Cécile changea brutalement à leur arrivée et elle jeta un regard sournois en direction de Gérald pour s'assurer qu'il n'échangeait aucun signe de connivence avec la jeune fille. La présence de cette célibataire aux manières trop libres à son goût avait toujours le don de la mettre dans tous ses états. Depuis qu'elle avait surpris son mari en train de plaisanter avec elle, le printemps précédent, elle faisait en sorte de tenir Rita et ses filles éloignées le plus possible de chez elle.

— Je suis pas pour faire entrer le loup dans la bergerie, se disait-elle parfois quand elle avait quelque remords de bouder Rita Hamel.

Les nouvelles données par Jean-Paul sur son état de santé semblèrent rassurer tout le monde. Il resta toutefois évasif sur les combats auxquels il avait participé en Europe. De toute évidence, il était difficile pour lui d'aborder le sujet. Par respect, on n'insista pas. Il y eut ensuite un léger flottement et le groupe se scinda en deux. D'un côté, les femmes se mirent à parler du dernier catalogue de Dupuis frères ainsi que des courtepointes et des catalognes qu'elles se proposaient de confectionner durant l'hiver. Un peu plus loin, les hommes taquinèrent Clément au sujet de sa Ford qui avait bien voulu démarrer malgré le froid, ce matin-là.

À un certain moment, Cécile tourna la tête et aperçut Claudette en grande conversation avec Jean-Paul et sa nièce Françoise.

— On n'a pas eu de nouvelles de mon frère Charles depuis le commencement du mois d'octobre, se plaignit Claudette au blessé. Tout le monde à la maison est pas mal inquiet.

— Ça veut rien dire si vous avez pas reçu de lettres, chercha à la rassurer Jean-Paul. Le courrier est jamais ben rapide là-bas. Dans l'armée, on fait pas toujours ce qu'on veut.

— En tout cas, on a bien hâte qu'il revienne. On n'arrête pas de prier pour qu'il lui arrive rien, poursuivit la jeune fille.

— Cette guerre-là durera pas éternellement.

— Mon père trouve ça pas mal dur d'être tout seul pour faire l'ouvrage. Adrienne et moi, on essaie de l'aider, mais pour l'ouvrage dur, on n'est pas bien utiles… Toi, tu vas faire quoi quand tu vas être guéri ? demanda Claudette.

— Je pense que je vais retourner vivre à Pierreville et travailler chez Thibault avec mon frère Léo, comme avant… À condition qu'ils engagent un infirme, ben sûr.

— Vas-tu être obligé de te servir de tes béquilles toute ta vie ?

— Non, mais il paraît que je vais toujours garder une patte un peu raide.

Pendant que les deux jeunes gens conversaient, Françoise détourna la tête au moment précis où Étienne Fournier la regardait, assis dans la *sleigh* familiale, attendant de toute évidence que sa sœur Berthe le rejoigne. La jeune fille lui adressa son plus chaleureux sourire, ce qui eut le don de faire rougir violemment le bossu qui lui fit tout de même un petit signe de la main. Comme d'habitude, ses parents avaient dû aller à la basse-messe de manière à rencontrer le moins de gens possible.

— Bon, nous autres, on va faire un bout de chemin, déclara Jérôme Veilleux en donnant le signal du départ.

— Nous autres aussi, répondirent presque simultanément Clément, Gérald et Georges Hamel.

Chacun se dirigea vers son véhicule.

— On va te laisser partir en avant, Clément. Comme ça, si ton bazou arrête en chemin, on te tirera avec nos chevaux, déclara son frère Gérald en riant.

— Inquiète-toi pas pour ça, je vais être déjà en train de dîner quand vous allez être obligés de dételer vos chevaux. Jérôme, dit-il à son beau-frère, je vais ramener Jean-Paul chez vous. Je pense qu'il va être plus à l'aise avec sa jambe dans ma Ford.

— Pas de problème, accepta le cultivateur. En échange, on va ramener ta Françoise, si elle veut.

Sur le chemin du retour, Clément fit remarquer à son beau-frère, confortablement installé seul sur la banquette arrière de l'automobile :

— On dirait que tu t'entends ben avec la petite Hamel.

— Tu devrais savoir que je me suis toujours ben entendu avec toutes les belles filles, plaisanta Jean-Paul.

— C'est pour ça, je suppose, que t'es resté vieux garçon, se moqua Céline.

— C'est sûr. Comment veux-tu que je choisisse ?

— Sois donc sérieux un peu, le morigéna sa sœur.

— Si tu veux savoir, la Claudette, je l'avais jamais remarquée. Ça fait douze ans que je reste à Pierreville. Quand je suis parti, elle devait avoir dans les…

— Quatorze ans, à peu près, l'aida Céline.

— En tout cas, c'est une belle fille. En plus, elle est pas mal fine. Elle m'a même offert de venir jouer aux cartes avec moi les après-midi où je m'ennuierai trop.

— Fais ben attention où tu mets les pieds, le beau-frère, le prévint Clément. Claudette Hamel a la réputation de se chercher sérieusement un mari. Si elle te met le grappin dessus, t'es pas sorti du bois.

— Aie pas peur pour moi. Je suis pas tombé de la dernière pluie.

À quelques centaines de pieds derrière la Ford, Claudette Hamel était aussi le sujet de conversation dans la *sleigh* de Gérald Tremblay. Cécile guetta du coin de l'œil la réaction de son mari quand elle lui dit :

— As-tu remarqué comment la petite Hamel s'est jetée sur Jean-Paul après la messe ?

Le visage du conducteur demeura neutre et il se contenta de lever les épaules en signe d'ignorance.

— Elle court après tout ce qui porte des pantalons, cette dévergondée-là. Si j'étais sa mère, je lui remettrais les idées à la bonne place à celle-là, ajouta Cécile.

— Arrête donc un peu, lui conseilla son mari dont la taille était encore plus impressionnante engoncé qu'il était dans son épais manteau. Georges et Rita, c'est du bon monde et ils ont ben élevé leurs enfants. Je vois pas ce que t'as contre leur fille. Elle a pas l'air plus méchante que les autres.

— Laisse faire. Moi, je me comprends, se contenta de répondre sa femme, tout de même un peu honteuse de sa jalousie maladive.

⁓

Ce midi-là, Cécile trouva le repas prêt en rentrant de la messe. Sa belle-mère et sa belle-sœur Aline, aidées par Élise, avaient eu le temps de dresser le couvert et de faire cuire le jambon et les pommes de terre. Toutes les trois avaient préféré aller à la basse-messe en compagnie de Bertrand.

— Puis, avez-vous vu Jean-Paul Veilleux? demanda Thérèse.

— Oui, belle-mère. Le frère de Céline a pas l'air trop malade.

— J'ai bien hâte que mon Lionel et Louis puissent vivre comme du monde, eux autres aussi. Si ça a de l'allure de vivre dans une cabane en planches en plein hiver.

— Je pense pas qu'ils souffrent trop, m'man, voulut la rassurer Gérald en sirotant son thé bouillant. Ils ont à manger et ils ont de quoi se chauffer.

— Ça fait rien, dit Cécile. Il va falloir que tu fasses ta part, toi aussi, et que tu t'occupes un peu plus de ton frère et de ton neveu. On peut pas tout laisser sur le dos de Clément et d'Ernest Veilleux. Lui, il a beau être le grand-père, il s'en va tout de même sur ses soixante-quinze ans. On peut pas lui demander d'aller dans le bois tous les jours.

— On va pas recommencer, protesta son mari.

Deux semaines auparavant, Gérald avait annoncé aux siens qu'il n'avait pas l'intention de mettre les pieds dans le bois avant deux bonnes semaines. Le mari de Cécile se sentait fatigué malgré sa solide constitution. Par conséquent, il avait décidé de se reposer un peu avant d'entreprendre la coupe de son bois.

— Tu vas faire quoi à traîner dans la maison ? lui avait demandé sa femme.

— Rien. Me reposer. Je travaille depuis le commencement du printemps sept jours par semaine, j'ai ben le droit de souffler un peu.

— Tu vas te bercer pendant que tout le monde autour travaille ?

— Ben oui, imagine-toi donc, avait rétorqué Gérald. C'est de leurs affaires s'ils veulent se tuer à l'ouvrage. Je suis pas obligé de faire comme eux autres.

— En tout cas, ça risque pas de t'arriver, avait conclu sa femme, outrée. Quand les voisins vont s'apercevoir que t'es encore arrêté, ils vont bien rire.

— Eh ben ! Ils riront, batèche !

Mais le dard était planté et Cécile savait fort bien que son mari allait réagir. Depuis le début de leur mariage, dix-sept ans auparavant, elle n'avait jamais cessé de le pousser au travail parce qu'elle n'ignorait pas qu'il avait une nette tendance à la paresse. Elle s'était même fait une raison depuis longtemps : c'était sa nature. Mais elle connaissait ses points faibles mieux que n'importe qui, et l'orgueil en était un.

— C'est correct, Gérald Tremblay, conclut sa femme. Si tu veux pas y aller, je vais aller dans le bois avec Bertrand. Je laisserai personne dans la famille raconter qu'on n'a pas de cœur et qu'on s'occupe pas de ceux qui sont mal pris.

Thérèse apprécia à sa juste valeur la manœuvre de sa bru et, comme elle, elle attendit la réaction de son fils, qui ne se fit pas attendre.

— Maudit que t'es fatigante, toi! OK, t'as gagné encore une fois! Mais pas aujourd'hui. Si quelqu'un me voit en plein jour m'en aller dans le bois, il va se douter tout de suite de quelque chose.

— T'es bien fin, mon Gérald, le remercia sa femme. De toute façon, Clément m'a dit avant la messe qu'il irait voir son gars et Lionel après le souper. Tu peux attendre demain pour y aller. À cette heure, son chemin est tapé jusqu'au bois parce qu'il a commencé à bûcher mercredi passé.

Ce soir-là, peu de temps après le souper, Clément et son fils Jean s'habillèrent chaudement et se chargèrent chacun d'un paquet avant de se diriger vers la porte.

— Soyez prudents, leur recommanda Céline. Toi, Clément, dis bien à Louis de prendre son sirop s'il continue à tousser.

— S'il fait pas ça, p'pa, dites-lui que je vais aller le soigner, moi, dit Françoise.

— Il va avoir assez peur qu'il va le prendre, son sirop, dit son père en riant. On sera pas partis longtemps, se contenta-t-il d'ajouter en refermant la porte derrière lui.

Le père et le fils se glissèrent derrière l'étable et marchèrent l'un derrière l'autre, en silence, attentifs aux bruits autour d'eux. Parvenus à la limite des champs, ils entrèrent dans le boisé et se dirigèrent vers la cabane à sucre située au milieu des arbres, à quelques centaines de pieds de la lisière du bois. La cheminée laissait échapper un mince filet de fumée. Clément frappa à la porte qui s'ouvrit presque immédiatement.

— Bonsoir, p'pa, fit Louis qui avait commencé à laisser pousser sa barbe. Entrez, ça commence à se réchauffer ici-dedans.

— T'es tout seul ?

— Non. Mon oncle est aux toilettes, dehors.

Clément et Jean entrèrent et déposèrent leurs paquets sur l'un des lits improvisés, au fond de la petite pièce.

— Ta mère et Françoise vous ont cuisiné des affaires faciles à faire réchauffer, fit Clément en déboutonnant son manteau.

— Il y a aussi du linge propre pour toi et mon oncle, ajouta Jean en montrant le paquet qu'il avait transporté. Je suis allé en chercher chez ma tante Cécile, hier.

— Maudit, finit par dire le père, vous chauffez ben fort ! Il me semble qu'on crève de chaleur ici-dedans.

Soudain, la porte de la cabane s'ouvrit sur Lionel. Son visage s'illumina à la vue des visiteurs. Cet isolement en pleine forêt commençait à lui peser.

— Vous feriez mieux d'enlever votre manteau, leur conseilla-t-il. Le soir, c'est le seul temps où on peut chauffer la cabane. On gèle toute la journée ici parce qu'on peut pas allumer la fournaise pour pas attirer l'attention du monde avec la fumée. Le pire, c'est qu'on peut même pas aller dehors et bouger pour se réchauffer. Il y a trop de monde en train de bûcher autour.

— Ouais ! C'est sûr que c'est pas ben drôle, compatit Clément.

— Jusqu'à maintenant, on passe la plupart de nos journées dans la cabane du père de ta femme parce que c'est celle qui est la plus loin de tout et parce que le voisin, c'est Gérald. Il y a moins de danger qu'un fouineux nous aperçoive. Mais ça change rien. On peut pas chauffer.

— En tout cas, on a hâte que la noirceur arrive pour pouvoir allumer, conclut Louis.

— On a discuté avec Gérald et mon beau-père si on pourrait pas vous organiser quelque chose dans la maison ou dans un des bâtiments, dit Clément.

— Puis ? demanda Lionel, plein d'espoir.

— Les bâtiments, il faut même pas y penser parce qu'on peut pas les chauffer et ce serait la première place que les MP vont fouiller quand ils vont venir. Pour la maison, chez nous comme chez Gérald, il y aurait juste le grenier. On est montés, mais c'est le même problème : c'est pas isolé et c'est pas chauffable. Ce serait pire que de rester dans les cabanes à sucre où vous pouvez au moins vous chauffer le soir et la nuit.

— On va se débrouiller, p'pa, déclara Louis qui semblait avoir un meilleur moral que son compagnon d'infortune.

Durant quelques minutes, Clément donna des nouvelles des membres de la famille aux deux déserteurs qui buvaient littéralement ses paroles. Ils furent à la fois étonnés et ravis d'apprendre que Jean-Paul Veilleux était de retour à la maison. On se souhaita ensuite le bonsoir. Il était déjà temps pour les visiteurs de rentrer.

Chapitre 10

Un bien triste mois
de décembre

Les deux premières semaines de décembre se déroulèrent sans histoire à Saint-Jacques-de-la-Rive. Le froid persista et il n'y eut que quelques chutes de neige sans grande importance. Seul le passage d'un camion de la police militaire troubla la paisible municipalité durant quelques heures un jeudi avant-midi. Les déserteurs n'avaient toujours pas été découverts, bien protégés par le pacte du silence qui unissait l'ensemble des habitants de la paroisse.

Dans les fermes, la plupart des hommes quittaient la maison après le déjeuner pour aller bûcher et, à la fin de la journée, ils rapportaient un plein traîneau de grosses bûches qui allaient grossir les cordées de bois qui s'entassaient contre le mur de l'un des bâtiments. Pendant ce temps, les femmes planifiaient déjà ce qu'elles serviraient à manger durant la période des fêtes tout en confectionnant des catalognes ou des courtepointes.

Chez les Veilleux, Jean-Paul poursuivait sa convalescence. Le jeune homme faisait des exercices quotidiens pour donner plus de force à sa jambe blessée et songeait sérieusement à troquer ses béquilles pour une canne après Noël. À plusieurs reprises déjà, Claudette Hamel était venue jouer aux cartes avec lui pour le distraire. Colette soupçonnait la jeune fille de nourrir d'autres projets, mais elle se gardait bien d'en parler à qui que ce soit.

Chez Gérald Tremblay, Thérèse et Cécile demeuraient en contact presque quotidien avec Céline pour s'assurer que Louis et Lionel ne manquaient de rien dans leur refuge. Gérald avait tenu parole. Il n'avait plus parlé de repos mérité. Il avait commencé à bûcher avec son fils Bertrand et tous les deux approvisionnaient les fugitifs en alternance avec Clément et Jean.

Les Fournier faisaient la même chose que leurs voisins durant la journée. Ils travaillaient au moins aussi fort qu'eux. Cependant, chaque soir, dès la dernière bouchée avalée, Étienne allumait un fanal et allait se réfugier dans son appentis où il construisait un mobilier de chambre à coucher en érable. Le bossu avait finalement vendu son secrétaire et son fauteuil au propriétaire du magasin Murray de Pierreville et avait sacrifié une partie du prix de vente à l'achat de matériel tant pour améliorer l'isolation de l'appentis que pour l'achat du bois nécessaire à la confection de ses meubles. À la fin de chaque après-midi, après le train, Étienne s'esquivait quelques instants dans son refuge pour allumer la petite fournaise et rentrait souper à la maison, impatient de retourner à ses outils délaissés depuis la veille.

— Il va finir par mettre le feu là-dedans, avait laissé tomber Gabrielle devant son mari.

Germain, occupé à jeter une bûche dans le poêle, finit par se tourner vers sa femme.

— Il est pas fou ; il mettra pas le feu, dit-il sur un ton cassant. La remise, c'est son atelier.

— En plus, c'est un beau gaspillage de bois de chauffage pour rien. La maison est chauffée ; il a juste à rester ici avec nous autres. On voit même pas la couleur de cet argent-là, ajouta-t-elle, vindicative, en pensant au profit que son fils avait réalisé en vendant son secrétaire.

— Au cas où t'aurais oublié, Gabrielle Paré, le bois qu'il prend pour chauffer, c'est du bois qu'il a bûché.

— Et l'argent?

— Laisse faire l'argent. C'est son argent, pas le tien. Écœure-le pas avec ça! Essaye de te souvenir qu'il a vingt ans et qu'il travaille ici pour rien, sept jours sur sept, à longueur d'année.

Le reste de la soirée se déroula dans un silence presque total. Berthe, au bout de la table, le visage fermé, tressait des guenilles dans l'intention de les transformer en une catalogne. Un peu avant neuf heures, la jeune fille se leva et rangea lentement ses affaires.

— Montes-tu déjà te coucher? lui demanda sa mère, qui quitta un instant des yeux une chemise d'Étienne qu'elle était en train de repriser.

— Oui, m'man. J'ai un peu mal au ventre. Je pense que je vais être mieux couchée, répondit Berthe, le visage un peu pâle.

Vers dix heures, Étienne rentra dans la maison, les bras chargés de bûches qu'il laissa tomber bruyamment dans le coffre à bois. Ensuite, après un vague bonsoir adressé à ses parents, il monta se coucher à son tour.

Cette nuit-là, Germain fut tiré du sommeil par un bruit inhabituel. Il ouvrit les yeux dans l'obscurité de la chambre, mais ne fit pas un mouvement pour se lever. Il essaya de comprendre ce qui l'avait réveillé. Un bruit de voix lui parvint. Il semblait venir de l'étage. À ses côtés, sa femme ne bougea pas. Il finit par s'asseoir sur le bord du lit et un violent frisson le secoua lorsqu'il posa les pieds sur le parquet glacial. Il se pencha, mit son pantalon et sortit de la chambre.

Après avoir fermé la porte, il alluma une lampe à huile et s'approcha du pied de l'escalier, attentif aux bruits qui pouvaient provenir de l'étage. Quand il crut entendre des plaintes qui semblaient venir de la chambre à coucher de Berthe, l'homme n'hésita plus. Il se rappela soudainement qu'elle était allée se coucher de bonne heure en se plaignant d'avoir mal au ventre. Il monta l'escalier et se rendit jusqu'à la chambre de la jeune fille dont il ouvrit doucement la porte.

— Qu'est-ce que t'as ? lui demanda-t-il en s'approchant du lit où la jeune fille agitait la tête dans tous les sens, comme en proie à un cauchemar.

Berthe ne répondit pas et continua à geindre.

— Ta mère va venir te voir, dit-il, incapable de savoir s'il ne s'agissait pas tout simplement d'un malaise de femme.

Germain sortit précipitamment de la pièce et retourna dans sa chambre.

— Lève-toi, dit-il à Gabrielle qui l'avait entendu revenir. Berthe a l'air malade. Va donc voir ce qu'elle a.

— C'est certainement pas grand-chose, dit sa femme en s'emparant de sa robe de chambre. Elle était correcte quand on s'est couchés.

— Je vais remettre du bois dans le poêle, annonça le père de famille en retournant dans la cuisine.

Pendant qu'il jetait quelques rondins sur les tisons du poêle, il entendit sa femme monter l'escalier. Il y eut des chuchotements à l'étage durant un moment avant que Gabrielle ne revienne au rez-de-chaussée.

— Qu'est-ce qu'elle a ? lui demanda son mari, demeuré debout près du poêle.

— Ça a l'air du commencement d'une grippe. Elle fait de la fièvre, en plus, elle a mal au ventre, comme si elle digérait pas quelque chose. Je m'en occupe ; tu peux aller te recoucher.

Germain jeta un coup d'œil à l'horloge : il était une heure du matin. Il retourna au lit et tomba immédiatement dans un sommeil si profond qu'il n'entendit pas sa femme revenir se coucher. Lorsqu'il se réveilla un peu avant six heures, la maison était silencieuse et Gabrielle dormait encore à ses côtés. Il se leva sans bruit et s'habilla.

À son entrée dans la cuisine, le cultivateur trouva le poêle allumé et le fanal suspendu habituellement près de la porte avait disparu. Il en déduisit qu'Étienne était déjà à l'étable et il s'empressa d'aller rejoindre son fils pour l'aider à faire le train. Au retour des deux hommes plus d'une heure plus tard, le déjeuner était sur la table et Gabrielle finissait de faire cuire des œufs.

— Est-ce qu'elle va mieux ? demanda Germain en s'emparant d'une tranche de pain qu'il se mit à beurrer.

— De qui vous parlez, p'pa ? demanda Étienne, intrigué.

— De ta sœur. Elle a été malade pendant la nuit. T'as rien entendu ?

— Non.

— De toute façon, ça va passer, intervint sèchement Gabrielle. Quand je suis allée la voir tout à l'heure, c'était moins pire. Je pense qu'elle dort.

— S'il faut faire venir le docteur…

— Ben non ! le coupa sa femme. On n'est pas pour faire venir le docteur pour une grippe.

Germain n'ajouta rien et, après le déjeuner, il partit pour le bois avec Étienne. Lorsqu'ils revinrent à la maison à la fin de la matinée, le ciel s'était ennuagé et il faisait étrangement doux.

— On dirait qu'il va mouiller, fit remarquer Étienne.

Son père se contenta de secouer la tête.

Les deux hommes trouvèrent la cuisine vide. Au moment où ils enlevaient leurs manteaux, les cris de douleur de

Berthe les firent sursauter. Sans perdre un instant, le père de famille monta à l'étage et poussa la porte de la chambre de sa fille. La jeune fille, le visage grisâtre, se tordait de douleur au fond de son lit pendant que sa mère tentait de lui faire avaler quelque chose.

— Raisonne-toi un peu, Berthe Fournier! s'écria Gabrielle en approchant une cuillère remplie d'un liquide sombre. Tu guériras pas juste en te plaignant.

Seule une plainte sourde lui répondit.

— Bon. Ça va faire, trancha Germain. On va faire venir le docteur Bélanger.

Gabrielle abandonna immédiatement sa tentative de faire avaler son médicament à sa fille et suivit son mari au rez-de-chaussée.

— Comment tu vas t'y prendre pour faire venir le docteur?

— On va téléphoner de chez un voisin.

— C'est ça! Pour que tout le monde soit au courant!

— Je m'en sacre! s'emporta Germain. C'est tout de même pas une honte d'être malade, calvaire!

Pendant que ses parents se disputaient, Étienne avait déjà endossé son manteau et chaussé ses bottes.

— Laissez faire; je vais aller l'appeler, dit-il en ouvrant déjà la porte pour sortir.

Sans se l'avouer, Germain et sa femme furent soulagés que leur fils se charge de la corvée. Malgré l'urgence de la situation, ils auraient été embarrassés d'aller frapper à la porte de voisins qu'ils ignoraient depuis tant d'années. Le cultivateur s'approcha de l'une des fenêtres de la cuisine pour voir la direction prise par son fils.

Étienne se dirigea sans hésiter vers la maison de Clément Tremblay, le voisin de gauche. Céline le vit d'ailleurs arriver par la route.

— Bonne sainte Anne, veux-tu ben me dire ce que le bossu vient faire ici? dit-elle à mi-voix à Clément qui venait de s'asseoir à table.

— Si quelqu'un lui ouvre la porte, on va finir par le savoir, dit son mari, mi-sérieux. Va donc lui ouvrir, Jean.

— Laissez faire, p'pa, je suis déjà debout, intervint Françoise.

Étienne eut à peine le temps de frapper à la porte que cette dernière s'ouvrait.

— Bonjour, dit-il en rougissant. Je voudrais pas vous déranger, mais…

— Entre, entre, mon garçon, l'invita Céline. Ferme la porte, Françoise; tu fais geler toute la maison.

— Je suis venu vous demander si je pourrais pas appeler le docteur de chez vous, vu qu'on n'a pas le téléphone. C'est pas mal pressant.

— Qu'est-ce qui se passe? demanda Céline, intriguée.

— Ma sœur Berthe est tombée malade la nuit passée et mon père voudrait faire venir le docteur Bélanger.

— T'as son numéro de téléphone?

— Non, madame.

— Françoise, donne-lui le numéro du docteur. Il est dans le calepin, dans le premier tiroir.

Le silence tomba dans la cuisine des Tremblay pendant qu'Étienne joignait le docteur Conrad Bélanger à son bureau de Pierreville. Il raccrocha et remercia les voisins de lui avoir permis de téléphoner.

— Dis à tes parents que s'ils ont besoin de quelque chose, ils ont juste à nous le faire savoir, fit Céline, toujours encline à aider, au moment où Étienne s'apprêtait à quitter la maison.

Après son départ, Clément ne put s'empêcher de faire remarquer aux siens:

— Il va falloir faire une croix quelque part parce que je pense que c'est ben la première fois qu'un Fournier passe le pas de la porte.

— Il faut croire que c'est du monde chanceux de jamais avoir eu besoin de leurs voisins, dit sobrement Céline.

— Pour moi, il faut que ce soit grave en sacrifice pour que le Germain envoie son gars demander de téléphoner.

— Cette idée aussi de pas avoir le téléphone, fit sa femme. Ils doivent ben être les seuls du rang à pas l'avoir fait installer. C'est quand il y a une urgence qu'on s'aperçoit comment c'est important de l'avoir, ajouta-t-elle.

⁓

— Le docteur m'a dit qu'il était pour passer dans le courant de l'après-midi, dit Étienne, de retour à la maison.

— Bon. C'est correct, dit Germain. On n'ira pas bûcher cet après-midi. De toute façon, il risque de mouiller.

Un nouveau cri de douleur leur fit lever la tête vers le haut de l'escalier. Gabrielle était retournée auprès de sa fille, mais les soins qu'elle lui prodiguait ne semblaient être d'aucune efficacité.

Le docteur Conrad Bélanger arriva chez les Fournier, au volant de sa Chevrolet rouge vin, un peu avant trois heures. Le praticien de Pierreville, âgé d'une quarantaine d'années, était un gros homme bourru qui ne s'encombrait pas de précautions inutiles. Il avait repris la clientèle du vieux docteur Courchesne dix ans auparavant et les gens de la région avaient mis peu de temps à l'adopter parce que, malgré ses manières brusques, il avait un cœur d'or.

Il pénétra dans la maison, enleva son manteau et son chapeau qu'il tendit à Gabrielle avant de retirer ses couvre-chaussures. Il n'avait pas encore ouvert la bouche. Apercevant Germain et Étienne, debout près du poêle, il se contenta de les saluer d'un bref signe de tête.

— Bon. Où est la malade ? demanda-t-il en saisissant sa trousse.

— Dans sa chambre, en haut, répondit la maîtresse de maison.

— Montrez-moi le chemin.

Il suivit la mère de famille dans l'escalier. Arrivé à la porte de la chambre, il l'écarta doucement de la main.

— Laissez-moi l'examiner. Je vous appellerai quand j'aurai besoin de vous.

Sur ces mots, le médecin entra dans la pièce et ferma la porte derrière lui. Il y eut quelques murmures, suivis d'un long silence. Cinq minutes plus tard, Conrad Bélanger sortit de la chambre et descendit l'escalier sans dire un mot. Parvenu dans la cuisine, il déposa sa trousse sur la table et se tourna vers Gabrielle, qui l'avait suivi. Le praticien semblait soudainement furieux.

— Depuis quand elle est comme ça ? demanda-t-il en montrant le haut de l'escalier.

— Depuis la nuit passée, répondit Gabrielle.

— Et vous vous êtes décidée à m'appeler seulement sur l'heure du dîner ! explosa-t-il.

— Je pensais que c'était une mauvaise grippe et...

— Vous avez eu tort de penser, madame, la coupa sèchement le médecin. Vous auriez dû m'appeler dès le commencement. C'est pas une grippe ; c'est une péritonite. Elle est en train de crever, cette enfant-là.

À cette nouvelle, le visage de Germain et celui de sa femme prirent une blancheur inquiétante. Étienne sentit sa gorge se serrer.

— Normalement, je devrais vous dire de faire venir une ambulance tout de suite pour la faire hospitaliser à

Sorel, mais on n'a pas le temps de l'attendre. Vous allez me l'enrouler tout de suite dans des couvertes et je vais la transporter moi-même. Faites ça vite. Chaque minute compte. Elle devrait pas trop souffrir pendant le voyage ; je lui ai donné un tranquillisant.

Déjà, Gabrielle se précipitait dans l'escalier pour préparer sa fille.

— Elle pourra pas descendre par ses propres moyens, précisa le médecin en endossant son manteau.

Voyant son père tout désemparé, ne sachant comment réagir, Étienne monta précipitamment à l'étage et descendit une minute plus tard en portant sa sœur dans ses bras. Germain semblait s'être ressaisi entre-temps. Il avait mis son manteau et s'empressa d'ouvrir la porte devant son fils. Gabrielle finit rapidement de s'habiller et sortit à son tour.

— Qui embarque avec la malade ? demanda Conrad Bélanger en se glissant derrière le volant de sa Chevrolet.

Germain et Gabrielle se jetèrent un rapide regard avant que le mari ne déclare :

— On va y aller tous les deux si ça vous dérange pas.

— Montez. Dépêchez-vous.

Étienne, debout sur la galerie, regarda la voiture faire demi-tour dans la cour de la ferme et accélérer rapidement sur la route. Malgré la pluie qui commençait à tomber, le fils de Germain Fournier demeura là jusqu'à ce que la Chevrolet disparaisse de sa vue.

Le jeune homme soigna les animaux et passa la soirée à scruter la route par la fenêtre de la cuisine, attendant vainement le retour de ses parents. Rongé par l'inquiétude, il les attendit jusqu'à minuit. La pluie s'était transformée en pluie verglaçante qu'il entendait crépiter contre les vitres des fenêtres. Même s'il se doutait bien que ses parents ne reviendraient pas à la maison ce soir-là à cause de l'état des routes et de la difficulté de trouver un moyen de transport, il ne parvenait pas à se décider à aller se coucher.

— Ils auraient pu au moins essayer de téléphoner à un voisin pour me dire ce qu'il se passe ! ne cessait-il de répéter à haute voix. Ben non, ce serait ben trop gênant de les déranger !

Finalement, le sommeil eut raison de lui et il s'endormit, tout habillé, assis dans la chaise berçante de son père, près du poêle. Lorsqu'il rouvrit les yeux, les premières lueurs du jour apparaissaient dans le ciel. Il se leva, courbaturé d'avoir dormi assis, et alluma le poêle qui s'était éteint durant la nuit. Il faisait froid et humide dans la cuisine. Il s'approcha d'une fenêtre pour jeter un coup d'œil à l'extérieur. Tout semblait couvert d'une épaisse couche de glace.

— Il manquait plus que ça, se dit-il en se chaussant avant de sortir pour aller nourrir les animaux et traire les vaches.

Après son déjeuner, l'attente reprit. Trop inquiet pour aller travailler à son mobilier de chambre dans la remise, il faisait les cent pas dans la cuisine en se promettant d'aller téléphoner au docteur Bélanger après le dîner s'il n'avait pas eu de nouvelles à midi. Dehors, la pluie verglaçante semblait vouloir reprendre.

~

Ce matin-là, le curé Ménard avait quitté très tôt son presbytère pour aller lire son bréviaire dans la sacristie avant de célébrer la messe de sept heures. C'était là une habitude à laquelle il tenait. À la vue de l'épaisse couche de verglas qui recouvrait les dix marches de l'escalier extérieur, le gros prêtre eut un moment d'hésitation. Allait-il attendre qu'Elphège Turcotte vienne enlever cette glace ou devait-il tenter l'aventure de descendre cet escalier ? Il opta pour la descente, mais dut se cramponner solidement à la rampe. Il arriva miraculeusement en entier au bas de l'escalier et entreprit de se rendre à la porte de la sacristie en conservant son équilibre avec beaucoup de peine.

Quelques minutes après son arrivée dans la sacristie, le curé Ménard entendit du bruit dans l'église. Il abandonna immédiatement son bréviaire sur le bras de son fauteuil pour aller au-devant de son bedeau.

— T'es pas en avance, Tit-Phège, le réprimanda-t-il. La messe commence dans un quart d'heure et les marches de l'église sont même pas encore nettoyées. Celles de l'escalier du presbytère non plus.

— Ça va finir par fondre, monsieur le curé. Il fait ben doux, répondit l'homme à qui l'urgence de la situation échappait.

— Voyons donc, tu sais bien que ce sera jamais fondu avant le commencement de la messe.

— Il faut ben me laisser le temps de me réveiller, monsieur le curé, répliqua le bedeau. Je peux pas me lever à quatre heures du matin pour venir pelleter. Il y a personne qui peut être partout à la fois.

Le paresseux avait toujours réponse à tout et tentait habituellement de donner l'impression d'être surchargé de travail.

— Oui, je veux bien, reconnut le prêtre, mais il faudrait pas que des paroissiens se cassent un membre en venant à l'église.

— Je vais m'en occuper, promit Elphège Turcotte, faisant montre d'une soudaine bonne volonté. Je débarre les portes et j'y vais. Tout va être fait à temps.

Mais à voir avec quelle lenteur le bedeau se dirigea vers la petite pièce où étaient remisés les pelles et le sable, le curé Ménard eut de sérieux doutes. Pourtant, quelques minutes plus tard, il put constater que la demi-douzaine de vieux paroissiens fidèles à la messe de sept heures étaient parvenus à pénétrer dans l'église sans trop de mal. Aucun ne vint se plaindre de l'état des marches à la fin de l'office. Mais ce fut une tout autre histoire avec l'abbé Leroux...

Hervé Leroux s'était levé du mauvais pied ce matin-là. Le petit vicaire avait même trouvé le moyen de s'entailler le menton à deux reprises en se rasant. Inutile de préciser qu'il était de fort mauvaise humeur au moment où il descendit au rez-de-chaussée dans l'intention d'endosser son manteau pour aller rejoindre son supérieur à l'église. En passant devant la cuisine, il aperçut Amélie Provost occupée à préparer le repas du matin. La vue de la ménagère l'incita à s'arrêter.

— Madame Provost, dit-il d'une voix cassante. J'aimerais que vous changiez mes draps ce matin.

— Je change les lits le lundi matin, répondit cette dernière en tournant à peine la tête vers le petit prêtre arrogant.

— J'ai l'impression que les draps que j'ai ont été mal lavés parce qu'ils sont tout gris.

— S'ils sont gris le jeudi matin, trois jours après avoir été mis, c'est peut-être signe que vous devriez vous laver plus souvent, monsieur l'abbé, rétorqua la ménagère, fielleuse.

Le jeune vicaire, fou de rage d'être nargué par une simple ménagère, tourna les talons et se dirigea au pas de charge vers la porte d'entrée. En entendant la porte claquer, Amélie Provost, triomphante, se précipita vers la fenêtre du salon pour tenter de voir le visage de son ennemi juré. Elle ne vit d'abord rien, et pour cause. L'abbé Leroux était tellement en colère qu'il ne s'aperçut que trop tard que les marches de l'escalier étaient couvertes d'une bonne couche de verglas. En posant le pied sur la première marche, il se sentit glisser sans avoir aucune chance de se retenir. L'ecclésiastique fit alors un merveilleux vol plané et atterrit sur ses fesses, au pied de l'escalier, un peu étourdi. Hélèna Pouliot et sa voisine, qui traversaient la route à ce moment-là pour aller assister à sa messe de huit heures, lâchèrent un « oh ! » de stupéfaction. Quant aux fidèles qui quittaient l'église après la première messe de la journée, ils ne purent que contempler toute la scène, impuissants.

Amélie avait sursauté en apercevant le jeune prêtre assis par terre, cherchant fébrilement ses lunettes qui lui avaient échappé. Lorsqu'elle le vit se relever précipitamment devant les deux vieilles femmes figées devant lui, la cuisinière ne put retenir plus longtemps l'immense éclat de rire qui la secoua durant plusieurs minutes.

Hervé Leroux, rouge d'humiliation et encore plus fou de rage, ne salua personne et se précipita vers la sacristie où le curé Ménard avait entrepris de retirer ses vêtements sacerdotaux. Le malheur voulut que Tit-Phège Turcotte soit la première personne qu'il rencontrât en entrant dans la pièce. Le bedeau tenait une pelle à la main.

— Monsieur Turcotte, j'ai affaire à vous ! dit le jeune abbé sur un ton peu amène.

— Qu'est-ce qu'il y a pour votre service, monsieur l'abbé ? s'enquit le bedeau qui ne sembla pas remarquer la mauvaise humeur du prêtre.

— Il y a que j'ai failli me tuer en sortant du presbytère parce que vous avez pas nettoyé les marches de l'escalier, lui reprocha le vicaire en lui jetant un regard meurtrier derrière ses lunettes à monture d'acier.

— Comment ça ?

— J'ai déboulé, vous m'entendez, DÉ-BOU-LÉ, l'escalier du presbytère.

— Ayoye ! J'espère qu'il y a pas trop de paroissiens qui vous ont vu tomber, fit Elphège en réprimant mal une envie de rire.

— C'est pas drôle, monsieur ! Si vous êtes pas capable de faire votre travail, on pourrait peut-être demander à la fabrique de nous trouver un autre bedeau.

— Commencez tout de suite à vous en chercher un autre, monsieur l'abbé, dit sèchement Tit-Phège en lui tendant sa pelle. Moi, je travaille plus pour la paroisse.

Sur ces mots, l'homme, offensé dans sa dignité de travailleur, sortit de la sacristie en faisant claquer la porte derrière lui.

Pendant tout l'échange, Ludger Ménard s'était bien gardé d'intervenir. Après le départ du bedeau, il s'avança vers son subordonné d'un air compatissant.

— J'espère que vous ne vous êtes pas fait mal, l'abbé.

— Non, monsieur le curé. Mais je trouve qu'on est bien mal servi dans cette paroisse, par exemple. J'ai jamais vu ça. Le bedeau et la cuisinière rient de nous autres en pleine face, et on endure tout sans rien dire.

— Bon, je comprends pour Tit-Phège, mais qu'est-ce qui est encore arrivé avec madame Provost ?

Hervé Leroux raconta ses derniers démêlés avec la ménagère.

— Allez vous préparer pour votre messe, l'abbé. Vous allez finir par être en retard. Je vais parler à madame Provost. Mais vous devez tenir compte qu'elle est toute seule pour entretenir le presbytère, laver et presser notre linge et pour cuisiner. Il faut tout de même pas trop lui en demander.

Le jeune prêtre allait protester quand son supérieur leva la main pour le faire taire.

— Pour Tit-Phège, j'ai bien peur que vous soyez allé un peu loin. D'accord, il a pas inventé le travail, mais il coûte pas cher à la fabrique et je pense pas trouver quelqu'un d'aussi fiable que lui pour être bedeau.

— Je comprends, mais…

— Ça fait que vous voudrez bien traverser la route après votre messe pour aller le trouver chez lui. Excusez-vous, s'il le faut, et arrangez-vous pour qu'il accepte de revenir occuper son emploi de bedeau. Est-ce que je me suis fait bien comprendre, l'abbé ?

— Oui, monsieur le curé, dit le vicaire d'un air pitoyable.

— Tirez une leçon de tout ça, lui suggéra paternellement son curé. Apprenez donc à contrôler un peu mieux votre petit caractère. Si la ménagère et le bedeau vous tapent sur les nerfs, vous avez qu'à vous dire qu'ils existent juste pour vous faire gagner votre ciel.

Hervé Leroux n'eut d'autre choix que d'obtempérer.

⁓

Cet après-midi-là, le vent tourna au nord et la pluie se changea en légères averses de neige. À plusieurs reprises déjà, Étienne s'était retenu d'aller téléphoner au docteur chez les Tremblay pour s'informer de l'état de santé de sa sœur.

— Je leur donne encore une heure avant d'y aller, s'était-il dit à mi-voix en regardant la route par l'une des fenêtres de la cuisine.

Vers quatre heures, au moment où il s'apprêtait à passer aux actes, il vit le camion Fargo du fromager Boudreau entrer dans la cour et s'arrêter près de la maison. Son père et sa mère descendirent de la cabine et entrèrent, la mine accablée, au moment où Alcide Boudreau reprenait la route.

— Puis, comment elle va? demanda le jeune homme en se précipitant vers ses parents.

À l'instant même, il aperçut les yeux rougis de sa mère et la mine lugubre de son père. Ni l'un ni l'autre ne semblait décidé à retirer son manteau et ses couvre-chaussures.

— Elle va pas plus mal, j'espère? ajouta Étienne, la gorge serrée.

Gabrielle parut soudainement reprendre vie et se mit à déboutonner lentement son manteau de drap gris.

— Ta sœur est morte, laissa-t-elle tomber, la voix éteinte en s'assoyant sur une chaise pour enlever ses bottes.

— Comment ça, elle est morte? s'insurgea le jeune homme.

— Les docteurs ont pas pu la sauver. Elle est morte! morte! cria-t-elle en proie à une soudaine crise de nerfs, en lançant ses bottes au bout de la pièce.

— Prends une des pilules que le docteur t'a données et va te coucher, lui ordonna sèchement son mari.

Gabrielle lui lança un regard haineux, comme si tout cela était de sa faute, et elle entra dans sa chambre en faisant claquer violemment la porte derrière elle.

— Je me change et je vais aller faire le train avec toi, dit Germain à son fils, assommé par la nouvelle.

— Ben non, p'pa. Vous avez l'air de pas avoir dormi de la nuit, parvint à dire Étienne, la voix étranglée. Allez vous étendre une couple d'heures. Je vais m'occuper du train.

Germain Fournier ne protesta pas. Il entreprit à son tour de retirer son manteau.

— Le docteur nous a ramenés à Pierreville. On s'est arrêtés chez Desfossés en passant. Il va nous ramener ta sœur demain après-midi.

À ce dernier mot, la voix du père sembla s'éteindre et il secoua la tête, comme s'il ne parvenait pas encore à croire au malheur qui venait de le frapper. Il mit quelques instants avant de retrouver son aplomb.

— Il va falloir aussi aller voir le curé pour le service.

— Si vous le voulez, j'attellerai après le train et j'irai au presbytère.

Son père se contenta de hocher la tête et prit la direction de sa chambre. Avant de quitter la maison, Étienne déposa une grosse bûche dans le poêle. Durant tout le temps que dura la traite, le bossu n'arrêta pas de pleurer. De grosses larmes coulaient sur ses joues pendant qu'il trayait les vaches. Il ne pouvait concevoir que sa sœur, son unique amie, soit morte et qu'il ne la reverrait plus. Il ne cessait de penser à elle et à leur projet de connaître ensemble la grande aventure de la vie en ville.

— Maudite vie de chien! finit-il par s'emporter en donnant un grand coup de pied dans un bidon vide, révolté par l'injustice de la vie.

Quand il revint à la maison, l'obscurité était tombée et aucune lumière ne brillait dans la cuisine. Il alluma une lampe à huile et mangea rapidement quelque chose sur le coin de la table avant de retourner à l'extérieur pour aller atteler le cheval à la *sleigh*.

À son arrivée au presbytère, Amélie le fit passer dans la petite salle d'attente contiguë au bureau où l'abbé Leroux était installé depuis quelques minutes. Le vicaire nota tous les renseignements nécessaires et lui apprit que le service funèbre ne pourrait être célébré que le lundi matin suivant. Il lui présenta sans grande chaleur ses condoléances avant de se lever pour lui signifier qu'il ne le retenait pas.

Étienne revint chez lui sous une petite neige folle qui n'avait pas cessé de tomber depuis le début de l'après-midi. Après avoir dételé le cheval, il rentra dans la maison où il trouva sa mère installée devant sa vieille machine à coudre Singer. Elle avait trouvé quelque part une robe noire qu'elle était en train de modifier. S'agissait-il d'une robe pour elle ou pour Berthe ? Il n'eut pas le cœur de le lui demander.

— Êtes-vous arrivée à dormir un peu ? lui demanda-t-il en s'approchant du poêle pour se réchauffer les mains.

— Oui. Je viens de me lever.

— Et p'pa ?

— Il dort encore. D'où est-ce que tu sors ?

— Du presbytère. J'avais dit à p'pa que j'irais prévenir monsieur le curé pour Berthe.

— Tu iras vérifier si t'as quelque chose à te mettre sur le dos, dit sèchement sa mère qui semblait avoir retrouvé une partie de ses moyens.

— J'ai ce qu'il faut.

Gabrielle fit ensuite comme s'il n'avait pas été là et se pencha sur sa machine à coudre, concentrée sur le travail qu'elle effectuait. Fatigué, Étienne finit par se décider à monter dans sa chambre après avoir allumé une lampe. En passant devant la chambre de sa sœur, il se contraignit à ne pas regarder dans la pièce et se dépêcha d'entrer dans sa chambre sans fermer la porte derrière lui. Sans prendre la peine de se déshabiller, il se jeta sur son lit et s'endormit presque immédiatement.

Plus tard, un bruit de voix le tira de son sommeil. Il n'avait aucune idée de l'heure qu'il était. Il alluma la lampe posée sur sa table de chevet et jeta un regard sur le gros réveille-matin sur le meuble : il était minuit et demi.

En bas, le ton montait. Son père et sa mère se disputaient violemment. Il se leva sur le bout des pieds et s'approcha du palier pour entendre ce qu'ils se disaient.

— Si on avait eu le téléphone comme tout le monde, dit Gabrielle, on aurait pu avertir le docteur à temps.

— C'est toi qui as jamais voulu l'avoir, le téléphone, répliqua Germain d'une voix rageuse. Tu voulais même pas qu'on aille appeler chez les voisins.

— Si tu t'étais grouillé la nuit passée pour aller chercher le docteur, Berthe serait encore là.

— Christ! jura son mari, tu disais toi-même que c'était juste une grippe.

— Pas de saint danger qu'une affaire de même serait arrivée à l'autre, gémit Gabrielle. Non, il fallait que ça tombe sur elle.

— Que je t'entende jamais dire une affaire de même, tu m'entends! la menaça son mari en élevant la voix. Jamais!

Le cœur au bord des lèvres, Étienne rentra silencieusement dans sa chambre et referma doucement la porte. « L'autre », c'était lui. Sa mère aurait préféré que ce soit lui que la mort emporte… Elle l'aurait mieux supporté ou peut-être qu'elle n'en aurait pas du tout souffert… Une douleur intolérable l'étouffait. Il n'avait pas assez de perdre sa sœur, il fallait, en plus, qu'il apprenne de la bouche même de sa mère qu'elle ne l'aimait pas.

Il tendit l'oreille : le silence était retombé dans la cuisine, au rez-de-chaussée. Le jeune homme, le cœur gros, souffla sa lampe et finit par se rendormir dans ses larmes.

Le lendemain avant-midi, Germain se fit aider par son fils pour repousser certains meubles du salon. Il s'agissait de libérer la pièce pour permettre à Desfossés d'installer le cercueil. Ensuite, il tendit à Étienne un large ruban noir.

— Tiens. Va fixer ça sur la porte d'en avant.

C'est ce ruban qu'Ernest Veilleux aperçut en passant devant la maison des Fournier alors qu'il revenait du village.

— Il y a de la mortalité chez les Fournier, dit le vieil homme à sa bru en déposant le gallon de mélasse qu'il venait d'aller acheter chez Hélèna Pouliot.

— Pourquoi vous dites ça, monsieur Veilleux ?

— Ils ont mis un crêpe noir sur leur porte d'en avant.

— Veux-tu ben me dire qui aurait ben pu mourir chez eux ? s'interrogea Colette, songeuse. Les Fournier ont pas de famille… Je vais appeler Céline pour voir si elle sait quelque chose.

Elle s'empara du téléphone et appela sa belle-sœur, voisine immédiate des Fournier.

— Dis-moi pas ça ! s'exclama Céline. Ça peut pas être leur Berthe qui est morte ! Elle a juste dix-huit ans… Pauvres gens !

— Pourquoi ce serait elle ?

Céline lui raconta alors l'appel d'urgence effectué de chez elle par Étienne Fournier deux jours auparavant. Comme plusieurs abonnés étaient à l'écoute, la plupart déduisirent que c'était bien la fille de Germain Fournier qui était décédée et la nouvelle fit le tour de la paroisse avant même que son corps ne soit revenu chez ses parents.

Quand elle vit la longue voiture noire du salon funéraire de Desfossés s'arrêter devant la petite maison grise au milieu de l'après-midi, Céline Tremblay n'entretint plus aucun doute.

— J'irais bien proposer à la Gabrielle Fournier un coup de main, dit-elle, hésitante, à sa fille Françoise, mais je risque de me faire virer de bord.

— Est-ce qu'on va aller voir le corps ? demanda Clément qui venait de jeter dans le coffre à bois une brassée de bûches.

— Si des voisins comme nous autres y vont pas, qui va y aller ? lui répondit sa femme.

— On pourrait peut-être attendre de voir arriver monsieur le curé pour aller prier au corps en même temps que lui. Comme ça, on risquerait moins de se faire mal recevoir.

— Voyons, p'pa, les Fournier sont peut-être pas si pires que ça, protesta Françoise. C'est juste qu'on les connaît pas.

— C'est ça le problème, reprit sa mère. C'est des gens qu'on connaît pas et qui tiennent pas à ce qu'on les connaisse.

— Moi, est-ce que je suis obligé d'y aller? demanda Jean.

— Tu vas venir avec nous autres, toi aussi, trancha sa mère.

— En attendant, dit son père, t'as gagné une belle *job*. Après le souper, tu vas surveiller le chemin et nous prévenir de l'arrivée de monsieur le curé. Je suis certain que le curé Ménard va venir dans la soirée. C'est son habitude de venir prier au corps dès le premier soir.

Clément Tremblay appela son beau-père et son frère Gérald pour leur apprendre que Desfossés était passé chez les Fournier et qu'il prévoyait aller prier au corps avec les siens en même temps que le curé, dont il surveillerait l'arrivée. Ils convinrent tous deux d'imiter Clément et sa famille.

Un peu après sept heures ce soir-là, Jean signala à ses parents qu'une voiture venait de s'arrêter chez les voisins.

— Ça doit être le curé. On y va, décida Clément. Céline, avertis ton père et mon frère qu'on part.

Quelques minutes plus tard, les Veilleux et tous les Tremblay se rejoignirent devant la maison des Fournier.

— J'espère que c'est ben le curé, fit Gérald au moment où il posait le pied sur la première marche menant à la galerie.

— On peut pas se tromper, mon oncle, dit Jean. Regardez. C'est ben son char qui est là.

— Même si c'était pas lui, on pourrait pas éviter d'aller prier au corps d'une voisine, renchérit sa femme. Des affaires de même, ça se fait pas.

Céline frappa à la porte et c'est Étienne qui vint lui ouvrir. Le jeune homme lui adressa un sourire timide et invita les gens à entrer. Il n'y avait pas eu d'erreur. Gabrielle et Germain étaient au salon en compagnie du curé Ménard. Tous les trois étaient debout devant le cercueil en pin dans lequel reposait Berthe.

Tous les visiteurs s'empressèrent d'enlever leurs couvre-chaussures et suivirent Étienne au salon. Un peu emprunté, chacun offrit ses condoléances à la famille éprouvée. Germain et Gabrielle, figés, serraient des mains sans rien dire. Étienne était le seul Fournier à échanger avec les gens qui s'étaient déplacés pour venir compatir au deuil qui frappait sa famille. Dans la pièce surchauffée, on était visiblement mal à l'aise.

Quand le curé Ménard proposa de réciter un chapelet pour le salut de la jeune disparue, on se mit à genoux avec soulagement. Une heure plus tard, la maison se vida aussi rapidement qu'elle s'était emplie. Gabrielle n'avait prévu aucune nourriture et aucun rafraîchissement pour les visiteurs. Elle était demeurée assise près du cercueil de sa fille, ses yeux ne quittant pas le visage de la défunte. Un peu plus loin, son mari était prostré et ne semblait pas entendre les paroles consolatrices du prêtre.

— Mon Dieu, que c'est triste de partir aussi jeune! fit Cécile à sa belle-mère qui marchait à ses côtés sur la route.

— Pauvre petite fille! dit cette dernière, compatissante. Sa mère a l'air bien éprouvé.

— Étienne a dit que le service de sa sœur serait chanté juste lundi matin, ajouta Françoise. On est tous allés la voir en même temps. Les Fournier vont bien passer toute la fin de semaine tout seuls.

— Si on a une chance, on y retournera, déclara Colette. Même si la Gabrielle a toujours levé le nez sur nous autres, c'est pas une raison pour laisser sa famille toute seule dans le deuil.

Personne ne se présenta chez les Fournier durant la journée de samedi. Pendant l'après-midi, Françoise aperçut Étienne par la fenêtre, marchant seul sur le chemin, la tête baissée, les mains enfouies dans les poches de son manteau.

— M'man, vous devriez voir Étienne Fournier, tout seul comme une âme en peine. Je trouve qu'il fait pitié.

Céline s'approcha pour constater par elle-même et jeta un regard vers la cour déserte de la ferme voisine.

— Les Fournier ont jamais regardé personne dans la paroisse ; comment veux-tu qu'il y ait du monde pour venir les consoler quand ils ont un malheur ?

— Ça doit pas être drôle d'être arrangé comme ça, dit tristement la jeune fille.

— On va quand même retourner veiller au corps de sa sœur après le souper.

— J'ai presque envie d'aller lui parler, fit Françoise, songeuse.

— Fais-le si tu le veux, mais j'aimerais mieux que Jean soit avec toi, répondit sa mère en regardant le délicat visage ovale de sa fille encadré de ses cheveux bouclés.

— On est dehors en plein jour, m'man, protesta la jeune fille. En plus, vous avez vu de quoi il a l'air avec sa bosse ?

— Ça fait rien. La réputation d'une fille, c'est important.

— Et si vous nous surveilliez par la fenêtre, est-ce que ça suffirait pas ? la taquina Françoise, ses grands yeux bruns pétillant de malice.

— C'est correct. Vas-y, mais traîne pas dehors trop longtemps.

Françoise s'habilla et sortit. Céline vit sa fille rejoindre le jeune voisin sur la route et, pendant un bon moment, elle les regarda marcher côte à côte avant de retourner à son travail de couture.

Ce soir-là et durant la journée du dimanche, quelques habitants de Saint-Jacques-de-la-Rive eurent le courage de venir rendre visite aux Fournier pour les soutenir dans leur deuil. Pour leur part, Céline, Clément et leurs deux enfants vinrent chaque soir se joindre soit au curé Ménard, soit à l'abbé Leroux pour réciter le chapelet. À aucun moment, Germain et Gabrielle ne manifestèrent le moindre signe de reconnaissance aux gens pour la sympathie qu'ils leur manifestaient. Ils semblaient enfermés dans une souffrance qui les plaçait au-delà de tout.

Le lundi matin, sous un ciel sans nuage, Desfossés se présenta tôt à la petite ferme. Si l'entrepreneur de pompes funèbres fut étonné de trouver la maison déserte en ce jour de grand deuil, il n'en laissa rien paraître. Avant de fermer définitivement le cercueil, il demanda aux parents s'ils désiraient conserver le chapelet qui avait été déposé entre les mains de la jeune fille. L'un et l'autre se contentèrent de hocher la tête.

Le cercueil fut fermé et sorti de la maison par la porte avant pendant qu'Étienne était allé atteler la *sleigh* dans laquelle il allait prendre place avec son père et sa mère. L'attelage suivit le corbillard lorsqu'il s'ébranla lentement en direction du village. À leur arrivée devant l'église, Tit-Phège Turcotte sonna le glas.

Il y eut à peine une douzaine de voisins et de curieux pour assister au service funèbre. À son entrée dans l'église aux côtés de ses parents, Françoise sursauta en apercevant Beau-Casque, assis seul dans le dernier banc. Une fois installée plus loin, elle tourna la tête à quelques reprises dans la direction de l'homme. Chaque fois, elle découvrit son regard fixé sur elle. Elle réprima difficilement un frisson en pensant à son intrusion inquiétante dans la cour de la maison, quelques mois plus tôt.

— Vous avez vu, m'man ? chuchota-t-elle. Beau-Casque est là et il arrête pas de me fixer.

— C'est juste un innocent. Arrête de t'énerver pour rien. S'il tient pas sa place, ton père va s'en occuper.

À l'avant de l'église, isolés dans leur douleur, les Fournier assistèrent à la brève cérémonie célébrée par l'abbé Leroux. À la fin du service funèbre, ils suivirent l'officiant au cimetière situé derrière l'église. Quelques voisins leur emboîtèrent le pas. Gabrielle sembla avoir une soudaine faiblesse quand le cercueil fut placé dans le charnier, après la récitation d'une brève prière. Étienne s'avança à temps pour soutenir sa mère.

La porte du petit édifice en brique rouge fut refermée et le groupe de paroissiens se dispersa. En quelques instants, le cimetière se vida de la maigre assistance qui s'était déplacée pour assister au dernier voyage de Berthe Fournier. Quand la barrière en fer forgé qui commandait l'entrée du cimetière paroissial se referma derrière Elphège Turcotte, l'endroit retrouva sa quiétude habituelle. Le cimetière de Saint-Jacques-de-la-Rive comptait dorénavant une résidante de plus.

Dès leur retour de l'église, Germain ouvrit la porte avant de la maison et arracha le crêpe noir qui y était fixé. Il le déposa sur la table sans un mot avant d'aller enlever ses vêtements de deuil. Quand Étienne revint à la maison après avoir dételé le cheval, il retrouva le silence glacé qu'il avait presque toujours connu, à cette différence près qu'il semblait être encore plus pesant, plus étouffant. Il s'empressa d'aller changer de vêtements à son tour avant de se retirer dans la remise où l'attendaient ses outils et le bois dont l'odeur lui plaisait tant.

À compter de ce jour, Étienne rassembla toutes ses forces pour tenter d'oublier la phrase crève-cœur de sa mère : « Pas de saint danger qu'une affaire de même serait arrivée à l'autre. » Il ne voulait se rappeler que du visage et du son de la voix de sa sœur disparue, refusant que son souvenir se résume à des larmes et à une odeur d'encens.

Chapitre 11

Noël dans la plus pure tradition

À la grand-messe du dimanche matin, la veille du service funèbre de Berthe Fournier, le curé Ménard avait annoncé en chaire que la guignolée aurait lieu le mercredi suivant. Il avait incité les fidèles à ne pas oublier les familles défavorisées qui vivaient près d'eux sous le prétexte qu'ils confectionnaient des colis à l'intention des soldats canadiens mobilisés dans les forces armées. Comme toujours, le pasteur de la paroisse avait encouragé ses ouailles à faire preuve d'esprit de partage.

Durant le repas du midi, Ludger Ménard avait chargé son vicaire de la supervision de cette activité paroissiale.

— C'est pas à Roméo Lamarche que revient ce rôle-là? avait demandé l'abbé Leroux. Il me semble qu'en tant que président de la fabrique...

— Bien oui, je le sais, l'abbé, avait répliqué le curé, agacé. Mais deux têtes valent mieux qu'une.

— Vous êtes sûr qu'il prendra pas ombrage que je me mêle de ça?

— Je pense que je me suis fait mal comprendre, l'abbé. Je ne veux pas que vous preniez sa place. Je veux seulement que vous le rappeliez à l'ordre quand il fera trop de zèle.

Hervé Leroux avait regardé son supérieur sans trop comprendre ce qu'il voulait dire.

— Notre Roméo a tendance à prendre de grands airs. Quand il dirige, il a souvent le don de se mettre le monde à dos. Rabattez-lui le caquet avec doigté si ça se produit, avait suggéré le curé avec un sourire. Il ne faut pas décourager les bonnes volontés. Surtout, voyez à ce que la distribution des paniers de Noël se fasse le soir et discrètement de manière à ne pas humilier les gens qui les reçoivent.

Le mercredi matin, chaque marguillier avait reçu la responsabilité de recueillir les dons des paroissiens d'un rang de la municipalité. Le nouveau marguillier, Jérôme Veilleux, s'était fait aider par son beau-frère Clément pendant que Thérèse, accompagnée de ses brus, Céline et Cécile, allait aider au village à la confection des paniers de Noël.

— Ça te rappelle pas des souvenirs, Clément? demanda Céline à son mari quand il déposa devant elle une boîte de victuailles à classer et à distribuer.

— Non. Qu'est-ce que ça devrait me rappeler?

— Il y a vingt-deux ans aujourd'hui, tu profitais de la guignolée pour me faire la cour pour la première fois, dit Céline à voix basse pour ne pas être entendue de ses voisines.

— Arrête donc! J'ai fait ça, moi?

— Bien oui.

— Pour moi, j'avais dû boire pas mal ce matin-là.

— Clément Tremblay, si tu t'enlèves pas de ma vue tout de suite, je te lance par la tête ce qui va me tomber sous la main.

Clément quitta dans un éclat de rire la salle de classe où les bénévoles s'étaient rassemblés pour confectionner les paniers de Noël. Comme si chacun avait déjà le cœur à la fête, on s'activa tant et si bien que le travail fut terminé à la fin de l'avant-midi. Les boîtes remplies de nourriture et de vêtements avaient été entassées dans un coin de la pièce, prêtes à être livrées le soir même. La collecte n'avait pas été particulièrement abondante, mais il fallait tenir compte du fait que beaucoup de cultivateurs de la paroisse venaient déjà en aide à des membres de leur famille habitant en ville et soumis au rationnement draconien imposé par le gouvernement.

～

Le lendemain, Elphège Turcotte se présenta au presbytère au début de l'avant-midi. On lui avait demandé de remplir de bûches l'immense coffre à bois placé près du poêle de la cuisine. Il fit de nombreuses allées et venues entre l'appentis et la cuisine, les bras chargés de rondins.

Ce matin-là, la ménagère avait commencé à cuisiner la nourriture pour le temps des fêtes. Des odeurs appétissantes de pâté à la viande et de ragoût flottaient dans tout le presbytère.

— Petit Jésus que ça sent bon ! ne put s'empêcher de s'exclamer le bedeau en passant une main sur son front couvert de sueur.

Flattée malgré elle par le compliment, la cuisinière jeta un coup d'œil au bedeau. Depuis que l'homme avait tenu tête au vicaire et l'avait obligé à s'excuser, elle le regardait d'un tout autre œil. Elle le trouvait presque sympathique, même s'il était toujours aussi peu travailleur.

— On est à cinq jours de Noël, dit Amélie. Il faut faire ce qu'il faut si on veut bien manger pendant le temps des fêtes. Ôtez votre manteau et assoyez-vous cinq minutes, monsieur Turcotte. Je vais vous préparer une tasse de thé.

— Vous êtes ben fine, madame Provost. C'est pas de refus. En plus, ça va me permettre de sentir le bon manger que vous êtes en train de préparer.

— Voyons donc ! Ça doit bien sentir aussi bon chez vous. Votre sœur doit être en train de vous préparer quelque chose de bon pour votre réveillon et pour la journée de Noël, non ?

— Pantoute, protesta Tit-Phège Turcotte, un peu piteux. Ma sœur sait pas cuisiner.

— Comment ça ?

— De son vivant, ma mère voulait pas la voir jouer dans ses chaudrons, ce qui fait que Rose-Aimée a jamais appris. Je pense qu'à cette heure, elle a pas le goût d'essayer parce qu'elle a peur de gâcher de la nourriture.

— Elle doit certainement être capable de faire des tourtières et des tartes, au moins ?

— Non. Elle en a jamais fait.

— Vous en avez jamais mangé ? demanda la cuisinière, stupéfaite.

— Oui, des fois. Mais c'étaient des tartes et des tourtières qu'on m'avait données, fit l'homme, plein d'espoir.

— Se les faire donner, c'est pas la meilleure façon d'apprendre à en faire, rétorqua Amélie, sentencieuse.

Il y eut un bref moment de silence dans la pièce. La grande femme à l'air un peu revêche alla goûter au contenu d'un chaudron qui mijotait sur le poêle pendant que le bedeau achevait de boire sa tasse de thé.

Elle sembla se faire violence tout à coup. Après tout, le temps des fêtes était un temps de partage durant lequel la nourriture occupait toujours une place importante. Elle se tourna brusquement vers le bedeau assis au bout de la table.

— Pensez-vous que votre sœur aimerait que j'aille lui montrer comment faire des tartes et des tourtières ?

— Je suis sûr qu'elle haïrait pas ça, affirma le bedeau, surpris par la proposition.

— Bon. Dites-lui que c'est facile et que je pourrais aller lui montrer comment faire ça demain avant-midi. Elle a juste à s'organiser pour avoir tout ce qu'il faut.

— Je traverse lui en parler et je reviens tout de suite vous demander ce qu'il faut que j'aille acheter chez Hélèna.

Quelques minutes plus tard, Elphège revint au presbytère, tout heureux d'annoncer à la ménagère que sa sœur l'attendait le lendemain matin. Amélie prit alors un crayon et écrivit sur un bout de papier les ingrédients dont elle aurait besoin. Elle le tendit au bedeau en lui disant doucement :

— Ce serait peut-être pas une mauvaise idée de faire un petit ménage dans la cuisine, monsieur Turcotte. C'est jamais bien agréable de cuisiner au milieu de la vaisselle sale ou sur une table pas très propre.

— Je vais y voir, promit-il, sans être le moindrement vexé par la remarque.

Il n'était pas sûr de comprendre pourquoi la servante du curé était devenue subitement si avenante avec lui, mais il se promettait bien d'en profiter.

Dès neuf heures le jour suivant, la ménagère du curé Ménard traversa la route et alla frapper à la porte des Turcotte. Elle fut accueillie par une Rose-Aimée qui avait déjà ceint sa taille impressionnante d'un large tablier blanc. Elle fit entrer Amélie dans une cuisine que la visiteuse reconnut à peine tant elle avait été astiquée. Contrairement à ce qu'elle avait trouvé lors de sa visite de l'automne précédent, le parquet était propre et tout était bien rangé dans la pièce.

— Je vous dis que Tit-Phège a hâte de voir si je suis capable de faire des tartes et des tourtières, dit Rose-Aimée, curieusement peu sûre d'elle-même.

— Je vois pas pourquoi vous seriez pas capable. Toutes les femmes peuvent faire ça, répliqua Amélie en lui tendant son manteau et son chapeau.

— J'ai sorti tout ce que vous avez demandé hier.

— Parfait, dit-elle en attachant le tablier que son hôtesse lui tendait. On va d'abord commencer par arrêter de se dire « vous ». On a à peu près le même âge, non ?

— C'est vrai.

— Bon. Rose-Aimée, combien tu veux de tourtières et de tartes ?

— Je sais pas trop.

— Six de chaque, est-ce que ce serait assez ?

— C'est certain.

— Bon, on va d'abord commencer par préparer la pâte à tarte. Je t'ai écrit la recette sur une feuille ; t'as juste à la suivre. Pendant que je prépare le mélange pour les tourtières, tu vas la faire. Je te surveille.

Rose-Aimée était si pleine de bonne volonté qu'Amélie finit par la trouver touchante. Elle, si autoritaire d'habitude, se découvrit des trésors de patience pour lui enseigner ce qu'il fallait faire. Elle la quitta à l'heure du dîner pour aller préparer le repas des deux prêtres en promettant de revenir aussitôt qu'elle aurait terminé de laver sa vaisselle.

— Surtout, laisse pas ton frère venir jouer dans tes chaudrons, prit-elle la précaution de dire à la sœur du bedeau avant de quitter la maison. Dis-lui que s'il manque une seule cuillerée de viande, il va avoir affaire à moi quand je vais revenir après le dîner.

Un peu avant quatre heures, les deux femmes purent déposer dans le garde-manger le produit de leur travail commun. Toute fière, Rose-Aimée prépara une tasse de thé à celle qu'elle considérait maintenant presque comme une amie. À ce moment-là, la porte de la cuisine s'ouvrit sur Elphège Turcotte.

— Est-ce que je peux entrer maintenant? demanda-t-il à sa sœur.

La servante du curé le regarda avec étonnement.

— Ben oui. Ma sœur m'a mis dehors après le déjeuner en me disant qu'elle voulait pas me voir dans ses jambes de l'avant-midi. Elle a fait la même chose après le dîner.

— Pauvre homme! se moqua la cuisinière.

— Il est pas si à plaindre que ça, Amélie. Oublie pas que c'est le seul sacrifice qu'il aura eu à faire pour se bourrer dans le temps des fêtes.

— Ça sent aussi bon ici-dedans qu'au presbytère, déclara le bedeau en humant avec volupté les odeurs qui flottaient dans la pièce. C'est de valeur qu'on n'ait pas de parenté à inviter le soir de Noël pour lui faire goûter ce qu'on a.

— Pas de parenté, ça a jamais empêché personne de bien manger, fit remarquer la ménagère du curé en se levant, prête à partir. Moi, j'ai juste un frère qui vit en Gaspésie. Ça fait dix ans que je l'ai pas vu. Je vais fêter pareil.

Il y eut un bref silence pendant que Rose-Aimée tendait son manteau à son invitée.

— J'y pense, pourquoi tu viendrais pas souper avec nous autres le soir de Noël? proposa-t-elle à la cuisinière. On est tout seuls, nous autres aussi.

— Il faut que je sois au presbytère pour servir le souper à monsieur le curé.

— On pourrait attendre que t'aies fini au presbytère avant de manger. Tu saurais au moins ce qu'on te servirait.

La cuisinière hésita un court moment, mais devant le regard plein d'espoir de Rose-Aimée, elle n'eut pas le cœur de la décevoir. Elle décida d'accepter son invitation.

— Le vicaire va être dans sa famille le soir de Noël. Pour monsieur le curé, le souper sera pas un problème : il aime ça manger de bonne heure. C'est correct. Tu feras réchauffer tes tourtières et je vais apporter du ragoût.

Cet après-midi-là, le téléphone sonna chez Clément et Céline fut tout heureuse de reconnaître la voix de sa belle-sœur Claire, qu'elle n'avait pas vue depuis le début de l'été précédent.

— Tu m'appelles pour m'annoncer que tu viens réveillonner avec nous autres la veille de Noël ! s'exclama-t-elle.

— J'aimerais bien trop ça, dit Claire à l'autre bout de la ligne, mais Hubert doit partir pour les États-Unis avec son ministre et il va rentrer à la maison seulement dans la semaine entre Noël et le jour de l'An. Non, j'appelais pour prendre de tes nouvelles et t'en donner de ton Louis.

Intérieurement, Céline bénit la ruse de sa belle-sœur qui savait bien que d'autres abonnés s'étaient précipités sur leur téléphone dès la première sonnerie et écoutaient leur conversation. Si certains croyaient que la famille cachait Louis ou Lionel, ils allaient être bernés.

— Ne me dis pas qu'il t'a écrit ? Nous autres, on a encore rien reçu, mentit Céline.

— Non. Tu sais bien que Louis va écrire à sa mère avant d'écrire à sa tante, voyons ! Non. C'est un cousin de

Hubert qui a eu affaire à la base militaire. Il l'a rencontré la semaine passée. Il paraît qu'il va bien et qu'il manque de rien.

— Et ton frère Lionel? As-tu eu de ses nouvelles?

— Par Louis. Ils sont pas dans la même unité, mais il le voit de temps en temps. Ton gars a dit au cousin de mon mari que mon frère allait bien lui aussi.

— Tu me soulages, Claire. Et vous autres, comment allez-vous?

— Il faut pas trop se plaindre. Hubert travaille toujours autant et Pierre continue à étudier. Moi, je passe mes journées à la maison à m'occuper en attendant qu'ils rentrent.

L'aînée de la famille Tremblay avait épousé, à la fin de l'été 1923, Hubert Gendron, un ingénieur civil de Drummondville qui avait supervisé la construction du pont de Saint-Jacques-de-la-Rive l'été précédent. La plus belle célibataire de la paroisse, la « perle » de ses parents, avait d'abord accepté de suivre son mari à Drummondville, puis à Québec quelques années plus tard, quand il avait été nommé responsable des projets spéciaux du ministère de la Voirie.

Maintenant au début de la cinquantaine, Hubert Gendron n'avait rien perdu de son charme, selon sa femme toujours aussi amoureuse. Ses tempes grises n'enlevaient rien au magnétisme de ses yeux au bleu profond. Les Gendron formaient un couple uni dont l'unique objectif était de voir Pierre, leur fils unique de dix-sept ans, réussir ses études classiques. Installés dans un quartier chic de Québec, les Gendron fréquentaient les hauts fonctionnaires du gouvernement Godbout. On aurait pu croire qu'Hubert et Claire seraient devenus snobs et un peu prétentieux à évoluer dans un tel milieu, mais il n'en était rien. Ils avaient conservé la même simplicité.

— Ton mari pourrait pas t'amener avec lui aux États ? demanda Céline.

— Bien sûr. Je pense même qu'il aimerait ça, mais je peux pas laisser Pierre tout seul à la maison durant une dizaine de jours. À dix-sept ans, tu sais jamais quelle folie un garçon laissé tout seul peut faire. Je pense que je partirais trop inquiète.

— Pourquoi tu nous l'enverrais pas pour le temps des fêtes ? T'aurais juste à le mettre sur le train pour Pierreville. Vous le reprendrez quand vous viendrez au jour de l'An.

Céline sentit que sa belle-sœur était fortement tentée d'accepter son invitation.

— Fais donc ça, Claire. Ça va te donner des vacances. En plus, ça va permettre à ton Pierre de revoir toute sa famille. Si je me trompe pas, ça fait au moins trois ou quatre ans qu'il a pas mis les pieds à Saint-Jacques. Je suis sûre que ta mère va être contente de le revoir. Il a des cousins de son âge ici. Il aura pas le temps de s'ennuyer avec Élise, Jean et Bertrand.

— T'es bien fine, Céline, mais t'as déjà toutes tes affaires à préparer pour les fêtes...

— Si je te l'offre, Claire, c'est que ça me dérange pas.

— Si c'est comme ça, j'accepte. Hubert va laisser Pierre au train de huit heures demain matin.

— Parfait. Jean ou Clément ira le chercher à la gare de Pierreville.

À ce moment-là, Claire ne se doutait pas à quel point elle aurait du mal à vaincre la résistance de son fils. Dès les premières paroles de sa mère, l'étudiant refusa carrément d'aller passer une semaine chez sa tante Céline.

— Je veux pas aller là, m'man. Qu'est-ce que vous voulez que je fasse dans ce trou perdu pendant toute une semaine ?

— Tu vas avoir tes cousins et tes cousines pour te désennuyer et ta grand-mère va être contente de te voir.

— J'avais prévu d'aller skier au mont Sainte-Anne et d'aller voir des films avec des amis au Capitole.

— Tu pourras faire ça plus tard cet hiver.

— J'ai aussi des travaux à finir en latin et en grec pendant les vacances.

— Tu les feras là-bas.

— Pourquoi vous me laissez pas tout seul à la maison? demanda le grand adolescent dégingandé en relevant la longue mèche de cheveux noirs qui lui était tombée sur l'œil.

— Parce que je veux pas et parce que tu vas faire ce qu'on te dit de faire, finit par s'emporter sa mère, à bout de patience. Puis, arrête de prendre tes grands airs, Pierre Gendron!

L'étudiant en belles-lettres du petit séminaire de Québec alla s'enfermer dans sa chambre pour bouder le reste de l'après-midi. Il fallut que son père fasse acte d'autorité à son retour à la maison. L'ingénieur lui ordonna sèchement de préparer sa valise et d'être prêt à partir à sept heures le lendemain matin.

⁓

Le soleil se leva sur une nouvelle journée dans un ciel sans nuage. Le mercure avait plongé largement au-dessous de zéro. Après le déjeuner, Clément dit à son fils:

— Je vais faire partir la Ford. Avant de prendre ton cousin à la gare, je vais aller acheter une couple d'affaires chez Murray.

— Je pense que je suis aussi ben de commencer à atteler Prince tout de suite, dit le jeune homme pour taquiner son père.

— Jean Tremblay, dit sa sœur Françoise, tu devrais avoir honte. Tu sauras que le char de p'pa part toujours.

Clément hocha la tête en signe d'approbation, heureux d'être appuyé par sa fille.

— Son problème, c'est qu'il va jamais bien loin avant de s'arrêter. Il est comme une vieille picouille capricieuse.

— Ça va faire, les deux comiques ! fit semblant de s'emporter le père en réprimant mal un sourire. Si je vous entends dire encore un mot contre ma Ford, dimanche prochain, vous irez à la messe à pied.

Un peu plus tard, Clément klaxonna triomphalement en passant près de la maison au volant de sa Ford. Céline le regarda par la fenêtre prendre la direction du village.

Le cultivateur arriva à la gare quelques minutes après le passage du train venant de Québec. Lorsqu'il entra dans le bâtiment, il ne reconnut pas tout de suite son neveu dans ce grand adolescent maigre coiffé d'un chapeau et vêtu d'un paletot à la dernière mode. Il s'attendait encore à voir le petit garçon de treize ans qui était venu fêter à la maison le jour de l'An, quatre ans auparavant. Pierre Gendron répondit à peine à ses questions durant le trajet de retour à Saint-Jacques-de-la-Rive.

À son entrée dans la maison, sa tante Céline, Jean et Françoise l'attendaient et lui souhaitèrent chaleureusement la bienvenue. Pendant qu'il donnait, comme à contrecœur, des nouvelles de ses parents et de ses études au collège, l'adolescent promenait autour de lui un regard un peu dédaigneux.

— On mange dans dix minutes, finit par dire sa tante. Jean, va donc installer ton cousin dans la chambre à côté de la tienne.

Pierre remercia son hôtesse du bout des lèvres, empoigna sa valise et suivit Jean dans l'escalier qui menait à l'étage.

— Il a l'air d'un maudit frais, chuchota Françoise à sa mère.

— Bien non, il est juste un peu gêné. Il va se replacer.

— Il est mieux de se replacer, le cousin, parce que ça va aller mal, annonça la jeune fille, mise de mauvaise humeur par les airs prétentieux de leur invité. Vous avez vu comment il a passé sa main sur la chaise avant de s'asseoir, comme si on était malpropres ? Je vais lui arranger sa face pleine de boutons à cette grande asperge s'il me tape trop sur les nerfs, je vous le garantis !

— Calme-toi et finis de mettre la table, lui ordonna sa mère.

Clément, assis dans sa chaise berçante, se contenta d'un petit rire moqueur devant la colère de sa fille.

— Il se prend pour qui ? poursuivit Françoise.

— Oublie pas que c'est un enfant pas mal gâté habitué au luxe, fit Céline à voix basse en prenant un air de conspiratrice. Lui aussi, il va finir par vouloir s'acheter une belle Ford bleue plus tard.

— Ah ben, baptême ! J'aurai tout entendu, fit semblant de s'emporter Clément en enlevant la pipe de sa bouche.

Françoise ne put s'empêcher de se mettre à rire en voyant l'air outré de son père.

Quelques minutes plus tard, les deux garçons descendirent de l'étage. Tout le monde prit place autour de la table après que Céline et sa fille eurent apporté un plat de légumes et des tranches de jambon. Durant le repas, il fut abondamment question de Lionel et de Louis et des gâteries que Céline et sa belle-sœur Cécile s'apprêtaient à leur préparer pour leur réveillon de Noël dans le bois.

— Cet après-midi, on va aller bûcher et on va ramener du bois, annonça Clément en se levant de table. Viens-tu avec nous autres ? offrit-il à son neveu.

— Merci, mon oncle. Je pense que je vais rester tranquillement dans la maison. J'ai apporté des travaux à faire pour le collège.

— Comme tu voudras, fit Clément, secrètement soulagé de ne pas avoir à surveiller le fils de sa sœur Claire.

— T'aurais pu voir Louis et mon oncle Lionel, ajouta Jean en baissant la voix.

— Je les verrai une autre fois.

— En tout cas, nous autres, on va avoir besoin de la place, dit Françoise sans détour. On cuisine pour les fêtes. Je sais pas où tu vas pouvoir t'installer avec tes papiers.

— Dans ma chambre ou dans le salon.

— Tu trouveras pas ça bien chaud, précisa sa tante.

— C'est pas grave, ma tante.

— De toute façon, quand tu seras fatigué de travailler dans tes livres, tu pourras toujours t'habiller et aller faire un tour chez ta grand-mère. Elle sait que tu dois arriver aujourd'hui et elle doit t'attendre.

À dire vrai, les deux femmes ne revirent l'adolescent qu'au milieu de l'après-midi quand il eut besoin de satisfaire un besoin pressant.

— Pouvez-vous me dire où sont les toilettes, ma tante ? demanda-t-il, debout au pied de l'escalier.

— J'ai bien peur que tu sois obligé de t'habiller et d'aller aux toilettes dehors, répondit Céline. Le jour, on va aux toilettes au bout de la remise. On se sert seulement la nuit des toilettes dans la maison.

— Merci.

Pierre Gendron remonta dans sa chambre et il n'en sortit qu'au coucher du soleil, au moment où il ne pouvait plus lire, faute d'éclairage. Lorsqu'il pénétra dans la cuisine, il chercha vainement des yeux une lampe à huile disponible.

— Cherches-tu quelque chose ? lui demanda Françoise qui venait de mettre au four ses dernières tartes.

— Je me demandais si je pourrais pas avoir une lampe pour ma chambre, dit l'adolescent en désignant l'une des deux lampes à huile qui éclairaient la pièce.

— Je pense pas, répondit sa cousine en réprimant un sourire. On a juste deux grosses lampes comme ça et, comme tu peux voir, on en a besoin dans la cuisine. Il y a juste les petites lampes de commodité qui sont sur le guéridon sur le palier, en haut, mais tu pourras jamais lire avec ça. Elles éclairent pas assez.

La mine déconfite, l'étudiant tendit la main vers son beau paletot et mit ses couvre-chaussures.

— T'en vas-tu à l'étable rejoindre mon père et mon frère ? demanda Françoise, taquine. Si c'est ça, tu ferais mieux de mettre autre chose que ton beau manteau. Tu risques de le salir et tu vas sentir la vache quand tu vas revenir.

— Non, non, se défendit Pierre. Je vais juste prendre l'air.

Pendant tout cet échange, Céline ne dit pas un mot. Aussitôt que l'adolescent fut sorti de la maison, elle vit Françoise se précipiter vers la fenêtre.

— M'man, je vous gage qu'il est parti aux toilettes. Il a dû se retenir tout l'après-midi pour pas avoir à sortir.

— Il est pas habitué, fit Céline, compréhensive, en lavant ses mains maculées de farine. Je pense qu'il avait oublié qu'on n'avait ni l'électricité ni l'eau courante.

— Attendez de lui voir la binette demain matin quand il va se lever dans une maison pas chauffée pendant la nuit, dit la jeune fille avec un large sourire.

Après le repas du soir, le cousin de Québec n'avait pas le goût de retourner à ses lectures. De toute évidence, le grand adolescent avait envie de bouger.

— Qu'est-ce que vous faites d'habitude après le souper ? finit-il par demander à son cousin.

— Toutes sortes d'affaires.

— Ça te tenterait pas d'aller au village ?

— Pour faire quoi ? Il y a juste chez Hélèna et c'est fermé à l'heure qu'il est.

— On pourrait aller à Pierreville.

— C'est bien trop loin. J'ai pas envie d'atteler et de faire tout ce chemin-là. Et tu peux être sûr que mon père me laissera jamais conduire son char. En plus, je suis debout depuis six heures à matin et j'ai bûché tout l'après-midi. Je pense que je bougerai pas de la soirée.

— Et toi, Françoise ?

— Moi, j'ai de la couture à faire.

— Si t'as envie de bouger, va voir chez ton oncle Gérald, lui suggéra Clément qui venait d'allumer sa pipe, confortablement installé dans sa chaise berçante. Ta grand-mère doit se demander comment ça se fait que t'es pas encore allé la voir.

— Je pense que c'est ce que je vais faire, déclara le fils de Claire en se dirigeant vers le portemanteau.

— Trompe-toi pas de maison, le mit en garde Françoise. Oublie pas que la maison de mon oncle Gérald, c'est la troisième à droite.

— Si tu penses qu'il fait trop noir dehors, tu peux toujours y aller avec un fanal, ajouta sa tante.

— Merci, ma tante. Ça me surprendrait d'en avoir besoin, répondit le garçon en affichant un air suffisant.

Après son départ, Jean ne put s'empêcher de dire :

— C'est tout de même un drôle de moineau, le cousin.

— Moi, j'ai hâte de savoir ce qu'Élise et Bertrand vont en penser, ajouta sa sœur Françoise.

La cuisine des Tremblay retrouva sa quiétude habituelle. Un peu après neuf heures trente, Céline donna le signal de la prière du soir. Chacun s'agenouilla et durant une dizaine de minutes, la mère de famille récita avec les siens la longue prière apprise de sa mère. Après un dernier signe de la croix, chacun se prépara à aller se coucher.

— Est-ce que notre neveu a décidé de coucher chez Gérald ? demanda Clément à sa femme.

— Tu sais ben que Cécile nous aurait appelés pour nous avertir.

— Bon. On est tout de même pas pour attendre indéfiniment qu'il rentre, fit Clément en réprimant difficilement un bâillement. Est-ce qu'on lui laisse une lampe à l'huile allumée dans la cuisine ?

— On est aussi bien de faire ça, approuva sa femme. Je vais l'entendre rentrer et je me lèverai pour l'éteindre.

Céline et sa fille rangèrent leurs travaux de couture pendant que Jean allait chercher une brassée de rondins dans l'appentis. Avant de se diriger vers sa chambre à coucher, Clément remonta la vieille horloge.

C'est à ce moment précis que tous sursautèrent en entendant des pas précipités à l'extérieur. Quelqu'un se jeta contre la porte de la cuisine qui s'ouvrit avec fracas.

— Veux-tu bien me dire ! s'exclama Céline.

— Baptême ! Qu'est-ce qui se passe ? s'écria Clément à son tour en lâchant la clé servant à remonter le mécanisme de l'horloge.

Jean et Françoise, stupéfaits, regardaient leur cousin, le chapeau enfoncé profondément sur la tête, le visage blanc de terreur et apparemment à bout de souffle. Clément fit deux pas en direction de la porte et la referma.

— Vas-tu finir par nous dire ce qui t'arrive ? demanda-t-il à son neveu. On dirait que t'as vu le diable en personne.

L'adolescent finit par retrouver son souffle et se laissa tomber sur une chaise. Il avait perdu toute sa superbe.

— Un vrai fou, mon oncle !

— De qui tu parles, torrieu ?

— D'un gars qui marchait sur la route.

— Qu'est-ce que tu racontes là ?

— Quand je suis sorti de chez mon oncle Gérald, j'ai vu un gars qui marchait sur la route.

— Puis ?

— Quand il m'a aperçu, il m'a attendu. Il avait l'air d'un vrai fou avec son casque à oreilles.

— Je vous gage que c'était Beau-Casque, intervint Françoise. Veux-tu bien me dire ce qu'il faisait aussi loin du village à une heure pareille ?

— Beau-Casque ?

— Oui, c'est l'innocent du village, expliqua Jean.

— Qu'est-ce qu'il te voulait ? demanda Clément.

— J'ai pas compris grand-chose à ce qu'il me disait. Il criait...

— Il y a pas d'erreur. C'est ben lui, dit son cousin.

— Qu'est-ce que t'as fait ? demanda sa tante Céline.

— Je lui ai dit que je comprenais rien à ce qu'il me disait. Il s'est enragé et il m'a sauté dessus pour m'arracher mon chapeau.

— Hein ! Il a essayé de t'arracher ton chapeau ? dit Françoise, stupéfaite.

— Oui.

— Qu'est-ce que t'as fait ?

— Je me suis mis à courir et le bonhomme m'a couru après, conclut piteusement l'adolescent dont le front était couvert de sueur.

Clément n'émit aucun commentaire. Il se contenta de se chausser et d'endosser son manteau.

— Je vais aller voir s'il rôde autour de la maison, ce maudit fou-là, expliqua-t-il avant de sortir.

— Voulez-vous que j'y aille avec vous ? proposa Jean.

— Laisse faire.

Clément ne vit aucune trace de Beau-Casque, mais il ne se promit pas moins de dire quelques mots au maire à son sujet. Ça commençait à bien faire. Il avait fait peur aux femmes et, maintenant, il s'en prenait aux jeunes. La municipalité allait devoir prendre des mesures pour s'en débarrasser une fois pour toutes.

Les deux jours suivants, Pierre se décida à accompagner son oncle et son cousin dans le bois. Même si on ne lui confiait que des tâches faciles, comme empiler les bûches, il rentrait épuisé à la maison, à la fin de la journée.

— Une chance qu'il a pas le train à faire, dit Clément à sa femme peu après que Pierre leur eut dit qu'il montait faire une sieste avant le souper.

— Ces gars de la ville, c'est tous des feluettes, dit Jean, un peu méprisant. Ça travaille une heure ou deux et c'est sur le dos pour le reste de la journée.

— Qu'est-ce que tu veux, mon frère? ne put s'empêcher de dire Françoise, moqueuse. Il y en a qui ont des bras et d'autres ont une tête. On peut pas tout avoir.

— Françoise, mon haïssable! dit Céline. Essaye pas de faire enrager ton frère.

⁓

La veille de Noël, la température demeura agréable. Il n'était pas tombé un seul flocon de neige depuis près de dix jours. Dès la fin de l'après-midi, il se mit à régner dans presque tous les foyers de Saint-Jacques-de-la-Rive une sorte de fébrilité engendrée par l'approche de la messe de minuit et du réveillon. On avait envie de célébrer et le passage menaçant d'un camion de la police militaire ne parvint pas à gâcher la bonne humeur des gens.

Chez les Tremblay, après le souper, Céline se prépara au réveillon spécial organisé pour son fils et son beau-frère. Elle avait exigé de Clément qu'il l'amène avec lui

jusqu'au boisé parce qu'elle désirait voir les deux déserteurs avant d'aller à la messe de minuit. La rencontre dans
la cabane à sucre fut pleine d'émotion. Les larmes aux
yeux, la mère quitta son fils et son beau-frère en leur faisant mille recommandations.

— Maudite guerre! ragea-t-elle sur le chemin du
retour. C'est pas humain d'obliger du monde à se cacher
dans le bois comme des animaux.

— C'est encore mieux que de se faire tuer, la consola
Clément. Dis-toi qu'ils manquent de rien, ajouta-t-il en
évitant de lui rappeler que Louis et Lionel ne pouvaient
pas allumer leur poêle durant le jour de crainte que la
fumée ne révèle leur présence.

Quelques minutes plus tard, trois ombres se glissaient
à leur tour dans la cabane. Thérèse Tremblay avait, elle
aussi, tenu à accompagner sa bru et son fils pour voir son
Lionel et son petit-fils.

Un peu avant onze heures, dans tous les rangs de la
paroisse, on attela les chevaux aux *sleighs* et aux carrioles
pour se rendre à l'église. Il était important d'arriver tôt
parce que le temple allait se remplir de fidèles bien avant
minuit. Même si la plupart des familles avaient un banc
réservé à leur nom, chacun savait bien que certains étrangers, invités à réveillonner chez des parents de la paroisse,
ne se gêneraient pas pour venir les occuper pendant la
messe de minuit.

Jean choisit d'aller à la basse-messe du lendemain matin
et laissa sa sœur Françoise et son cousin Pierre monter à
bord de la vieille Ford avec ses parents.

— On va arrêter prendre ton frère Jean-Paul en passant,
offrit Clément à sa femme. Avec ses béquilles, il va
être mieux dans notre char chauffé que dans la *sleigh* de
Jérôme.

En se dirigeant finalement vers le village, la voiture passa lentement devant la maison des Fournier où aucune lumière n'était visible à l'une ou l'autre des fenêtres.

— On dirait que nos voisins sont déjà partis pour l'église, fit remarquer Françoise, assise à l'avant entre son père et sa mère pour laisser plus de place à son oncle Jean-Paul.

— Ou ils sont déjà couchés, dit sa mère. Ils ont pas coutume de venir à la messe de minuit.

Céline ne se trompait pas. Les Fournier étaient déjà au lit depuis longtemps et ce soir-là, le seul signe de vie dans la maison était donné par le tic-tac de l'horloge de la cuisine.

Depuis le retour du service funèbre de Berthe, le climat de la petite maison des Fournier avait encore empiré. Germain s'était enfermé dans son monde, coupant tout contact avec les siens. On aurait dit que la mort de sa fille avait brisé un ressort en lui. Depuis deux semaines, il ne faisait plus rien, sauf se bercer silencieusement en fixant sur la route quelque chose qu'il était seul à voir. Il ne sortait plus de la maison et il lui arrivait de passer plusieurs jours sans se raser.

Les premiers jours, Étienne avait vainement attendu que son père le rejoigne à l'étable ou à la porcherie pour soigner les animaux. Il n'était pas venu. Ensuite, il s'était résigné à aller bûcher seul quand il avait compris qu'il n'avait pas plus l'intention de venir travailler dans le bois. Lorsque le jeune homme revenait à la maison, il retrouvait toujours son père assis à la même place, l'air absent, silencieux.

Sa mère semblait plus forte. Elle s'était remise progressivement à cuisiner et à entretenir la maison, mais elle ne lui adressait la parole que dans les cas d'absolue nécessité, comme si elle lui en voulait d'être encore en vie.

À certains moments, le bossu ne pouvait s'empêcher de songer à la phrase qu'elle avait dite lors de la mort de Berthe et le cœur lui faisait mal. Il avait beau tenter de se persuader que sa mère n'avait dit ça que parce qu'elle était bouleversée par la mort de sa fille, quelque chose lui disait qu'elle n'avait fait qu'exprimer ce qu'elle avait toujours pensé. En définitive, il était déchiré entre l'amour et la haine quand il la regardait en train de préparer le repas, le visage inexpressif.

Germain et Gabrielle Fournier se conduisaient comme s'ils avaient oublié que leur Étienne n'avait que vingt ans. Le jeune homme se sentait écrasé autant par sa nouvelle solitude que par tout le travail de la ferme qui lui était tombé sur les épaules depuis que son père ne faisait plus rien.

Mais le climat étouffant qui régnait dans la maison était la pire chose qu'il avait à supporter. Il pouvait passer deux jours avant d'entendre le son de la voix de quelqu'un. On aurait dit que la disparition de Berthe avait emporté la dernière présence vivante entre les quatre murs de la demeure. Étienne en venait à désirer de tous ses vœux l'arrivée du 15 mars, la date de son anniversaire de naissance. Ce jour-là, il allait partir, comme il l'avait promis à Berthe... et il n'était même pas certain de vouloir revenir voir ses parents un jour.

—

À son arrivée au village, Clément laissa ses passagers devant le parvis de l'église avant d'aller stationner sa Ford assez loin des attelages pour ne pas effrayer inutilement les bêtes. Lorsqu'il pénétra dans le temple, il fut accueilli par une bouffée de chaleur et le chant «Venez divin Messie» entonné par les membres de la chorale paroissiale qui s'exerçaient dans le jubé. Trente minutes avant la messe, l'église était pratiquement pleine de fidèles, entassés sur les bancs. Déjà, les marguilliers chargés du service d'ordre étaient à l'œuvre et repéraient les rares places encore libres en se donnant des airs importants.

Clément se glissa jusqu'à son banc déjà occupé par Céline, Françoise et Pierre. De l'autre côté de l'allée, il vit son frère Gérald accompagné de leur mère, de sa femme et de ses enfants. Sa sœur Aline avait dû demeurer à la maison pour préparer la table du réveillon. Soudain, il réalisa que son beau-frère Jean-Paul avait disparu.

— Où est Jean-Paul ? demanda-t-il à voix basse à sa femme.

— Regarde trois bancs en avant de toi, chuchota Céline.

Clément aperçut son jeune beau-frère assis entre Georges Hamel et sa fille Claudette. Les deux jeunes gens se parlaient à voix basse.

— Qu'est-ce qu'il fait là ? On avait de la place dans notre banc.

— Devine, murmura Céline. Ton frère est pas là pour les beaux yeux de Georges Hamel, en tout cas.

— Arrête donc, toi ! Tu vas pas me dire que la Claudette essaye de lui mettre le grappin dessus.

— Gages-tu ?

— Si c'est ça, je peux te garantir qu'elle perd son temps, la belle. Jean-Paul est comme Léo. C'est un vieux garçon qui tient à sa liberté. Il a compris, lui...

Cette dernière remarque lui attira un bon coup de coude dans les côtes.

— Mon oncle, mon oncle, l'appela Pierre à voix basse.

— Quoi ?

— Regardez à côté, fit l'étudiant, surexcité. C'est le fou que j'ai rencontré sur la route. Il arrête pas de me regarder.

Clément tourna la tête de côté et croisa le regard de Beau-Casque. L'innocent s'était glissé dans une place libre, de l'autre côté de l'allée. Sa présence lui rappela qu'il devait parler au maire. Il adressa un regard mauvais à l'homme qui fit semblant de se plonger dans la lecture du missel laissé sur le banc, alors qu'on savait fort bien dans toute la paroisse qu'il ne savait ni lire ni écrire. À preuve, l'innocent tenait l'ouvrage à l'envers.

— C'est pas toi qu'il regarde, c'est ta cousine, dit Clément à son neveu. Je pense qu'il la trouve à son goût.

— Si jamais il s'approche de moi, dit Françoise entre ses dents, je vais lui régler son cas, à ce fatigant-là, moi.

Jérôme Veilleux apparut alors dans l'allée centrale, escortant une très vieille dame à qui il venait de trouver un siège.

— Tu vois, c'est toi qui devrais être à sa place si t'avais fait un effort pour être marguillier, dit Cécile à l'oreille de son Gérald.

Son mari choisit d'ignorer la remarque.

— On pourrait être assis confortablement dans le deuxième banc tout en cuir en avant, comme Colette et ses enfants.

Pour toute réponse, Gérald se contenta de soulever ses épaules massives.

— En tout cas, on serait plus près pour voir la crèche et pour aller communier, conclut Cécile.

Un moment plus tard, Françoise poussa sa mère du coude pour attirer son attention.

— M'man, regardez Hortense Boisvert. Elle, elle a pas besoin de se presser pour se trouver une place.

En effet, dix minutes avant le début de la messe de minuit, l'épouse du maire montait l'allée centrale de l'église au bras de son mari en donnant à toutes les femmes le temps d'admirer le manteau de mouton rasé qu'elle étrennait ce soir-là. La dame, la tête bien droite, se dirigea avec une lenteur étudiée vers le premier banc, siège réservé de tout temps à la famille du maire de Saint-Jacques-de-la-Rive.

— Est-elle fraîche à votre goût? demanda la jeune fille en affichant un air un peu dégoûté.

— Arrange-toi pas pour être obligée de retourner te confesser pour pouvoir communier, la réprimanda Céline.

Au même moment, l'abbé Leroux sortit du confessionnal installé sur le côté de l'église et éteignit la petite lampe à huile allumée au-dessus du confessionnal. Le prêtre avait passé un surplis blanc sur sa soutane. Tout en se frayant un chemin vers la sacristie où le curé Ménard achevait de se préparer pour la messe, il enleva son étole.

Quelques minutes plus tard, lorsque l'officiant pénétra dans le chœur en compagnie de ses servants de messe, la chorale attaqua avec entrain son premier chant. Une quarantaine de paroissiens, qui n'avaient pu trouver à s'asseoir, s'entassaient debout au fond de l'église. Dès le début de la cérémonie, les fidèles firent des efforts méritoires pour se recueillir malgré la chaleur d'étuve engendrée par une telle foule. Cependant, à la lecture de l'Évangile, il y eut quelques gloussements dans l'assistance quand on se rendit compte que quelques fêtards, probablement un peu assommés par l'alcool ingurgité durant la soirée, ne s'étaient pas levés avec les autres fidèles et avaient apparemment succombé au sommeil.

Lorsque le curé Ménard monta en chaire pour prononcer son homélie, un brusque courant d'air frais dénonça les fumeurs invétérés qui s'esquivaient en douce à l'extérieur pour satisfaire leur vice. Le prêtre eut la bonté de prononcer un sermon très court portant sur le message de paix que le Christ était venu apporter au monde en cette nuit de la Nativité. Cette homélie trouva une résonance particulière chez tous ces gens touchés à des degrés divers par la guerre.

Lorsque le curé se tourna vers la foule pour la bénir à la fin de la messe, le maître chantre entonna le *Minuit, chrétiens* tant attendu par tous les fidèles. Alors, les gens quittèrent leur banc sans précipitation et sortirent lentement, tout heureux à l'idée de respirer enfin un peu d'air frais.

À l'extérieur, un ciel étoilé et un froid vif attendaient les paroissiens de Saint-Jacques-de-la-Rive. Les gens se souhaitèrent gaiement joyeux Noël avant de se diriger vers les *sleighs* et les carrioles. Les conducteurs allumèrent le fanal suspendu à l'avant de leur véhicule et retirèrent la couverture déposée sur le dos de leur bête. Pendant ce temps, les passagers s'enfouirent frileusement sous d'épaisses couvertures de fourrure. Il était temps de rentrer à la maison.

Clément Tremblay, pour éviter d'être ralenti par les traîneaux qui allaient emprunter le rang Sainte-Marie, s'était dépêché d'aller faire démarrer sa Ford stationnée devant l'épicerie d'Hélèna Pouliot. Malgré de nombreuses sollicitations, la guimbarde refusa obstinément de se mettre en marche. Il eut beau l'injurier et la traiter de tous les noms, son moteur demeura muet. Quand Françoise et son cousin s'approchèrent de l'automobile, son conducteur, rouge de colère, en sortit en refermant la portière d'un solide coup de pied.

— Elle veut rien savoir pour partir, la maudite! se contenta-t-il de dire, furieux. Il va falloir se débrouiller pour trouver quelqu'un pour nous ramener chez nous, torrieu!

Pendant un moment, il chercha des yeux la voiture de Côme Crevier, mais de toute évidence, celui-ci était déjà rentré chez lui s'il avait assisté à la messe de minuit. Il entraîna derrière lui les deux jeunes pour aller rejoindre Céline qui saluait Antonius Tougas et sa femme.

— Où est ton frère ? demanda-t-il à sa femme.

— Parti avec les Hamel. Ils vont le laisser chez mon père en passant.

— Bon. Mais nous autres, on est mal pris. Le char veut pas partir.

Immédiatement, les Tougas offrirent de prendre les deux adolescents dans leur carriole tandis que les Desjardins, sollicités, acceptèrent de ramener Céline et Clément à la maison.

— Vous devriez vous débarrasser de cette cochonnerie en tôle, conseilla le gros Édouard Desjardins au moment où il les laissait devant leur maison. Rien vaut un bon cheval. Ça part toujours avec un peu d'avoine, ajouta-t-il avec un bon rire.

— On va y penser, Édouard, promit Céline après l'avoir remercié de les avoir transportés.

— Gros épais ! dit Clément entre les dents. C'est arriéré sans bon sens et ça le sait même pas.

— Peut-être, intervint sa femme, acide, mais lui, au moins, il est pas obligé de quêter dans toute la paroisse pour être capable de rentrer à la maison.

L'incident clos, chez les Tremblay, comme chez les Veilleux, on réveillonna avec un bel appétit en ayant tout de même une pensée pour les absents. Après s'être empiffrés de pâté à la viande, de ragoût et de tarte au sucre, on se mit au lit vers trois heures du matin, assurés que le sommeil ne serait troublé en aucune façon par la digestion de si bonnes choses.

Céline avait invité toute sa famille à venir prendre le souper de Noël à la maison. Dès le début de l'après-midi, le lendemain, Colette était arrivée chez sa belle-sœur avec sa fille Carole dans l'intention d'aider aux derniers préparatifs du repas.

— On va se contenter de faire deux tablées, annonça Céline. On sera même pas assez nombreux pour chauffer la cuisine d'été.

— Comment ça ? demanda la femme de Jérôme.

— Marcelle a appelé hier pour me dire qu'elle pouvait pas sortir du couvent parce qu'elle avait une bonne grippe. Chez Albert, ils ont été invités chez les parents de Marie avec les enfants.

— Je vais dire comme toi, ça fait une bonne *gang* de moins.

— J'aurais bien aimé les voir quand même, dit l'hôtesse.

— Je te comprends, mais il te reste tout de même ton père, nous autres, Jean-Paul et Léo. Il y a aussi Anne et Armand Labbé qui vont descendre de Nicolet.

— Je l'espère bien, fit Céline en éclatant de rire. Il manquerait plus que Françoise et moi, on ait préparé tout ce manger-là pour rien.

Le repas fut des plus gais autour de la table. On se taquina abondamment tout en ayant une pensée pour la grand-mère Yvette, décédée dix ans auparavant. Après le repas, les hommes se retirèrent dans le salon, exception-nellement ouvert ce soir-là. Pierre et Jean se mêlèrent à eux. Les femmes demeurèrent un long moment attablées pour parler de Lionel et de Louis ainsi que de ce qui se passait chez les Fournier. Elles trouvaient étrange de ne plus voir qu'Étienne. Assis à l'écart, André Veilleux dit à l'oreille de sa sœur Carole :

— En tout cas, si aller à l'école me donne le même air bête qu'au grand blèmusse de Québec, j'aime autant arrêter ça tout de suite.

Chapitre 12

Le drame

La semaine entre Noël et le jour de l'An fut épuisante, notamment parce que la température se mit à faire des siennes dès le surlendemain de Noël. Ce matin-là, le soleil sembla ne pas se lever tant le ciel était demeuré noir, et le vent, qui avait soufflé toute la nuit, était soudainement tombé un peu avant l'aube.

— On va avoir droit à toute une tempête, prédit Gérald en rentrant de faire son train. Boudreau est mieux de se grouiller pour ramasser les bidons de lait à matin parce qu'il sera pas tard qu'il pourra pas passer sur le chemin, je vous le garantis.

— C'est à nous autres à aller porter à manger à Lionel et à Louis, dit Bertrand. Je pense qu'on est mieux de pas traîner, p'pa.

— Après le déjeuner, on attelle et on va faire semblant d'aller chercher ce qu'on a bûché hier dans le bois. On leur laissera leurs affaires.

À peine le père et son fils venaient-ils de quitter la ferme pour aller au bout de la terre des Tremblay que le ciel ouvrit ses vannes et qu'une grosse neige lourde se mit à tomber. En quelques instants, tout devint blanc et Gérald ne voyait pas à dix pas devant lui. Le cultivateur allait dire quelque chose à son fils quand il vit soudainement apparaître près de lui son frère Lionel qui lui fit signe d'arrêter son attelage.

— Qu'est-ce que tu fais là ?

— Je suis venu au-devant de vous autres, lui expliqua le fugitif. Je voulais pas que vous entriez dans le bois avec le temps qu'il fait.

Voyant son frère jeter des regards inquiets autour de lui, Lionel ne put s'empêcher de lui dire :

— Voyons, Gérald. Avec une tempête de même, tu peux être certain qu'il y a pas un chat dehors. En plus, on a de la misère à voir en avant de nous autres.

— Et Louis ?

— Il s'en vient. Merci pour les paquets. Tu peux t'en retourner pendant que tu vois encore tes bâtiments.

Sur ce, le jeune homme prit les deux paquets que lui tendait Bertrand et salua de la main son frère et son neveu avant de disparaître de leur vue. Gérald fit péniblement faire demi-tour à son cheval, soulagé de pouvoir rentrer à la maison.

Au même moment, Clément se rendait chez lui au volant de sa Ford dont il venait de prendre livraison chez Côme Crevier. Il était de mauvaise humeur d'avoir encore dû débourser une grosse somme pour la faire réparer. Le garagiste du village était allé chercher la voiture la veille devant l'épicerie et, selon ses dires, avait mis plusieurs heures à trouver la cause de la panne. Le pire était que le cultivateur ne pouvait faire état de cette nouvelle dépense, certain que sa femme aurait exigé qu'il se débarrasse de la guimbarde, et cela, il ne le voulait pas.

Chez les Fournier, Étienne avait évidemment renoncé à aller bûcher lorsqu'il avait vu la menace de tempête. Après le déjeuner, il s'était enfermé dans la remise dont il avait allumé la fournaise et s'était mis à raboter le bois qu'il allait utiliser pour construire une commode.

Dans toutes les maisons, les lampes à huile demeurèrent allumées toute la journée. Après le dîner, les chutes de neige augmentèrent même d'intensité et un vent du nord se mit à souffler, faisant tourbillonner la neige. À la fin de l'après-midi, il était déjà tombé plus d'un pied de neige et les cultivateurs peinèrent à se rendre à leurs bâtiments quand ils décidèrent d'aller soigner leurs animaux.

Cependant, au début de la soirée, la tempête prit fin aussi soudainement qu'elle avait commencé, de sorte qu'on entreprit partout le déneigement.

— Viens m'aider à pelleter le devant des entrées, dit Jean à son cousin Pierre. Pendant ce temps-là, mon père va passer la gratte dans la cour.

— Je ne suis pas équipé pour ça, prétendit l'adolescent en visite.

— C'est pas grave, je vais te passer un de mes vieux manteaux avec une tuque et des mitaines. Tu vas être correct avec ça.

Le fils de Claire Gendron n'avait pas le choix. Il dut sortir et pelleter avec son cousin et son oncle une bonne partie de la soirée.

— Pauvre Pierre, dit sa tante en le regardant par la fenêtre manier la pelle à l'extérieur. Je pense qu'il va se souvenir longtemps de sa visite à Saint-Jacques.

— Ne le plaignez pas, m'man, dit Françoise. Il est en train d'apprendre que tout le monde vit pas en ville. Il va finir par comprendre que vivre à la campagne, c'est pas mal plus dur qu'à Québec.

Le soleil se montra le lendemain, mais cette accalmie fut de très courte durée. Les trois jours suivants, il y eut des chutes de neige si abondantes que les piquets de clôture disparurent entièrement. Les accumulations de neige le long de la route atteignirent plus de cinq pieds de hauteur à certains endroits.

— Si ça continue de même, dit Cécile à sa belle-mère, je me demande quelle hauteur vont avoir les bancs de neige à la fin de janvier.

— Je souhaite juste une affaire, répétait Thérèse depuis deux jours. J'espère qu'il neigera pas au jour de l'An. Il manquerait plus qu'une tempête vienne gâter notre fête.

— Je pense, belle-mère, que le bon Dieu va avoir pitié de nous autres, voulut la rassurer sa bru. Il en est tombé bien assez comme ça. Déjà qu'il paraît que c'est pas facile de se rendre dans le bois avec tout qui nous est tombé dessus depuis une semaine. Gérald dit qu'il en arrache sans bon sens avec les chevaux pour s'ouvrir un chemin.

— Ça doit pas être plus facile pour Clément, fit remarquer la vieille dame.

— Je le sais bien, madame Tremblay. De toute façon, il faut qu'ils l'entretiennent un peu, ce chemin-là, s'ils veulent être capable de sortir ce qu'ils vont bûcher du bois.

~

Les Tremblay ne durent pas être les seuls à prier pour que la neige ne vienne pas gâcher leur jour de l'An 1944 parce que le matin du 1er janvier, un soleil radieux se leva sur la région, faisant étinceler comme des diamants les flocons tombés la veille.

Après la messe, Clément conduisit les siens jusqu'à chez leur grand-père où tous les Veilleux s'étaient réunis pour lui demander sa bénédiction. Il ne manquait que Marcelle à cette réunion de famille. La religieuse ne s'était pas suffisamment remise pour venir en visite. Céline était particulièrement heureuse de revoir enfin son frère Albert et sa famille qu'elle n'avait pas vus depuis le mois d'août précédent. En cette fin d'avant-midi, il régnait chez Jérôme

Veilleux un charivari extraordinaire: plusieurs conversations se croisaient en même temps dans la grande cuisine.

Finalement, Albert se leva et, à titre d'aîné de la famille en l'absence de sa sœur Marcelle, il demanda à son père de les bénir. En un instant, le silence se fit dans la pièce. Tous les enfants d'Ernest s'agenouillèrent devant leur père. Comme chaque année, le père de famille, ému, posa les mains sur la tête de chacun de ses enfants en récitant la même prière que son père et le père de son père avaient récitée avant lui. Lorsqu'il fit le signe de la croix, tous ses enfants se signèrent et se relevèrent pour lui serrer la main et, dans le cas de ses filles, pour l'embrasser.

Après avoir conversé quelques minutes avec ses frères et sœurs, Céline donna le signal du départ aux siens.

— C'est bien beau tout ça, mais il faut qu'on parte. On est attendus chez Cécile pour souper et j'ai promis d'aller lui donner un coup de main avec Françoise après le dîner.

— Restez à dîner, offrit Colette. Mon repas est déjà prêt. Il reste juste à mettre la table.

— T'es bien fine, Colette, mais ce sera pour une autre fois. Je pense même que Claire va venir dîner à la maison avec son mari avant d'aller chez Cécile. Elle doit s'être ennuyée de son Pierre.

⌒

Céline ne s'était pas trompée. Quelques minutes à peine après leur retour, une Oldsmobile bleue vint s'arrêter dans la cour, près de la Ford de Clément. Les claquements de portières attirèrent Françoise à l'une des fenêtres de la cuisine.

— Mon oncle et ma tante viennent d'arriver! s'écriat-elle, excitée.

À l'extérieur, Hubert Gendron avait ouvert l'une des portières arrière de son véhicule et remettait des paquets à sa femme, debout à ses côtés. Finalement, tous les deux se dirigèrent vers la porte de la maison, les bras chargés. Clément alla leur ouvrir.

— Avoir su que vous veniez jouer au père Noël, on vous aurait ouvert la porte d'en avant, plaisanta leur hôte.

— Au lieu de faire le drôle, mon Clément, qu'est-ce que tu dirais de me débarrasser de mes paquets ? répliqua Claire en riant.

— Donnez-moi les vôtres, mon oncle, offrit Jean en tendant les mains vers Hubert.

Le grand homme maigre aux tempes argentées remit ses paquets à son neveu et à son fils.

— Seigneur ! s'exclama Claire après avoir embrassé chacun en lui souhaitant une bonne année, j'ai l'impression que le bon Dieu vous a pas oubliés, vous autres non plus, quand il a décidé de distribuer de la neige. Un peu plus et on voyait plus votre maison du chemin !

Claire Gendron était une femme très séduisante avec ses traits fins et son épaisse chevelure châtain clair à peine striée de quelques fils gris. À quarante-sept ans, l'épouse de l'ingénieur était une personne simple et chaleureuse. Pour sa part, Hubert aimait visiter la famille Tremblay parce qu'il s'était toujours bien entendu avec chacun de ses membres. Il était même le préféré de sa belle-mère, ce qui ne manquait pas de lui attirer des moqueries.

Dès son entrée dans la maison, Hubert s'était empressé d'imiter sa femme et de souhaiter à chacun une bonne année et une excellente santé.

— On s'est demandé si vous ne seriez pas à la grand-messe, dit Hubert à Clément en retirant son manteau. Nous sommes revenus de Boston hier après-midi et nous

230

sommes partis de Québec à six heures ce matin pour être sûrs d'arriver à l'heure pour la messe à Saint-Jacques.

— Oui, confirma sa femme. On était sûrs que vous seriez là.

— On est tous allés à la basse-messe parce que je voulais avoir la bénédiction de mon père avant de revenir dîner ici et aller donner un coup de main à Cécile à préparer son souper cet après-midi.

À l'évocation de la bénédiction paternelle, les yeux bleus d'Hubert effleurèrent durant un bref moment son fils Pierre, laissant percer une vague nostalgie. L'ingénieur n'avait pas connu son père qui était décédé alors qu'il n'avait que deux ans. Par conséquent, il n'avait jamais reçu la bénédiction paternelle. Il n'avait découvert toute la beauté de cette tradition qu'après avoir épousé Claire. Quand cette dernière voulut exiger de leur fils qu'il perpétue cette tradition familiale, Pierre s'était montré si réticent qu'Hubert avait décidé de ne pas donner suite, ce qui avait soulevé l'une des rares colères de sa femme. Aujourd'hui, il regrettait que son fils adolescent ne la lui demande pas.

— Et vous autres, les jeunes, vous avez demandé la vôtre ? demanda Hubert à son neveu et à sa nièce.

— Dès que p'pa s'est levé, précisa Françoise en riant. Le poêle était même pas encore allumé et p'pa était nupieds. Je pense qu'il avait plus hâte de se chausser que de nous bénir parce qu'il gelait. En tout cas, il me semble qu'il a fait ça pas mal vite.

Pierre demeura impassible pendant que son oncle Clément protestait en riant contre les insinuations de sa fille.

— Avez-vous eu des étrennes, au moins ? demanda Claire à la cantonade.

— Oui, hier soir, après le souper, répondit Céline. Depuis deux ans, on a pris l'habitude de se donner nos étrennes, le soir, la veille du jour de l'An.

— C'est pratique à part ça, ma tante, fit remarquer Jean. Quand c'est quelque chose de tricoté qu'on reçoit, il fait tellement noir qu'on voit pas les manques.

— Mon espèce d'effronté, toi ! s'exclama sa sœur qui lui avait confectionné une paire de moufles et les lui avait offertes en cadeau.

— Bon. On vous a rapporté quelques petits souvenirs des États, déclara Hubert avec bonne humeur. C'est pas grand-chose, mais ils vont peut-être vous être utiles.

Hubert et Claire remirent à chacun un paquet soigneusement enveloppé dans un papier d'emballage coloré et il y eut un concert d'exclamations et de remerciements dans la pièce. Les invités avaient offert à chacun une paire de gants de cuir de qualité, achetés aux États-Unis, durant leur voyage. Évidemment, le couple avait voulu récompenser ainsi ceux qui avaient accueilli leur fils durant quelques jours.

On passa ensuite à table pour avaler un repas léger.

— Il faut surtout pas trop se bourrer, fit remarquer Clément. Si on fait ça, Cécile va nous en vouloir à mort. Il paraît qu'elle a préparé tout un souper.

— J'ai apporté deux gâteaux aux fruits, dit Claire en finissant de boire son thé.

— J'ai des tartes, du sucre à la crème, du fudge et des bonbons aux patates qu'on va apporter, ajouta Céline. Tu connais Cécile : pas moyen d'apporter des tourtières ou de la viande. Elle a déjà tout préparé.

— Est-ce qu'il va y avoir beaucoup de monde ? demanda Hubert.

— Gérald m'a dit qu'il avait invité nos oncles et nos cousins de Saint-Gérard et de Yamaska. En plus, il paraît que Jeannine va descendre de Sorel avec une surprise.

— Une surprise! C'est elle qui a dit ça? demanda Claire.

— Oui, fit Céline. Il paraît qu'elle avait l'air tout excité quand elle a dit ça à Cécile au téléphone.

— J'ai hâte de voir ça. Ça doit être toute une surprise. On connaît notre maîtresse d'école, elle a pas l'habitude de s'exciter pour rien.

Un peu après une heure, tous s'habillèrent pour se rendre chez Gérald Tremblay.

— Même si c'est pas loin, on devrait prendre nos automobiles, suggéra Hubert en endossant son manteau. Vous avez des desserts à transporter et nous avons des cadeaux et les gâteaux de Claire.

Clément consentit d'un hochement de tête. Un bref moment, le souvenir de la panne survenue la nuit de Noël l'effleura, mais il s'empressa de le chasser, persuadé que sa vieille voiture démarrerait cette fois-ci. Moins certains que lui, Françoise et Jean échangèrent un regard chargé de sous-entendus.

Quelques instants plus tard, au moment où Clément allait engager sa Ford sur la route, sa femme et lui virent passer devant eux la carriole des Fournier. Le conducteur ne tourna même pas la tête dans leur direction.

— C'est pas le petit Fournier, ça? demanda Clément.

— On le dirait, répondit sa femme en suivant leur voisin des yeux.

— Pas de danger qu'il nous saluerait en passant.

— Il a l'air pressé, on dirait.

Les Tremblay ne pouvaient pas deviner l'ampleur du drame qui venait d'éclater chez leurs voisins.

En ce premier jour de l'année 1944, Étienne Fournier s'était levé un peu après six heures. Comme à son habitude depuis quelques semaines, il avait trouvé son père se berçant près du poêle, les yeux vides de toute expression. Le jeune homme, mal à l'aise, n'avait rien dit et s'était empressé d'allumer un fanal avant de quitter la maison pour aller soigner les animaux. À son retour deux heures plus tard, il découvrit sa mère tout endimanchée en train de se peigner devant le petit miroir suspendu au-dessus de l'évier.

— Je te laisse la place pour te raser. Presse-toi pas pour rien; on va à la grand-messe pour faire changement, déclara sa mère au moment où il sortait de l'armoire son rasoir à lame droite.

Étienne jeta un coup d'œil vers son père. Rien dans son comportement ne laissait deviner son intention d'accompagner sa femme et son fils à l'église du village, même le matin du jour de l'An. Il n'avait pas bougé. Son visage amaigri était envahi par une barbe de plusieurs jours et il portait sa vieille chemise bleue boutonnée au cou et son pantalon de tous les jours.

— Venez-vous à l'église avec nous autres, p'pa ? offrit-il à son père.

Germain sembla émerger un court moment de ses pensées au son de la voix de son fils. Il se contenta de hocher la tête.

Un peu avant neuf heures, Étienne alla atteler la *sleigh* et partit pour l'église en compagnie de sa mère. Gabrielle, enfouie jusqu'à la taille sous l'épaisse couverture, ne desserra pas les lèvres durant tout le trajet. Ce n'est qu'au moment où elle pénétrait dans l'église en même temps que d'autres fidèles qu'elle chuchota, la mine revêche:

— Encore une fois, on va faire parler de nous autres parce que ton père est pas là.

Étienne se contenta de hausser les épaules avant de lui ouvrir la porte du temple. À leur entrée, l'église bruissait de murmures. Il régnait dans les lieux une bonne humeur et une excitation propres aux jours de fête. Le visage fermé, Gabrielle Fournier se dirigea vers le banc familial sans tourner une seule fois la tête vers les gens. Son fils, sensible à cette atmosphère joyeuse, salua timidement de la tête quelques personnes qui lui souriaient. Après la messe, sa mère fut l'une des premières à se diriger vers la porte.

— Envoye ! Traîne pas ! ordonna-t-elle, autoritaire, à son fils. J'ai pas l'intention de perdre une heure à souhaiter la bonne année à du monde qui nous regarde pas de l'année.

— On pourrait au moins souhaiter une bonne année à nos voisins, chuchota Étienne, mécontent du comportement de sa mère. Quand on a eu besoin d'eux autres pour Berthe, ils nous ont aidés.

— Laisse faire ! fit Gabrielle en boutonnant son manteau et en pressant le pas. Ils sont surtout venus pour fouiner chez nous.

Avant même que la moitié des paroissiens soient sortis de l'église, Gabrielle était déjà installée dans la *sleigh*, attendant avec une impatience mal déguisée que son fils ait rangé la couverture qui avait été déposée sur le dos du cheval. L'équipage se mit en route alors que des rires et des exclamations fusaient de toutes parts sur le parvis de l'église où les gens s'étaient mis à échanger des vœux.

Quelques minutes plus tard, Étienne laissa descendre sa mère près de la maison avant de poursuivre son chemin jusque devant l'écurie où il détela son cheval. Peu après, il rentra dans la maison. Sa mère avait eu le temps de changer de vêtements et avait entrepris de préparer le dîner. Son père avait quitté sa chaise berçante. Il avait dû aller s'étendre sur le lit de la chambre bleue, à l'étage. Depuis la mort de Berthe, il dormait là. Le jeune homme monta à l'étage et alla, lui aussi, se changer. Il ne lui servait à rien de garder ses vêtements du dimanche. Chez les Fournier, le jour de l'An était un jour comme les autres. Personne ne viendrait leur rendre visite et ils ne seraient invités nulle part.

— P'pa mange pas? demanda Étienne en prenant place à la table sur laquelle sa mère venait de déposer des tranches de rôti de porc froid et des pommes de terre rissolées.

— Il est passé midi, se contenta de répondre sa mère. S'il a faim, il sait que c'est l'heure de dîner.

Gabrielle s'assit à table et se servit. Le silence retomba sur la pièce, à peine troublé par le bruit des ustensiles et des plats parfois heurtés. Quand elle se leva pour desservir quelques minutes plus tard, Étienne quitta la table à son tour et se dirigea vers la patère où était suspendu son manteau. Il avait décidé d'occuper son jour de l'An à travailler au mobilier de chambre à coucher en érable dont il avait entrepris la réalisation un mois auparavant. Il allait allumer la fournaise dans l'appentis et travailler là jusqu'à l'heure du train. Il quitta la maison au moment où sa mère entreprenait de laver la vaisselle.

Étienne entra dans l'appentis et alluma la petite fournaise installée dans un coin. Pendant que la pièce se réchauffait un peu, le jeune homme sortit du bâtiment et se dirigea vers la grange dans l'intention d'y prendre l'un des madriers que son père et lui y avaient déposés au début de l'automne. Il repoussa difficilement la porte coulissante et fit deux pas avant que sa tête ne vienne heurter un obstacle qui faillit le faire tomber.

— Veux-tu ben me dire…? commença-t-il à dire avant de lever la tête.

Soudain, les jambes lui manquèrent et son cœur eut un raté. Il poussa un cri d'horreur à la vue de son père se balançant lentement au bout d'une corde. Sa tête avait heurté ses pieds et avait imprimé au corps un léger mouvement de balancier.

— P'pa! Qu'est-ce que vous avez fait là? hurla le bossu au bord de la panique, cherchant à immobiliser le corps de son père d'une main tremblante.

Germain Fournier avait décidé de mettre fin à ses jours pendant que sa femme et son fils étaient à la messe. Sans prendre la peine d'endosser un manteau, le cultivateur était sorti de sa maison et s'était dirigé vers la grange. Il avait pris une corde et fait un solide nœud coulant à l'une de ses extrémités. Il l'avait passée autour du crochet auquel on suspendait les animaux destinés à la boucherie chaque automne. Ensuite, il avait escaladé une échelle appuyée contre le mur, passé le nœud coulant autour de son cou et s'était laissé tomber en repoussant l'échelle du pied.

Étienne se précipita hors de la grange en refermant la porte derrière lui. Il courut à la maison dont il ouvrit la porte avec fracas, faisant violemment sursauter sa mère.

— Qu'est-ce qu'il te prend? cria-t-elle.

— M'man, dépêchez-vous! hurla-t-il. Il est arrivé quelque chose à p'pa!

— Ton père est en haut, protesta sèchement Gabrielle.

— Il est pas en haut, il est dans la grange.

— Qu'est-ce qu'il fait là? demanda-t-elle avec humeur.

Puis, remarquant que le manteau de son mari était encore accroché derrière la porte, elle ajouta:

— Il est devenu fou, ma foi. Sortir dehors sans manteau, en plein hiver.

— Il est mort, m'man! Dépêchez-vous! la pressa son fils qui n'avait même pas pris la peine de refermer correctement la porte derrière lui.

Le visage de Gabrielle pâlit soudainement et elle se jeta sur son manteau avant de suivre son fils.

— Il s'est pendu, m'man, finit par dire Étienne pour préparer un peu sa mère au spectacle qui l'attendait à son arrivée dans la grange.

Sur ces mots, le jeune homme repoussa la porte du bâtiment. Gabrielle découvrit alors son mari pendu dans l'entrée.

— Mon Dieu! C'est pas possible! s'écria-t-elle à la vue du visage violacé à la bouche grande ouverte de celui dont elle avait partagé la vie les vingt et une dernières années. Qu'est-ce qu'il a fait là?

Pendant un bref moment, elle fut prise d'un tremblement incoercible et dut s'appuyer contre son fils pour ne pas perdre l'équilibre.

— Qu'est-ce qu'on fait? demanda Étienne, incapable de supporter plus longtemps le spectacle de son père pendu.

— Tu vas couper la corde. On n'est pas pour le laisser là, dit sa mère en tentant de raffermir sa voix.

— Il va tomber à terre…

— OK. Moi, je vais la couper. Toi, tu vas monter sur quelque chose et le retenir pour qu'il tombe pas à terre.

En quelques instants, Gabrielle avait suffisamment retrouvé son sang-froid pour relever l'échelle, l'appuyer contre le mur et l'escalader pour couper la corde avec le canif qu'Étienne traînait toujours dans l'une de ses poches. Son fils, debout sur une caisse de bois, attrapa son père et le déposa doucement sur le sol.

Durant un bref moment, la mère et le fils regardèrent l'homme étendu à leurs pieds. Lentement, le jeune homme se pencha sur son père et entreprit d'enlever la corde profondément enfoncée dans la chair de son cou.

— Il peut dire qu'il nous a mis dans des beaux draps, lui, reprit la veuve, pleine de rancune, en parlant de son mari. À cette heure, il faut s'arranger pour que le docteur Bélanger pose pas trop de questions quand il va venir le voir. Si jamais ça se savait que ton père s'est tué, on serait montrés du doigt par toute la paroisse. T'imagines la honte?

Son fils ne répondit rien, mais sentit monter en lui une haine profonde pour cette femme incapable de penser à quelqu'un d'autre qu'à elle-même. Avait-elle jamais aimé son père? Et lui, l'aimait-elle?

— Bon. Penses-tu être capable de le porter tout seul jusqu'à la maison?

— Oui, mais...

— Attends. Je m'en retourne à la maison et je vais regarder pour être sûre que personne peut te voir. Attends que je te fasse signe de venir.

Là-dessus, sans montrer plus d'émotion, Gabrielle sortit de la grange et se dirigea vers la maison en jetant des regards autour d'elle pour s'assurer qu'aucun voisin n'approchait sur la route. Arrivée sur la galerie, elle fit signe à Étienne de venir. Le bossu avait soulevé son père dans ses bras et, péniblement, s'était mis en marche à son tour vers la maison. Dès qu'il posa les pieds dans la cuisine, sa mère referma la porte derrière lui en lui disant:

— Va le porter sur le lit de la chambre en bas.

Le garçon s'empressa de lui obéir. À sa sortie de la pièce, sa mère l'attendait.

— Bon. Tu vas atteler et aller chercher le docteur Bélanger à Pierreville. J'espère juste qu'il soit là en plein jour de l'An. Dis-lui que ton père étouffe et que c'est urgent.

— Mais il est mort! protesta le jeune homme.

— Fais ce que je te dis ! cria Gabrielle, à bout de nerfs. Dis-lui rien de plus. Je vais m'occuper du reste.

— Voulez-vous que j'aille chercher la voisine ?

— J'ai pas besoin de personne, fit sa mère sur un ton cassant. Grouille ! Va chercher le docteur.

Étienne attela la *sleigh* et prit la route. Il parcourut le rang Sainte-Marie sur toute sa longueur, traversa le village de Saint-Jacques-de-la-Rive et se dirigea vers Pierreville. La chance le servit parce qu'il arriva chez les Bélanger au moment où le médecin, sa femme et son garçon s'apprêtaient à partir pour une réunion familiale.

— Ça aurait été trop beau d'avoir la paix une journée dans l'année, fit le médecin, toujours aussi bourru, après avoir écouté les explications du jeune cultivateur. Bon. Dis à ta mère que je vais passer voir ton père cet après-midi.

— Merci, docteur.

— Ce sera pas long. Le temps de laisser ma femme et mon garçon chez de la parenté à Saint-Gérard.

Étienne revint à la maison, le visage rougi par le vent glacial qui s'était mis à souffler. Il trouva sa mère assise dans sa chaise berçante, le visage inexpressif.

— Va voir ton père dans la chambre, lui jeta-t-elle d'un ton dur. Je l'ai un peu arrangé.

Le jeune homme enleva son manteau et ses bottes et pénétra dans la chambre du rez-de-chaussée d'un pas mal assuré. La pièce était plongée dans la pénombre à cause de la toile de la fenêtre à demi tirée. Son père était étendu sur le lit. Sa mère avait même réussi à lui fermer la bouche et les yeux et elle avait tiré sur lui une couverture jusqu'à sa poitrine. Elle était parvenue, il ignorait comment, à lui passer une chemise propre dont elle avait soigneusement attaché le bouton du col. Même ainsi, le pauvre homme conservait un air tourmenté que la mort n'avait pu effacer.

Étienne était bouleversé à la pensée de son père qui avait choisi de se tuer un jour de l'An, le jour où la plupart des gens s'amusaient et retrouvaient avec joie tous ceux qu'ils aimaient. Il était mort seul, comme un chien. Aucun des siens n'avait compris à quel point il était malheureux.

— Et le docteur ? fit sa mère qui était entrée dans la chambre derrière lui, sans qu'il l'entende.

— Il s'en vient.

— Tu me laisseras parler.

Son fils sortit de la pièce d'un pas lourd. Il évita soigneusement d'aller s'asseoir dans la chaise berçante de son père et choisit une chaise au bout de la table.

Quelques minutes plus tard, la Chevrolet rouge vin du docteur Bélanger vint s'arrêter près de la maison et le praticien, armé de sa trousse, frappa à la porte. Ce moment rappela au bossu l'amer souvenir du décès de sa sœur. Gabrielle alla lui ouvrir. Le médecin ne se donna pas la peine de formuler des vœux de bonne année. Il se contenta d'un bref salut de la tête adressé autant à la femme qu'à son fils qui s'était levé à son entrée dans la maison. Sans dire un mot, il enleva son épais manteau noir et son chapeau avant de demander :

— C'est votre mari qui est malade ? Où est-ce qu'il est ?

— Je pense qu'il est trop tard, docteur, répondit Gabrielle.

— Comment ça, trop tard ?

— Mon mari est tout bleu et il bouge plus. Venez voir.

Conrad Bélanger s'empara de sa trousse qu'il avait déposée sur la table, le temps de retirer son paletot, et entra dans la chambre à coucher derrière la femme. Il fit rapidement le tour du lit pour s'approcher de l'homme qui y était étendu.

— Levez-moi cette toile-là, jeta-t-il avec brusquerie à Gabrielle. On voit presque rien ici.

Gabrielle leva la toile avec une certaine réticence et le soleil inonda la pièce.

— Vous pouvez sortir. Je vous appellerai quand j'en aurai fini.

La femme de Germain Fournier quitta la chambre. Elle n'eut pas à attendre longtemps. À peine cinq minutes plus tard, le médecin bougon sortit de la pièce en affichant un air peu commode.

— Bon. Qu'est-ce qui est arrivé au juste à votre mari? demanda-t-il sèchement à Gabrielle qui l'attendait debout, devant l'une des fenêtres de la cuisine.

— Je le sais pas.

— Prenez-moi pas pour une valise, madame! Pour être mort, il est bien mort. Mais vous devez bien avoir une petite idée sur la façon que ça lui est arrivé, non? Votre garçon m'a dit que son père étouffait et que c'était pour ça que vous m'avez envoyé chercher.

— C'est vrai. Il étouffait, mentit Gabrielle avec aplomb.

— Pour étouffer, il a étouffé, répliqua Conrad Bélanger d'un air mauvais. Dites donc; vous me prenez pour un fou? Pensez-vous que ça paraît pas que cet homme-là est mort étranglé? demanda le praticien en enflant la voix. Vous êtes-vous imaginé que je verrais pas la marque autour du cou que vous avez essayé de cacher en boutonnant son collet de chemise?

Pour la première fois depuis l'arrivée du médecin, Gabrielle sembla perdre d'un seul coup toute son assurance. Son visage pâlit et elle se laissa tomber sur la chaise qui était près d'elle.

— L'avez-vous tué? demanda Conrad Bélanger en scrutant son visage.

— Bien non, docteur, se défendit la femme avec véhémence. Il s'est pendu. Parle, Étienne. Explique au docteur ce qui est arrivé à ton père, ordonna-t-elle d'une voix tremblante en se tournant vers son fils qui n'avait encore rien dit.

Le médecin, les bras croisés, attendit que le jeune homme ouvre la bouche. Étienne lui raconta comment il avait trouvé son père pendu dans l'entrée de la grange.

— Pourquoi tu l'as pas laissé là en attendant que j'arrive ?

— C'est mon père, plaida Étienne, bouleversé. J'étais tout de même pas pour le laisser là comme un animal. Je l'ai ramené à la maison et je suis allé vous chercher.

— As-tu une idée pourquoi il a fait ça ?

— Depuis la mort de ma sœur, il faisait plus rien. Il restait assis à côté du poêle et il parlait plus à personne.

— Je peux pas signer un permis d'inhumation pour ton père. Tu comprends ça ? Je dois avertir la Police provinciale. Vous avez le téléphone ?

— Non.

— Bon. Je vais laisser un constat de décès avant de partir. Je m'en vais chez de la parenté à Saint-Gérard. De là, j'appellerai la police. Ils vont envoyer quelqu'un. Ça devrait pas être long.

— Et pour le corps de mon mari ? demanda Gabrielle.

— Dans le constat, j'explique que tout porte à croire que votre mari s'est suicidé. Normalement, les policiers ne devraient pas exiger une autopsie et se fier à ce que je leur écris. Ils vont vous interroger et vous leur donnerez toutes les précisions nécessaires. Montrez-leur tout ce qu'ils voudront voir. Je pense qu'ils vont vous donner la permission de faire venir l'entrepreneur de pompes funèbres. Vous pourrez ensuite prendre des arrangements avec votre curé.

Sur ce, Conrad Bélanger sortit un formulaire de sa trousse et s'assit à la table de cuisine pour le remplir. Dans la pièce, on n'entendait que le grattement de sa plume sur la feuille de papier. Quand il eut fini, le médecin laissa le formulaire sur la table. Étienne se leva et lui tendit son manteau qu'il endossa.

— Sois courageux, mon garçon, dit-il au jeune homme en lui posant la main sur l'épaule. C'est un dur moment à passer, mais le temps va arranger les choses… Mes condoléances, madame, dit-il froidement à Gabrielle pour qui il ne semblait pas éprouver beaucoup de sympathie.

Elle se contenta de hocher la tête et le regarda par la fenêtre monter à bord de sa voiture un moment plus tard.

— Maudit air bête! dit-elle à mi-voix. J'espère que son rapport nous causera pas trop de troubles.

Un peu avant trois heures, une voiture de la Police provinciale pénétra dans la cour des Fournier. Deux policiers en descendirent et vinrent frapper à la porte. Après s'être présentés, les deux hommes allèrent examiner sommairement le corps dans la chambre à coucher et lurent le constat de décès dressé par le médecin. Ensuite, ils demandèrent à aller jeter un coup d'œil dans la grange en compagnie de Gabrielle et de son fils. De retour à la maison quelques minutes plus tard, ils interrogèrent la mère et le fils sur les circonstances ayant entouré le décès de Germain Fournier. Les réponses obtenues semblèrent les satisfaire.

— C'est bien triste une affaire de même, surtout en plein jour de l'An, dit le plus âgé des deux.

Gabrielle, qui affichait une mine éplorée depuis leur arrivée, se contenta de hocher la tête en s'essuyant les yeux. Son fils rageait de la voir jouer une telle comédie. Les policiers se consultèrent durant quelques instants à voix basse, debout dans un coin de la cuisine. Finalement, l'un d'eux ajouta une note sur le constat de décès laissé par le docteur Bélanger et signa le document avant de le tendre à la veuve.

— Nos sympathies, madame. Tout est en ordre. Vous pouvez faire tous les arrangements nécessaires pour votre mari.

Après avoir serré les mains de Gabrielle et d'Étienne, les deux hommes quittèrent promptement la maison. Déjà la nuit tombait. La mère et le fils virent les policiers s'engouffrer dans leur voiture et prendre la direction du village. Gabrielle alla fermer la porte de la chambre à coucher où le corps de son mari reposait et alluma une lampe à huile.

— Tu vas aller avertir monsieur le curé et Desfossés.

— Ça va attendre après le train, fit Étienne, se préparant à sortir pour aller soigner les animaux.

Sa mère n'ajouta rien. Elle se contenta d'aller tisonner le bois dans le poêle avant d'y jeter une nouvelle bûche.

Lorsque le jeune homme revint de l'étable un peu après six heures, sa mère l'attendait près de la table de cuisine où le couvert avait été mis.

— C'est prêt, se contenta-t-elle de lui dire.

— J'ai pas faim. Le cheval est déjà attelé. Je me change et je m'en vais au presbytère, fit Étienne en se dirigeant vers l'escalier qui menait à l'étage.

Pour la première fois, il avait consciemment évité de regarder sa mère en lui répondant.

Lorsqu'il descendit quelques minutes plus tard, il trouva sa mère attablée.

— Va pas dire à…

— Laissez faire, m'man, l'interrompit avec impatience le jeune homme. Je trouve qu'on a assez conté de menteries comme ça.

Sur ce, il endossa son manteau et sortit. Peu après, Gabrielle entendit les grelots de l'attelage qui passait près de la maison.

À son arrivée devant le presbytère, Étienne se retrouva devant un bâtiment plongé dans l'obscurité. N'eût été la fumée qui sortait de la cheminée, il aurait pu croire l'édifice inhabité. Le jeune cultivateur descendit de la *sleigh* et couvrit sa bête d'une épaisse couverture avant de se diriger vers l'escalier. Il dut sonner à plusieurs reprises avant qu'un quelconque signe de vie se manifeste.

La porte finit par s'ouvrir sur l'abbé Leroux tenant une lampe à huile à la main.

— Qu'est-ce qui se passe ? demanda le vicaire sur un ton peu amène sans inviter Étienne à entrer malgré le froid polaire qui régnait à l'extérieur.

— Je voudrais voir monsieur le curé, dit le jeune homme.

— Il est pas là. Il sera pas revenu avant la fin de la soirée, répondit l'abbé Leroux en s'apprêtant déjà à refermer la porte.

— Ben, s'il est pas là, je pense que vous ferez aussi ben l'affaire.

— Bon. Entre. On est en train de faire geler tout le presbytère, fit le prêtre en laissant passer le jeune paroissien devant lui.

Étienne entra et enleva ses bottes avant de suivre le jeune prêtre dans le petit bureau attenant à la salle d'attente. Hervé Leroux déposa sa lampe sur une table. Étrangement, il se rappelait que le bossu était venu au presbytère le mois précédent pour des funérailles, mais il ne parvenait pas à identifier l'objet de cette visite.

— Bon. Je suppose que ça doit être important pour venir au presbytère un soir de jour de l'An, dit-il à son visiteur sans penser à lui offrir un siège.

— Mon père est mort cet après-midi et je suis venu pour les funérailles, dit Étienne, la gorge serrée.

— C'est qui, ton père ?

— Germain Fournier, du rang Sainte-Marie.

Brusquement, la mémoire revint à l'abbé Leroux. Il était allé prier au corps d'une jeune fille chez les Fournier.

— C'est pas chez toi qu'il y a eu de la mortalité au mois de décembre ?

— Oui. Ma sœur est morte.

— Ton père était malade ?

Le visage d'Étienne refléta une telle gêne que le vicaire aurait dû se douter de quelque chose. Mais le prêtre mit cela sur le compte de la peine de son visiteur et se borna à lui offrir ses sympathies. Il prit ensuite les renseignements dont il avait besoin pour les registres paroissiaux.

— On est jeudi. On pourrait chanter le service à neuf heures, samedi matin, sinon il faudrait attendre lundi avant-midi. Est-ce que tu penses que ta mère va être d'accord pour après-demain ?

— Je pense que oui, monsieur l'abbé, dit Étienne en se levant, prêt à partir. À cette heure, je dois aller à Pierreville voir Desfossés.

— Comment ! C'est pas encore fait ? demanda Hervé Leroux, étonné. Pourquoi ta mère s'est pas contentée de lui téléphoner ?

— On n'a pas le téléphone, monsieur l'abbé.

Pendant un court moment, le vicaire hésita avant de proposer au jeune homme d'appeler l'entrepreneur de pompes funèbres en utilisant le téléphone du presbytère.

— C'est pas nécessaire que tu ailles courir à Pierreville. Téléphone-lui d'ici. Demande à la téléphoniste le numéro de Desfossés ; elle va te le donner.

Sur ce, Hervé Leroux conduisit Étienne jusqu'au téléphone installé au bout du couloir et s'esquiva dans le salon, le temps que le jeune homme fasse son appel.

⌒

Normand Desfossés fit son apparition chez les Fournier un peu après huit heures à bord de sa longue voiture noire facilement identifiable. L'homme âgé d'une cinquantaine d'années était encore en compagnie de l'un de ses fils, qui travaillait dans l'entreprise familiale. Durant une heure, les deux hommes s'enfermèrent dans la chambre à coucher après avoir demandé à la veuve de leur préparer les vêtements qu'elle voulait voir porter par son mari défunt. Finalement, les deux hommes sortirent deux tréteaux de leur voiture et les installèrent dans le salon, à l'endroit même où ils les avaient placés pour Berthe, quelques semaines auparavant. Ils entrèrent ensuite dans la chambre en portant un simple cercueil en pin. Ils prirent la précaution de refermer la porte derrière eux avant de déposer le corps de Germain dans la bière.

Quand ils ouvrirent la porte, ils trouvèrent Gabrielle et Étienne, silencieux, debout au centre de la cuisine. Ils soulevèrent le cercueil et allèrent le déposer sur les tréteaux, dans le salon.

Les deux hommes avaient sûrement remarqué la figure violacée et les marques suspectes sur le cou du défunt en faisant sa toilette, mais ils n'y firent aucune allusion. Normand Desfossés, le père, se contenta d'attendre que Gabrielle et son fils s'approchent du corps et prennent le temps de l'examiner.

— On a fait ce qu'on a pu, dit-il d'une voix neutre, en désignant la figure du mort. Peut-être aimeriez-vous que l'exposition se fasse cercueil fermé ?

Étienne sentit que sa mère allait y consentir, mais il s'y opposa vivement.

— Non. On veut le voir, dit-il sur un ton sans réplique.

Elle ne va tout de même pas s'en tirer comme ça, pensa-t-il, plein de rancune. Pour lui, il n'y avait aucun doute : sa mère était en grande partie responsable du drame que la famille vivait. Elle n'avait rien fait pour aider son père à surmonter sa peine. Elle l'avait abandonné au moment où il avait le plus besoin d'elle. Cela, il était aussi incapable de le lui pardonner que le fait qu'elle ait souhaité sa mort plutôt que celle de Berthe. Elle aurait deux nuits et une journée entière pour voir le résultat de ce qu'elle avait fait. Le cercueil fermé lui aurait rendu la chose trop facile.

Gabrielle tourna les yeux vers son fils, mais le visage dur qu'elle vit l'incita à ne pas contrarier sa volonté. L'entrepreneur de pompes funèbres se contenta d'un mouvement de la tête et, au moment de prendre congé, il fut entendu qu'il reviendrait le lendemain soir avec son fils pour s'assurer du bon état de conservation du défunt.

Après leur départ, Étienne n'eut même pas un regard pour sa mère. Il alla chercher deux vieilles lampes à huile à l'étage, les alluma et les disposa de part et d'autre du cercueil dans lequel son père reposait. Ensuite, il alla fixer à la porte d'entrée le large ruban noir signalant la présence d'un mort dans la maison.

Jean Tremblay aperçut le long véhicule noir sortir de la cour des Fournier au moment où il repartait de chez lui. Le jeune homme était allé chercher son harmonica à la maison pour se joindre aux cousins musiciens qui avaient entrepris de faire danser les invités chez son oncle Gérald.

En cette soirée du jour de l'An, la maison de Gérald Tremblay était remplie de convives. Deux frères de Thérèse avaient répondu à l'invitation de Cécile et étaient venus avec quelques-uns de leurs enfants et de leurs petits-enfants. Céline, Claire et Françoise avaient beaucoup aidé la maîtresse de maison à préparer le souper qui avait été servi sur la grande table de la cuisine.

— On fera deux ou trois tablées, avait décidé Cécile après avoir consulté sa belle-mère. Ce sera mieux que d'installer une table dans la cuisine d'été où les hommes ont passé l'après-midi à fumer.

Un peu avant la dernière tablée, deux surprises survinrent à quelques minutes d'intervalle.

Tout d'abord, Jeannine Tremblay, l'institutrice célibataire de la famille, arriva de Sorel au bras d'un petit homme un peu grassouillet qu'elle présenta sous le nom de Jean-Marie Soucy. L'homme à la calvitie avancée était huissier au palais de justice de Sorel et organisateur de l'Union nationale dans le comté de Yamaska. Jeannine ne le quittait pas des yeux et tout son comportement semblait indiquer qu'elle était amoureuse de l'homme souriant et volubile qu'elle avait emmené à cette rencontre familiale.

— Vous dérangez pas ; on a déjà soupé, dit la femme mince et énergique en enlevant son manteau. On était invités à souper chez la mère de Jean-Marie. On est juste venus veiller avec vous autres.

— Dis-moi pas que la belle-sœur va trouver à se caser ? fit Céline à voix basse à l'oreille de Cécile.

— J'aimerais bien qu'Aline en fasse autant, murmura celle-ci en désignant de la tête l'autre sœur de Clément qui vivait avec eux depuis qu'ils avaient emménagé dans la maison de sa belle-mère.

Pour le moment, la jeune femme de trente et un ans était occupée à passer du sucre à la crème aux invités qui venaient de terminer leur dessert.

— Tu perdrais une belle aide si elle partait, lui fit remarquer Céline.

— C'est vrai, reconnut Cécile. J'aime bien Aline. Je disais pas ça parce que j'ai hâte de m'en débarrasser. Mais il me semble qu'elle serait plus heureuse mariée avec des enfants.

Soucy ne demeura pas longtemps avec les femmes dans la cuisine d'hiver. Il finit par se joindre aux hommes dans la pièce voisine et fut immédiatement à l'aise parmi les parents de son amie, d'autant plus qu'on y parlait politique, un sujet qu'il aimait particulièrement.

Cécile et les autres femmes venaient à peine de servir leur dessert aux enfants assis autour de la table que la porte de la cuisine s'ouvrit sur Lionel et Louis. Les sons de l'accordéon de l'oncle Armand et de l'harmonica de Jean empêchèrent les gens installés dans le salon de les entendre entrer. Dans la cuisine, après un bref moment de stupéfaction, ce fut une explosion de joie. Céline serra contre elle son fils qu'elle n'avait pas vu depuis la veille de Noël. Lionel embrassa sa mère avant d'embrasser les parentes qui s'étaient approchées pour souhaiter aux nouveaux arrivés la bonne année.

— J'espère qu'on n'arrive pas trop tard pour souper? demanda Lionel en riant.

— Il en reste pour vous autres, inquiétez-vous pas, dit Cécile en embrassant sur la joue son beau-frère et son neveu.

Les cris des femmes attirèrent Clément et Gérald dans la cuisine. Les deux hommes pâlirent en apercevant les deux visiteurs en train de retirer leur manteau.

— Qu'est-ce que vous faites là, vous deux? demanda Clément à mi-voix à son jeune frère et à son fils.

— Des plans pour vous faire pogner par les MP, ajouta Gérald sur le même ton.

— Il y a pas de danger à soir, plaida Lionel. Tu me feras pas croire qu'ils patrouillent en plein soir de jour de l'An, batèche! Ça fait qu'on a décidé de venir fêter avec vous autres. Aie pas peur; on s'incrustera pas. À la fin de la soirée, on va disparaître aussi vite qu'on est arrivés.

— Pis moi, je voulais avoir ma bénédiction, ajouta Louis à l'intention de son père.

Clément, un peu dépassé par la tournure des événements, regarda autour de lui.

— Viens, dit-il à Louis. Je vais te bénir dans la chambre à côté.

Le père, suivi du fils, prit la direction de la chambre où les manteaux des invités avaient été jetés pêle-mêle sur le lit. Après la bénédiction paternelle, Clément mit tout de même son fils en garde.

— C'est dangereux, ce que vous avez fait là. Il y a pas juste de la parenté dans la maison. La cousine Clémence est venue avec son nouveau cavalier et ta tante Jeannine est là avec un organisateur d'élections. Avertis ton oncle Lionel de faire ben attention à ce qu'il va dire au cas où…

Louis fit signe qu'il avait compris et, en compagnie de son oncle Lionel, il se joignit aux hommes assis dans la cuisine d'été pendant que sa mère et sa tante Cécile faisaient réchauffer la tourtière et le ragoût qui leur seraient servis. Même si la plupart des gens présents étaient au courant de la situation illégale dans laquelle vivaient les deux jeunes hommes, personne n'y fit la moindre allusion durant le repas et la soirée.

Vers onze heures, les premiers invités commencèrent à s'habiller pour rentrer chez eux. Les hommes, sortis pour atteler les chevaux, rentrèrent dans la maison en posant les mains sur leurs oreilles rougies par le froid. Après de longs remerciements, la parenté partit, non sans avoir promis de se revoir avant la fin de l'hiver.

Lionel et Louis, heureux d'avoir célébré avec leur famille, attendirent le départ de la plupart des invités avant de se glisser à l'arrière de la résidence et de prendre le chemin du boisé où ils allaient retrouver la cabane à sucre glaciale où ils dormiraient.

Clément Tremblay et sa famille furent les derniers à quitter les lieux, après avoir aidé Gérald et les siens à remettre un peu d'ordre dans la maison. Toute la famille s'entassa dans la Ford avec plaisir, même si la distance à parcourir n'était que de quelques arpents. Il faisait si froid...

— Avec un temps pareil, ils vont bien attraper leur coup de mort dans la cabane, dit Céline au moment où la vieille voiture s'engageait sur la route.

— Inquiète-toi donc pas, fit Clément. La cabane va se réchauffer vite une fois qu'ils auront allumé la fournaise. On pourra pas en dire autant quand on va entrer chez nous. Le poêle est éteint depuis longtemps. Tu vas voir qu'on va avoir affaire à se serrer en dessous des couvertes.

Céline donna un coup de coude discret à son mari pour lui signifier de faire attention à ce qu'il disait en présence de Françoise et de Jean, assis sur la banquette arrière.

— Comment ça se fait que la Ford soit partie avec un froid pareil? demanda Françoise.

— J'ai pas pris de chance. Je l'ai entrée dans la grange de ton oncle pour la mettre à l'abri du vent, lui expliqua son père.

Il y eut un bref moment de silence dans la voiture avant que Jean ne dise:

— Vous me faites penser. Quand je suis venu chercher ma musique à bouche avant le souper, j'ai vu le corbillard de Desfossés chez les Fournier.

— Qu'est-ce que tu racontes là? lui demanda sa mère, incrédule. Qu'est-ce que Desfossés pourrait bien faire chez les Fournier en plein jour de l'An?

— Je le sais pas, m'man, mais je suis certain que c'était lui. Il est passé à côté de moi en sortant de leur cour.

— Ça a pas d'allure, cette histoire-là, intervint Clément, aussi incrédule que sa femme. Qui peut ben être mort? Ils viennent de perdre leur fille...

— À moins qu'ils aient dû de l'argent à Desfossés pour Berthe, reprit Céline. Mais ce serait bizarre pareil qu'il choisisse le jour de l'An pour venir se faire payer.

Les Tremblay, passant au moment même devant la petite maison grise des Fournier, tournèrent la tête juste à temps pour apercevoir un maigre éclairage qui filtrait entre les rideaux mal tirés du salon.

— En tout cas, il y a encore quelqu'un debout chez les voisins. Il y a de la lumière dans le salon, dit Céline, taraudée par la curiosité. C'est pas courant.

— Ils ont le droit, eux autres aussi, de fêter le jour de l'An, conclut Clément en tournant dans sa cour et en arrêtant son véhicule près de la galerie pour laisser descendre ses passagers.

À ce moment précis, Étienne était seul dans le salon, assis près du corps de son père. Sa mère était venue prier un long moment en silence avant de dire :

— Tu ferais peut-être mieux de monter te coucher. Je vais rester debout une couple d'heures. J'irai te réveiller quand je serai plus capable de garder les yeux ouverts.

— Vous pouvez aller vous coucher, m'man, je m'endors pas, s'était-il contenté de dire à sa mère sans même tourner la tête vers elle. Je vous réveillerai quand j'en pourrai plus.

Gabrielle était sortie du salon sans rien ajouter et s'était dirigée vers la chambre du rez-de-chaussée, dont elle avait pris soin de changer la literie quelques minutes plus tôt. Étienne avait entendu la porte de la pièce se refermer avec un intense soulagement.

Il était enfin seul avec son père. Il ne voulait pas le laisser en tête-à-tête avec sa mère, avec quelqu'un qui ne l'aimait plus depuis longtemps, si elle l'avait jamais aimé un jour... Il n'avait pas l'intention d'aller la réveiller avant l'heure du train. Il préférait somnoler sur la chaise berçante qu'il était allé chercher dans la cuisine.

Il se leva pour aller jeter des rondins dans le poêle et revint s'asseoir dans le salon. La maison n'était troublée que par le tic-tac de l'horloge de la cuisine. Il passa la nuit en compagnie du corps de son père, une nuit entrecoupée de courtes siestes involontaires dont il émergeait avec un sentiment de culpabilité. Sa mère n'apparut dans la cuisine qu'au moment où il se préparait à quitter la maison pour aller faire le train.

— T'aurais dû me réveiller, lui reprocha-t-elle sans trop de conviction.

— C'était pas nécessaire; je m'endormais pas, mentit-il avant de sortir, après avoir allumé le fanal.

L'air froid du petit matin lui fouetta le visage au moment où il posa le pied dehors. Il serra les mâchoires et fut secoué par un brusque frisson. Il était habité par un froid identique à celui qui venait de l'accueillir.

∼

Ce matin-là, le curé Ménard entra affamé dans la salle à manger du presbytère après avoir célébré sa messe de huit heures. Son vicaire déposa son bréviaire sur la table du salon et lui emboîta le pas. Après le bénédicité, les deux prêtres se servirent une bonne portion de l'omelette au lard qu'Amélie venait de déposer sur la table.

— Avez-vous passé une belle journée dans votre parenté hier, monsieur le curé? demanda l'abbé Leroux en faisant un effort d'amabilité.

En fait, le curé Ménard avait été absent très peu de temps. Il avait quitté Saint-Jacques-de-la-Rive après la messe du matin pour aller passer le jour de l'An dans sa famille à Saint-Bonaventure. Il était rentré un peu avant minuit.

— Une bien belle, dit Ludger Ménard avec un grand sourire de satisfaction. Ça fait du bien de revoir tous les siens et d'avoir de leurs nouvelles. Il y a rien eu de spécial hier?

— On a eu un décès dans la paroisse, monsieur le curé, dit le petit prêtre en tendant la main vers l'une des rôties déposées dans une assiette.

— Un décès? À qui êtes-vous allé donner l'extrême-onction, l'abbé? demanda le gros curé, surpris, parce qu'à sa connaissance, il n'y avait personne de gravement malade dans sa paroisse.

— Je ne suis pas allé donner les derniers sacrements à personne, monsieur le curé. Il faut croire qu'il était trop tard pour qu'on me prévienne.

— Qui est mort?

— Germain Fournier, du rang Sainte-Marie, le père...

— Laissez faire, l'abbé, je connais Germain Fournier. Mais il était pas malade, cet homme-là!

— Ça a dû être une mort subite. Son garçon est venu me prévenir après le souper que son père venait de mourir et je lui ai dit qu'on pourrait chanter son service samedi matin.

— Je trouve ça bien étrange, cette mort-là, dit le curé Ménard, troublé. Comment ça se fait qu'on n'a pas entendu parler de rien? J'ai rencontré deux fois le docteur Bélanger la semaine passée et il m'a jamais dit que Germain Fournier était malade.

Les deux prêtres finirent leur repas en silence, plongés l'un et l'autre dans leurs pensées. Après le déjeuner, Ludger Ménard se dirigea vers son bureau dans l'intention de téléphoner au docteur Bélanger, à Pierreville.

— Je peux rien vous dire au téléphone, monsieur le curé, répondit l'autre d'une voix embarrassée. À votre place, j'irais rendre visite à la veuve.

— C'est ce que je vais faire cet avant-midi, lui promit le pasteur de Saint-Jacques-de-la-Rive, de plus en plus intrigué, avant de raccrocher.

Quelques minutes plus tard, la servante vit le curé Ménard endosser son manteau. Elle avait entendu des bribes de la conversation entre les deux prêtres durant le déjeuner et mourait d'envie de savoir ce qui pouvait être arrivé à Germain Fournier.

— J'espère que c'est bien important, votre sortie, monsieur le curé. Il fait froid sans bon sens dehors, ajouta-t-elle dans l'espoir que l'ecclésiastique laisse filtrer une information.

— Je prends mon auto, madame Provost. Je serai pas longtemps parti.

Sur ces mots, le curé Ménard sortit du presbytère et se dirigea vers le garage situé à l'arrière. Quelques instants après, la servante vit par la fenêtre la grosse Plymouth noire s'engager lentement sur le rang Sainte-Marie qui s'ouvrait en face de l'église.

~

Le véhicule du curé s'arrêta près de la maison des Fournier au moment même où Étienne y entrait, les bras chargés de bûches. Il s'empressa d'aller déposer son fardeau dans la grosse boîte à bois près du poêle avant d'accueillir le prêtre à qui sa mère venait d'ouvrir la porte.

— J'ai appris la mauvaise nouvelle seulement ce matin, dit le prêtre à la veuve et à son fils en retirant son chapeau. Je viens vous offrir les consolations de la prière.

— Merci, monsieur le curé, répondit Gabrielle, sans chaleur, en tendant la main pour lui prendre son manteau qu'il commençait à déboutonner.

Le visage fermé, la veuve déposa le vêtement sur le dos d'une chaise. Sans attendre une invitation, le pasteur se mit en marche en direction du salon, suivi de près par Étienne. Il s'arrêta à quelques pas du corps de Germain pour réciter à voix basse une courte prière à laquelle ses hôtes répondirent *amen* en se signant.

Ludger Ménard regarda longuement le visage de son paroissien décédé avant de demander:

— Il est mort de quoi, au juste?

— On sait pas trop, monsieur le curé, s'empressa de répondre Gabrielle en adressant un bref regard d'avertissement à son fils.

— Comment ça se fait que vous ayez pas demandé qu'il reçoive l'extrême-onction? reprit le prêtre, avec une trace de soupçon dans la voix.

— Ça s'est fait pas mal vite.

Il y eut un bref moment de silence.

— J'aimerais voir le certificat de décès laissé par le docteur Bélanger.

— Pourquoi, monsieur le curé? demanda Gabrielle d'une voix blanche. Je l'ai montré à l'entrepreneur de pompes funèbres; tout était correct.

— J'en doute pas, ma fille, mais je veux le voir quand même.

— Étienne, va donc chercher le papier sur mon bureau, dans ma chambre, commanda sèchement la veuve à son fils.

Le bossu quitta la pièce un bref moment pour y revenir avec le certificat qu'il tendit au prêtre. Ce dernier chaussa ses lunettes et s'approcha de l'une des deux fenêtres du salon pour le lire. Quand il replia la feuille de papier, son visage avait pris une expression terriblement sévère.

— C'est bien ce que je commençais à penser : ton mari s'est tué. Vous avez essayé de me le cacher tous les deux.

Gabrielle se contenta de hocher la tête tandis qu'Étienne déglutissait péniblement. La sévérité disparut alors comme par magie de la figure du prêtre et fut remplacée par une pitié pleine de bonté.

— Vous avez tous les deux toute ma sympathie, fit-il sur un ton beaucoup plus doux. Je me doute que ça doit pas être facile à vivre.

— Merci, monsieur le curé.

— Vous connaissez les lois de l'Église, pas vrai ? Vous savez qu'on pourra pas chanter son service à l'église parce qu'il s'est donné lui-même la mort.

La mère et le fils ne bronchèrent pas.

— Le pire est qu'on pourra pas, non plus, l'enterrer au cimetière.

— Mais on a un lot, plaida le jeune homme.

— Je le sais, convint le prêtre, mais la loi est claire. On peut pas enterrer dans un cimetière consacré le corps de la personne qui s'est elle-même retirée de l'Église en se tuant.

— Ben voyons donc, monsieur le curé. C'est mon père.

— Je comprends que c'est ton père et que tu l'aimais, mais là, je peux rien faire. Il s'est mis lui-même hors de l'Église. Il faut que tu comprennes qu'il a commis le pire péché : celui de prendre la place de Dieu en s'enlevant lui-même la vie.

Le visage de Gabrielle demeura impénétrable. Elle savait tout cela et c'était la raison pour laquelle elle avait tenté de camoufler le suicide de son mari depuis le début. Le prêtre se tut un long moment, bouleversé par les larmes qui coulaient sur le visage du fils qui s'était tourné vers le corps de son père reposant dans son humble cercueil en pin.

— Qu'est-ce qu'on va faire, monsieur le curé? demanda finalement Étienne après s'être passé la main sur les joues pour essuyer ses larmes.

— Je vais venir prier pour le repos de son âme ce soir et demain.

— Oui, mais après? Qu'est-ce qu'on va faire de mon père?

Durant quelques instants, le curé Ménard sembla hésiter devant une solution qui lui coûtait.

— Écoute, mon garçon. Je vais faire quelque chose que j'ai pas le droit de faire. Si mon évêque savait ça, je me ferais taper sur les doigts. Il y aura pas de service chanté à l'église pour ton père, mais je vais permettre à Desfossés de déposer le cercueil dans le charnier du cimetière. On le gardera là jusqu'au printemps.

— Ensuite? demanda sèchement Gabrielle.

— Ensuite, je vais essayer de convaincre la fabrique de vous vendre un petit lot juste de l'autre côté de la clôture du cimetière, au fond. De cette façon-là, il sera pas enterré en terre consacrée, mais il sera vraiment pas loin.

— Merci, monsieur le curé, dit Étienne, reconnaissant.

— Maintenant, j'aimerais dire quelques mots à ta mère, fit le prêtre.

Étienne sortit du salon sur un signe de tête.

— Je me doute à quel point ce nouveau deuil est dur pour toi, dit le prêtre à voix basse, mais Dieu éprouve que ceux qu'il aime.

— Il doit bien gros m'aimer, monsieur le curé, dit Gabrielle sur un ton sarcastique. Il m'aime comme ça depuis que je suis au monde.

— Il t'a donné aussi les forces nécessaires pour passer à travers cette épreuve, comme il te les a données pour accepter la mort de ta fille.

— Mais j'ai pas accepté la mort de ma fille, monsieur le curé, se révolta Gabrielle. Elle était tout ce que j'avais. Dieu avait pas le droit de venir la chercher.

— Tu blasphèmes, ma fille, fit le curé Ménard, sévère. Reprends-toi !

— Mon mari a décidé de se tuer comme un lâche, sans s'occuper de ce qui nous arriverait après. Ça, je le lui pardonnerai jamais, dit la veuve, vindicative, les dents serrées.

— Tu devrais pas rester toute seule à un moment pareil, déclara le prêtre, secoué par la violence de la révolte qu'il sentait chez sa paroissienne. T'as pas de parenté qui pourrait venir t'aider ?

— Non. J'ai personne.

— Tes voisins, d'abord. Si je me souviens bien, ils sont venus nombreux quand ta fille est partie.

— Je veux pas les voir ici pour aller ensuite placoter partout sur notre compte.

— De toute façon, tu te doutes bien que tu pourras pas tenir la vérité cachée bien longtemps. Tu pourras pas empêcher les gens de savoir, surtout quand ils vont se rendre compte qu'il y a pas de service à l'église.

— J'aime mieux rester toute seule.

— Et ton garçon ? Tu dois t'oublier pour aider ton garçon à surmonter sa peine et à passer à travers cette épreuve-là. C'est le rôle d'une mère.

— Mon garçon est bien assez vieux pour se débrouiller tout seul, dit Gabrielle en se levant pour signifier que cet entretien avait assez duré.

— Si ça te fait rien, je vais dire quelques mots à ton garçon avant de partir. Je reviendrai ce soir pour prier pour le salut de l'âme de ton mari.

La veuve se rassit sans adresser au prêtre le moindre mot de remerciement pour ses paroles de réconfort. Le curé Ménard pénétra dans la cuisine où il trouva Étienne, assis à la table, la tête posée sur ses bras, les yeux fermés. L'entrée du prêtre le fit sursauter.

— Reste assis, lui dit le curé Ménard en prenant place à côté de lui. T'as l'air au bout de ton rouleau. Je suppose que vous avez passé la nuit à veiller le corps de ton père.

Le jeune homme acquiesça.

— Je pense que ta mère va avoir besoin de ton aide pour surmonter son deuil. Ça va être difficile pour elle parce qu'elle refuse l'aide des autres.

— Je vais faire ce que je peux, monsieur le curé, promit Étienne.

— En tout cas, toi, tu dois pas rester isolé, coupé des gens qui vivent autour de toi. On vit en groupe pour pouvoir compter les uns sur les autres quand il arrive des coups durs. Tu comprends ça?

— Oui.

— Ton père et ta mère auraient peut-être connu une vie bien différente s'ils avaient fait confiance aux autres.

— J'ai pas d'amis, avoua le jeune homme à voix basse.

— Si t'as personne à qui te confier, viens me voir au presbytère. Ma porte est toujours ouverte.

— Merci, monsieur le curé.

Peu après, le curé Ménard quitta la maison. Sans un mot, Étienne monta à l'étage pour dormir quelques heures. Le hasard voulut que Françoise voie la Plymouth noire quitter la cour des voisins au moment où elle sortait du poulailler.

— M'man, dit-elle en rentrant dans la maison, je viens de voir monsieur le curé sortir de chez les Fournier.

— Il se passe quelque chose chez les voisins et je voudrais bien savoir quoi, fit Céline Tremblay en train de préparer le dîner.

Quand Étienne se leva un peu avant deux heures, il trouva sa mère assise près de l'entrée du salon, la tête tournée vers la fenêtre, comme si elle attendait l'arrivée de quelqu'un. Affamé, il alla couper deux épaisses tranches de jambon qu'il déposa sur du pain. Il mangea debout, en vitesse. Rassasié, il alla faire une courte prière devant le corps de son père avant d'endosser son épais manteau brun. Sa mère le regarda sortir sans lui adresser la parole.

À l'extérieur, le ciel était sans nuages. Le vent du nord qui avait soufflé toute la matinée était tombé. Le froid était très supportable et la neige crissait sous les bottes.

Étienne avait besoin de se retrouver seul, de réfléchir à ce qu'il allait faire après le départ de son père, le lendemain. Il se mit à arpenter la section du rang Sainte-Marie entre sa maison et celle de Clément Tremblay, son voisin immédiat.

Françoise aperçut le bossu de la fenêtre de sa chambre. Elle descendit au rez-de-chaussée et entreprit d'endosser son manteau.

— Où est-ce que tu vas ? lui demanda sa mère en levant la tête de son tricot.

— Je viens de voir le voisin en train de marcher sur le chemin comme une âme en peine. Je vais aller lui parler. On va finir par savoir ce qui leur arrive.

— Si ton père était ici, il te dirait de te mêler de tes affaires, lui fit remarquer Céline, aussi curieuse que sa fille.

— Oui, mais il est dans le bois et si on s'informe pas, on saura jamais rien.

— Vas-y, mais reste pas dehors trop longtemps. Pense à ce que le monde va dire si on te voit en train de jaser avec un homme sur le bord du chemin. Je te l'ai déjà dit le mois passé quand t'es allée lui parler après la mort de sa sœur.

— Voyons, m'man, protesta Françoise. Vous savez de quoi le voisin a l'air...

— Même s'il est un peu bossu, c'est un homme, la réprimanda Céline.

La jeune fille sortit de la maison et alla à la rencontre d'Étienne qui marchait sur la route, l'air absent. Il ne l'avait pas entendue venir et sursauta lorsqu'elle s'adressa à lui.

— Bonjour, Étienne. Tu choisis pas la journée la plus chaude pour te promener sur la route, on dirait, dit-elle sur un ton léger.

— Bonjour, répondit-il en lui adressant un sourire contraint. C'est pas chaud, mais ça fait du bien de marcher un peu.

— J'ai cru voir le char du curé Ménard chez vous ce matin. J'espère qu'il y a personne de malade...

— Non, il y a personne de malade. C'est mon père...

— Qu'est-ce qu'il a, ton père ?

— Il est mort hier matin, dit difficilement Étienne.

— Pauvre toi ! s'exclama Françoise, pleine de compassion en posant la main sur le bras du jeune homme. Je savais pas que ton père était malade. Il était pas si vieux que ça. Il avait l'air d'avoir à peu près l'âge de mon père.

— Il était pas malade, parvint à chuchoter Étienne, les yeux pleins d'eau.

— Pas malade ? demanda la voisine, surprise.

— Non. Il s'est pendu dans l'entrée de la grange, avoua le garçon.

En entendant cela, la jeune fille pâlit et resserra son étreinte sur le bras d'Étienne. On aurait dit que cet aveu à une étrangère avait ouvert un barrage. Durant plusieurs minutes, le garçon raconta tout ce qui lui était arrivé depuis la découverte du corps de son père, la veille. Françoise se contenta de l'écouter sans l'interrompre, comprenant instinctivement qu'elle était la première personne à qui il osait dire ce qu'il avait vécu.

— Est-ce que ça te tente pas de venir boire quelque chose de chaud à la maison ? lui proposa-t-elle finalement.

— Merci, mais il faut que je retourne chez nous. C'est presque l'heure du train.

— Est-ce que tu penses que ta mère accepterait qu'on aille prier au corps ce soir, après le souper ?

— Venez si vous voulez. C'est le dernier soir où mon père va être exposé. Si ça fait pas l'affaire de ma mère, ça va faire la mienne.

— On va venir, assura Françoise avant de le quitter.

La jeune fille rentra rapidement chez elle pour apprendre aux siens le drame vécu chez les Fournier. Après avoir surmonté sa stupéfaction, Céline téléphona à sa belle-sœur Cécile et à son père pour leur apprendre la nouvelle. Il fut entendu qu'on se rassemblerait chez les Fournier au début de la soirée pour aller prier.

~

À son retour à la maison, Étienne alla chercher du bois de chauffage. Il se versa ensuite une tasse de thé pour se réchauffer avant d'aller soigner les animaux.

— Qu'est-ce que t'avais tant à dire à la petite Tremblay ? lui demanda sa mère sur un ton soupçonneux à son retour à la maison.

— Elle m'a demandé si on avait de la maladie dans la famille. Les Tremblay ont vu monsieur le curé partir d'ici.

— Toujours aussi fouineux, eux autres. Puis ?

— Je lui ai dit la vérité. Je lui ai dit que p'pa était mort.

— Tu lui as pas raconté qu'il s'est pendu, j'espère? dit durement Gabrielle.

— Oui. Je lui ai dit la vérité. De toute façon, tout le monde va le savoir dans la paroisse demain quand on va l'amener au cimetière sans service à l'église. Les gens sont pas fous, m'man.

— Il manquait plus que ça! s'exclama la veuve, en portant instinctivement la main à sa gorge.

— Les Tremblay vont venir après le souper, annonça le fils, sans hausser la voix.

Sa mère eut une grimace de déplaisir, puis ses traits se détendirent.

— Après tout, si ça leur fait plaisir… Toute la paroisse peut venir, ça me dérange plus. Ça va être la dernière fois que je vais voir leurs faces hypocrites. La semaine prochaine, je vends la terre.

— Comment ça, vous vendez la terre?

— Tu penses tout de même pas que je vais rester ici après ce qui vient d'arriver. Tout le monde va parler dans notre dos. J'ai pas l'intention d'être appelée la veuve du pendu toute ma vie.

— Et moi? Qu'est-ce que je deviens dans tout ça?

— Toi, tu vas avoir vingt et un ans dans trois mois. T'es bien assez vieux pour te débrouiller. Tu te chercheras une *job* où tu voudras. Moi, je pense que je vais me trouver une place pour vivre à Nicolet ou à Sorel. Je veux plus jamais entendre parler de Saint-Jacques.

Soudain, Étienne réalisa que son rêve d'aller vivre à Montréal et d'y exercer le métier d'ébéniste ne l'intéressait plus. Si la mort de Berthe l'avait encouragé à réaliser son souhait, celle de son père avait tout changé. Il ne voulait plus se retrouver seul dans une grande ville. Et c'était bien ce qui l'attendait! Sa mère avait déjà planifié de vendre la terre et d'aller vivre seule quelque part, sans aucune attache.

Ce soir-là, la maison des Fournier se remplit de visiteurs dès sept heures. Lorsque le curé Ménard arriva pour prier au corps, il fut surpris de constater la présence de tant de voisins, malgré les réticences évidentes de la veuve. Cette dernière, debout près du cercueil de son défunt mari, acceptait les condoléances de chacun en présentant un visage inexpressif. Le contraste était frappant entre sa figure et celle ravagée de son fils, debout à côté d'elle.

Lorsque le dernier visiteur eut quitté la maison à la fin de la soirée, Étienne tira une chaise berçante dans le salon, comme la veille, dans l'intention de veiller son père toute la nuit. Au fond de lui, il éprouvait une intense satisfaction à la pensée que son père eût reçu de telles marques de sympathie. À aucun moment, il n'avait entendu la moindre allusion à son suicide. Cette discrétion des voisins avait été un réel soulagement, même s'il était persuadé que tout le monde était au courant que son père s'était donné la mort.

Quelques minutes plus tard, sa mère vint s'installer dans l'unique fauteuil de la pièce en déclarant qu'elle resterait là jusqu'au matin.

⌒

Le samedi, après le déjeuner, Hervé Leroux demanda à son supérieur ce qui allait se passer avec le corps de Germain Fournier puisqu'il avait dû annuler le service funèbre à l'église.

— Il y aura pas de service à l'église, mais je vais aller dire une prière avec sa famille au cimetière et on va garder le corps dans le charnier jusqu'au printemps. À ce moment-là, sa veuve aura acheté un lot en dehors du cimetière et l'affaire sera réglée.

— Mais on n'a pas le droit de faire une affaire comme ça, monsieur le curé, protesta le petit vicaire sur un ton outré. Il s'est pendu.

— Je me suis fait mal comprendre, l'abbé. J'ai dit qu'il y aurait pas de service à l'église.

— J'ai bien entendu, monsieur le curé, mais cet homme-là a pas le droit de reposer dans un lieu consacré comme le charnier du cimetière. Je suis certain que monseigneur serait pas content d'apprendre ça.

— L'abbé, je connais les lois de l'Église aussi bien que vous, mais elles doivent pas nous empêcher de manifester de la compassion et de la charité chrétienne envers notre prochain dans le malheur.

Hervé Leroux se gourma et afficha une mine désapprobatrice avant de quitter la salle à manger. Amélie, à l'écoute derrière la porte de la cuisine, n'avait rien perdu de la vive discussion qui venait d'avoir lieu entre les deux prêtres.

— Mon Dieu! Le pauvre homme! murmura-t-elle en pensant à Germain Fournier.

Ce matin-là, Étienne découvrit qu'il tombait une faible neige lorsqu'il sortit pour aller soigner les animaux. À son retour, il déjeuna rapidement et fit sa toilette avant d'aller atteler le cheval à la *sleigh*. Il venait à peine de rentrer dans la maison que les Desfossés, père et fils, arrivèrent. Avant que les deux hommes ne ferment définitivement le couvercle du cercueil, Étienne posa délicatement une main sur les mains croisées de son père et se retira dans la cuisine en compagnie de sa mère. Tous les deux endossèrent leurs manteaux en silence pendant que les entrepreneurs de pompes funèbres sortaient le cercueil par la porte avant et allaient le déposer dans le corbillard.

Quand Étienne entreprit de suivre le corbillard, il fut rejoint peu à peu par les attelages de quelques voisins du rang Sainte-Marie. Le glas ne sonna pas au clocher de l'église pour annoncer aux paroissiens de Saint-Jacques-de-la-Rive le décès de l'un des leurs. On n'entendait que le bruit des grelots des chevaux. La Ford de Clément Tremblay fermait le petit cortège formé de traîneaux et de carrioles.

— Dieu sait ce que la Gabrielle a pu faire endurer à son mari pour qu'il fasse une affaire comme ça, murmura Céline à son mari.

— On le sait pas, laissa tomber Clément. On connaît pas pantoute leurs affaires. Si ça se trouve, c'est juste la mort de sa fille que le voisin a pas pu endurer.

Le cortège s'arrêta devant l'église. Clément et son frère Gérald s'avancèrent pour aider les Desfossés à transporter le cercueil. Le curé Ménard sortit de l'église par la porte de la sacristie et s'avança vers les gens. Quelques minutes plus tôt, il avait envoyé son bedeau déverrouiller la porte du charnier.

Le prêtre précéda la quinzaine de personnes présentes jusqu'au petit bâtiment en brique rouge. Le cercueil fut déposé sur deux tréteaux qu'Elphège Turcotte venait de tirer du charnier. Le pasteur fit signe aux gens de s'approcher de la bière et récita une brève prière dans laquelle il demandait à Dieu de pardonner le geste du défunt et de l'accueillir au paradis.

Sur un signe de tête du prêtre, le cercueil fut déposé dans le charnier, près de celui de Berthe, et la porte se referma dans un claquement sec. Les gens, un peu gênés de participer à une cérémonie aussi inhabituelle, quittèrent un à un le cimetière sans songer à présenter leurs condoléances à la veuve et à son fils. Seule Françoise s'approcha d'Étienne pour lui glisser quelques mots de réconfort avant de partir.

Chapitre 13

Les surprises

La vie reprit peu à peu son cours normal dans la plupart des foyers de Saint-Jacques-de-la-Rive dès la semaine suivante. Bien sûr, on célébra la fête des Rois, mais on parla surtout du suicide de Germain Fournier, qui retint l'attention durant plusieurs jours. De mémoire d'homme, on n'avait jamais connu un tel drame dans le village. On s'interrogea longuement sur les raisons qui avaient poussé le cultivateur à mettre fin à ses jours. En général, on en vint à la conclusion que le pauvre homme s'était tué dans un accès de folie passagère. On plaignit sa femme et son fils, ce qui n'empêcha pas beaucoup de gens de regarder avec une certaine crainte superstitieuse la petite maison grise lorsqu'ils passaient dans le rang Sainte-Marie.

Après la fête des Rois, les enfants retournèrent à l'école et les hommes entreprirent de bûcher quand la température était supportable. Heureusement, depuis le jour de l'An, les froids n'étaient pas trop vifs et on n'avait eu droit qu'à de faibles chutes de neige.

Au début de la troisième semaine de janvier, le temps changea brutalement. Un mardi matin, les habitants de Saint-Jacques découvrirent avec résignation qu'il était tombé durant la nuit une dizaine de pouces de neige et que le froid sibérien avait couvert de givre plus de la moitié des vitres des fenêtres.

— On a intérêt à s'habiller chaudement pour déneiger à matin, déclara Jérôme Veilleux en rentrant dans la maison en compagnie de son père, après avoir trait ses vaches et nourri ses animaux.

— Je vais être capable de vous donner un coup de main, leur annonça fièrement Jean-Paul. C'est à matin que je lâche ma canne. J'en ai plus besoin. Plus de béquilles, plus de canne… Je suis capable de me tenir solide sur mes deux jambes et ça me fait presque plus mal.

Le blessé fit quelques pas dans la pièce en boitillant un peu pour prouver à tous qu'il était maintenant presque guéri.

— Il faudrait pas que tu prennes trop de chances, le mit en garde sa belle-sœur Colette.

— Inquiète-toi pas. Il y a pas de danger. Dans deux semaines, je pense être capable de retourner travailler chez Thibault. Je vais vous débarrasser.

— Tu nous encombres pas pantoute, dit son frère. Mais si tu te sens capable de venir nous aider à déneiger, ça nous rendrait ben service. Ça m'éviterait de garder André à la maison.

L'adolescent eut une grimace de dépit.

— Pour une fois que j'aurais pas été obligé d'aller à l'école ! Vous auriez pas pu attendre à demain, mon oncle, reprocha-t-il à son oncle Jean-Paul.

— André, tu vas à l'école, dit sa mère sur un ton définitif. Un point, c'est tout. Habille-toi et disparais !

Puis, se tournant vers son jeune beau-frère, la petite femme ne put s'empêcher d'ajouter avec un sourire narquois :

— Sais-tu, Jean-Paul, que cette nouvelle-là devrait pas trop faire l'affaire de Claudette Hamel.

— Quoi ? Que j'ai plus besoin de canne ?

— Fais donc pas l'innocent! Que tu t'en retournes à Pierreville.

— Exagère pas, Colette. Claudette, c'est juste une amie qui aime venir jouer aux cartes de temps en temps avec moi.

— C'est drôle, ça, reprit-elle finement. C'est la première fois que je vois une joueuse de cartes avec les yeux dans la graisse de binnes.

— Charrie pas, torrieu!

— Tu la regarderas quand tu vas lui annoncer que tu pars. Ça va peut-être te réveiller, le vieux garçon.

Tout le monde éclata de rire, sauf Jean-Paul, qui affichait une mine incrédule.

⌒

Chez les Fournier, la vie avait aussi repris son cours. Gabrielle n'avait plus parlé de vendre la terre et encore moins de partir. Elle n'avait rien changé à sa routine. Elle cuisinait les repas, faisait le ménage et cousait, n'échangeant pas deux phrases dans une journée avec son fils.

Pour sa part, Étienne avait repris le chemin du boisé, au bout de la terre de son père, parce qu'il fallait tout de même voir à faire des provisions de bois de chauffage. Évidemment, c'était beaucoup plus pénible sans l'aide de son père, mais il n'y pouvait rien. Son unique plaisir consistait à retourner travailler le bois dans l'appentis chaque soir. C'était devenu un rituel. Au retour du train du soir, il allumait la fournaise de l'appentis et rentrait souper. Après le repas, il retrouvait une pièce assez chaude pour pouvoir y travailler à son aise.

Cet après-midi-là, sa mère profita du fait qu'il n'avait pas l'intention d'aller bûcher après avoir déneigé tout l'avant-midi. Elle lui demanda de la conduire à Pierreville.

— Je sais pas si les chemins vont être ouverts, dit-il sans manifester le moindre enthousiasme à l'idée de parcourir cinq milles par un froid sibérien.

— Boudreau est passé tout à l'heure ramasser les bidons de lait. S'il a pu passer, ça veut dire qu'ils sont ouverts, répliqua sa mère.

— Où est-ce que vous voulez aller?

— Chez le notaire Beaubien.

— Pourquoi, m'man?

— C'est lui qui a les papiers de la terre. Si je veux la vendre, il faut que je sache combien je peux demander pour.

— Êtes-vous sérieuse? demanda le fils, interloqué.

— Est-ce que j'ai l'habitude de parler pour rien? demanda sèchement Gabrielle. Je t'ai dit que je vendrais la terre quand ton père est mort. C'est ce que j'ai l'intention de faire sans traîner.

— Pourquoi vous attendez pas au moins au printemps?

— Parce que ça me donnera rien d'attendre ici tout l'hiver. En plus, on sait pas combien de temps on va être obligés d'attendre pour trouver quelqu'un qui veut l'acheter.

Étienne n'ajouta rien. Il sortit de la maison en poussant un soupir d'exaspération et alla atteler le cheval à la *sleigh*. Le trajet entre Saint-Jacques-de-la-Rive et Pierreville fut particulièrement pénible tant à cause du froid que du vent qui créait des monticules de neige sur la route mal dégagée par la charrue quelques heures plus tôt. Le visage protégé par une épaisse écharpe de laine, Gabrielle, bien emmitouflée, avait remonté sur elle l'épaisse couverture de fourrure et n'avait pas dit un mot durant tout le voyage, comme à son habitude.

Le jeune cultivateur arrêta son attelage dans la rue Principale, devant la demeure en pierre et en brique du notaire Édouard Beaubien. La maison à un étage disparaissait à moitié derrière le haut remblai de neige formé par la charrue depuis le début de l'hiver. Le conducteur laissa sa mère descendre sans faire mine de l'imiter.

— Reste pas dehors à geler pour rien, lui dit-elle. Viens m'attendre en dedans.

La mère et le fils marchèrent jusqu'à la porte située sur le côté de la maison et sonnèrent. Une dame entre deux âges les fit entrer et les pria de s'asseoir dans une petite salle d'attente, le temps qu'elle prévienne l'homme de loi. Quelques minutes plus tard, Édouard Beaubien entra dans la pièce en s'excusant de les avoir fait attendre.

Au début de la quarantaine, l'homme à la mise soignée était délicat et un peu maniéré. Il avait repris l'étude de son défunt père une dizaine d'années plus tôt. Sa réputation de notaire intègre et minutieux lui avait apporté, au fil des années, une large clientèle tant à Pierreville que dans les villages voisins. La majorité des contrats de mariage, des testaments et des contrats de vente de la région était son œuvre.

— Si vous voulez vous donner la peine d'entrer, offrit le notaire en ouvrant une porte matelassée au fond de la salle d'attente.

Gabrielle se leva et se dirigea seule vers le bureau d'Édouard Beaubien.

— Et vous, jeune homme ? demanda le notaire.

— Je vais attendre ma mère, merci, répondit-il en demeurant assis.

Le notaire n'insista pas et referma la porte derrière lui.

La pièce était petite et encombrée de deux gros classeurs métalliques gris installés à gauche d'un lourd bureau en noyer. Derrière le meuble, il y avait un fauteuil recouvert de cuir noir. Le notaire Beaubien s'y assit après que sa cliente eut pris place sur l'une des deux chaises disposées devant son bureau. Au mur, le maître des lieux avait suspendu son diplôme flanqué de sa photo et de celle d'un vieil homme, probablement celle de son père.

— En quoi puis-je vous être utile, madame… ?

— Madame Germain Fournier, de Saint-Jacques.

— En quoi puis-je vous être utile, madame Fournier ?

— Mon mari est mort au commencement de janvier et j'aimerais mettre ma terre en vente. J'ai pensé que vous étiez celui qui était le mieux placé pour me donner une idée de ce qu'elle vaut et comment je peux la vendre.

— Mes sympathies, madame, dit l'homme de loi. Comme votre deuil est récent, mon devoir est d'abord de vous mettre en garde contre une décision trop précipitée. Je ne voudrais pas vous voir regretter votre geste plus tard. Pourquoi ne pas attendre quelques mois, ou au moins, quelques semaines avant de vendre ?

— Non, dit Gabrielle sur un ton définitif. J'ai décidé de vendre et je reviendrai pas là-dessus.

— Bon. Dans ce cas, pour avoir une idée de la valeur de votre terre, il va falloir faire venir un évaluateur qui va vous dire ce qu'elle vaut avec son roulant. Je suppose que la maison est aussi à vendre ?

— Oui. La maison, les meubles, tout.

— À ce moment-là, je pense que vous pourriez faire affaire avec Léon Brassard de Yamaska. C'est un encanteur honnête et il peut vous faire une bonne évaluation de tout ça. Attendez, je vais vous donner son numéro de téléphone. Vous aurez juste à vous entendre avec lui.

Le petit homme sortit un bloc de papier de l'un des tiroirs de son bureau et s'empara d'une plume. Il consulta un agenda placé près de lui et nota le numéro de téléphone sur une feuille qu'il tendit à sa visiteuse.

— Mais avant de faire cela, madame Fournier, vous devez vous assurer que vous êtes devenue l'unique propriétaire des biens de feu Germain Fournier.

— Mais j'étais sa femme, monsieur Beaubien, dit Gabrielle, comme si l'homme de loi avait formulé une incongruité.

— Oui, mais...

— On était mariés en communauté de bien. J'ai justement apporté notre contrat de mariage. Je l'ai relu hier.

— À ce moment-là, madame, il n'y a pas d'erreur possible. Tous les biens laissés par votre mari vous reviennent de plein droit.

— C'est bien ce que j'avais cru comprendre. « Au dernier vivant les biens », c'est ça ?

— Oui, madame. À moins que votre mari ait fait un testament depuis votre mariage.

— Ça me surprendrait bien gros.

De toute évidence, l'assurance un peu cassante et l'apparente insensibilité de la veuve déplaisaient à l'homme de loi. Pourtant, il en avait vu de toutes sortes depuis qu'il exerçait la profession.

— De toute façon, madame, la loi m'oblige à vérifier. On sait jamais.

— Si mon mari en a fait un, ce serait chez vous.

— Dans ce cas, je m'en souviendrais, fit le notaire en arborant un sourire figé. J'ai une excellente mémoire...

Il y eut un bref silence dans l'étude du notaire Beaubien.

— À moins que votre défunt mari ait fait un testament du temps de mon père, reprit-il en passant son index sur son menton.

— Je suis certaine que non.

— Vous permettez, dit le notaire en se levant. Je vais tout de même vérifier. J'ai ici tous les registres tenus par mon père.

Le notaire Beaubien ouvrit le second tiroir du classeur le plus près de lui et après y avoir fourragé durant quelques secondes, il en tira un gros registre à la couverture noire. Il se rassit derrière son bureau et en tourna rapidement les pages. Pendant ce temps, Gabrielle demeurait imperturbable, défroissant sa jupe d'une main nerveuse.

— Ah! j'ai trouvé, dit Édouard Beaubien, triomphant. Votre mari a bel et bien rédigé et enregistré un testament en... 1927.

— C'est pas possible! s'écria Gabrielle, stupéfaite. Il m'en a jamais parlé.

— Pourtant, madame, c'est bien ce qu'il a fait à l'étude dé mon père le 5 novembre 1927, s'il s'agit bien du même Germain Fournier que votre mari. Le Germain Fournier en question résidait dans le rang Sainte-Marie de Saint-Jacques-de-la-Rive.

— C'est bien lui, murmura la veuve d'une voix éteinte. Le maudit hypocrite! jura-t-elle, les dents serrées.

— C'était son droit, madame, dit le notaire, réprobateur.

Puis, ne tenant aucun compte du mécontentement évident de sa cliente, le notaire poursuivit:

— Comme il a été rédigé dans cette étude, madame, j'en ai sûrement une copie dans mon coffre. Il faudra prendre connaissance des dernières volontés de votre défunt mari avant de disposer de ses biens. Je vais le trouver facilement.

— S'il a fait ça en 27, les enfants avaient juste quatre et deux ans à ce moment-là, dit Gabrielle sans que l'homme de loi comprenne bien pourquoi elle mentionnait l'âge de ses enfants.

Le notaire se leva encore une fois pour se pencher vers la porte blindée d'un énorme coffre encastré dans le mur derrière son fauteuil. Il composa la combinaison, actionna une poignée et ouvrit la porte. Le dos tourné à sa cliente, il fouilla durant quelques instants dans son coffre avant de tirer à lui une boîte de documents. Il consulta quelques papiers et sortit finalement une enveloppe scellée très mince et un peu jaunie.

— Je l'ai, madame Fournier, dit le petit homme en lui montrant l'enveloppe. C'est le testament de votre mari. Il lut ce qui était écrit sur l'enveloppe avant de déposer cette dernière sur son bureau.

Il repoussa la boîte dans le coffre dont il referma soigneusement la porte avant de s'asseoir en face de sa cliente.

— Malheureusement, je ne peux vous en faire la lecture qu'en présence de vos enfants. C'est une condition spécifiée par votre mari.

— J'ai plus qu'un garçon, expliqua la veuve. Ma fille est morte au mois de décembre passé. Mon garçon est à côté.

— Nous allons donc le faire entrer pour la lecture du testament de son père. Voulez-vous l'inviter à venir, madame?

Le visage figé, Gabrielle se leva et ouvrit la porte.

— Viens, se contenta-t-elle de dire à Étienne qui attendait patiemment dans la pièce voisine.

Le jeune homme entra dans le bureau sans trop comprendre. Le notaire Beaubien lui désigna la chaise libre.

— Ta mère t'a demandé d'entrer parce qu'on vient de découvrir que ton père a laissé un testament qui doit être lu devant toi.

Étienne hocha la tête en tournant vers sa mère un regard interrogateur. Cette dernière se tenait la tête droite et ses doigts pianotaient avec impatience sur sa jupe. L'homme de loi ouvrit solennellement l'enveloppe et en tira une seule feuille qu'il déplia avec soin avant d'en faire la lecture d'une voix lente et posée.

«Moi, Germain Fournier, sain de corps et d'esprit, lègue tous mes avoirs à mes enfants, Étienne et Berthe Fournier.

Fait le 5 novembre 1927 à l'étude d'Anatole Beaubien, notaire.»

— Et le testament a été contresigné par deux témoins, comme la loi l'exige, ajouta Édouard Beaubien.

— Ça signifie quoi, tout ça? demanda Gabrielle qui espérait avoir mal compris.

— Ça veut dire, madame Fournier, que tout ce que votre mari possédait, sa terre, sa maison et ses économies reviennent de plein droit à votre fils Étienne, puisque votre fille Berthe est décédée.

Gabrielle remercia d'un sec mouvement de la tête et se leva, prête à partir.

— Et toi, mon garçon, as-tu l'intention de vendre la terre de ton père? demanda le notaire en se tournant vers Étienne qui venait de se lever à son tour.

— Je suis pas encore décidé. C'était plutôt l'idée de ma mère. Je verrai ça le printemps prochain, monsieur Beaubien. Merci beaucoup.

Il ne se dit pas un seul mot dans la *sleigh* pendant de longues minutes durant le trajet de retour. Les sourcils froncés et la mine sévère, Gabrielle semblait plongée dans de sombres pensées. Finalement, au moment où l'attelage approchait de l'église de Saint-Jacques-de-la-Rive, elle sortit un instant de son mutisme pour demander à son fils d'arrêter cinq minutes au presbytère.

— J'en ai pas pour longtemps, dit-elle à Étienne en descendant du véhicule. Profites-en pour aller acheter de la farine chez Hélèna. Il nous en reste presque plus.

Amélie fit entrer la veuve Fournier qui demanda à voir le curé Ménard.

— C'est le vicaire qui fait du bureau cette semaine, lui répondit la grande femme sèche sans manifester aucune amabilité.

— Peut-être, mais c'est pas à lui que j'ai affaire, rétorqua aussi abruptement la visiteuse.

— Je vais aller voir si monsieur le curé peut vous recevoir, dit la cuisinière en lui ouvrant la porte de la salle d'attente.

Quelques instants plus tard, le curé Ménard se présenta à la porte et invita sa paroissienne à le suivre dans son bureau.

— Je veux pas vous déranger bien longtemps, fit Gabrielle sans prendre la peine de s'asseoir sur la chaise que le prêtre lui désignait. Je veux juste vous poser une question.

— Je t'écoute, ma fille.

— Je voulais juste savoir si un testament annulait un contrat de mariage.

— Qu'est-ce que tu veux dire par là ?

— J'étais mariée en communauté de biens avec Germain Fournier. Normalement, je devrais hériter de tout ce qu'il laisse, pas vrai ?

— Il me semble.

— Bien non. Je viens d'aller voir le notaire Beaubien qui m'a appris que mon mari a fait un testament il y a plus de quinze ans. Il donne tout à mon garçon et moi, j'ai plus rien ! dit la veuve en élevant la voix.

— J'ai bien peur que tu puisses rien faire si le testament à été rédigé chez le notaire.

— Mais c'est pas juste ! s'écria Gabrielle. J'ai travaillé comme une esclave pendant plus de vingt ans sur cette terre-là et tout ce que je récolte, c'est du vent.

— Quand même, tu sais bien que ton garçon va prendre soin de toi, voulut la rassurer le prêtre. Il te jettera pas dehors.

— C'est pas ça le problème, monsieur le curé. Je voulais vendre la terre et m'en aller de Saint-Jacques, expliqua rageusement Gabrielle, au bord des larmes, en se laissant finalement tomber sur une chaise. Je veux plus rester ici. J'étouffe, vous comprenez? Tout le monde m'haït dans la paroisse. Je veux partir… Mais j'ai pas une cenne. Où est-ce que je peux aller, arrangée comme ça?

— Mais ton garçon a besoin de toi.

— Il peut se passer de moi, dit Gabrielle sur un ton sans appel.

Ludger Ménard alla s'asseoir dans son fauteuil derrière son bureau et laissa un moment à sa paroissienne pour lui permettre de retrouver son sang-froid.

— Quel âge as-tu?

— Quarante ans, monsieur le curé.

— À quarante ans, on n'est pas vieille. Tu peux encore travailler.

— C'est sûr.

— Si je me souviens bien, tu as été la ménagère du curé Lussier avant ton mariage, non?

— Oui, mais pas longtemps.

— Est-ce que t'accepterais de devenir la ménagère de mon ami, le curé Parenteau de Saint-Grégoire?

— Où est-ce que c'est, Saint-Grégoire?

— Proche de Nicolet. Le curé Parenteau a perdu sa ménagère avant les fêtes. S'il en a pas trouvé une autre, tu pourrais peut-être faire son affaire.

Gabrielle ne s'accorda que quelques secondes de réflexion avant d'accepter. Ludger Ménard téléphona immédiatement au presbytère de Saint-Grégoire et l'affaire fut conclue en moins de cinq minutes. Il fut entendu que la nouvelle ménagère entrerait en fonction dès le lendemain.

— T'es chanceuse, fit le pasteur en conduisant sa visiteuse vers la sortie. J'ai affaire à l'évêché demain avant-midi. Si ça te convient, je peux te laisser au presbytère de Saint-Grégoire en passant.

— Merci, monsieur le curé. Je vais être prête de bonne heure, se contenta de dire la veuve Fournier avant de quitter le presbytère.

Par la fenêtre de son bureau, Ludger Ménard regarda Gabrielle monter dans la *sleigh* et vit son fils sortir de l'épicerie d'Hélèna Pouliot un moment plus tard, portant un sac dans les bras.

— Drôle de femme quand même, dit à mi-voix le prêtre en laissant retomber le coin du rideau qu'il avait soulevé pour mieux voir.

Étienne n'interrogea pas sa mère sur les raisons qui l'avaient poussée à lui demander de s'arrêter au presbytère. Si ça le concernait, elle finirait bien par lui en parler. Il descendit avec elle devant la porte, le temps de déposer dans la cuisine le sac de vingt-cinq livres de farine acheté à l'épicerie et poursuivit sa route jusqu'à l'écurie. Après avoir dételé le cheval, il pénétra dans l'étable pour effectuer le train du soir.

Pendant ce temps, Gabrielle alluma le poêle à bois qui s'était éteint et entreprit de préparer le souper et de dresser le couvert. Comme son fils n'était pas encore revenu de l'étable, elle sortit ensuite du placard de sa chambre à coucher sa vieille valise en cuir brun et son grand sac en tapisserie et commença à y entasser ses affaires avec des gestes brusques. Elle ne s'encombra d'aucun des rares souvenirs laissés par Germain. Elle trouva au fond d'un tiroir l'unique photographie de son mari, une photo prise à Pierreville à l'époque de leurs fiançailles. Sans la moindre hésitation, elle la déchira en quatre morceaux et alla jeter les débris dans le poêle.

Quand elle ferma sa valise et son sac, elle ne put s'empêcher de dire, amère :

— Vingt et un ans comme servante et c'est tout ce que ça m'a rapporté : un missel et un paquet de guenilles.

Elle venait de déposer ses bagages près de la porte de la cuisine quand Étienne rentra pour souper. Le jeune homme sursauta en apercevant la valise et le sac, mais ne dit pas un mot. Il se contenta d'enlever son manteau et ses bottes avant de s'approcher du poêle pour y jeter un rondin. Après s'être lavé les mains, il alla s'asseoir à table, attendant avec impatience des explications que sa mère ne semblait pas encore prête à lui donner. Cette dernière lui servit un bol de soupe fumante. Il la mangea sans appétit. Au moment où Gabrielle déposait des saucisses et des pommes de terre sur la table, Étienne n'y tint plus.

— Vous partez, m'man?

— On le dirait, répondit sèchement sa mère.

— Pourquoi?

— Parce que je veux plus rester ici. Je pensais t'avoir dit que je voulais aller vivre ailleurs.

— Vous pouvez rester avec moi.

— Non, merci, fit-elle sèchement. Tout d'abord, je suis pas chez nous, ici. Ensuite, j'ai décidé une fois pour toutes que je passerais pas toute ma vie à torcher tout le monde.

— Voyons donc, m'man, protesta Étienne, malheureux.

— J'ai passé ma jeunesse à être une servante à l'orphelinat. Ensuite, j'ai été la servante du curé Lussier avant de devenir la servante de ton père. Ça va faire. J'ai quarante ans; je deviendrai pas ta servante en plus! Non, merci!

— Mais vous allez faire quoi?

— Le curé Ménard m'a placée au presbytère de Saint-Grégoire parce que le curé a perdu sa cuisinière.

— Vous venez de me dire que vous vouliez plus être la servante de personne, l'interrompit Étienne, étonné.

— Ça va être juste pour deux ou trois mois, le temps de me ramasser un peu d'argent avec mes gages. Après, je vais aller vivre à Nicolet ou à Sorel et me trouver de l'ouvrage plus payant.

— Pourquoi vous restez pas avec moi, m'man? demanda Étienne, un rien suppliant.

— Parce que t'es en âge de te débrouiller tout seul. Si je restais, je serais pas plus avancée à la fin de l'hiver que je le suis aujourd'hui.

— Vous voulez que j'aille vous reconduire à Saint-Grégoire?

— Ce sera pas nécessaire. Le curé Ménard va m'emmener demain matin.

Tout avait été dit. Pendant un bref moment après le souper, le fils hésita entre aller travailler dans l'appentis dont il avait allumé la fournaise avant de rentrer à la maison ou passer une dernière soirée en compagnie de sa mère. Cette dernière dut sentir son hésitation parce qu'elle lui dit après avoir lavé la vaisselle:

— J'ai mal à la tête. Je m'en vais me coucher.

Le lendemain matin, à son retour de l'étable, Étienne trouva sa mère endimanchée. Le déjeuner était prêt et le repas se prit en silence, comme d'habitude.

— Je te laisse une maison propre et t'as toutes les provisions qu'il te faut pour passer l'hiver, finit par dire Gabrielle après le repas.

— Vous voulez pas rien apporter, m'man? offrit Étienne, le cœur serré.

— J'ai pas besoin de rien, répondit sa mère en se penchant vers le miroir pour fixer son chapeau.

— Vous allez revenir me voir?

— Ça va dépendre de bien des affaires. Les curés ont pas l'habitude de donner des congés trop souvent à leur ménagère.

— Allez-vous m'écrire au moins pour me donner des nouvelles ?

— Oui.

Gabrielle aperçut la Plymouth noire du curé Ménard entrer dans la cour à ce moment-là. Elle endossa rapidement son manteau et chaussa ses bottes. Son fils s'empressa de s'emparer de sa valise et de son sac en tapisserie et sortit derrière elle. Pendant ce temps, Ludger Ménard était descendu de son auto et en avait déjà ouvert le coffre. Étienne y déposa les maigres bagages de sa mère. Il s'approcha ensuite d'elle dans l'intention de l'embrasser avant qu'elle ne monte dans la voiture du prêtre. Gabrielle, les yeux secs, se contenta de lui tendre la joue avant de s'engouffrer dans la Plymouth dont elle referma la portière.

Le curé Ménard, qui avait assisté à toute la scène, s'approcha du jeune homme et posa une main sur son bras en lui disant :

— Souviens-toi de ce que je t'ai dit, mon garçon. Reste pas tout seul. Trouve du monde avec qui parler.

Sur ce, l'ecclésiastique se glissa derrière le volant de sa Plymouth et lui fit faire demi-tour. Par le rétroviseur, le brave curé vit bien que sa passagère ne tourna même pas la tête pour regarder une dernière fois sa maison. Elle n'esquissa pas le moindre geste pour répondre au signe de la main de son fils. Mal à l'aise, il se tut, incapable de comprendre ce qui se passait dans le cœur de la veuve qu'il allait laisser à Saint-Grégoire. Durant un bref moment, il pensa qu'il était peut-être préférable qu'elle s'éloigne de son fils, au cas où cette sécheresse de cœur deviendrait contagieuse.

Chapitre 14

Les invités

Durant les derniers jours de janvier, les froids devinrent si rigoureux que bien des cultivateurs de Saint-Jacques renoncèrent à aller bûcher. Il gelait à pierre fendre et on aurait dit que le paysage blanc était figé dans un carcan de glace. Dans les maisons, les vitres des fenêtres largement bordées de givre prouvaient que les poêles à bois suffisaient à peine à réchauffer l'intérieur. En fait, les gens avaient l'impression d'être gelés jusqu'à la moelle des os et ils ne s'éloignaient du poêle qu'à regret.

— Ils vont bien mourir de froid ! répéta Céline pour la seconde fois cet après-midi-là, en parlant de son fils et de son beau-frère toujours cachés dans l'une des cabanes à sucre.

— C'est sûr qu'ils doivent pas avoir chaud, fit Clément. Surtout qu'avec une température pareille, tout le monde sait qu'il y a personne dans le bois pour bûcher. S'ils allument leur fournaise pendant la journée, on va voir la fumée de la cheminée de loin et on va se douter de quelque chose.

— On leur a apporté ben des couvertes, m'man, voulut la rassurer Jean.

Un grondement sur la route attira Françoise à la fenêtre.

— Pas encore eux autres ! s'exclama la jeune fille. Ils sont bien fatigants ! Ils pourraient pas aller ailleurs !

Personne dans la cuisine n'eut besoin d'explications supplémentaires pour comprendre que le bruit venait d'un camion de l'armée qui venait de s'arrêter près de la maison. Un instant plus tard, Clément se leva et alla ouvrir la porte au sous-officier accompagné de deux policiers militaires.

— Monsieur Tremblay? demanda le sous-officier en consultant brièvement une liste fixée sur une planchette.

— Oui.

— Avez-vous des nouvelles de votre fils Louis?

— Non.

— Nous allons fouiller la maison et les bâtiments.

— Comme vous voudrez, dit le cultivateur, résigné. Mais ça fait quatre fois depuis le commencement de l'automne que vous fouillez et vous avez jamais rien trouvé.

— On va le faire une autre fois, dit le militaire d'une voix tranchante.

Sur ce, il fit signe de fouiller la maison aux deux soldats qui l'accompagnaient. Ensuite, il sortit et ordonna à la demi-douzaine de soldats descendus du camion d'aller passer au peigne fin les bâtiments. Quand il rentra, Céline et sa fille avaient repris leur travail d'aiguille et ne levèrent même pas la tête.

— Mais c'est des écussons de l'armée que vous brodez là! dit le sous-officier, surpris, en se penchant au-dessus du petit cerceau métallique que tenait Françoise.

— On le dirait bien, dit la jeune fille sur un ton sarcastique en lui jetant un regard haineux.

Il y avait une telle hostilité dans sa voix que l'homme recula d'un pas et ne dit plus un mot durant les quelques minutes que dura la fouille de la maison.

Depuis deux semaines, Céline et sa fille travaillaient pour un fournisseur de l'armée, grâce à l'intervention de Claire. Lorsque cette dernière était venue visiter sa famille au jour de l'An, elle avait parlé d'un travail qu'elle exécutait à la maison depuis plus d'un mois. Charles Dionne, un fournisseur de l'armée, lui apportait des écussons à broder et il la payait à la pièce.

— Pourquoi tu fais ça? avait demandé Céline. As-tu besoin d'argent?

— Bien non, avait répondu Claire en riant. Je fais ça pour me désennuyer. À Québec, je suis loin de la famille. Pierre est au collège toute la journée et Hubert rentre souvent tard le soir. Même pour quelqu'un qui sait presque pas broder, cet ouvrage-là est facile. Si jamais ça te tente, l'ami de mon mari se cherche encore des brodeuses.

Céline avait jeté un regard à Françoise avant de dire:

— Sais-tu que Françoise et moi, on n'haïrait pas ça essayer. On pensait commencer une courtepointe après les fêtes, mais si on peut broder des écussons, ce serait peut-être plus payant. En as-tu parlé à Cécile aussi?

— Cécile et m'man aiment mieux faire des courtepointes cet hiver. Il paraît qu'elles en ont promis à des femmes de Pierreville. Demain, si tu veux, je vais appeler monsieur Dionne et lui dire que vous êtes intéressées.

Lorsque Céline avait parlé de la proposition de Claire, Clément n'avait pas été particulièrement enchanté de la chose.

— T'as pas besoin de ça pour vivre, avait-il dit. On a tout ce qu'il faut à la maison pour manger à notre faim et se chauffer.

— Je le sais, Clément. Mais cet argent-là va nous être utile quand on aura une dépense à faire.

— T'as ben travaillé tout l'été. Tu pourrais te reposer un peu cet hiver, il me semble.

— Toi aussi, t'as travaillé et ça t'empêche pas de faire plus de bois de chauffage que nécessaire pour en vendre un peu à Pierreville ce printemps. Ce sera pas plus fatigant que de faire des catalognes ou des courtepointes.

— Fais ce que tu veux, avait finalement dit son mari.

Trois jours plus tard, Céline et sa fille avaient vu arriver chez elle un homme corpulent fumant un petit cigare malodorant. L'homme leur avait expliqué en quelques minutes en quoi consistait le travail. Pour des femmes habituées à manier l'aiguille, ce n'était pas compliqué. Le modèle à reproduire était imprimé sur de petits morceaux de tissu. Il suffisait de le broder avec les fils de soie de couleurs différentes qu'il leur avait apportés.

— Dites-vous que plus vous en ferez, plus ce sera payant, avait dit l'homme avant de les quitter. Je vais passer toutes les deux semaines ramasser ce que vous aurez fait et je vous en apporterai d'autres.

Depuis ce jour, la mère et la fille occupaient tous leurs moments libres à broder. Lorsque le fournisseur de l'armée était passé la semaine précédente, il s'était déclaré enchanté de la qualité du travail exécuté. Il les avait payées et leur avait laissé une quantité impressionnante d'écussons à broder.

⌒

Après huit jours de vie solitaire, Étienne Fournier avait déjà surmonté le choc du départ précipité de sa mère. Il avait réalisé avec un certain sentiment de culpabilité que cette liberté toute neuve n'était pas dénuée d'avantages. Par exemple, il pouvait manger à l'heure qu'il voulait et n'avait pas à se soucier de plaire à sa mère. Faire le ménage et cuisiner l'embêtaient bien un peu, mais il considérait déjà ces tâches comme faisant partie de sa vie, au même titre que traire les vaches, nourrir les animaux et nettoyer les bâtiments.

Cet après-midi-là, il sortait de son appentis pour aller mettre une bûche dans le poêle de la cuisine quand il aperçut de la fumée qui s'élevait bien droite dans l'air immobile au-dessus du bois situé au bout des champs de son voisin.

— Ils sont ben sans-dessein! s'exclama-t-il à mi-voix en pensant à Louis Tremblay et à son oncle Lionel. Ils vont finir par se faire découvrir.

La semaine précédente, le bossu avait aperçu les deux déserteurs dans le bois. À son avis, ils se dirigeaient vers la cabane à sucre de son voisin. Il avait continué à bûcher en faisant semblant de n'avoir rien vu. S'ils n'avaient pas eu des gestes aussi furtifs, il aurait pu croire, à cause de la distance, qu'il s'agissait de Clément Tremblay et de son fils Jean.

Le jeune cultivateur venait à peine de dire ces mots qu'il remarqua le camion de l'armée s'arrêtant dans la cour du voisin. Il n'hésita qu'un court moment avant de se précipiter vers l'écurie. Il attela rapidement son cheval au traîneau sur lequel il déposa sa hache et prit la direction du bois en empruntant le chemin passablement bien balisé derrière ses bâtiments par ses nombreuses allées et venues depuis le début de l'hiver.

Arrivé au bois, il chaussa ses raquettes, prit sa hache et se mit en marche vers la cabane à sucre des Tremblay en suivant de près la lisière de la forêt. Des cris lointains l'alertèrent et il s'arrêta un bref moment, le cœur battant la chamade. Il aperçut alors quatre soldats à mi-distance entre les bâtiments de Clément Tremblay et le boisé. Selon toute vraisemblance, l'un d'entre eux avait repéré la fumée et ils avaient reçu l'ordre d'aller voir ça de plus près. L'un d'eux avait l'air d'inciter les autres à presser le pas.

Étienne ne s'interrogea pas un instant sur la conduite à suivre. Il se remit en marche en accélérant le pas. Il arriva à la cabane à sucre des Tremblay à bout de souffle. Il frappa plusieurs coups à la porte avant d'enlever ses raquettes. Personne ne répondit.

— Ouvrez! dit le bossu en frappant plus fort. Faites ça vite!

La porte s'entrouvrit sur un Louis Tremblay sale et barbu.

— Qu'est-ce que tu fais là, toi? lui demanda l'autre, méfiant.

— Vite, lui cria Étienne en le poussant vers l'intérieur et en refermant la porte derrière lui. Les MP arrivent.

Lionel Tremblay, guère plus reluisant que son jeune neveu, se précipita vers lui.

— Comment ça?

— Je pense qu'ils ont vu la fumée de votre fournaise, expliqua Étienne d'une voix hachée. Il y a pas de temps à perdre. Ils approchent.

— Comment ça se fait que tu savais qu'on se cachait ici, toi? demanda Louis, toujours aussi méfiant.

— Je vous ai aperçus la semaine passée.

Louis et Lionel se jetèrent des regards affolés. De toute évidence, ils n'avaient pas prévu une voie de retraite dans un pareil cas. Voyant cela, Étienne réagit rapidement.

— Venez, leur ordonna-t-il.

— Où? demanda Lionel.

— Mettez votre manteau et venez. J'ai une idée.

Les deux déserteurs se jetèrent sur leurs manteaux et le suivirent derrière la cabane, jusqu'à la petite remise où les bûches étaient cordées.

— Aidez-moi, leur dit Étienne en commençant à jeter par terre les dernières rangées de bûches de deux ou trois cordes de bois. Vous allez vous coucher en haut de la pile.

Moi, je vais corder juste assez devant vous autres. Ça me surprendrait qu'ils viennent jeter à terre les cordes de bois pour voir.

En moins de cinq minutes, Lionel et Louis se retrouvèrent étendus sur le dessus des cordes de bois et leur voisin eut tout juste le temps de les cacher avant que les soldats arrivent devant la cabane. Étienne, dissimulant du mieux qu'il pouvait son essoufflement, s'empara de trois ou quatre bûches et se dirigea tranquillement vers la porte d'entrée.

— Est-ce que tu m'ouvrirais la porte ? demanda-t-il à un soldat.

Ce dernier lui ouvrit la porte et le jeune cultivateur pénétra dans la cabane.

— Entrez. Restez pas à geler dehors, dit-il aux soldats qui ne se firent pas répéter l'invitation.

Les quatre policiers militaires s'empressèrent d'entrer et de refermer la porte derrière eux. À la vue de la bosse de leur hôte, il était évident qu'il ne s'agissait pas d'un déserteur.

— Qu'est-ce que vous faites ici ? demanda tout de même un caporal qui sentait que lui et ses hommes s'étaient donné tout ce mal pour rien.

— Ben, je bûche. Quand je gèle trop, je rentre dans la cabane pour me réchauffer un peu.

— Comment ça se fait que vous soyez le seul à faire ça ? fit le caporal d'un air méfiant. On voit pas nulle part de la fumée sortir des cabanes à sucre.

— C'est peut-être parce que je vis tout seul et que j'ai personne pour m'aider à faire mon bois de chauffage. Moi, je peux pas rester à la maison à rien faire, les pieds sur la bavette du poêle, même quand on gèle comme aujourd'hui.

Après s'être réchauffés durant quelques minutes, les soldats quittèrent les lieux sur un ordre du caporal. Étienne attendit un long moment avant de sortir à son tour. En passant près de la remise, il dit à mi-voix aux deux fugitifs toujours cachés :

— Bougez pas de là avant que je revienne. Je vais aller voir s'ils sont partis pour de bon.

Il suivit à distance les policiers militaires et attendit qu'ils soient sortis du bois pour retourner sur ses pas jusqu'à la cabane à sucre. Il s'empressa d'enlever les bûches qui dissimulaient Louis et Lionel que leur immobilité forcée avait totalement frigorifiés. Tous les deux se glissèrent difficilement hors de leur cachette et rentrèrent dans la cabane.

— On l'a échappé belle, dit Lionel en se laissant tomber sur un banc placé devant la fournaise.

— C'est sûr que c'est pas mal dangereux pour vous autres d'allumer la fournaise durant la journée.

— On le sait, fit Louis avec une certaine impatience. On le fait presque jamais. Mais aujourd'hui, c'était pas endurable. On était en train de mourir de froid.

— Si ça continue comme ça, l'interrompit son oncle d'une voix découragée, on n'aura pas le choix de se rendre. On passera pas à travers l'hiver.

— Une chance que pas un soldat a pensé à me demander ce que je faisais dans la cabane à sucre d'un autre, reprit Étienne. Pourtant, ils ont ben dû me voir monter au bois avec mon traîneau tout à l'heure quand ils s'en venaient dans le champ. Ils auraient dû s'apercevoir que j'étais pas sur ma terre.

— C'est vrai, ça, reconnut Louis. T'as pris un maudit risque.

Étienne demeura silencieux un long moment, tendant par automatisme ses mains vers la fournaise pour les réchauffer.

— Il y aurait peut-être un moyen, dit-il avec l'air de peser ses mots.

Les deux autres levèrent les yeux vers lui, essayant de comprendre de quoi il parlait.

— Qu'est-ce que vous diriez de venir vous installer chez nous ? poursuivit le bossu.

— Ben non, dit immédiatement Lionel. D'abord, ta mère voudra jamais prendre ce risque-là et, en plus, si les MP viennent fouiller...

— Non. Attends. D'abord, ma mère reste plus avec moi. Elle travaille au presbytère de Saint-Grégoire. Ensuite, je serais ben surpris que les MP viennent fouiller chez nous. Aussitôt qu'ils voient ma bosse, ils virent de bord. En plus, j'ai jamais de visite, ça fait qu'il y a pas de chance que quelqu'un vous voie.

— C'est ben beau, ça, reprit Lionel, tout de même tenté par la proposition, mais pourquoi tu ferais ça pour nous autres ?

— Juste pour vous rendre service, affirma Étienne. Chez nous, il fait chaud et j'ai quatre chambres en haut qui servent à personne.

— Tu nous tentes pas mal, reconnut Louis.

— C'est comme vous voulez, conclut le jeune cultivateur, boutonnant son manteau après avoir enfoncé sa tuque sur sa tête. Vous seriez ben bêtes de geler quand vous pourriez être au chaud.

— Et comment on ferait ? demanda Lionel Tremblay.

— Vous attendez qu'il fasse noir et vous venez. Je vais laisser la porte débarrée pendant que je fais le train. Vous allez ben tomber, j'ai fait cuire un gros morceau de bœuf cet avant-midi. Je vais éplucher des patates pour trois. Vous aurez juste à les faire cuire en m'attendant.

Ce soir-là, quand Étienne rentra chez lui après avoir soigné ses animaux, il trouva Louis et Lionel Tremblay assis près du poêle. La table avait été mise.

— T'arrives juste à temps pour manger, lui dit Louis sur un ton guilleret.

— Sacrifice! s'exclama son hôte en enlevant ses bottes. J'ai failli pas vous reconnaître.

— On a eu le temps de se décrotter un peu et de changer de linge, dit Lionel avec bonne humeur. Je pense qu'on sentait le putois.

— Êtes-vous installés en haut?

— On a pris chacun une chambre, si ça te dérange pas.

— Pantoute.

— En tout cas, sans barbe, moi, je me sens comme si j'étais tout nu, fit Louis qui s'était rasé et lavé, comme son oncle. Je te dis qu'on se sent pas mal mieux quand on a du linge propre sur le dos.

Les trois hommes mangèrent de bon appétit et lavèrent la vaisselle en peu de temps.

— Le repas était pas mal bon, fit remarquer Louis. Il manquait juste le pain. On l'a pas trouvé en mettant la table.

— Ça, c'est le problème que j'ai depuis que ma mère est partie, reconnut Étienne. Je suis capable de me débrouiller pour l'ordinaire, mais faire du pain ou des desserts, j'y arrive pas pantoute. Pour le pain, j'ai essayé: c'était pas mangeable.

— Tu devrais goûter au pain ou à un pudding de ma sœur Françoise, dit Louis. Même ma mère les fait pas aussi bons qu'elle.

Si les deux déserteurs étaient heureux d'être à l'abri du froid, Étienne, pour sa part, était content d'avoir des gens à qui parler. Louis avait presque son âge et Lionel n'avait qu'une douzaine d'années de plus que lui. Les trois hommes s'assirent près du poêle et se mirent à fumer la pipe.

— Il faudrait ben prévenir la famille pour qu'elle s'inquiète pas pour nous autres pour rien, déclara Lionel quelques minutes après le repas.

— C'est vrai que les faire marcher pour rien jusqu'au bois pour nous apporter du linge et à manger serait pas ben fin, reconnut son neveu.

Étienne vida la cendre de sa pipe dans le poêle avant d'annoncer à ses deux pensionnaires :

— J'y vais.

— Ça peut attendre demain matin, dit Lionel.

— Non. Aussi ben leur dire ça tout de suite.

Après s'être chaudement habillé, il sortit de chez lui. Louis avait légèrement écarté le rideau qui masquait l'une des fenêtres de la cuisine et le regarda prendre la route et se diriger vers la maison de ses parents.

Quelques minutes plus tard, les Tremblay sursautèrent en entendant frapper à leur porte.

— Veux-tu ben me dire qui nous arrive à cette heure-là ? demanda Clément en se levant de sa chaise berçante.

Assises près de la lampe à huile déposée au centre de la table, Céline et Françoise cessèrent de broder leurs écussons. Jean reposa le réveille-matin qu'il était en train de réparer pour se lever.

— Laisse faire, lui dit son père. Je vais ouvrir.

La porte s'ouvrit sur l'obscurité de la nuit et un vent glacial pénétra dans la grande cuisine des Tremblay.

— Entre. Reste pas dehors, dit Clément à leur jeune voisin.

Étienne, un peu intimidé, entra dans la cuisine et retira sa tuque.

— Qu'est-ce que tu fais dehors par un temps pareil ? lui demanda son hôte après avoir refermé la porte derrière lui. J'espère que t'as pas décidé de faire la tournée paroissiale à la place du curé Ménard.

— Ben non, monsieur Tremblay. Je viens vous donner des nouvelles de Louis et de votre frère.

Immédiatement, Céline et Françoise, alarmées, se levèrent de table et s'approchèrent d'Étienne.

— Qu'est-ce qui leur est arrivé? s'écria Céline d'une voix angoissée.

— Rien, madame Tremblay. Inquiétez-vous pas. C'est une histoire un peu longue à raconter, ajouta le jeune voisin.

— Bon, fit Clément un peu soulagé. Vous allez le laisser souffler et lui permettre d'enlever son capot.

Étienne s'exécuta lentement pendant que les membres de la famille s'installaient autour de la table.

— Viens t'asseoir, l'invita Clément en lui indiquant une chaise libre. Viens nous raconter ça.

Étienne leur raconta qu'il avait remarqué la fumée de la cheminée de leur cabane à sucre en même temps que la présence des soldats de la police militaire. Il leur relata s'être précipité pour avertir Louis et Lionel de l'arrivée des soldats et termina son récit en expliquant comment il les avait dissimulés derrière une pile de bûches.

— Je te l'avais bien dit, Clément, qu'ils seraient pas capables de passer des journées complètes sans chauffage, dit Céline. C'est bien trop froid. Ils vont finir par se faire prendre.

— C'est pour ça que je suis venu vous voir, madame Tremblay, poursuivit le jeune voisin. Je suis venu vous dire que Louis et Lionel sont chez nous.

— Qu'est-ce qu'ils font chez vous? demanda-t-elle, stupéfaite.

— Parce que je pense qu'il y a pas de danger qu'ils se fassent pogner chez nous.

— Et ta mère accepte ça?

— Ma mère reste plus chez nous. Je suis tout seul depuis huit jours. Monsieur le curé l'a placée comme ménagère au presbytère de Saint-Grégoire.

— Et tu te débrouilles tout seul?

— Oui.

— Quand même, je trouve ça pas mal risqué, dit Clément en allumant sa pipe après avoir offert du tabac à son visiteur.

— J'ai jamais de visite, monsieur Tremblay. Les MP fouillent jamais chez nous. Aussitôt qu'ils voient ma bosse, ils partent. J'ai même pas besoin de montrer mes papiers.

— C'est vrai que mon oncle et Louis vont être bien mieux chez Étienne, m'man, intervint Françoise. Ils vont être au chaud. S'il est capable d'endurer leur mauvais caractère et leur faire ramasser leurs traîneries, il pourrait même avoir droit à une médaille.

— C'est pour ça que je le fais, plaisanta Étienne en riant.

— Ça te dérange vraiment pas trop de les avoir dans tes jambes? demanda Clément.

— Non. Ça va me faire de la compagnie.

— Et comment on va s'arranger pour les nourrir? reprit Céline. D'habitude ma belle-sœur Cécile et moi, on leur préparait du manger pour deux jours.

— C'est pas un problème, madame Tremblay, dit Étienne en levant une main. J'ai tout ce qu'il faut. Mon père avait fait boucherie pour quatre l'automne passé. J'ai tous les légumes et toutes les marinades nécessaires. J'ai juste un problème : le pain. Je suis capable de faire cuire de la viande, mais j'ai pas le tour de faire du pain. D'après ce qu'ils m'ont dit, Lionel et Louis ont pas l'air meilleur que moi.

— Trois pauvres hommes tout seuls, ils font bien pitié, m'man, dit Françoise. On pourrait peut-être aller leur montrer comment faire du pain demain avant-midi ?

— Demain soir serait peut-être mieux, suggéra le jeune homme. Des voisins pourraient vous voir entrer chez nous. Ils trouveraient ça bizarre. Surtout que nous autres, les Fournier, on n'a jamais eu la réputation d'être ben recevants.

— Il y a pas de problème, fit Céline.

— On est ben chanceux, reprit Étienne. Si je me fie à ce que Louis m'a dit, vous faites le meilleur pain.

— T'es sûr que c'est ce que mon frère t'a dit ? demanda Françoise, taquine. Il t'a pas plutôt dit que c'était sa sœur qui faisait le meilleur ?

L'air embarrassé du visiteur déclencha un éclat de rire général autour de la table.

— Ça va faire, la vantarde, dit Céline à sa fille.

Étienne se leva de table, le sourire aux lèvres. Il ne se souvenait plus de la dernière fois où il avait souri.

— C'est ben beau tout ça, mais ma tournée est pas finie. Lionel m'a demandé d'aller prévenir sa mère qu'il était chez nous.

— Laisse donc faire, fit Clément. Jean va s'habiller et aller prévenir sa grand-mère que nos deux moineaux sont ben au chaud chez vous. Je trouve que t'en as déjà pas mal fait pour nous autres aujourd'hui.

Le jeune cultivateur quitta la maison des Tremblay après avoir été chaleureusement remercié d'accueillir les deux fugitifs sous son toit.

Le lendemain soir, une petite neige folle se mit à tomber. Céline et sa fille parvinrent à se glisser dans la maison voisine sans être remarquées. La cuisine avait été astiquée et les trois hommes les attendaient avec impatience. Céline retrouva son fils avec joie et s'enquit de la santé de Lionel. Les deux femmes avaient déposé sur la table la farine, la levure et les œufs dont elles allaient avoir besoin.

— C'est quoi, cette odeur ? demanda Françoise en fronçant légèrement le nez après avoir retiré son manteau.

— Du vernis, répondit Étienne. J'ai verni une commode cet après-midi et je l'ai apportée dans la cuisine d'été.

— Vous devriez voir le meuble, intervint Louis. C'est lui qui l'a fait.

— Est-ce qu'on peut le voir ? demanda Françoise.

— Bien sûr, accepta leur hôte en prenant l'une des deux lampes à huile allumées dans la cuisine.

Le jeune homme entraîna les deux femmes dans la pièce voisine au centre de laquelle une magnifique commode en érable aux contours ouvragés trônait.

— C'est toi qui as fait ça ? demanda la jeune fille, admirative, en faisant le tour du meuble. J'ai jamais vu un meuble aussi beau.

— Il fait partie d'un *set* de chambre que j'ai commencé au mois de novembre. Je suis loin de l'avoir fini.

— Il y a pas de doute, t'as beaucoup de talent comme ébéniste, dit Céline. Je connais bien des gens qui seraient heureux d'avoir ça dans leur chambre.

— Si ça vous intéresse, je vous inviterai à voir le *set* complet quand il sera fini, madame Tremblay, promit le jeune homme, plein de fierté.

Ce soir-là, Céline et sa fille préparèrent deux recettes de pain sous les yeux attentifs des trois résidants de la maison. Avant de quitter les lieux, elles donnèrent des directives précises pour la cuisson.

— Allez surtout pas me gâcher ce pain-là ! les avertit Françoise, en prenant un ton d'institutrice sévère. La pâte est assez levée. Vous mettez ça au four et vous surveillez.

— Et allez pas vous coucher avant que tout soit cuit, ajouta sa mère, avant de franchir le seuil.

À compter de ce jour de janvier, la vie d'Étienne Fournier fut transformée. Peu à peu, il découvrit la joie d'échanger avec les autres. S'il continuait à passer une bonne partie de ses journées à bûcher seul, il appréciait la compagnie des deux déserteurs à son retour à la maison. Ces derniers avaient d'ailleurs pris l'habitude d'aller lui prêter main forte pour faire son train matin et soir en profitant de l'obscurité pour se glisser dans l'étable. Pouvoir enfin travailler après tous ces longs mois d'attente et d'angoisse leur faisait le plus grand bien.

En apparence, la vie du jeune cultivateur n'avait guère changé durant le jour et il ne recevait jamais personne. Sa maison semblait inhabitée aux yeux des gens qui passaient dans le rang Sainte-Marie. En réalité, tout changeait après le souper. Maintenant, rares étaient les soirs où quelqu'un ne venait pas frapper à la porte pour passer «un bout de veillée» avec les habitants de la maison. Parfois, c'était le grand-père Veilleux et Jérôme; en d'autres occasions, c'était Thérèse accompagnée de son fils Gérald ou de sa bru Cécile. Mais les visiteurs les plus assidus étaient Clément, sa femme et ses enfants. Sans qu'il le dise jamais, la visite préférée d'Étienne était vite devenue celle de la belle Françoise qui venait avec sa mère ou son frère Jean apporter des vêtements propres ou un dessert qu'elle avait préparé.

Peu à peu, la jeune fille au visage ovale éclairé par des yeux noisette si expressifs s'était mise à hanter ses rêves. Sa longue chevelure brune, sa démarche souple et son sens de l'humour l'avaient rapidement conquis. Il sentait grandir en lui un sentiment qui ressemblait de plus en plus à un amour sans espoir. Comment un bossu pouvait-il espérer autre chose que de la pitié de la part d'une aussi jolie fille?

Pour sa part, Françoise ne semblait pas s'être rendu compte de l'ampleur des ravages qu'elle faisait dans le cœur d'Étienne. À chacune de ses apparitions chez le jeune voisin, elle lui manifestait beaucoup d'intérêt. Par exemple, elle ne manquait jamais de demander à voir le meuble sur lequel il travaillait, ce qui lui faisait le plus grand plaisir. De plus, la sœur de Louis n'était jamais avare d'éloges à son endroit, même quand il lui avait fait goûter le pain qu'il avait cuisiné quelques jours après qu'elle fut venue lui montrer comment faire en compagnie de sa mère.

Chapitre 15

La glace

Les deux premières semaines de février furent marquées par une température beaucoup plus supportable que celle qu'on avait connue en janvier. Il y eut bien quelques chutes de neige, mais rien de bien important. Les jours se succédaient, un peu monotones.

Jean-Paul Veilleux avait tenu parole et avait quitté la maison de son frère Jérôme à la fin du mois de janvier. L'homme boitait encore, mais il se sentait pleinement capable de reprendre son travail de mécanicien aux côtés de son frère Léo chez Thibault, à Pierreville. Lorsqu'il avait annoncé la nouvelle à Claudette, venue jouer aux cartes avec lui comme elle le faisait deux ou trois fois par semaine depuis son retour à Saint-Jacques-de-la-Rive, le visage de la jeune femme s'était assombri. Elle avait repoussé son épaisse chevelure châtain d'une main impatiente et ses grands yeux bleus étaient devenus tout tristes.

— Ça va faire drôle de plus se voir, avait-elle murmuré de manière à ce que Colette, assise à l'autre bout de la pièce, ne l'entende pas.

— Aïe! je m'en vais pas ben loin, avait répliqué le célibataire, flatté par sa réaction. Pierreville, c'est pas le bout du monde.

— Vas-tu revenir me voir de temps en temps? avait-elle demandé, aguicheuse.

— C'est certain. Après tout, c'est avec toi que j'apprends le mieux à tricher aux cartes.

À la fin de la soirée, après le départ de la jeune femme, Colette n'avait pu s'empêcher de faire remarquer à son jeune beau-frère :

— Qu'est-ce que je t'avais dit ? J'espère que t'as compris à cette heure que la belle Claudette Hamel a des vues sur toi.

— Est-ce que t'écouterais tout ce qu'on se dit, par hasard ? demanda Jean-Paul, sarcastique.

Sa belle-sœur se rebiffa.

— J'ai pas eu besoin d'écouter pour voir clair dans son jeu, tu sauras, Jean-Paul Veilleux. La Claudette a l'air de savoir ce qu'elle veut. Je t'ai toujours dit qu'elle se cherchait un mari. Surveille-toi bien.

— On se fréquente pas. Je suis pas son cavalier, protesta Jean-Paul.

— C'est ce que tu penses, toi !

Ce soir-là, en se préparant pour la nuit, Colette avait confié à son mari :

— Ton frère est un grand nono. Il se pense fin, mais la voisine l'a bien accroché. Attends qu'il apprenne qu'un gars s'est mis à tourner autour, par exemple, et tu vas le voir revenir ventre à terre à Saint-Jacques.

— Arrête donc de jouer à la marieuse, lui avait dit Jérôme, agacé. Il t'a répété cent fois qu'il était pas intéressé par le mariage. Tu sauras que ça existe, des hommes capables de se passer d'une femme.

— Bien voyons ! fit Colette, moqueuse, en éteignant la lampe à huile.

Jean-Paul était parti deux semaines auparavant et n'était pas revenu à Saint-Jacques depuis. Cependant, rien ne disait qu'il ne téléphonait pas de temps à autre à Claudette. Colette en doutait pourtant. Son beau-frère savait bien que trop d'oreilles indiscrètes écoutaient quand un appel était adressé à quelqu'un du rang.

⁓

Le second dimanche de février, après la grand-messe, un bon nombre de paroissiens se rassemblèrent sur le parvis pour échanger des nouvelles. Après avoir salué rapidement quelques personnes, Étienne traversa la route pour aller faire quelques achats pressants chez Hélèna. À sa sortie de l'épicerie quelques instants plus tard, il vit une demi-douzaine de jeunes faisant cercle autour de Beau-Casque. Ils riaient et l'encourageaient. Au même moment, il entendit la voix de Françoise Tremblay crier un « Ça va faire ! » rageur.

Le bossu déposa précipitamment son sac de victuailles sur la galerie de l'épicerie et repoussa deux jeunes qui lui bloquaient la vue. Il vit alors l'innocent poser une main sur l'épaule de la jeune fille et chercher à l'attirer à lui. Clément et Céline étaient en train de discuter sur le parvis de l'église, de l'autre côté de la route, et ne s'étaient aperçus de rien.

— Embrasse-la, Beau-Casque ! Embrasse-la ! dit un adolescent excité.

Étienne n'attendit pas que l'autre passe aux actes. Il s'avança et saisit la main d'Antoine Beauregard qu'il força à lâcher prise.

— Lâche-la !

— Toi, mon maudit bossu, mêle-toi de tes affaires ! dit avec colère le grand épouvantail en repoussant son casque en arrière.

L'homme fit alors le geste de saisir la jeune fille par la taille. Françoise fit un pas en arrière pour l'éviter et perdit l'équilibre. Étienne l'aida à se relever, puis fit deux pas en direction de l'autre qui arborait un air bravache déplaisant. Les jeunes spectateurs se taisaient, sentant venir la bagarre.

— Ça fait deux fois que je te dis de la laisser tranquille, dit Étienne. T'as pas l'air de comprendre.

Sans avertissement, il décocha un solide coup de poing au visage de Beau-Casque qui se retrouva assis par terre, l'air ahuri. Les spectateurs se mirent à crier des encouragements aux combattants et plusieurs personnes demeurées sur le parvis de l'église entreprirent de traverser la route pour venir voir ce qui se passait.

Beau-Casque, fou de rage à la vue du sang qui lui coulait du nez, se releva et fonça tête baissée vers son adversaire qui le reçut avec un coup propre à assommer un bœuf. L'innocent se retrouva encore une fois par terre, étendu pour le compte.

Sans plus se préoccuper de l'homme, Étienne saisit le bras de Françoise et le petit cercle de spectateurs s'ouvrit devant eux. Ils traversaient la route pour revenir vers l'église et les attelages au moment où les Tremblay descendaient les marches du parvis et se dirigeaient vers eux.

— Merci, Étienne, fit simplement Françoise, reconnaissante.

— C'est rien, dit le jeune homme. J'ai juste pris l'habitude d'être dans les jambes de Beau-Casque. Bon, voilà ton père et ta mère. Je te laisse. Je vais aller chercher mon sac que j'ai laissé sur la galerie chez Hélèna.

Le jeune cultivateur retourna sur ses pas avant de se diriger vers sa *sleigh*.

— Qu'est-ce qui se passe? demanda Clément en arrivant près de sa fille.

— C'est encore Beau-Casque, répondit la jeune fille qui avait retrouvé son aplomb. Il est de plus en plus fou.

— Qu'est-ce qu'il a encore fait? demanda sa mère qui venait de voir le simple d'esprit s'asseoir sur l'une des marches de l'escalier qui conduisait à l'épicerie, entouré de quelques jeunes.

— Il voulait un bec et il me lâchait pas, répondit Françoise, furieuse.

— Ah ben, le calvaire! s'emporta Clément, rouge de colère. Attends donc! Je vais aller lui frotter les oreilles à ce maudit niaiseux-là!

Au moment où son père s'élançait pour aller s'en prendre à l'innocent, Françoise le retint par le bras.

— C'est pas nécessaire, p'pa. Étienne Fournier vient de lui donner une volée pour lui apprendre à me lâcher.

— C'était ça les cris qu'on a entendus? demanda Céline. Je pensais que c'étaient des jeunes qui se tiraillaient. Tu devais pas parler de Beau-Casque au maire, toi? poursuivit-elle en se tournant vers son mari.

— Je l'ai fait deux fois, se défendit Clément en entraînant les siens vers la Ford stationnée à l'écart. Le maudit Boisvert a encore rien fait pour nous débarrasser de cette plaie-là. Je vais venir voir le curé cet après-midi. Peut-être que lui, il va faire quelque chose.

Ce midi-là, lorsqu'on parla de l'incident durant le repas, Jean ne put s'empêcher de taquiner sa sœur.

— Eh ben! On dirait que tu t'es trouvé tout un cavalier avec le beau Étienne, fit l'adolescent en esquissant une grimace.

— Arrête donc de dire des niaiseries, rétorqua Françoise. Tu sauras qu'Étienne Fournier a du cœur et qu'il est pas peureux.

— Peut-être, mais il est bossu, par exemple.

— Puis après?

Céline lança un regard d'avertissement à son mari qui s'apprêtait à intervenir. Son intuition lui disait qu'il se passait quelque chose. Sa fille parlait avec un peu trop d'enthousiasme des talents d'ébéniste et de cuisinier du jeune voisin. Encore une fois, elle se promit d'ouvrir l'œil et de faire en sorte de surveiller la fréquence des rencontres de sa fille avec l'hôte de son fils et de son beau-frère. Étienne avait beau être très serviable… La mère était moins dérangée par la bosse du jeune cultivateur que par le fait qu'il était le fils d'un pendu et d'une mère anormale.

— En tout cas, déclara Clément, cet après-midi, je vais arrêter le voir après être allé au presbytère. J'ai l'intention de lui demander s'il serait pas intéressé à venir couper de la glace avec nous autres la semaine prochaine.

— En as-tu vraiment besoin ? demanda Céline en desservant la table avec l'aide de Françoise.

— J'ai toujours fait l'ouvrage avec Louis et Jean. À trois, c'est ben plus facile. Il remplacerait Louis.

— Pourquoi tu demandes pas à ton frère Gérald ?

— Gérald est un bon gars, mais c'est un grand flanc-mou. Avec lui, on passerait plus de temps à se reposer qu'à travailler. En plus, il m'a dit la semaine passée qu'il était en retard pour son bois de chauffage. Bertrand a eu la grippe un bout de temps et il pouvait pas l'aider.

Après une courte sieste, Clément se présenta au presbytère comme il l'avait promis. L'abbé Leroux, l'air peu accueillant, fit entrer le cultivateur aux tempes argentées dans le bureau.

— Je voudrais parler à monsieur le curé, dit Clément au jeune vicaire.

— Il est absent pour la journée, dit le jeune prêtre qui le fixait de ses yeux gris et froids derrière ses lunettes à monture d'acier. Je suis là pour le remplacer.

— Bon, fit le cultivateur, résigné à ne pas avoir affaire au curé de la paroisse.

Il lui raconta alors comment, depuis l'été précédent, on avait dû s'en prendre à Beau-Casque parce qu'il ne cessait d'importuner sa fille Françoise. Il lui expliqua qu'il avait demandé au maire de régler le problème, mais que rien n'avait encore été fait.

— Et pourquoi venez-vous me raconter ça ?

— Parce que je voudrais que monsieur le curé fasse quelque chose.

— La première chose à faire, monsieur…

— Clément Tremblay.

— La première chose à faire, monsieur Tremblay, ce serait peut-être de voir à ce que votre fille ait une conduite pudique qui aguiche pas les hommes.

— Ah ben, torrieu ! explosa le père de famille en se levant. Celle-là, c'est la meilleure.

— Si cet homme lui manque de respect, c'est qu'elle fait quelque chose pour l'attirer, ajouta sèchement le prêtre.

— Vous saurez, monsieur l'abbé, que ma fille est pas une courailleuse, explosa Clément. C'est une bonne fille, toujours à sa place.

Sur ce, le cultivateur, en colère, sortit de la pièce en claquant violemment la porte derrière lui. Amélie, attirée hors de sa cuisine par les éclats de voix en provenance du bureau, eut un sourire narquois à la vue du visage mécontent du vicaire qui regagnait le salon.

Il fallut quelques minutes à Clément pour retrouver son calme. Lorsqu'il s'arrêta chez Étienne Fournier, il avait résolu de retourner au presbytère durant la semaine pour parler, cette fois-là, au curé Ménard.

Son arrivée en plein jour chez son jeune voisin ne sembla pas causer beaucoup d'émoi chez les trois habitants de la maison.

— On peut pas dire que vous êtes ben nerveux pour des déserteurs, leur reprocha Clément en voyant son fils et son frère confortablement installés à la table, en train de jouer aux cartes.

— Voyons, p'pa, fit Louis. On n'a pas bougé parce qu'on a vu par la fenêtre que c'était vous qui arriviez. Sans ça, vous pouvez être certain qu'on se serait dépêchés à monter au grenier. Étienne nous a aidés à installer une cachette là la semaine passée. On sait jamais.

— Entrez, monsieur Tremblay. Venez boire une tasse de thé. Il est frais fait, l'invita Étienne en lui montrant une chaise libre près de la table.

— C'est pas de refus, accepta Clément en déboutonnant son lourd manteau de drap brun. Je suis arrêté pour deux choses. Je voulais d'abord te remercier d'avoir remis Beau-Casque à sa place à matin quand il s'en est pris à Françoise. Moi, j'ai rien vu. Tit-Phège Turcotte et sa sœur nous parlaient après la messe.

— Qu'est-ce qui est arrivé à matin ? demanda Louis, curieux.

— Étienne vous l'a pas raconté ?

— Non.

— Beau-Casque a voulu embrasser Françoise de force devant tout le monde. Il a fallu qu'Étienne lui sacre une volée pour la lui faire lâcher.

Étienne n'ajouta rien, même si ses deux pensionnaires le dévisageaient.

— Je suis aussi arrêté pour te demander si t'as prévu avoir ben de l'ouvrage la semaine prochaine.

— Pas plus que d'habitude.

— Est-ce que ça te dirait de venir couper de la glace sur la rivière avec Jean et moi ? Tu remplacerais Louis qui aime mieux se reposer avec son oncle, ajouta-t-il pour taquiner les deux déserteurs.

— Aïe, p'pa ! protesta Louis. Dites pas ça. On est assez écœurés de rien faire à cœur de jour depuis six mois. On sait pas quoi faire de nos dix doigts.

— C'est vrai qu'ils s'ennuient pas mal, monsieur Tremblay, les défendit Étienne. Mais ils sont en train de devenir des bons cuisiniers, et pour le ménage, ça s'en vient. Comment l'a dit votre belle-sœur Cécile la semaine passée, ils vont être bons à marier tous les deux quand la guerre va finir.

Lionel et Louis protestèrent bruyamment sous le regard amusé d'Étienne.

— Pour aller faire de la glace, c'est correct, ajouta Étienne, redevenu sérieux. J'en ai coupé un peu les trois dernières années avec mon père.

— On va avoir de l'ouvrage pour une dizaine de jours, s'il y a pas de tempête.

— Pas de problème.

— Les trois fromageries vont nous en prendre pas mal et on va en couper aussi pour nous autres et les Veilleux.

— Je vais être prêt tout de suite après le train.

❧

Le lendemain matin, le thermomètre indiquait – 20 °C. Un petit vent du nord rendait le froid encore plus mordant. Dès huit heures, Clément arrêta son traîneau dans la cour de son voisin. Étienne, debout dans l'entrée de sa grange, lui fit signe d'avancer jusqu'à lui. Il déposa au milieu des autres outils une scie, une pelle et quatre longues perches enroulées dans de la vieille toile.

— Qu'est-ce que c'est ça ? lui demanda Clément en lui montrant ses perches.

— Une patente pour se protéger du vent, monsieur Tremblay, répondit le jeune homme en s'assoyant près de Jean.

— Pour se protéger du vent?

— L'année passée, mon père et moi, on a tellement gelé pendant qu'on sciait de la glace sur la rivière que je m'étais promis de trouver quelque chose pour nous protéger au moins du vent. Ça fait que hier soir, Lionel et Louis m'ont aidé à clouer sur des perches de la vieille toile que j'avais dans le grenier de la grange. On va ben voir tout à l'heure si c'est bon à quelque chose.

Les trois hommes parcoururent tout le rang Sainte-Marie, virèrent à droite devant l'église et parcoururent quelques centaines de pieds dans le rang Saint-Edmond avant de descendre avec précaution sur la rive de la Saint-François, devant la forge de Côme Crevier, près du pont. Depuis plusieurs générations, certains cultivateurs de Saint-Jacques-de-la-Rive venaient chaque hiver découper à cet endroit la glace dont ils avaient besoin. La faiblesse du courant ainsi que le peu de profondeur de l'eau les avaient poussés à choisir ce lieu précis. D'ailleurs, quand Clément, Étienne et Jean arrivèrent sur place, deux hommes y travaillaient déjà.

— Est-ce qu'elle est épaisse? cria Clément à l'un d'eux.

— Pas mal. Un bon seize pouces.

Après l'avoir salué de la main, Clément attacha le cheval à un arbuste sur la berge, à l'abri du vent, et s'avança sur la rivière en compagnie d'Étienne et de Jean qui s'étaient chargés des outils et des perches déposés sur le traîneau.

— Ici, ça va être une bonne place, dit le cultivateur en s'arrêtant à une cinquantaine de pieds des gens déjà au travail.

Pendant qu'il perçait la glace avec sa tarière, sorte de large vilebrequin, les deux autres, armés d'une pelle, enlevèrent la mince couche de neige qui recouvrait la glace sur une surface d'une dizaine de pieds carrés.

— Une chance que c'est venteux sur la rivière, fit remarquer l'adolescent. Il y a moins de neige à pelleter.

— Tu me fais penser qu'il faudrait ben que j'essaye ma nouvelle patente, fit Étienne.

Après avoir déroulé sa toile, le jeune homme planta ses quatre piquets dans la neige, face au vent. Même si ce mur artificiel n'avait que cinq pieds de hauteur, il se révéla immédiatement assez efficace pour lutter contre le vent qui soufflait inlassablement.

Lorsque Clément eut percé un premier trou, il retira sa tarière et la tendit à Étienne, qui entreprit d'en percer un second quatre pieds plus loin. Pendant ce temps, Jean et son père se mirent à scier la glace à partir du premier trou. Comme d'habitude, c'était le dégagement du premier bloc qui était le plus long et le plus difficile. Lorsqu'ils parvinrent à hisser ce bloc sur la glace, le travail se déroula rondement. On sciait des blocs d'environ deux pieds de longueur et de largeur et on les retirait de l'eau avec de larges pinces à glace. À la fin de l'avant-midi, les trois hommes purent faire descendre leur attelage sur la rivière et charger suffisamment de glace sur le traîneau pour effectuer une bonne livraison à la fromagerie du village.

De retour à la maison à l'heure du dîner, Clément ne put s'empêcher de mentionner à Céline à quel point le travail avait rapidement avancé grâce à l'aide de leur jeune voisin.

— Il est solide, le jeune, et il rechigne pas devant l'ouvrage.

— Comme son père, laissa tomber Céline. Germain Fournier avait pas la réputation d'être un paresseux. Il s'est longtemps débrouillé tout seul sur sa terre.

— C'est vrai, reconnut Clément. Mais en plus, son Étienne manque pas d'idées.

Il expliqua alors à sa femme et à sa fille comment la toile tendue sur des piquets pouvait les protéger efficacement du vent et ainsi faciliter leur travail.

— C'est pas la découverte du siècle, reconnut Clément, mais il fallait y penser.

— Il est donc fin, cet Étienne-là ! se moqua Jean. Pas vrai, Françoise ?

Sa sœur lui jeta un regard mauvais, puis replongea le nez dans sa soupe aux pois.

Quelques jours plus tard, le téléphone sonna chez Jérôme Veilleux, un peu après le souper.

— Quatre coups, c'est pour nous autres, dit Colette en se précipitant vers le téléphone pour répondre.

Jérôme fit signe à Carole et à André de baisser la voix tandis que le vieux Ernest, frileusement assis près du poêle, cessa de bourrer sa pipe.

— Vous pouvez tous raccrocher, c'est un appel personnel, dit Colette à tous ses voisins du rang Sainte-Marie qui avaient décroché leur appareil dans l'intention de savoir ce qu'on pouvait bien vouloir aux Veilleux.

Il y eut quelques bruits caractéristiques sur la ligne commune, mais Colette connaissait assez les mœurs des habitants de Saint-Jacques-de-la-Rive pour savoir qu'il y avait encore quelques personnes qui prêtaient l'oreille à ce qui se disait.

Elle écouta durant quelques instants son interlocuteur avant de dire :

— Bien non, Jean-Paul. Ça nous dérange pas pantoute. On va t'attendre.

Colette raccrocha et revint s'asseoir en face de son mari.

— Qu'est-ce que mon frère voulait?

— Il m'a demandé si ça nous dérangeait s'il venait passer la fin de semaine avec nous autres.

— Ben, on a de l'ouvrage samedi, fit remarquer Ernest.

— Je pense pas, beau-père, que c'est pour nous voir qu'il veut venir à la maison.

— Pourquoi il viendrait d'abord?

— Ça me surprendrait pas qu'il vienne pour Claudette. Si elle écoutait sur la ligne, je suis sûre qu'elle va se coucher bien de bonne humeur à soir, ajouta Colette en replaçant d'une main une mèche de cheveux qui s'était échappée de son chignon.

— Toi, pour partir des commérages…, dit son mari, réprobateur.

— Tu verras bien.

Le samedi matin suivant, il neigeait à plein ciel quand Roméo Riopel, un voisin de Pierreville, laissa Jean-Paul Veilleux devant la porte de la maison de son frère.

— Sacrifice! s'exclama Jérôme, la neige te fait pas peur, toi.

— Pantoute. Pour une fois que j'ai toute une fin de semaine de congé, j'étais pas pour m'enfermer dans l'appartement. Léo serait ben venu, lui aussi, mais il travaille aujourd'hui.

Le jeune homme avait une apparence soignée. Sa fine moustache brune et ses taches de son lui donnaient un air enjoué.

— Comment va ta jambe? lui demanda son père qui avait remarqué que son plus jeune fils semblait boiter plus qu'avant.

— Pas trop mal, p'pa. Disons que j'en arrache un peu plus quand je suis fatigué ou que je reste trop longtemps debout. Mais ça va se replacer.

Cet après-midi-là, Jean-Paul profita d'une accalmie à l'extérieur pour endosser son manteau.

— Où tu vas ? lui demanda Colette.

— Je vais prendre un peu l'air. Ça va me faire du bien après le gros dîner que je viens d'avaler. J'ai pas l'habitude de ben manger comme ça chez nous.

Sa belle-sœur ne put s'empêcher de le surveiller par la fenêtre. Elle voulait voir s'il allait tourner à droite ou à gauche en sortant de la cour. Il prit à gauche.

— Je le savais, dit-elle, triomphante. Gagez-vous qu'il va s'en aller du côté des Hamel ? ajouta-t-elle à l'intention de son beau-père en train de fumer paisiblement dans sa chaise berçante.

Pour toute réponse, Ernest laissa échapper un peu de fumée de sa bouche. Jean-Paul ne réapparut chez son frère Jérôme qu'un peu après quatre heures.

— Mon Dieu ! s'exclama Colette en feignant le plus vif soulagement à son entrée dans la maison, je pensais bien qu'il t'était arrivé quelque chose sur le chemin. Je m'en allais envoyer les enfants à ta recherche.

Jérôme et son père dissimulèrent difficilement un sourire moqueur.

— Pourquoi ? demanda Jean-Paul, surpris.

— Parce que t'es parti depuis deux heures et on commençait à s'inquiéter. Je pensais même que tu t'étais perdu en chemin.

— Ben non ! fit le célibataire avec un certain agacement. Je suis juste arrêté une couple de minutes chez les Hamel pour prendre de leurs nouvelles.

— Les Hamel doivent être fiers de voir que tu t'occupes à cette heure d'avoir de leurs nouvelles. Ils doivent trouver que ça fait pas mal nouveau, ça ! se moqua Jérôme.

— Dites donc, vous autres, travaillez-vous pour la police ? s'emporta Jean-Paul.

— Fâche-toi pas, mon petit frère, reprit le maître de maison. On est juste contents de voir que tu t'inquiètes tout à coup de la santé des voisins.

Il n'y eut pas d'autres allusions durant la soirée, mais le lendemain matin, à la grand-messe, Jean-Paul ne suivit pas les autres membres de la famille dans le banc familial. En passant près du banc réservé à la famille Hamel, Claudette l'attrapa par une manche et, sans offrir la moindre résistance, il se glissa près d'elle.

Maintenant, les choses étaient claires pour tout le monde : Jean-Paul Veilleux était le cavalier officiel de Claudette Hamel. Quand Cécile Tremblay aperçut la jeune femme tenant le bras de Jean-Paul à la sortie de l'église, elle poussa intérieurement un soupir de soulagement.

— T'as vu ce que je vois ? lui glissa sa belle-mère à l'oreille en lui désignant de la tête le jeune couple en train de parler avec Rita et Georges Hamel sur le parvis.

Cécile se contenta de hocher la tête.

— Qu'est-ce que je t'avais dit ? reprit sa belle-mère. Tu t'inquiétais bien pour rien pour ton Gérald. Claudette a jamais été une mauvaise fille. Elle cherchait pas à te voler ton mari.

— Quand même, chuchota Cécile. J'ai jamais aimé sa façon d'aguicher les hommes. À cette heure qu'elle a l'air d'en avoir trouvé un, j'espère qu'elle va se tenir tranquille.

Thérèse aperçut ensuite Colette, qui venait de quitter les Tougas et se dirigeait déjà vers Jérôme en train de parler avec deux marguilliers de la paroisse.

— Viens, on va aller dire deux mots à Colette, dit Thérèse à sa bru.

Les deux femmes s'avancèrent vers leur voisine qui s'arrêta en les voyant venir vers elle.

— Bonjour, Colette, la salua Thérèse. Dis-moi pas que ton beau-frère est en train de se caser ?

— Oh! Il y a encore rien de fait, répondit-elle. Disons que le poisson a l'air accroché, mais il frétille encore pas mal au bout de la ligne.

— Tu penses que notre Claudette a des chances? demanda Cécile.

— Tout ce que je peux te dire, c'est que si elle, elle arrive pas à le mener au pied de l'autel, il y en a pas une de la paroisse qui va être capable de le faire.

Chapitre 16

Le vol

Au presbytère, le curé Ménard, les mains enfouies profondément dans les poches de sa soutane, faisait les cent pas dans le salon. Le pasteur de Saint-Jacques était furieux depuis qu'il avait raccroché le téléphone. Monseigneur Poitras venait de lui faire connaître son vif mécontentement à propos de son vicaire et lui avait demandé – non, ordonné – de mieux le surveiller. Comme à son habitude, le prélat n'avait pas mâché ses mots pour lui communiquer sa façon de penser.

Ludger Ménard arrêta un instant son va-et-vient pour s'essuyer le front. Ses contacts avec son évêque n'avaient jamais été particulièrement chaleureux. Le grand homme froid à l'abondante chevelure grise toujours bien coiffée avait une trop haute idée de sa situation dans l'église pour tolérer tout geste de familiarité. Il entendait être obéi au doigt et à l'œil autant par son clergé que par ses ouailles. Quand Aurèle Poitras avait affaire à l'un de ses prêtres en d'autres temps que lors de sa visite pastorale annuelle, il y avait tout lieu de s'inquiéter. C'était rarement pour le féliciter ou prendre des nouvelles de sa santé.

— L'insignifiant! pesta le prêtre à mi-voix, sans remarquer qu'Amélie, les lèvres pincées, le regardait déambuler depuis un bon moment.

— Monsieur le curé, finit-elle par l'interpeller. Ça vous ferait rien d'aller marcher dans le corridor plutôt que dans le salon ?

— Pourquoi ?

— Parce que vous êtes en train de ruiner le tapis à force de toujours marcher à la même place. Déjà qu'il est loin d'être neuf !

Cette intervention inopportune de sa ménagère sembla tout de même ramener le curé Ménard à plus de calme.

— Ne vous en faites pas pour le tapis, madame Provost. Je vais aller m'asseoir dans mon bureau.

Il quitta le salon et alla se planter devant l'une des fenêtres de son bureau, regardant la neige abondante qui s'était mise à tomber sur le village quelques minutes plus tôt. Cette lourde giboulée lui rappelait que la saison froide était loin d'être terminée, même si le mois de mars avait fini par arriver. Le temps s'était adouci, mais ce n'était tout de même pas encore la fin de l'hiver. Il était vrai que les journées allongeaient et que certains après-midi, le soleil avait fait fondre le givre dans les fenêtres des maisons. Mais de là à croire le beau temps définitivement revenu, il y avait un monde…

Le pasteur avait volontairement laissé ouverte la porte de la pièce. Lorsque l'abbé Leroux rentra au presbytère, il lui laissa à peine le temps de secouer la neige qui recouvrait son manteau et son chapeau avant de l'appeler.

— L'abbé, venez donc me voir quand vous aurez enlevé votre manteau.

Hervé Leroux se présenta dans le bureau de son supérieur en essuyant avec un mouchoir les verres embués de ses lunettes.

— Oui, monsieur le curé ?

— Assoyez-vous, l'abbé, l'invita Ludger Ménard sans trop de douceur.

La figure du jeune vicaire refléta un peu d'inquiétude devant la mauvaise humeur évidente de son supérieur.

— Je viens de recevoir un appel de monseigneur.

— Il va bien ?

— Il m'a pas appelé pour me dire comment il allait, l'abbé. Il paraît qu'il a reçu au moins cinq lettres de paroissiens depuis Noël, des lettres de plaintes à votre sujet.

Les yeux gris de Hervé Leroux s'écarquillèrent tout grands sous l'effet de la surprise.

— Il y en a qui se plaignent de moi ? Qui ça ?

— Monseigneur m'a pas donné de noms, mais dans toutes les lettres, il dit qu'on vous reproche de terroriser les enfants des écoles avec vos descriptions de l'enfer et du diable. Il paraît que vous arrêtez pas de leur parler de l'impureté et du péché de la chair.

— J'espère que monseigneur me le reproche pas, lui, fit le vicaire en haussant le ton. Il nous a lui-même conseillé d'être vigilants dans ces domaines particuliers à notre retraite annuelle et…

— Je le sais, l'abbé, le coupa le curé Ménard, mais il y a une façon de le faire. Vous oubliez peut-être de parler du Dieu d'amour et de bonté. Soyez pas si cassant avec les gens, surtout avec les enfants. On n'attire pas les mouches avec du vinaigre, comme disait ma mère. Parlez moins de l'enfer et parlez-leur des joies du ciel. Après tout, je comprends pas que vous puissiez décrire l'enfer et le diable, puisque vous les avez jamais vus.

— Mais notre rôle, monsieur le curé, est de garder nos brebis dans le droit chemin et de leur éviter les péchés mortels qui souillent l'âme à jamais…

— Bon, ça va faire, l'abbé. Je pense que je vais devoir vous mettre les points sur les «i», fit Ludger Ménard en durcissant le ton. Vous allez faire en sorte que je reçoive plus d'appel de l'évêché à votre sujet. Est-ce que c'est assez clair ?

— Bien, monsieur le curé. Mais je vais tout de même écrire une lettre à monseigneur pour m'expliquer, s'entêta le jeune prêtre en remontant ses lunettes qui avaient un peu glissé sur son nez.

— Faites-le si vous le voulez, mais à votre place, je ferais pas trop de vagues. Je me contenterais d'accepter le blâme et je changerais ma façon de faire.

— Merci pour votre conseil, monsieur le curé, dit le vicaire en se levant.

À sa sortie du bureau, Hervé Leroux croisa la ména-gère qui, par hasard, balayait à faible distance de la porte de la pièce. Il lui jeta un regard mauvais avant de monter à sa chambre. Amélie adressa un mince sourire au jeune prêtre au moment où il lui tournait le dos. Décidément, elle trouvait la situation plutôt plaisante et s'en réjouissait.

⁓

Le lendemain matin, Elphège Turcotte se leva tôt pour aller déneiger les marches du parvis de l'église avant que les premiers fidèles n'arrivent pour la messe de sept heures de l'abbé Leroux. Il ne fallait surtout pas interpré-ter ce geste comme un signe d'une vaillance toute nou-velle du bedeau. Non, il se contentait simplement d'éviter le plus possible les affrontements avec le petit vicaire qu'il n'aimait pas du tout, surtout depuis la chute du prêtre dans l'escalier et la scène pénible qui avait suivi.

La veille, à l'heure de se mettre au lit, Elphège avait bien vu par la fenêtre que la neige avait cessé de tomber et que la lune brillait dans un ciel qui s'était dégagé de ses nuages. Il aurait fort bien pu aller pelleter à ce moment-là pour éviter cette corvée matinale, mais la tentation de se mettre au lit avait été la plus forte et ce matin, il en payait le prix.

Après avoir allumé le poêle, le bedeau sortit de la petite maison blanche sur la pointe des pieds pour ne pas réveiller sa sœur qui dormait à l'étage. Le jour commençait à poindre. Debout sur le perron, il regarda l'église de l'autre côté de la route : tout était silencieux et blanc. Il était à peine six heures et Arsenault avait déjà passé la charrue dans le rang Saint-Edmond. Il descendit de la galerie et franchit le remblai de neige avant de traverser la chaussée. Ralenti par la neige qui lui arrivait à mi-jambes, il franchit le remblai de l'autre côté de la route. Avant de se diriger vers l'église, par automatisme, il tourna la tête une dernière fois vers sa maison quand un détail attira son attention. Il fit encore un pas avant de s'immobiliser soudainement, réalisant l'incongruité de ce qu'il venait d'apercevoir du coin de l'œil.

Le bedeau, intrigué, regarda avec plus d'attention l'épicerie d'Hélèna Pouliot dans le jour qui se levait. Aucune lumière n'éclairait les fenêtres de la grosse maison jaune située sur le coin du rang Sainte-Marie, en face de l'église. De plus, aucune fumée ne s'échappait de sa cheminée. Contrairement à son habitude, la vieille dame ne semblait pas encore levée.

Au même moment, Elphège Turcotte se rendit compte que des traces de pas dans la neige menaient à la porte de l'épicerie, qui, étrangement, était entrouverte. Il réalisa immédiatement que quelque chose d'inhabituel avait dû se produire chez l'épicière. Pendant un bref moment, il se demanda s'il devait alerter un voisin ou pénétrer seul dans le magasin. Il opta pour la seconde alternative.

Le bedeau traversa la route sans perdre un instant. Il monta les trois marches de l'escalier conduisant à la large galerie qui donnait accès à la porte d'entrée et la repoussa un peu en criant :

— Il y a quelqu'un ?

Seul le silence lui répondit. Le cœur battant la chamade, il fit quelques pas dans l'épicerie en répétant encore plus fort la même question.

— Il y a quelqu'un ? Madame Pouliot, êtes-vous là ?

Le vent avait poussé un peu de neige à l'intérieur du magasin. Au moment où l'homme s'apprêtait à repousser la porte du pied pour pouvoir fermer derrière lui, il entendit un gémissement venant de l'arrière du comptoir. Un bref instant, il eut une folle envie de fuir. Il jeta autour de lui des regards affolés. Puis, prenant son courage à deux mains, il s'avança jusqu'au comptoir par-dessus lequel il se pencha.

Dans le jour gris qui pénétrait par la vitrine, il découvrit alors la vieille dame de plus de soixante-dix ans étendue par terre, la tête couverte de bigoudis et vêtue d'une vieille robe de chambre d'une couleur indéfinissable. Une large traînée de sang coulait de son cuir chevelu et maculait son visage tordu par la douleur. Elle était entourée d'éclats de verre et de bonbons.

— Ah ben, maudit démon ! s'exclama Elphège, persuadé d'être devant une morte.

Le bedeau contourna le comptoir et se précipita vers le corps. Au moment précis où il se penchait vers elle, Hélèna sembla reprendre vie, faisant violemment sursauter son sauveur.

— J'ai mal ! J'ai mal ! se mit-elle à geindre d'une voix faible.

— Qu'est-ce qui vous est arrivé, madame Pouliot ? demanda le bedeau en recouvrant un peu son sang-froid.

— Un voleur ! J'ai mal ! Mon Dieu que j'ai mal !

Quand Elphège, affolé par ces plaintes, voulut la soulever, la vieille dame poussa un tel cri de souffrance qu'il renonça à la bouger. Il se contenta de saisir un coussin posé sur le siège d'une chaise derrière le comptoir et de le glisser sous sa tête.

— Je vais chercher de l'aide, déclara-t-il en se relevant.

Il sortit prestement de l'épicerie. Un rapide coup d'œil aux fenêtres des maisons voisines lui confirma que tout le monde dormait encore. Sans plus attendre, il traversa la route et se précipita vers le presbytère. Ses coups de sonnette répétés firent accourir Amélie à la porte.

— Ma foi du bon Dieu ! Vous êtes devenu fou ! s'exclama la ménagère. Cherchez-vous à réveiller tout le village ?

— Vite, madame Provost, dit-il, à bout de souffle. Il est arrivé un malheur chez Hélèna Pouliot. Elle est étendue à terre dans son magasin et elle baigne dans son sang.

Le curé Ménard, alerté par les coups de sonnette, apparut à son tour à la porte en finissant de boutonner sa soutane. Le prêtre ne perdit pas de temps à poser des questions. Il s'empara de son chapeau et de son manteau.

— Venez, madame Provost, ordonna-t-il à sa ménagère. On risque d'avoir besoin de vous.

Sans attendre sa réponse, le prêtre dévala l'escalier à la suite de son bedeau. Tous les deux traversèrent la route et s'engouffrèrent dans l'épicerie.

— Allumez le poêle, monsieur Turcotte, commanda le curé pendant qu'il se penchait vers la vieille épicière qui semblait avoir perdu conscience.

Amélie entra à son tour dans le magasin et vint s'agenouiller à côté de la vieille dame. Elle se mit immédiatement à essuyer son visage ensanglanté avec un mouchoir. Le curé Ménard s'était déjà emparé du téléphone. Il appela d'abord le docteur Bélanger, qu'il réveilla. Ensuite, il prévint la police à Pierreville en signalant qu'il s'agissait d'une urgence.

Durant l'attente qui suivit, Amélie Provost recouvrit la blessée d'une épaisse couverture et s'occupa de la rassurer lorsqu'elle reprit conscience. Pendant ce temps, le prêtre et le bedeau regardaient autour d'eux pour chercher à savoir ce qui avait bien pu être volé dans l'épicerie.

— On dirait que le voleur est parti avec tous les paquets de cigarettes, fit remarquer Elphège.

— C'est vrai, acquiesça le prêtre.

— En plus, tous les paquets de tabac Player's et les boîtes de tabac Rose Quesnel qu'Hélèna place toujours sur les tablettes derrière le comptoir sont partis.

— Et le tiroir-caisse a aussi été vidé, ajouta le curé Ménard en remarquant le tiroir ouvert devant lui.

La voiture du docteur Bélanger arriva à l'épicerie en même temps que celle de la Police provinciale. La blessée fut transportée dans sa chambre où le praticien l'examina avec soin pendant qu'Elphège Turcotte était interrogé par les deux policiers. Le curé Ménard et sa ménagère attendaient en silence le diagnostic du médecin. Quand ce dernier quitta la chambre une dizaine de minutes plus tard, ce fut pour réclamer de l'eau chaude à Amélie. Avant de disparaître de nouveau dans la chambre de l'épicière, le praticien prit tout de même la peine de rassurer tout le monde.

— Ce sera pas une cliente pour vous aujourd'hui, monsieur le curé, dit le médecin.

— J'aime autant ça, soupira Ludger Ménard.

— C'est pas mal moins pire que ça en avait l'air. Je l'ai bien examinée. Elle a pas de fracture du crâne. C'est peut-être à cause de ses bigoudis qui ont amorti le choc. Elle va s'en tirer avec une douzaine de points de suture et un bon mal de tête. Je l'ai déjà recousue. Je lui ai laissé des sédatifs que je lui ai recommandé de prendre aussitôt que vous aurez fini de l'interroger, ajouta le docteur Bélanger en s'adressant aux policiers.

Il y eut un soupir de soulagement général. Le curé et sa cuisinière retournèrent au presbytère après en avoir reçu la permission des policiers.

Ces derniers obtinrent bien peu de renseignements lors de l'interrogatoire de l'irascible épicière. Elle leur raconta avoir été réveillée un peu avant six heures par des bruits à sa porte. Furieuse, elle s'était levée avec l'intention de passer un savon à celui qui avait le front de venir la réveiller aussi tôt. Elle avait à peine eu le temps d'ouvrir la bouche en repoussant le rideau de perles qui séparait son appartement de l'épicerie. Elle se souvenait vaguement de s'être aperçue que l'intrus était parvenu à forcer la porte verrouillée de son magasin et qu'il était déjà en train de vider son tiroir-caisse. Au moment où elle allait crier, l'homme l'avait frappée sur la tête avec le gros pot de bonbons qui trônait habituellement sur son comptoir.

Bien avant midi, l'histoire avait fait le tour de Saint-Jacques-de-la-Rive. Dans tous les foyers de la paroisse, on ne se priva pas de faire des commentaires sur un pareil drame. Inutile de préciser qu'il y eut des badauds sur la galerie de l'épicerie jusqu'au coucher du soleil. Pour la première fois depuis de nombreuses années, le magasin demeura fermé toute la journée. Une affichette, œuvre de Rose-Aimée Turcotte, avait été collée dans la vitrine pour annoncer à la clientèle que le commerce demeurerait fermé durant quelques jours.

Évidemment, Elphège n'avait pas quitté la galerie d'Hélèna Pouliot de la journée. C'était son heure de gloire et il entendait bien en profiter au maximum. Aussitôt qu'un curieux se présentait pour avoir de plus amples informations sur ce qui s'était réellement produit, le bedeau à la laideur si sympathique prenait un air important et se mettait à raconter avec force moulinets des bras comment il avait sauvé la propriétaire au péril de sa vie ce matin-là. Au fur et à mesure de ses divers récits, son rôle s'enflait et prenait des allures de plus en plus héroïques. Il alla même jusqu'à laisser entendre que le coupable lui avait filé sous le nez au moment où il pénétrait dans l'épicerie. Il s'en était fallu d'un poil qu'il se batte avec lui pour l'empêcher de prendre la fuite.

— Et qui est-ce que c'était ? lui demanda le gros Côme Crevier, venu aux nouvelles à la fin de l'après-midi.

— Je le sais pas trop, fit Elphège.

— Comment ça, tu le sais pas trop ? Tu l'as vu ou tu l'as pas vu, Tit-Phège ? demanda le garagiste-forgeron avec impatience.

— Ben, c'est difficile à dire. Il a filé tellement vite que je pourrais pas jurer avoir ben vu sa face.

— Je serais pas surpris que ce serait Beau-Casque, intervint le vieux Philibert Dionne, l'ancien postier à la retraite depuis de nombreuses années. Quelqu'un d'ici aurait jamais fait une affaire pareille à Hélèna Pouliot.

— C'est vrai, ça, reprit une commère debout sur la dernière marche de l'escalier. Il a l'air mauvais, ce grand escogriffe-là. Moi, il me fait peur.

— En tout cas, il va avoir de quoi fumer longtemps, dit le bedeau. Il est parti avec tout le tabac et toutes les cigarettes qu'Hélèna avait dans son magasin.

— Dans ce cas-là, c'est pas Beau-Casque qui a fait le coup, trancha sèchement Crevier. Il fume pas. S'il fumait, je le saurais depuis longtemps. Il passe la moitié de ses journées à traîner au garage.

— Pour moi, c'est un rôdeur, avança Elphège Turcotte, soulagé de ne pas avoir à identifier le voleur qu'il n'avait pas vu du tout.

Les jours suivants, lorsque les différents récits de l'intervention du bedeau se mirent à circuler dans la paroisse, certains ne purent s'empêcher de sourire d'un air entendu.

— Notre Tit-Phège est devenu brave en torrieu en vieillissant, se contenta de déclarer Ernest. Veilleux aux siens.

— Pourquoi vous dites ça, beau-père ? demanda Colette.

— Je me souviens d'un temps où il pissait dans ses culottes quand on le menaçait d'une mornifle.

~

À la surprise quasi générale, Hélèna Pouliot ne reprit pas sa place derrière son comptoir le lendemain de l'odieux vol. Les gens eurent beau venir frapper à la porte de l'épicerie les jours suivants, la propriétaire ne leur ouvrit pas. Le plus souvent, elle se contentait de soulever un coin du rideau maintenant tiré devant la vitrine de son commerce pour indiquer aux entêtés l'affiche qui confirmait la fermeture temporaire du magasin.

Pour la première fois depuis près d'un demi-siècle, Saint-Jacques-de-la-Rive était privé d'une épicerie. Les fumeurs qui fumaient autre chose que le tabac du pays ainsi que les ménagères grognaient. Faire cinq milles en plein hiver jusqu'à Pierreville pour acheter du tabac ou une pinte de mélasse n'était pas pratique. En outre, on réalisait subitement que l'épicerie d'Hélèna était un peu plus qu'un simple commerce. C'était l'endroit du village où on échangeait des nouvelles, le lieu où les jeunes désœuvrés avaient l'habitude de se rencontrer le soir et les fins de semaine en étirant le plus possible leur bouteille de Coke ou de Pepsi. Bref, cette porte close obligeait beaucoup de gens à changer des habitudes auxquelles ils tenaient.

La nouvelle éclata le dimanche suivant. Après la basse-messe, des paroissiens allèrent sonder la porte de l'épicerie dans l'espoir que sa propriétaire, remise enfin de ses émois, ait repris le collier. À leur plus grande stupéfaction, ils découvrirent un grand carton blanc placé dans la vitrine sur lequel on avait écrit: «À vendre». On s'empressa alors de questionner la ménagère du curé Ménard qui venait de sortir de l'église. Certaines personnes savaient qu'elle était venue rendre visite à plusieurs reprises à Hélèna depuis qu'elle avait été blessée.

— Je suis pas au courant de rien, affirma cette dernière. Si vous voulez savoir pourquoi elle vend, vous avez juste à lui poser la question après la grand-messe. Je suppose qu'elle va y aller.

Les gens, déçus, en furent réduits aux suppositions. Fait certain, cette nouvelle supplanta l'annonce faite du haut de la chaire par le curé Ménard. Ce dernier était parvenu à retenir les services du père Leblanc pour prêcher les retraites du carême qui allaient commencer dès le mercredi suivant, soit le soir du mercredi des Cendres. Le père dominicain Ulric Leblanc avait conquis le cœur des gens de Saint-Jacques trois ans auparavant lorsqu'il était venu prêcher les retraites des femmes et des hommes. Depuis, chaque année, Ludger Ménard se démenait pour le faire revenir prêcher dans son église dans l'intention de plaire à ses paroissiens.

Évidemment, après la grand-messe, on assiégea Hélèna à sa sortie de l'église autant pour prendre des nouvelles de sa santé que pour savoir pourquoi elle vendait son épicerie, exploitée par les Pouliot depuis près de cinquante ans. La vieille dame, la mine à peine moins revêche que d'habitude, ne se fit pas prier pour parler.

— Je pensais bien ma dernière heure arrivée, geignit-elle. J'ai vu trente-six chandelles quand on m'a défoncé le crâne.

— Oui, mais là, vous avez l'air d'aller pas mal mieux, fit Rose-Aimée Turcotte.

— J'ai juste l'air, lui répondit sèchement Hélèna de sa voix de crécelle. Ça m'arrive encore de me sentir tout étourdie. Il faut que je me tienne au mur pour marcher droit dans ce temps-là.

— Est-ce que vous êtes sérieuse quand vous annoncez que votre commerce est à vendre ? demanda Ernest qui venait de se joindre au petit cercle de curieux.

Hélèna tourna la tête dans sa direction, l'air mauvais.

— Une folle ! J'attendrai pas de me faire tordre le cou comme un poulet avant de lâcher !

— Ça vous est jamais arrivé avant et ça se peut que ça vous arrive jamais plus, voulut la réconforter Colette à qui l'idée de ne plus avoir d'épicerie au village ne plaisait pas du tout.

— Vous pouvez être certaine que j'attendrai pas pour le savoir, déclara la vieille dame sur un ton définitif. Une fois, c'est déjà trop. Je suis trop vieille pour revivre ça. Je vends et je vais aller rester avec une de mes cousines à Trois-Rivières.

— Mais en attendant de vendre, vous allez tenir votre magasin ouvert, j'espère, fit Côme Crevier. Nous autres, on a besoin de toutes sortes d'affaires.

— Bien, mon Côme, tes affaires, t'iras les acheter à Pierreville parce que mon magasin va rester fermé.

— Et si vous trouvez pas à vendre votre commerce ? demanda Rose-Aimée, son gros visage lunaire assombri par cette éventualité.

— Je vendrai la maison et le nouveau propriétaire se débarrassera comme il voudra de ce qui restera dans le magasin. Après tout, quand mon père a acheté cette maison-là en 1894, c'était une simple maison. Il y a rien qui empêche que ça en redevienne une.

Sur ce, elle traversa la route et rentra chez elle en empruntant la porte de côté qui ne desservait que son appartement. La porte de l'épicerie demeura close, comme les jours précédents. Après avoir abondamment parlé du départ prochain de l'épicière, les gens finirent par rentrer chez eux, affichant, pour la plupart, un air de dépit.

— Rien n'empêche que c'est une maudite vieille boquée ! s'écria Ernest qui avait été privé durant trois jours de son tabac Rose Quesnel.

— Voyons, p'pa, fit Jérôme. À son âge, Hélèna a tout de même le droit de décider de se reposer, surtout après ce qui lui est arrivé.

— Surtout qu'à sa place, je serais pas trop rassurée, intervint Colette. Il paraît que la police a aucun indice de qui a fait le mauvais coup. Moi, je la comprends.

— En tout cas, ce sera pas difficile de trouver quelqu'un qui a meilleur caractère, dit le vieil Ernest en allumant sa pipe.

— Elle est pas jeune, beau-père, le réprimanda doucement sa bru.

— Elle a toujours été bête comme ses deux pieds, Hélèna Pouliot. En plus, l'âge a rien à y voir, tu sauras ! Regarde-moi ! Je suis plus vieux qu'elle et j'ai bon caractère.

— Hum ! Hum ! fit Colette, l'air d'en douter sérieusement.

Carole et André, assis à la table, se mirent à rire. Leur grand-père leur fit les gros yeux tout en réprimant difficilement un sourire.

— D'après vous autres, est-ce qu'elle va demander ben cher pour son commerce ? demanda Jean-Paul, venu dîner chez son frère avant d'aller passer l'après-midi chez les Hamel.

— Difficile à dire, répondit Jérôme. La maison est pas neuve, mais elle est grande et elle a l'air en bon état.

334

— Les dépendances, en arrière, sont pas mal non plus, ajouta son père.

— Pourquoi tu demandes ça ? fit Colette.

— Par simple curiosité.

Il y eut un bref moment de silence pendant que tous les membres de la famille finissaient de manger la grosse portion de pudding au pain que Colette leur avait généreusement servie.

— Profitez-en, dit Colette en se levant de table. Il y aura plus de dessert jusqu'à Pâques à partir de mercredi.

— Pas encore cette année, se plaignit Jérôme, grand amateur de sucreries. Tu pourrais pas changer de résolution une année ?

— Jérôme Veilleux, tu devrais avoir honte ! s'écria sa femme en se plantant devant son mari. Se priver de dessert durant le carême, c'est même pas une vraie punition. J'espère que toi, tu vas trouver autre chose en plus.

— Oui, t'endurer !

Colette ne releva pas la pique de son mari.

— En tout cas, cette année, t'auras pas le choix d'aller à la retraite, reprit-elle.

— Comment ça ? demanda Jérôme, sur la défensive.

L'homme à la carrure massive avait en commun avec son père une haine avouée pour la retraite annuelle du carême. Depuis quelques années, il parvenait toujours à trouver toutes sortes d'excuses pour ne pas s'y rendre. Le plus souvent, une tempête de neige ou une vache malade lui avait évité cette corvée.

— Tout simplement parce que t'es marguillier. Il faut que tu y ailles. Si jamais le curé Ménard s'apercevait que t'es pas là, tu te ferais parler dans le portrait, je te le garantis.

— V'là autre chose, à cette heure ! s'emporta Jérôme. Bâtard ! Je le savais que j'aurais jamais dû m'embarquer dans cette affaire-là !

— Ça dure juste trois jours ; t'en mourras pas. Tu pourrais même en profiter pour amener ton père avec toi. Je suis certain que ça lui ferait pas de mal.

— Aïe, la bru ! J'ai rien à voir là-dedans, se défendit le vieillard. Moi, je suis pas marguillier.

⁓

Trois jours plus tard, Amélie ouvrit la porte d'entrée du presbytère au père Ulric Leblanc. Le dominicain, un religieux joufflu et jovial, salua avec plaisir la ménagère du curé Ménard.

— Bonjour, madame Provost. Je suis content de voir que vous êtes toujours là. Vous êtes ma cuisinière préférée. Je suis certain que je vais encore engraisser à cause de vous.

— Voyons donc, mon père, vous savez bien que c'est pas ma faute. Cette année, je vais vous mettre à la crème de blé trois repas par jour…

— Faites pas ça, malheureuse ! s'écria le gros père en retirant son manteau. Des plans pour que je me mette à flotter dans ma robe. En plus, quel fidèle aurait confiance dans un prédicateur maigre comme un clou avec les joues creuses. Non, non. Changez pas vos recettes pour moi. Je vais seulement faire attention à ne pas trop manger. Je vais essayer de ne pas être trop gourmand, mais sans bouder tout de même la bonne nourriture du bon Dieu.

Amélie se mit à rire, imitée par le visiteur qu'elle conduisit sans cérémonie jusqu'à sa chambre.

— Monsieur le curé et le vicaire devraient être à la veille de revenir, dit-elle avant de refermer la porte de la chambre. La cérémonie des Cendres est commencée depuis un bon bout de temps.

— Parfait. Je vais travailler à mes sermons.

Lorsque le dominicain descendit pour souper, il retrouva le curé Ménard avec plaisir dans le salon. Les deux prêtres se connaissaient bien et s'appréciaient. Ils avaient en commun leur âge, leur amour de la bonne chère et leur bonne humeur. Le curé lui présenta son vicaire et tous les trois passèrent à table. La cuisinière venait d'apporter un rôti de veau et une purée de pommes de terre. Il se dégageait de l'ensemble un fumet pour le moins appétissant.

— Je sens que madame Provost a pas perdu la main, dit le dominicain avec bonne humeur en étalant sa serviette de table sur ses genoux.

— Ça me surprendrait, lui répondit son hôte en riant.

Au bout de la table, Hervé Leroux faisait grise mine et se servit parcimonieusement. Ulric Leblanc fronça les sourcils en le regardant chipoter dans son assiette. Pendant tout le repas, le vicaire se tut, insensible aux tentatives des deux autres de le faire participer à la conversation.

— Dites donc, l'abbé, avez-vous perdu un pain de votre fournée ? finit par lui demander le dominicain au moment du dessert.

— Non. Pourquoi me demandez-vous ça ? fit-il, avec un soupçon d'agacement.

— À vous regarder, on dirait que vous avez mordu dans un citron, plaisanta l'invité. Vous savez, le temps des saints à la triste figure, c'est passé de mode depuis longtemps. Il y a rien qui défend aux honnêtes gens de profiter des quelques joies que Dieu leur envoie. La bonne nourriture en est une.

Ludger Ménard éclata de rire, approuvant de toute évidence la déclaration de son invité.

— C'est probablement la fatigue, se défendit le jeune prêtre. Vous m'excuserez, je pense que je vais me coucher tôt ce soir.

Sur ce, le jeune vicaire se leva de table et quitta la pièce.

— Est-ce qu'il est toujours comme ça? chuchota le dominicain.

— Pas toujours, mais souvent, reconnut son hôte en poussant un soupir qui en disait long.

— Eh bien, la vie doit pas être drôle tous les jours avec un rabat-joie pareil.

Ce soir-là, le père Leblanc se retrouva devant un large auditoire. Beaucoup d'hommes avaient quitté la chaleur de leur foyer pour assister au début de leur retraite annuelle. Un bon nombre d'entre eux avaient préféré braver le froid plutôt que la mauvaise humeur de leur femme qui, conformément aux recommandations de leur curé, avait exigé qu'ils participent à la retraite. Pour être juste, il fallait tout de même reconnaître que bien peu eurent à regretter le déplacement tant le dominicain était un bon prédicateur plein de verve et d'humour.

Chapitre 17

Le départ

Jusqu'à la fin du mois de mars, l'hiver connut encore quelques soubresauts, mais il était visible qu'il s'essoufflait. La neige commençait dorénavant à fondre. Durant les jours ensoleillés, on entendait l'eau circuler sournoisement sous la glace dans les fossés. Les ornières de la route se remplissaient d'eau et, çà et là, de larges plaques de terre voyaient le jour dans les champs. Déjà, les remblais de neige grise sur le bord du chemin diminuaient et les premières corneilles faisaient entendre leurs croassements désagréables, perchées dans les arbres encore dépouillés de leur feuillage.

Les cultivateurs s'activaient à préparer leurs seaux et leurs chalumeaux. La plupart des cabanes à sucre avaient été nettoyées et on avait fait ample provision de bois de chauffage. L'épaisseur de la neige au pied des érables avait commencé à baisser sérieusement. C'était le « cerne » qu'on attendait pour percer les arbres et installer les seaux. Si les nuits continuaient à être froides, tous prédisaient une bonne saison des sucres.

Chez Clément Tremblay, on s'était entendu avec Étienne pour que son eau d'érable soit apportée à leur cabane. Il était évident que le bossu n'arriverait jamais à la faire bouillir, à soigner ses animaux et à s'occuper de ses deux locataires en même temps. Le jeune homme avait bien tenté de résister, mais on lui avait fait comprendre qu'il ne s'agissait que d'un simple geste naturel de bon voisinage. Comme ce marché lui permettait de voir la belle Françoise chaque jour et lui parler, Étienne n'eut pas le courage de refuser.

Ainsi, deux fois par jour, le jeune cultivateur faisait la récolte de son eau d'érable et allait la verser dans la cuve de son voisin qui se faisait aider par Françoise et Jean. Il lui arrivait très souvent de demeurer de longs moments dans la cabane pour prêter main-forte aux Tremblay qui appréciaient de plus en plus sa bonne humeur et sa serviabilité.

Le Vendredi saint, au début de l'après-midi, Jérôme Veilleux vit arriver son frère Jean-Paul au moment où il rentrait à la maison après avoir recueilli un demi-baril d'eau d'érable.

— Viens pas me dire que tu viens faire tes Pâques au village ! fit le marguillier en attachant son cheval au garde-fou de la galerie.

— Inquiète-toi pas pour ça, fit son frère en arborant un air mystérieux. Je suis venu à Saint-Jacques pour une raison ben plus importante que ça.

— Entre et viens nous raconter ça, l'invita son frère en le poussant légèrement devant lui.

Les deux hommes pénétrèrent dans la cuisine et enlevèrent leur manteau au moment même où Colette et sa fille Carole descendaient au rez-de-chaussée.

— Tiens, je t'amène de la visite, annonça son mari en lui montrant Jean-Paul.

— C'est pas de la visite ben rare, dit le beau-frère. Je viens vous voir presque toutes les fins de semaine.

— T'es toujours le bienvenu, dit sa belle-sœur.

— Il me semble que ça sent pas grand-chose dans la cuisine, fit Jérôme en tournant la tête vers le poêle sur lequel rien ne semblait cuire malgré la proximité de l'heure du dîner.

— As-tu oublié que c'est Vendredi saint, Jérôme Veilleux, le gronda sa femme. C'est maigre et jeûne.

— C'est pas vrai! s'exclama l'homme. J'ai une faim à dévorer un bœuf.

— C'est bien de valeur, mais vous allez vous contenter de galettes de sarrasin pour dîner. Comptez-vous bien chanceux d'avoir ça. Normalement, vous devriez même pas manger aujourd'hui.

— Bout de cierge! s'emporta Jérôme. Sois pas plus catholique que le curé. Il a dit lui-même dimanche passé que ceux qui avaient à travailler aujourd'hui avaient le droit de manger pour se soutenir.

— Oui, mais il a pas dit de manger de la viande, s'entêta sa femme.

— De la galette, c'est tout de même mieux que rien, non? fit Ernest qui entrait dans la cuisine à ce moment-là.

— Avec un repas comme ça, p'pa, c'est pas possible de faire une journée d'homme! se plaignit Jérôme.

— Bel exemple pour les enfants, laissa tomber sa femme, mécontente, en montrant du menton André et Carole.

Il y eut un bref moment de silence avant que Colette ne reprenne la parole.

— Viens-tu coucher? demanda-t-elle à Jean-Paul.

— T'es ben fine, mais je suis pas venu pour ça. Je suis venu vous annoncer une grande nouvelle.

— Dis-moi pas que tu te maries?

— Ben non! J'ai pas dit que je venais annoncer un malheur, plaisanta Jean-Paul. Non. J'arrive du village. Je suis allé parler avec Hélèna Pouliot.

— Qu'est-ce que tu lui voulais ? demanda son père.

— Ben, ça fait plus qu'un mois qu'elle cherche à vendre son magasin et sa maison et j'étais curieux de savoir combien elle demandait.

— Puis ?

— On vient de s'entendre. J'ai acheté.

— Hein ! s'exclama Colette, stupéfaite. T'as acheté la maison et le magasin d'Hélèna ?

— Ben oui. Son prix a fait mon affaire et on va passer chez le notaire Beaubien lundi prochain.

— Et ton ouvrage chez Thibault ? demanda Jérôme, estomaqué.

— Pour dire la vérité, j'en arrachais pas mal avec ma jambe à rester debout dix heures par jour.

— Et pour l'argent ? s'inquiéta Ernest en regardant son fils.

— Ça, p'pa, c'est l'avantage d'être un vieux garçon. Je travaille depuis quinze ans chez Thibault et j'ai presque jamais rien dépensé, à part mon loyer et mon manger. Même là, je séparais en deux avec Léo. Ça fait que j'ai assez d'argent pour acheter la maison et le commerce sans m'endetter. Mieux, je pense que je vais acheter du matériel comme des piquets de clôture, du fil de fer barbelé, du bois et des outils.

— Tu veux faire concurrence à Murray ? demanda Colette.

— Non, mais je pense qu'il y a ben des cultivateurs de Saint-Jacques et de Saint-Gérard qui vont être contents d'acheter chez Jean-Paul Veilleux plutôt que d'aller courir jusque chez Murray, à Pierreville.

— Qu'est-ce que Léo pense de tout ça ?

— Il m'a encouragé à le faire.

— Quand est-ce que tu penses ouvrir l'épicerie ? demanda Colette.

— À la fin de la semaine prochaine, Hélèna devrait être partie et je devrais venir m'installer.

— Est-ce que Claudette est au courant?

— Pas encore. C'est une surprise que je vais lui faire cet après-midi.

— J'aimerais être un petit oiseau pour voir comment elle va prendre ça, dit sa belle-sœur, tout excitée par la nouvelle. Tu vas revenir souper avec nous autres, j'espère?

— Merci de l'invitation, mais je vais repartir pour Pierreville après être passé chez les Hamel. Je dois rentrer travailler chez Thibault à six heures.

⁓

Le matin de Pâques, bien avant l'apparition du soleil, Ernest Veilleux se leva et s'habilla sans faire de bruit. Il alluma le poêle avant de s'emparer d'un gros pot en vitre et de sortir dans l'air froid. Le ciel était dégagé et l'air était vif. Sans se presser, le vieil homme prit la direction de la source vive qui coulait chez les Desjardins, la dernière ferme du rang Sainte-Marie, située à quelques arpents de celle des Veilleux, de l'autre côté de la route.

À son arrivée près de la source, Ernest ne trouva là que quelques vieux qui, comme lui, croyaient encore dans les vertus curatives de l'eau de Pâques. Il se rappelait pourtant d'un temps pas si lointain où pas une maîtresse de maison n'aurait accepté d'être privée de cette eau chez elle. Il revoyait encore en pensée son grand-père et son père venant ici même chercher leur eau de Pâques aux premières lueurs du jour.

Ernest salua Antonius Tougas et Paul-Émile Rivest du rang des Orties. Tous les trois attendirent patiemment les premières clartés de l'aube pour remplir leur contenant avant de retourner à la maison.

Ce matin-là, on aurait dit que tout le monde avait des raisons de se réjouir. Les enfants étaient heureux de la fin du carême et se promettaient de se gaver de dessert à l'heure du dîner. La belle température de cette matinée de Pâques avait aussi mis de bonne humeur les femmes qui avaient travaillé à se confectionner une nouvelle toilette ou un nouveau chapeau. Enfin, les hommes se faisaient une joie de sortir pour la première fois du printemps leur boghei. La route était presque entièrement dégagée de toute neige et on s'attendait à voir les glaces lâcher un jour ou l'autre sur la Saint-François.

Après la grand-messe, les Veilleux annoncèrent à tous ceux qui voulaient l'entendre que Jean-Paul allait être le nouveau propriétaire de l'épicerie du village dès le lendemain et qu'il avait l'intention d'en ouvrir les portes avant la fin de la semaine suivante. C'était une heureuse nouvelle pour tous les habitants de Saint-Jacques-de-la-Rive. Debout sur le parvis de l'église, le cadet des Veilleux plastronnait un peu au centre d'un petit groupe d'hommes. Il parlait de ses intentions de développer son futur commerce. Claudette Hamel, toute pimpante dans une nouvelle toilette du même bleu que ses yeux, se tenait sagement à ses côtés. Son abondante chevelure brune était en grande partie dissimulée par un large chapeau orné de fleurs artificielles.

— Sais-tu, Jean-Paul, qu'il faudrait presque que tu penses à te marier, lui fit remarquer Côme Crevier. Une belle femme derrière le comptoir, ça nuirait pas à tes affaires.

— J'y pense, se contenta de dire le futur épicier de Saint-Jacques sans afficher un enthousiasme excessif devant cette perspective.

Claudette rougit légèrement quand elle se rendit compte que tous les regards se tournaient vers elle.

Les Veilleux n'attendirent pas Jean-Paul pour dîner. Il avait été invité par Rita, la mère de Claudette. Cependant, ils furent surpris de le voir arriver à pied avec Claudette à son bras un peu après deux heures.

— Il doit se passer quelque chose de spécial, prédit Colette en les apercevant par l'une des fenêtres de la cuisine. D'habitude, Jean-Paul aime mieux rester avec sa Claudette dans le salon des Hamel que de traîner sur le chemin avec elle.

Le couple entra bientôt dans la maison. Le visage de la jeune fille rayonnait de bonheur.

— On vient vous annoncer une nouvelle, dit Jean-Paul, planté sur le paillasson, près de la porte.

— Viens pas nous dire que tu vends ton commerce avant même d'être entré dedans, plaisanta son frère Jérôme en faisant un clin d'œil à son vieux père.

— Ben non. Je viens de demander la main de Claudette à son père.

— Il a pas accepté, j'espère ? fit Colette. Ce serait pas humain de demander à une fille de dresser un vieux garçon comme toi.

— Ça va peut-être vous surprendre, mais il a dit oui. On va se marier l'automne prochain.

Toutes les personnes dans la pièce s'approchèrent de Jean-Paul et de sa promise pour les féliciter et on embrassa la jeune fille en lui souhaitant la bienvenue dans la famille Veilleux.

— Il reste moins que cinq mois avant les noces, dit Colette à sa future belle-sœur. Ça va être un peu juste, mais je pense avoir le temps de te montrer comment mettre un Veilleux à ta main.

Tout le monde éclata de rire dans la pièce.

Quatre maisons plus loin, chez Clément Tremblay, l'atmosphère était beaucoup plus sérieuse. À la fin de l'avant-midi, Claire et Hubert Gendron étaient arrivés de Québec avec leur fils Pierre. Il avait été entendu par téléphone que les Gendron venaient dîner chez Clément et iraient souper chez son frère Gérald. Céline et Françoise avaient fait cuire un gros jambon et confectionné des tartes aux pommes pour l'occasion.

À la fin du repas, Pierre avait tenté de persuader son cousin Jean d'aller au village, mais ce dernier avait tant de mal à supporter le snobisme de l'étudiant qu'il s'était excusé en prétextant un rendez-vous avec un ami.

— Je peux pas endurer son petit air fendant, avait dit Jean à sa mère, la veille.

— Je le sais qu'il est pas agréable, avait concédé Céline, mais c'est ton cousin.

— Il est pas parlable, m'man. Il s'imagine sorti de la cuisse de Jupiter parce qu'il fait son cours classique. Pour lui, on est juste des habitants arriérés. On connaît rien.

Sa mère s'était contentée de hausser les épaules.

— Va voir tes cousins chez ton oncle Gérald, lui avait suggéré Claire, agacée de constater que son fils était incapable de rester en place pour parler avec les adultes.

Le grand adolescent avait alors quitté la maison. On aurait juré que c'était le moment qu'attendait Hubert pour soumettre une proposition à la famille de sa femme.

— J'ai entendu dire par Claire que Lionel et Louis commençaient à en avoir assez de rester enfermés à ne rien faire, dit l'ingénieur.

— Ils sont en train de devenir fous, affirma Clément. Il faut comprendre qu'ils se cachent depuis la fin du mois de

juillet. Ça fait presque dix mois. Rien faire aussi longtemps pour des gars de cet âge-là, ça les rend enragés.

— Ils sont toujours chez votre voisin?

— Oui, mon oncle, répondit Françoise. Étienne
Fournier fait bien son possible pour eux autres, mais ils
peuvent pas sortir dehors.

Il y eut un bref silence que Claire finit par briser.

— Hubert pourrait peut-être faire quelque chose pour
eux autres, si Lionel et Louis le veulent.

— Quoi? lui demanda sa belle-sœur Céline, intriguée.

— La semaine passée, j'ai rencontré un ancien con-
frère d'université à Québec, dit Hubert. Il est directeur de
chantiers dans le Maine, aux États-Unis. Il travaille pour
une filiale de la Price. Il m'a dit qu'il cherchait des
hommes pour surveiller les installations de la compagnie
dans le bois jusqu'à l'hiver prochain. Il paraît que c'est
bien payé.

— Puis? demanda Clément.

— J'ai pensé que c'était l'emploi idéal pour ton Louis
et pour Lionel. Ils seraient tout seuls dans le bois, bien
tranquilles. D'après Guérard, on leur apporterait leurs
provisions une fois par quinze jours et ils auraient la paix.
Pour s'occuper, ils auraient l'entretien des camps à faire.

— Comment ils iraient là sans se faire arrêter par la
police ou l'armée? demanda Céline, inquiète.

— J'ai à faire dans le Maine mercredi prochain. Je
pourrais les amener jusqu'à chez Guérard qui, lui, les
conduirait jusqu'aux camps. Je connais une petite route
qui mène dans le Maine et il y a pas de poste de douanes
à la frontière. Si je me fais arrêter en chemin par la Police
provinciale, je vais les faire passer pour deux employés de
mon ministère.

— Je sais pas trop, fit Clément, indécis. Il faudrait leur
en parler.

— En tout cas, ça rendrait peut-être la situation beaucoup moins dangereuse pour tout le monde, conclut l'ingénieur. À l'heure actuelle, c'est un miracle que personne les ait encore dénoncés. C'est dangereux pour votre voisin et aussi pour eux. Si la police militaire leur met la main dessus, tout le monde va y goûter.

Toutes les personnes présentes ne purent que reconnaître la justesse des paroles d'Hubert et on décida d'inviter immédiatement Gérald, Cécile, Thérèse et Aline pour savoir ce qu'ils en pensaient. Ces derniers laissèrent les jeunes seuls à la maison et vinrent rejoindre Clément et ses invités. On tint conseil. Quelques minutes suffirent pour persuader les nouveaux arrivants.

— On n'attendra pas qu'il fasse noir pour aller leur en parler, fit Hubert. Je dois être revenu à Québec au milieu de la soirée.

— Vas-y tout seul, chez le voisin, et demande à Lionel et à Louis ce qu'ils en pensent, lui suggéra son beau-frère.

Gérald ne pensa pas un seul instant que son beau-frère était un inconnu pour Étienne Fournier. L'arrivée de l'ingénieur à la petite maison grise engendra un début de panique. Lorsque Étienne vit cet inconnu s'avancer dans sa cour, il cria à ses deux pensionnaires d'aller se cacher. Il attendit de ne plus entendre leurs pas précipités à l'étage avant d'aller ouvrir à l'homme grand et mince qui frappait à sa porte.

— Je suis l'oncle de Louis et le beau-frère de Lionel Tremblay, dit Hubert au jeune cultivateur qui venait d'entrouvrir sa porte. Est-ce que je pourrais leur parler?

— Vous vous trompez de porte, fit Étienne, méfiant. Il y a pas de Louis et de Lionel Tremblay ici.

— Écoutez. Clément Tremblay et son frère ont pas voulu venir avec moi pour pas être remarqués...

— Je viens de vous dire que vous êtes pas à la bonne place, dit Étienne en élevant la voix.

— Bon. Voulez-vous venir avec moi chez votre voisin pour tirer tout ça au clair ?

Ce ne fut pas nécessaire. Au même moment, Lionel dévala les marches de l'escalier qui conduisait à l'étage pour dire à Étienne de laisser entrer le visiteur. Tapi en haut de l'escalier, il avait reconnu la voix de son beau-frère.

— Ouf ! fit Hubert en entrant dans la maison. Je te dis que t'es bien gardé, mon Lionel !

— Excusez-moi, dit Étienne. Je vous connaissais pas.

— Il y a pas de mal. Je me présente, Hubert Gendron. Louis est-il encore caché ?

— J'arrive, mon oncle, fit une voix à l'étage.

Étienne invita tout le monde à prendre place autour de la table. L'ingénieur se mit alors à expliquer à ses auditeurs le plan qu'il venait d'énoncer dans la maison voisine. La perspective de vivre enfin libres suscita une explosion d'enthousiasme chez les deux jeunes hommes qui acceptèrent la proposition sans la moindre hésitation.

— Ça valait ben la peine de vous gâter ! dit Étienne en feignant le dépit.

— On part pas parce qu'on n'était pas ben chez vous, Étienne, dit Louis, mais on a hâte de pouvoir faire quelque chose de nos dix doigts et de respirer un peu d'air pur.

— Je comprends ça.

Il fut alors entendu qu'Hubert viendrait chercher les deux hommes très tôt, le mercredi matin suivant.

Cet après-midi-là, Claire et Hubert eurent une surprise désagréable lors de leur arrivée chez Gérald, un peu après quatre heures, avec le reste de la famille. Ils trouvèrent leur Pierre, en veston, assis sur la galerie, le dos appuyé au mur de la maison de son oncle.

— Veux-tu bien me dire ce que tu fais dehors à moitié habillé? le gronda Claire en arrivant dans la cour en compagnie de sa mère et de ses belles-sœurs Cécile et Aline. Des plans pour attraper ton coup de mort!

Le grand adolescent demeura sans réaction, la figure blême, clignant bêtement des yeux.

— Bonne sainte Anne! s'exclama Thérèse. Il est malade, cet enfant-là.

Hubert et Gérald arrivèrent à la galerie quelques instants après les femmes. L'ingénieur s'empressa de secouer son fils par le bras pour l'inciter à se remettre sur ses pieds. Pendant ce temps, Cécile ouvrit la porte de la cuisine.

— Bertrand, Élise, cria-t-elle à ses deux adolescents, venez donc ici!

Son fils et sa fille apparurent à la porte. Nerveux, ils arboraient un air vaguement coupable.

— Qu'est-ce qui est arrivé à votre cousin? demanda-t-elle, sévère.

— Mais il sent la tonne à plein nez! s'exclama Claire dans son dos en se penchant vers son fils.

— C'est pourtant vrai, fit son mari en secouant un peu plus brutalement son garçon. Lève-toi! ordonna-t-il à ce dernier.

L'étudiant ouvrit les yeux et baragouina quelque chose en tentant difficilement de se mettre debout.

— Qu'est-ce qu'il dit? demanda Cécile.

— Il m'a l'air soûl comme un cochon, déclara Gérald, réprimant avec peine un sourire narquois.

Sur ce, l'adolescent fut pris d'un haut-le-cœur incoercible et les quatre adultes eurent à peine le temps de battre en retraite avant qu'il se mette à vomir sur la galerie.

— Ouach! fit sa cousine Élise demeurée debout près de la porte ouverte. Il me donne mal au cœur!

— Toi, rentre! lui ordonna sa mère. Viens, Claire, ajouta-t-elle à l'endroit de sa belle-sœur. On va bien finir par avoir le fin mot de cette histoire-là. En attendant, les hommes vont s'occuper de ton gars.

Claire, furieuse, pénétra dans la maison en compagnie de sa belle-sœur. Elle ouvrit la porte un instant plus tard pour tendre à son mari deux serviettes et le manteau de son fils.

Hubert alla, quant à lui, chercher de l'eau au puits et passa une serviette mouillée sur le visage de son fils qui semblait se porter un peu mieux. Il lui remit la serviette en lui recommandant sèchement:

— Reste dehors et essaie de reprendre tes esprits.

Il suivit ensuite Gérald dans la maison pour savoir comment Pierre en était venu à se mettre dans un état pareil. Au moment où les deux hommes pénétraient dans la cuisine, Bertrand tendait à sa mère une bouteille aux deux tiers vide.

— Il m'a dit qu'il avait déjà goûté à la vodka de son père, expliqua l'adolescent. Je lui ai dit que c'était sûrement pas aussi fort que le caribou de p'pa. Il voulait y goûter.

— Mais c'était une bouteille pas encore débouchée! s'exclama Gérald en évaluant la quantité de caribou qui restait dans la bouteille. Torrieu! Il peut ben être malade.

— Il a dit que ça goûtait rien, cette affaire-là. Il voulait nous montrer qu'il était capable d'en boire autant qu'il voulait, ajouta Élise.

— Tant pis pour lui s'il est malade, l'imbécile! fit Hubert, de mauvaise humeur. On va le laisser dehors à cuver. On gâchera pas notre journée de Pâques à cause de lui.

Pendant un bref moment, Claire sembla hésiter entre la pitié et la colère. Finalement, c'est ce dernier sentiment qui l'emporta.

— Il va avoir affaire à moi en revenant à la maison, promit-elle. Je vous garantis qu'il va se souvenir de cette leçon-là. Il nous fera pas honte une autre fois.

Quand les Gendron remontèrent à bord de leur Oldsmobile bleue au début de la soirée, leur grand fils avait encore le teint verdâtre et les vapeurs de l'alcool n'étaient pas encore entièrement dissipées.

— Si tu sens que t'as mal au cœur en chemin, lui recommanda sèchement sa mère au moment où la voiture démarrait, ouvre la vitre et penche-toi dehors.

Après le départ des visiteurs, Élise ne put s'empêcher de faire remarquer à ses parents :

— Savez-vous que le beau Pierre était aussi pâlichon quand il est parti que quand il a rencontré Beau-Casque, l'hiver passé ?

Cécile adressa un regard sévère à ses enfants avant de leur dire :

— Vous deux, je vous donnerais pas le bon Dieu sans confession dans cette affaire-là. Vous me ferez jamais accroire que vous avez pas poussé ce grand innocent-là à boire.

— Voyons, m'man, vous nous connaissez ! protesta Bertrand.

— Justement, c'est pour ça que je le dis.

⁓

Durant les deux jours suivants, autant chez Gérald que chez son frère Clément, les femmes préparèrent avec soin les vêtements et la nourriture que les deux fugitifs de la famille emporteraient aux États-Unis. Si Thérèse était inquiète pour son fils cadet et son petit-fils, Céline s'en faisait au moins autant. Pour la première fois, son Louis allait vraiment s'éloigner de la maison. Elle se doutait qu'elle ne le reverrait pas avant la fin de la guerre qui sévissait toujours dans les vieux pays.

La veille du départ des deux déserteurs, Gérald et Clément allèrent porter chez Étienne Fournier les bagages des voyageurs en promettant de revenir le lendemain matin pour les voir partir.

Le mercredi matin, avant le lever du soleil, Thérèse, Céline et Françoise vinrent frapper à la porte d'Étienne. Les trois femmes avaient apporté tout ce qu'il fallait pour confectionner un solide déjeuner. Louis vint leur ouvrir après s'être assuré qu'il ne s'agissait pas d'un étranger.

— Étienne est en train de faire le train, dit-il aux trois femmes en les faisant entrer dans la maison.

— On va vous faire un bon petit déjeuner avant que vous partiez, dit Françoise. On va attendre mon oncle Hubert et Étienne pour manger.

Avant même le retour d'Étienne de l'étable, la voiture de Hubert vint s'arrêter près de la maison, et l'ingénieur, aidé par son beau-frère et son neveu, entassa les bagages dans le coffre de l'Oldsmobile. À l'arrivée du maître de maison, tout le monde s'installa autour de la table pour avaler l'omelette et les grillades de lard préparées par Thérèse et Françoise tandis que Céline fournissait en rôties tous ces affamés.

Quelques minutes plus tard, Gérald et Clément firent leur entrée dans la maison.

— Ça sent ben bon ici, déclara Gérald dont l'imposante stature obstrua durant un instant la porte d'entrée de la cuisine. J'ai pensé qu'on était aussi ben de venir manger avec vous autres étant donné que presque toutes les femmes du rang sont rendues ici.

— Toi, Gérald Tremblay, tu me feras pas croire que t'as pas déjà mangé chez vous, dit Céline. Je connais assez Cécile pour savoir qu'elle te laisse pas crever de faim d'habitude.

— Disons que j'ai mangé un petit peu avant de partir, avoua son beau-frère en s'attablant tout de même devant une assiette propre sur laquelle il fit glisser un reste d'omelette.

— À cette heure qu'il fait clair dehors, comment on va faire pour sortir d'ici sans se faire remarquer ? demanda Françoise. S'il y a quelqu'un du rang qui nous voit, il va bien se demander ce qu'on fait tous chez Étienne de bonne heure le matin.

— Ça aura plus aucune importance, lui répondit sa mère. Louis et Lionel vont être partis.

Pour sa part, Étienne regardait tous ces gens qui avaient en quelque sorte pris possession de sa maison. Le jeune cultivateur était un peu étourdi par toutes les conversations qui s'entrecroisaient autour de la table. Il n'avait jamais vu autant de gens chez lui depuis le décès de sa sœur Berthe. Le cœur un peu serré, il savait que dans quelques minutes, il allait retomber dans une profonde solitude après le départ de Lionel et de Louis. Les Tremblay n'auraient plus aucune raison de lui rendre visite. De nouveau, le silence allait peupler ses jours et ses nuits, et c'était la dernière chose qu'il désirait. Il ne voulait pas finir comme son père, abandonné par tous.

— Comment on va faire pour avoir de vos nouvelles ? demanda brusquement Céline à son jeune beau-frère et à son fils. Vous pourrez pas nous écrire directement.

Tout le monde se regarda. À l'évidence, Louis et Lionel n'y avaient pas songé.

— Ils pourraient m'écrire et moi, j'irais vous donner de leurs nouvelles, proposa Étienne, heureux de la possibilité de maintenir un lien avec ses voisins.

La suggestion du jeune voisin fut acceptée d'emblée. Le secret serait ainsi bien gardé.

— Il faut y aller, déclara soudain Hubert en consultant l'horloge murale. On a pas mal de route à faire.

Les rires cessèrent. Les visages devinrent graves. Tout le monde quitta la table en même temps. Les deux fugitifs endossèrent leur manteau sans un mot. Quand vint le moment de partir, les femmes les embrassèrent, les larmes aux yeux, et les hommes leur serrèrent la main en leur souhaitant bonne chance.

— Prenez pas ces airs d'enterrement, tabarnouche ! fit Lionel. On n'est pas morts. On va revenir, ayez pas peur. Merci pour tout.

— On sortira pas dehors avant qu'ils soient partis, au cas où des MP seraient dans le coin, dit Clément. Il faut tout de même pas tenter le diable.

Hubert sortit de la maison en compagnie de ses deux compagnons de voyage et les trois hommes s'engouffrèrent rapidement dans l'Oldsmobile bleue. À l'intérieur de la maison, tous se précipitèrent vers les fenêtres de la cuisine et du salon pour voir le véhicule faire demi-tour dans la cour et prendre la route. Françoise, voyant sa mère pleurer, lui tendit un mouchoir et chercha à la consoler en posant une main sur son épaule.

— Bon, on n'est pas pour laisser laver toute cette vaisselle-là à Étienne, dit la jeune fille en faisant un effort pour prendre un ton joyeux.

Aidée par sa mère et sa grand-mère, elle remit un peu d'ordre dans la cuisine pendant que les hommes allumaient leur pipe.

Quelques minutes plus tard, les Tremblay prirent congé de leur hôte.

— On n'oubliera jamais ce que t'as fait pour Lionel et pour Louis, promit Céline à Étienne, avant de sortir de la maison.

— Ça, c'est sûr, reprit Gérald. Tu seras toujours le bienvenu chez nous.

— La même chose pour nous, dit Clément. Si t'as besoin d'un coup de main, fais-nous signe. De toute façon, les sucres sont pas finis et on a encore de l'ouvrage à faire tous les deux ensemble, pas vrai ?

— C'est certain, répondit Étienne, enthousiaste.

— J'espère que t'oublieras pas de nous inviter pour voir ton *set* de chambre quand tu vas avoir fini de le faire, lui dit Françoise avant de partir.

— C'est promis.

La maison se vida et Étienne mit plusieurs minutes à s'accoutumer au silence pesant qui venait de tomber soudainement dans sa demeure. Pendant quatre mois, il avait eu des amis, presque une famille. Maintenant, le vide s'était de nouveau créé autour de lui et il n'y était pour rien, cette fois-ci.

❧

L'après-midi même, le vent se leva. De gros nuages noirs assombrirent le ciel et de fortes pluies se mirent à tomber sur la région. En quelques heures, la route devint un véritable bourbier. Les fossés, incapables d'absorber l'eau de la fonte des neiges et celle qui tombait du ciel, débordèrent et envahirent les chemins à certains endroits. Durant la nuit, les glaces sur la Saint-François cédèrent sous le poids de toute cette eau. La débâcle se produisit dans un bruit d'explosion qui fit sursauter beaucoup de riverains.

Le lendemain matin, même si la pluie était toujours aussi forte, beaucoup d'habitants du village se rassemblèrent près du pont en se protégeant avec des cirés ou sous des parapluies. Il s'était formé un embâcle à la hauteur du pont. Les glaces avaient formé un barrage durant la nuit à la hauteur des piliers et l'eau s'était mise à monter de façon alarmante.

— L'eau est à la veille de monter sur le pont, clama Elphège Turcotte, l'un des premiers observateurs à être arrivé sur les lieux. Je pense qu'elle est montée d'au moins quatre pieds pendant la nuit.

— Si les glaces viennent frapper le pont, dit Crevier, il va partir avec le courant. Où est Boisvert? Comme d'habitude, notre maire est jamais là quand on a besoin de lui, affirma le gros homme, ne perdant pas une occasion de se faire du capital politique sur le dos de son adversaire.

— Voyons, Côme, qu'est-ce que ça changerait qu'il soit là? demanda le vieux Philibert Dionne.

— Il pourrait appeler le ministère de la Voirie pour qu'on envoie quelqu'un dynamiter l'embâcle avant qu'il fasse trop de dommages au pont, déclara le garagiste d'un air suffisant.

Il y eut dans le groupe quelques murmures approbateurs. Ce pont, objet d'une éternelle promesse électorale jusqu'à sa construction sous le gouvernement Taschereau en 1923, avait, sans aucun doute, joué un rôle déterminant dans la prospérité de Saint-Jacques-de-la-Rive. Personne n'oubliait qu'en permettant de se rendre beaucoup plus rapidement à Saint-Gérard et à Nicolet, il avait attiré un bon nombre de nouveaux habitants dans la paroisse.

— En tout cas, reprit le gros garagiste, la route risque d'être coupée si l'eau monte encore un peu. Là, on va avoir l'air fin si on peut même pas passer pour aller à Pierreville.

Cependant, tout se passa comme si la nature avait décidé de le contredire. Un peu avant l'heure du dîner, les glaces, poussées par un fort courant, finirent par s'ouvrir un chenal entre les piliers du pont et le niveau de l'eau baissa si rapidement qu'il retrouva presque sa hauteur normale à la fin de la journée. Lorsque le soleil se coucha, il ne restait plus sur les rives de la Saint-François que de gros quartiers de glace enchevêtrés, abandonnés par la décrue.

Quand la nouvelle fut connue, la réaction fut unanime chez les plus vieux habitants de Saint-Jacques-de-la-Rive.

— Là, le printemps est arrivé pour de bon, prédirent-ils. C'est la fin des sucres. Les arbres vont avoir une montée de sève.

Et les anciens ne se trompaient pas. Après une trentaine d'heures de fortes pluies, la température s'adoucit considérablement. Comme il ne gelait plus la nuit, les cultivateurs n'eurent plus le choix : ils durent mettre fin à leur saison des sucres. L'eau d'érable recueillie dans les chaudières était devenue amère.

Lorsque vint le moment de partager le sirop d'érable chez Clément, Étienne s'opposa à ce qu'on lui remette la moitié du sirop.

— T'as entaillé autant d'érables que nous autres, lui fit remarquer Clément. C'est normal que t'en aies la moitié.

— Peut-être, monsieur Tremblay, protesta le bossu, mais c'est vous qui avez fait bouillir. J'ai même pas fourni une corde de bois pour chauffer le poêle. À part ça, j'aurai jamais besoin d'autant de sirop.

— On n'a jamais trop de sirop. Si t'en as trop, tu le vendras à Pierreville. Aie pas peur, tu vas trouver facilement preneur.

Le jeune cultivateur n'avait finalement pas eu gain de cause et était revenu chez lui avec une quinzaine de gallons de sirop d'érable. Il réussit à chasser le sentiment de culpabilité qui l'assaillait en songeant que la vente du surplus de sirop allait lui permettre de se procurer plus de bois pour réaliser de nouveaux projets d'ébénisterie.

～

Quelques jours auparavant, Hélèna Pouliot avait quitté Saint-Jacques-de-la-Rive sans laisser derrière elle beaucoup de regrets. La veille, ses maigres avoirs avaient été transportés dans un petit camion à Trois-Rivières. Son départ avait marqué la fin de la présence de deux générations de Pouliot dans la municipalité. Il fallait reconnaître que la vieille dame ne comptait pas beaucoup d'amis à cause de sa langue acérée et de son air revêche. Seuls Rose-Aimée Turcotte et son frère, le bedeau, vinrent lui souhaiter bonne chance au moment où elle montait dans la voiture d'un neveu.

Une heure plus tard, Jean-Paul Veilleux arriva pour prendre possession de ce qui était maintenant son épicerie. Son premier geste fut de faire le tour du propriétaire en compagnie de son frère Léo, venu l'aider à emménager. Dès le lendemain matin, il ouvrit son magasin et prit place derrière le comptoir, prêt à servir sa clientèle.

Ce jour-là, les habitants de Saint-Jacques-de-la-Rive découvrirent que le nouveau propriétaire de l'épicerie était un homme affable, prêt à servir sa clientèle avec le sourire.

— Je vous dis que ça fait tout un changement avec l'air bête de cette pauvre Hélèna Pouliot, affirma la veuve Boisvert, l'une des premières clientes à s'être présentées ce matin-là à l'épicerie.

— À qui le dites-vous! surenchérit sa voisine et amie. Les derniers temps, on avait l'impression que si elle avait pu sauter par-dessus son comptoir pour vous mordre, elle l'aurait fait, la vieille détestable.

Chapitre 18

L'incendie

Après une dernière manifestation de mauvaise humeur, le printemps de 1944 s'installa en roi et maître. Le soleil se fit plus chaud et assécha rapidement toute l'eau accumulée. Les arbres montrèrent avec fierté leurs bourgeons et les hirondelles revinrent construire leur nid. Le vent charriait des odeurs si vivifiantes qu'il donnait le goût de travailler à l'extérieur.

Dans la première semaine de mai, les ménagères se lancèrent dans leur grand ménage de printemps. On voyait partout de la literie et des rideaux étendus à sécher sur les cordes à linge. Les fenêtres étaient ouvertes pour laisser entrer l'air frais. Chaque pièce de la maison était nettoyée à fond.

Chez les Veilleux, Colette et sa fille Carole avaient travaillé tout l'avant-midi à laver le plafond et les murs de la cuisine. Lorsque André rentra de l'école pour dîner, il s'étonna de ne pas trouver le repas prêt.

— Aïe, l'innocent! s'emporta sa sœur de quinze ans, tu vois pas qu'on est dans le grand ménage?

— Tu vas manger de la soupe et du pain, à midi, comme tout le monde, décréta sa mère.

— Si ça fait pas ton affaire, je peux aller à l'école à ta place cet après-midi et tu prendras la mienne, ajouta sa sœur, de mauvaise humeur.

— Whow ! Énerve-toi pas, la grande, se défendit l'adolescent. J'ai pas dit que ça faisait pas mon affaire.

Pendant que les femmes s'affairaient à nettoyer l'intérieur des maisons, les hommes avaient chargé des piquets de cèdre et des rouleaux de fil de fer barbelé sur leur voiture et faisaient le tour des clôtures pour les consolider avant de laisser sortir les vaches de l'étable pour la première fois depuis la fin de l'automne précédent. Déjà, les porcs et les poules étaient à l'extérieur depuis quelques jours pour leur plus grand bonheur.

⌒

Le dimanche précédent, Ludger Ménard avait rappelé à ses ouailles qu'il dirigerait la récitation du chapelet chaque soir, à sept heures, comme tous les ans, durant le mois de Marie. Il comptait sur les mères de famille pour inciter leur mari et leurs enfants à venir prier la Vierge à l'église.

En cette première soirée de mai, le curé faisait les cent pas sur la large galerie qui ceinturait le presbytère en lisant son bréviaire. De temps à autre, le prêtre s'arrêtait pour consulter sa montre de gousset. Il esquissait alors un vague mouvement d'impatience avant de reprendre son va-et-vient. Il lui restait à peine trente minutes avant d'être obligé de quitter le presbytère pour aller officier la récitation du chapelet. Le matin même, il avait fait avertir Étienne Fournier par le postier qu'il voulait le voir sans faute ce soir-là, avant le chapelet.

Soudain, il aperçut le jeune cultivateur débouchant du rang Sainte-Marie en boghei. Le bossu descendit sans se hâter de sa voiture et attacha son cheval. Quand il leva la tête vers la galerie, le curé Ménard ne put s'empêcher de lui faire signe de se presser.

— Excusez le retard, monsieur le curé, mais j'ai une vache qui vient de vêler.

— On a encore le temps de régler notre affaire, dit le pasteur. Suis-moi dans mon bureau. Ce sera pas long.

Les deux hommes pénétrèrent dans le presbytère et le prêtre fit passer son visiteur dans son bureau.

— Assis-toi, Étienne. Comment ça va sans ta mère pour tenir ta maison?

— Je me débrouille, monsieur le curé.

— Tu te sens pas trop tout seul?

— Non. Je parle pas mal aux Tremblay et aux Veilleux. On se donne des coups de main, entre voisins, expliqua Étienne sans entrer dans les détails.

— Bon. Tant mieux, approuva le pasteur, heureux de constater que le jeune homme avait suivi son conseil de ne pas demeurer isolé.

— Vous m'avez fait dire que vous vouliez me voir?

— Oui. Tu sais qu'à la fin de la semaine, on va donner une sépulture aux personnes qui ont été placées dans le charnier durant l'hiver. Il y a ta sœur Berthe, ton père et le vieux Hormidas Béliveau. Elphège Turcotte est justement en train de creuser les fosses ces jours-ci et il m'a dit que la terre était assez dégelée.

Immédiatement, le visage d'Étienne devint plus grave.

— La cérémonie pour la mise en terre de ta sœur Berthe et de monsieur Béliveau est prévue pour jeudi matin.

— Je vais y être, monsieur le curé.

— J'ai appelé au presbytère de Saint-Grégoire pour savoir ce que ta mère entendait faire pour le corps de ton père. Tu te rappelles que je lui avais dit que je ferais tout mon possible pour décider la fabrique à lui vendre un petit lot en dehors du cimetière pour qu'il y soit enterré.

— Est-ce que la fabrique a accepté?

— Oui. À leur réunion d'hier soir, les marguilliers ont été assez humains pour comprendre la situation. Ils sont prêts à vendre un petit lot juste en dehors du cimetière, en gagnant vers la rivière. Ils demandent juste vingt piastres. Cet avant-midi, j'ai appelé ta mère pour lui dire ça. Elle m'a dit que ça la regardait plus. D'après elle, tu as hérité de tout, c'est à toi de t'occuper de ça.

— Il y a pas de problème ; je vais payer, monsieur le curé.

— Parfait. Voilà une bonne chose de faite. Tu sais que je peux pas bénir la mise en terre de ton père. Je vais demander au bedeau de la faire de bonne heure, vendredi matin. Le mieux serait que ce soit fait avant la messe de sept heures pour éviter que trop de curieux viennent voir ce qui se passe de l'autre côté de la clôture du cimetière. J'aimerais pas que ça arrive aux oreilles de Monseigneur et qu'il vienne me demander comment ça se fait que nous ayons vendu un lot aussi près du cimetière. J'espère que tu comprends ?

— Oui, monsieur le curé, répondit Étienne, le cœur serré à la pensée que son père serait mis en terre en cachette, comme une bête.

— C'est parfait, déclara le pasteur de Saint-Jacques en se levant pour signifier que l'entrevue était terminée. Bon. Je dois aller réciter le chapelet.

— Une dernière chose, monsieur le curé. Est-ce que ma mère vous a dit qu'elle viendrait à l'enterrement ?

— Elle en a pas parlé. Tu connais ta mère : elle est pas la plus bavarde des femmes… Combien de fois l'as-tu vue depuis qu'elle est partie à Saint-Grégoire au mois de janvier ?

— Pas une fois, murmura le jeune homme.

— Elle t'a téléphoné au moins ?

— Non plus. Mais il faut dire que j'ai pas le téléphone. Ils sont supposés venir m'en installer un avant la fin du mois de juin. Elle m'a écrit, par exemple.

Étienne se garda bien de préciser que sa mère ne lui avait écrit qu'une lettre de quelques lignes à la fin du mois de février, une lettre dans laquelle elle s'était bornée à lui dire que tout allait bien et qu'elle aimerait qu'il lui fasse parvenir un livre de recettes qu'elle avait oublié d'emporter avec elle parce qu'il avait été rangé dans une armoire de la cuisine d'été.

Quand le jeune cultivateur monta dans sa voiture pour retourner chez lui, quelques enfants se tiraillaient sur le parvis de l'église, attendant manifestement la dernière minute pour entrer dans le temple. Un peu plus loin, des paroissiens arrivaient sans trop se presser. Au moment où Étienne se mettait en route, il entendit la voix sévère de l'abbé Leroux réprimandant les jeunes et leur donnant l'ordre d'entrer dans l'église en silence.

～

L'avant-veille de la cérémonie, Étienne ne travailla pas à l'extérieur. Il occupa sa journée et sa soirée à nettoyer la maison et à cuisiner. Sa mère allait sûrement arriver avant l'heure du souper, le lendemain. Il avait même déménagé ses affaires dans l'une des chambres à coucher situées à l'étage de manière à lui laisser l'usage de la chambre qui avait toujours été la sienne, au rez-de-chaussée.

À la fin du mercredi après-midi, il mit son repas au feu et se dépêcha de soigner ses animaux et de traire ses vaches pour être présent lorsqu'elle arriverait à la maison. Malheureusement, il s'était donné tout ce mal en pure perte. Gabrielle Fournier ne se présenta pas à la maison de son fils ce soir-là. Étienne passa sa soirée à l'attendre, désemparé à l'idée que sa mère pourrait ne pas se déranger pour l'enterrement de sa fille le lendemain matin. S'il avait eu le téléphone, il l'aurait appelée au presbytère de Saint-Grégoire pour s'informer de ses intentions. Finalement, à onze heures, le jeune homme monta se coucher, mais dormit très mal, imaginant mille raisons qui avaient pu empêcher sa mère de se rendre à Saint-Jacques-de-la-Rive.

Le lendemain avant-midi, le jeune cultivateur s'endimancha et prit la route du village sous un ciel bas chargé de lourds nuages gris. À son arrivée devant l'église, il découvrit une douzaine de personnes regroupées sur le parvis, probablement tous des proches de Hormidas Béliveau. Au moment où il allait se joindre aux gens, une vieille voiture s'arrêta quelques dizaines de pieds plus loin pour laisser descendre une Gabrielle Fournier entièrement vêtue de noir dont le haut du visage disparaissait sous une légère voilette. Étienne s'empressa d'aller au-devant de sa mère qu'il n'avait pas vue depuis presque quatre mois.

— Bonjour, m'man, dit-il, ému, prêt à la serrer dans ses bras.

— Bonjour, répondit sèchement sa mère en lui tendant une joue pour qu'il l'embrasse.

Tous les deux se mirent en route vers le groupe parce que le curé Ménard venait de sortir de l'église, coiffé de sa barrette et vêtu d'une chape noire sous laquelle il portait un surplis. L'un des enfants de chœur tenait une croix tandis que l'autre était chargé d'un bénitier et d'un goupillon.

— Je vous ai attendue, hier, murmura Étienne à sa mère. J'étais sûr que vous viendriez coucher à la maison.

— C'était pas nécessaire, laissa tomber Gabrielle sans même tourner la tête vers lui. Je m'étais arrangée avec le boulanger de Saint-Grégoire pour qu'il m'amène ici à temps pour la cérémonie. Il va me reprendre en revenant de Pierreville où il a des commissions à faire.

— Vous resterez pas pour l'enterrement de p'pa demain matin? demanda Étienne, stupéfait.

— Non. Je peux pas, déclara sèchement Gabrielle, sans se donner la peine de fournir une explication.

Sans ajouter un seul mot, la mère et le fils suivirent le court cortège jusqu'au cimetière situé derrière l'église. En passant devant le petit édifice en brique rouge, Étienne remarqua que la porte du charnier avait été refermée. Les cercueils de Berthe Fournier et de Hormidas Béliveau, couverts d'un drap noir, avaient été déposés sur des tréteaux près des lots de chacune des familles par des porteurs de l'entrepreneur de pompes funèbres de Pierreville. Elphège Turcotte avait creusé les fosses. Il attendait quelques pieds plus loin, armé d'une pelle.

Le curé s'arrêta d'abord au lot des Fournier. Étienne et Gabrielle s'avancèrent pendant que les proches de Hormidas Béliveau demeuraient en retrait. Le prêtre récita une prière dans laquelle il implorait Dieu d'accueillir le corps de Berthe dans la terre de son dernier repos. Étienne eut un sanglot étouffé quand il vit les porteurs s'apprêter à descendre lentement le cercueil dans la fosse. Sa mère, à ses côtés, ne broncha pas. Comme d'habitude, elle devait tout garder à l'intérieur, préoccupée surtout par la nécessité de ne pas se donner en spectacle.

Le curé Ménard fit un pas en avant, saisit le goupillon dans le bénitier et aspergea le cercueil en disant: «*Requiescat in pace.*» Le *amen* prononcé par les gens présents avait quelque chose de définitif. La famille Béliveau suivit l'officiant jusqu'au lot familial, laissant derrière elle Gabrielle et Étienne qui entendirent tomber les premières pelletées de terre sur la bière qui renfermait les restes de Berthe.

La mère et le fils se recueillirent durant quelques instants avant de se diriger vers la sortie du cimetière. La brise venait de se lever et semblait vouloir chasser les nuages. Par les fenêtres ouvertes du couvent situé à côté de l'église, on entendait la voix des écolières ânonner leurs leçons. En face, au coin du rang Sainte-Marie, Jean-Paul Veilleux avait entrepris de repeindre la façade de son épicerie d'un jaune éclatant. Deux maisons plus loin, Rose-Aimée Turcotte était en grande conversation avec la cuisinière du curé.

Il y eut un long silence embarrassé entre la mère et le fils, qui ne savaient ni l'un ni l'autre quelle contenance adopter.

— Venez-vous dîner à la maison? proposa Étienne, faisant un effort méritoire pour chasser la tristesse du moment. Vous allez voir que je suis pas si mal que ça dans une cuisine.

— Je peux pas, se contenta de répondre Gabrielle. Le boulanger saurait pas où me trouver. Il devrait être là dans pas longtemps.

— Vous avez pas changé d'idée, m'man? Ça vous tente pas de revenir vivre à Saint-Jacques? finit-il par demander à sa mère avec un soupçon d'espoir dans la voix. La maison est aussi propre que quand vous y étiez et, en plus, j'ai appris à faire à manger.

— J'ai pas changé d'idée pantoute. À la fin de l'automne prochain, je vais lâcher le presbytère pour aller vivre à Nicolet. Tant mieux pour toi si t'as appris à tenir maison, fit sa mère sans manifester aucune joie particulière.

À ce moment-là, la vieille Dodge poussiéreuse du boulanger apparut sur la route et vint s'immobiliser devant eux. Sans aucune chaleur, Gabrielle tendit une nouvelle fois l'une de ses joues à embrasser à son fils avant de monter à bord. Le conducteur remit son véhicule en route après avoir salué le jeune bossu d'un signe de tête et sa passagère ne tourna même pas la tête pour regarder son fils qui montait déjà dans son boghei.

Tout au long de son trajet du retour, Étienne, les larmes aux yeux, se demanda ce qui chez lui avait fait que sa mère ne l'aimait pas. Il était bien évident qu'elle avait décidé de couper les ponts et de le rayer de son existence. À aucun moment, elle ne s'était informée de ce qu'il devenait depuis son départ. C'était comme s'il était aussi mort pour elle que Berthe et son père.

Le lendemain matin, il était debout bien avant l'aube, s'endimanchant avec autant de soin que la veille. Il serait peut-être le seul à être présent à l'inhumation de son père en terre non bénite, mais il ne serait pas dit qu'il avait fait moins pour lui que pour sa jeune sœur décédée. Malgré son geste désespéré, son père méritait encore son respect.

Étienne arriva devant l'église quelques minutes après le lever du soleil. Le fourgon des Desfossés était déjà sur place, signe que les porteurs étaient en train de transporter la dépouille de Germain Fournier. Au moment où il allait franchir le portillon à l'entrée du cimetière, le bruit d'une, puis de deux voitures, se fit entendre derrière lui. En se tournant vers la route, le jeune homme aperçut les Tremblay qui lui faisaient signe de les attendre.

Clément descendit de voiture en compagnie de Céline et de Françoise. Quelques pieds plus loin, Gérald aida sa mère et sa femme à en faire autant. Le groupe rejoignit rapidement le jeune voisin.

La veille, Jérôme s'était arrêté quelques minutes chez sa sœur Céline et avait abondamment parlé du lot en dehors du cimetière que lui et les autres marguilliers de la paroisse avaient accepté de vendre au jeune Fournier pour y enterrer son pauvre père. Il avait entendu le curé Ménard déplorer le fait d'être obligé de faire enterrer le malheureux suicidé à la sauvette avant la messe de sept heures pour ne pas attirer l'attention. Immédiatement, les Tremblay avaient décidé d'un commun accord d'apporter leur soutien à leur voisin. C'était ainsi qu'ils se retrouvaient tous de si bonne heure devant l'église en ce vendredi matin.

— Qu'est-ce que vous faites ici ? demanda Étienne, ému par leur présence.

— Tu pensais tout de même pas qu'on était pour te laisser enterrer ton père tout seul, répondit Clément. On va y aller tous ensemble : ce sera moins difficile pour tout le monde.

Le petit groupe traversa silencieusement tout le cimetière avant d'apercevoir quatre personnes qui leur tournaient le dos, de l'autre côté de la petite clôture en fer forgée qui en marquait les limites. L'une des personnes se tourna vers les nouveaux arrivants : c'était le curé Ménard, mais non revêtu, comme la veille, de ses habits sacerdotaux. Il leur fit signe de venir les rejoindre. Les deux employés de Desfossés et le bedeau étaient aussi présents. Le cercueil avait été déposé sur le sol, près d'une fosse.

— Je suis pas ici à titre de curé de Saint-Jacques, prit soin de préciser Ludger Ménard. L'Église me le permettrait pas. Je suis ici à titre d'être humain venu apporter soutien et consolation à l'un de ses frères dans la peine. Prions pour que le désespoir nous pousse jamais à poser un acte aussi grave que celui qui a conduit notre frère Germain à s'enlever la vie.

Toutes les têtes se penchèrent en même temps pendant que le prêtre récitait un «Je crois en Dieu» et un «Notre Père» pleins de ferveur. À la fin, Clément et Gérald s'avancèrent sans qu'on le leur demande pour prêter main-forte aux autres hommes afin de descendre lentement au fond de la fosse le cercueil de Germain Fournier. Après un dernier signe de croix, le groupe franchit le portillon et rentra dans le cimetière, laissant derrière lui le prêtre en compagnie d'Étienne. Quand le bedeau commença à jeter de la terre dans la fosse, le fils s'éloigna en compagnie de Ludger Ménard.

— Ta mère pouvait pas venir ? demanda le prêtre à voix basse.

— Non, monsieur le curé. Je pense qu'elle avait trop honte. Je vous remercie d'être venu, ajouta le jeune cultivateur. Ça fait du bien de pas être tout seul.

Le curé se contenta de hocher la tête.

— Pensez-vous que j'ai le droit de faire installer une pierre tombale ou une croix sur la tombe de mon père ?

— Je vois pas ce qui t'en empêcherait, répondit le curé Ménard. Ce lot-là t'appartient. T'as le droit d'en faire ce que tu veux… Pour l'entretien, par exemple, il va falloir que tu t'entendes avec le bedeau.

— J'aurai pas besoin de son aide, monsieur le curé. Je m'en occuperai moi-même. Je dois ben ça à mon père.

Le prêtre donna une tape d'encouragement à son jeune paroissien avant de le quitter pour entrer dans la sacristie et se préparer à célébrer la messe de sept heures. De retour devant l'église, Étienne se rendit compte que les Tremblay l'avaient attendu.

— Vous venez tous déjeuner à la maison, lança Thérèse, essayant de combattre la tristesse dans laquelle baignait cette nouvelle journée.

Étienne allait protester, mais la vieille dame ne lui en laissa pas la chance.

— Aline et Élise ont tout préparé pour le déjeuner et elles te pardonneraient jamais de les avoir fait travailler pour rien. Arrive. Fais pas de cérémonies.

Le jeune homme, reconnaissant, dut accepter.

— Je vais monter avec Étienne, annonça Françoise à ses parents au moment où ils s'apprêtaient à monter dans la vieille Ford.

— En voiture à cheval comme nous autres, se moqua son oncle Gérald. Comme ça, ma belle, t'es plus sûre de te rendre à la maison que dans le tas de ferraille de ton père.

Sur le chemin du retour, Céline ne put s'empêcher de faire remarquer à son mari :

— En tout cas, personne me fera jamais croire que Gabrielle Fournier est normale. Elle est venue pour l'enterrement de sa fille hier et elle se déplace même pas pour celui de son mari. Elle a même pas arrêté chez son garçon. Tu parles du drôle de monde !

— C'est sûr qu'elle est spéciale, cette femme-là, confirma Clément. À mon avis, elle a toujours été un peu folle. Il faut qu'elle le soit pour avoir vécu toute seule dans son coin, sans parler à personne pendant tant d'années.

Les jours suivants, la nature décida de donner aux habitants de Saint-Jacques-de-la-Rive un avant-goût de l'été. Le paysage était passé du vert tendre au vert foncé. Les premiers lilas de la saison commençaient même à exhaler leur odeur entêtante. Le soleil s'était mis à cuire tout ce qui n'était pas à l'ombre.

Étienne s'échina, comme la plupart de ses voisins, à amasser les pierres que le dégel avait fait apparaître à la surface de ses champs. Il se mit à sillonner sa terre en marchant à côté de sa charrette sur laquelle il lançait tout ce qui pourrait briser ses instruments aratoires. Lorsque la voiture était pleine, il allait déverser les pierres amassées dans une cavée. Ensuite, il se mit à répandre du fumier dans ses champs et à passer ce qu'il appelait « les roulettes » pour rendre la terre plus meuble. Il aurait aimé pouvoir imiter les Tremblay ou les Veilleux déjà installés dans leur cuisine d'été, mais il n'avait pas de femme pour s'occuper de son foyer et devrait attendre une journée de pluie pour entreprendre le ménage de cette pièce plus aérée que la cuisine d'hiver.

Un soir de la dernière semaine de mai, le soleil venait à peine de se coucher derrière la forêt qui bordait les terres du rang Sainte-Marie lorsque le jeune cultivateur, occupé à la fabrication d'un meuble dans sa remise, entendit sonner le tocsin. Il sortit pour regarder autour de lui. Il crut voir une vague lueur orangée dans la direction du village.

Il allait se décider à atteler quand la Ford de Clément s'arrêta devant chez lui dans un grincement de freins. Jean, Gérald et son fils Bertrand étaient déjà à bord.

— Je viens de recevoir un coup de téléphone. C'est le couvent qui brûle. Ils ont besoin d'aide. Viens-tu ?

— J'arrive ! se contenta de dire Étienne en montant à l'arrière du véhicule.

Sur la route, la voiture dépassa deux ou trois attelages en soulevant un nuage de poussière. Arrivé au bout du rang Sainte-Marie, Clément décida de laisser son véhicule sur le bord de la route en constatant le tohu-bohu qui régnait à l'intersection. Ses quatre passagers descendirent précipitamment de la vieille Ford en même temps que lui et se frayèrent difficilement un chemin au milieu des piétons et des voitures qui avaient envahi le rang Saint-Edmond. Beaucoup d'hommes ne cherchaient qu'à se rapprocher du brasier pour aider à éteindre les flammes.

Le vieux couvent en bois à un étage des sœurs de l'Assomption était voisin de l'église. Il brûlait comme une torche, jetant sur les spectateurs des lueurs orangées. Les flammes sortaient déjà en grondant par plusieurs fenêtres de l'étage. Une épaisse fumée noire, rabattue par le vent qui venait de se lever, faisait tousser et pleurer les curieux rassemblés sur le trottoir, de l'autre côté du chemin. Le curé Ménard avait rejoint les religieuses près de l'épicerie et tentait de les réconforter. Son vicaire, debout au premier rang des spectateurs, encourageait ces derniers à prier.

Déjà deux chaînes humaines s'étaient formées entre le bâtiment et la rivière qui coulait quelque deux cents pieds derrière. On se passait de main en main des seaux d'eau que le premier de chaque chaîne s'empressait de déverser à la volée sur les flammes. Un peu partout des gens couraient et criaient.

— Les pompiers de Pierreville sont à la veille d'arriver, cria quelqu'un.

— En attendant, on peut former une autre chaîne, hurla Arthur Boisvert pour se faire entendre. Desjardins vient de trouver une vingtaine de chaudières au fond de sa remise.

— On est là pour ça, fit Côme Crevier en prenant la tête d'une autre chaîne.

Aussitôt, Étienne et les Tremblay s'alignèrent avec une quinzaine d'autres volontaires en laissant un intervalle régulier entre eux. La troisième chaîne se mit au travail sans perdre un instant.

— Est-ce que toutes les sœurs sont sorties de là ? demanda une vieille paroissienne.

— Oui, oui, répondit sa voisine, tout énervée. Je viens de les voir toutes les cinq sur la galerie de l'épicerie avec monsieur le curé.

— Qu'est-ce qu'elles font ?

— Elles prient, répondit une autre.

— J'espère qu'elles prient pas pour sauver leur couvent, dit Elphège Turcotte qui surveillait de près la progression de l'incendie. C'est sûr qu'il est fini. Il faut surtout s'occuper de l'église à côté.

— Si le vent change de bord, mon Tit-Phège, dit le vieux Dionne qui venait de le rejoindre, j'ai ben peur que l'église y passe aussi.

— Mais qu'est-ce que les pompiers attendent pour arriver, torrieu ! jura un autre vieux du village. Pierreville, c'est pas au bout du monde.

Au moment où l'homme finissait de parler, la foule de curieux s'ouvrit devant deux voitures de pompiers de la municipalité voisine. Aussitôt, le chef donna des ordres et les sapeurs volontaires se précipitèrent en portant des boyaux vers la rivière. Pendant ce temps, le chef s'empressa d'aller encourager les chaînes humaines à poursuivre leur travail pendant que ses hommes allaient d'abord arroser le mur est et la toiture de l'église pour éviter que des tisons ne viennent enflammer le temple.

Durant près d'une demi-heure, l'issue du combat fut incertaine. On n'entendait que le rugissement des flammes et les cris de ceux qui les combattaient. À cause du vent, on ne savait pas si on parviendrait à éviter que le feu se propage à l'église. Brusquement, la foule proféra un «oh» de stupéfaction. La charpente en bois du couvent venait de s'écrouler dans un grondement qui fit reculer les spectateurs les plus braves. Immédiatement, les grandes flammes rougeoyantes se transformèrent en flammes rampantes qui ne léchaient plus que des restes de bois carbonisé. Il fut dès lors évident pour tous que l'église paroissiale serait épargnée et tous les gens présents poussèrent un immense soupir de soulagement.

Pendant qu'on étouffait les dernières flammes du brasier, une spectatrice dit :

— Une chance que c'est pas arrivé pendant la journée. Des enfants auraient pu brûler là-dedans.

— C'est vrai, ce que tu dis là, reprit un autre specta-
teur. Là, au moins, on est sûr que le feu a pas tué ou blessé
quelqu'un.

— Est-ce qu'il y a quelqu'un qui a vu Beau-Casque?
demanda le maire Boisvert, en s'avançant vers le groupe
auquel venaient de se joindre les pompiers volontaires.

Le chef des pompiers venait de signifier aux trois
chaînes d'hommes qui avaient aidé à combattre l'incendie
que ses hommes suffisaient maintenant à éteindre ce qui
restait du couvent. Les volontaires, fatigués, le visage
noirci par la suie, s'étaient regroupés devant l'épicerie de
Jean-Paul Veilleux.

Quand le maire posa sa question aux différents groupes
réunis, les gens se regardèrent, mais il n'y eut pas de
réponse.

— Dites-moi pas qu'il a brûlé dans le couvent! dit
Arthur Boisvert.

— S'il était dans sa chambre, dans la cave, lui fit remarquer Côme, personne a l'air de l'avoir vu sortir de là.

— On serait peut-être mieux de demander aux sœurs,
suggéra Rose-Aimée Turcotte qui venait de s'approcher
avec son frère.

— Bonne idée, reconnut le maire. De toute façon, il
faut que je les voie parce qu'il va bien falloir leur trouver
une place où coucher pour la nuit. Elles ont tout perdu
dans ce feu-là.

Le petit homme bedonnant monta sur la galerie de
l'épicerie et vint trouver les cinq religieuses tremblantes
et abasourdies qui entouraient le curé Ménard.

— Excusez-moi, mes sœurs, fit le maire. Est-ce qu'il y en
a une parmi vous qui a vu sortir Beau-Casque du couvent?

Les religieuses se consultèrent brièvement du regard
avant que la supérieure réponde à Arthur:

— Non, monsieur le maire.

— Mais il était bien rentré au couvent avant que le feu prenne ? demanda le maire, avec l'espoir qu'on lui réponde par la négative.

— Oui, répondit immédiatement la supérieure. Je venais de l'envoyer porter deux chaises qu'il avait réparées dans une des classes, une dizaine de minutes avant que le feu se déclare.

— Vous pensez qu'il a pu brûler dans le couvent ? demanda le curé Ménard sans s'adresser à personne en particulier.

— Personne l'a vu en sortir, en tout cas, monsieur le curé.

— C'est drôle pareil, fit le vieux Dionne en se mêlant à la conversation. Je pense avoir été le premier à voir le feu. Il venait d'en haut, du premier étage. Si sa chambre est dans la cave, l'innocent a eu cent fois le temps de sortir avant que le feu s'étende.

— Comment le feu aurait bien pu prendre en haut ? demanda le maire. À moins qu'une de vos sœurs ait oublié une chandelle ou renversé une lampe à l'huile allumée dans sa chambre ?

— Impossible, déclara tout net la supérieure. Nous étions toutes les cinq en train de prier dans la salle commune depuis une heure quand c'est arrivé. Il faisait encore clair quand on a commencé et on n'avait rien allumé.

— Il y a pas un poêle en haut ? demanda le maire.

— Non. Le seul poêle du couvent est dans la cuisine. En haut, il y a une petite fournaise et on ne l'allume que l'hiver, quand il fait trop froid.

— Si ce que vous me dites est vrai, ça pourrait vouloir dire que Beau-Casque a quelque chose à voir avec le feu. Ce feu-là s'est pas allumé par l'opération du Saint-Esprit.

— S'il est mort brûlé, dit le curé Ménard, on saura jamais ce qui s'est passé.

— En tout cas, je vais parler de tout ça au capitaine des pompiers, conclut le maire. Il va avertir la Police provinciale en rentrant à Pierreville. La police va peut-être envoyer du monde pour fouiller ce qui reste du couvent pour voir. Et pour les sœurs, je…

— J'ai parlé avec la mère supérieure, l'interrompit le curé Ménard. Elle pense que ce soir, le mieux pour elle et ses consœurs, ce serait de les conduire au couvent de Nicolet. Ici, au village, il y a pas une maison capable de les héberger toutes les cinq cette nuit et elles ont rien pour passer la nuit. Je suis prêt à aller en conduire quelques-unes, mais il faudrait une autre voiture.

— Je m'en occupe dans cinq minutes, monsieur le curé, promit Arthur Boisvert. Je parle au capitaine et après ça, je vais prendre ma voiture pour aller conduire à Nicolet les sœurs que vous pourrez pas embarquer.

Quelques minutes plus tard, les dernières flammes furent définitivement éteintes et les pompiers se mirent à rouler leurs boyaux qu'ils déposèrent dans les deux camions à incendie. Comme il n'y avait plus rien à voir qu'un tas de décombres qui fumait à peine, la foule se dispersa peu à peu dans cette chaude soirée de mai. Après le départ des pompiers, Ludger Ménard sortit sa Plymouth noire de son garage pour y faire monter trois religieuses et attendit l'arrivée de la voiture du maire qui se chargea du transport des deux dernières sœurs de l'Assomption.

Ce soir-là, beaucoup de femmes de Saint-Jacques-de-la-Rive et de Saint-Gérard, le village voisin, eurent le cœur envahi de tristesse à la pensée que le couvent qu'elles avaient fréquenté dans leur jeunesse était disparu à jamais. Céline Tremblay était l'une de celles-là. Au moment de se mettre au lit, elle ne put s'empêcher de demander à Clément :

— D'après toi, qu'est-ce qui va arriver aux filles qui allaient au couvent?

— Ben, j'ai l'impression qu'elles vont être en vacances avant les autres. De toute façon, l'année d'école est presque finie.

— Et les enfants de l'école du village à qui enseignait sœur Agnès?

— La même chose. Je pense pas que le président de la commission scolaire va se mettre à chercher une maîtresse d'école au mois de mai.

— Oui, mais l'année prochaine?

— Ça, c'est une autre paire de manches, admit Clément. Il reste à savoir si la paroisse est assez riche pour construire un autre couvent. Peut-être même que la communauté voudra même pas nous renvoyer des sœurs. On verra ben ce qui arrivera. De toute façon, nous autres, on n'a pas d'enfant à l'école.

— Nous autres, non, mais Jérôme a encore André à l'école du village.

— Il est ben trop grand pour que ce soit sœur Agnès qui lui fasse l'école. Il doit être dans la classe d'Annette Rivest. En plus, si je me trompe pas, je pense pas que notre neveu serait celui qui pleurerait le plus fort si on l'envoyait en vacances un mois avant les autres.

⌒

Le lendemain, la nouvelle se répandit dans la municipalité à la vitesse de l'éclair. Beau-Casque n'était pas mort dans l'incendie du couvent. Pascal Lambert, du rang du Petit-Brûlé, l'avait chassé de sa grange le matin même. Le cultivateur l'avait trouvé là, endormi. Il n'en fallait pas plus pour relancer la machine à rumeurs. Si le pauvre innocent n'était pas mort carbonisé dans le couvent incendié, il devait avoir quelque chose à voir avec ce feu-là. De l'avis de plusieurs, il était bien assez fou pour avoir mis le feu au couvent pour se venger si une religieuse lui avait fait une remarque qui lui avait déplu…

Alerté, le maire avait aussitôt prévenu la Police provinciale. On avait envoyé deux policiers pour procéder à l'arrestation de l'homme dans l'intention de l'interroger. On les vit patrouiller un peu partout dans Saint-Jacques, mais ils n'étaient pas parvenus à le retrouver, ce qui inquiéta passablement de gens qui n'aimaient pas du tout l'idée qu'il y ait un incendiaire en liberté dans le voisinage. Sans le crier sur les toits, on se promit d'ouvrir l'œil.

La vie reprit pourtant son cours normal avec ses soucis quotidiens. Les jours passèrent et on finit par oublier Beau-Casque à Saint-Jacques-de-la-Rive. Si on ne l'avait pas encore trouvé, c'était qu'il était loin. «Que le diable l'emporte!» disaient certains, Françoise Tremblay la première. «Qu'il aille se faire pendre ailleurs!» approuvaient les autres. Avant même la fin du mois de mai, deux nouvelles plus importantes allaient occuper l'esprit des habitants de la municipalité.

Tout d'abord, Hector Paquette, le président de la commission scolaire, apprit que les religieuses de l'Assomption n'avaient pas l'intention de revenir enseigner à Saint-Jacques, qu'on leur construise un couvent neuf ou non. La supérieure de la communauté de Nicolet lui avait fait clairement comprendre que le nombre d'élèves du couvent du village ne justifiait plus la présence des religieuses. Ces dernières allaient dorénavant demeurer au grand couvent de Nicolet où leur présence serait beaucoup plus utile. En ce qui concernait sœur Agnès, la religieuse qui enseignait à l'école du village depuis près de vingt ans, il allait de soi qu'elle devrait être remplacée par une institutrice laïque. Elle ne viendrait même pas terminer l'année scolaire. En d'autres mots, Saint-Jacques-de-la-Rive venait de perdre une institution vieille de plus d'un demi-siècle. La présence de ce couvent avait toujours été un objet de fierté pour les habitants de Saint-Jacques-de-la-Rive parce que tout comme le pont, il distinguait leur village des villages de Sainte-Monique et de Saint-Gérard, qui n'avaient jamais pu en posséder un.

Une semaine plus tard, Arthur Boisvert convoqua une assemblée municipale extraordinaire un mardi soir. Intrigués, un bon nombre de contribuables se déplacèrent pour savoir de quoi il retournait. Qu'est-ce qui était assez important pour déranger les gens durant la période de l'année où ils étaient le plus occupés? Après le souper, une cinquantaine de personnes s'entassèrent dans la salle de classe de l'école du village.

Entouré de ses échevins et du curé Ménard, le premier magistrat de la municipalité, ému, annonça à l'auditoire qu'il venait d'être nommé à la direction d'une Caisse populaire de Sorel. Par conséquent, il devait quitter Saint-Jacques-de-la-Rive avec sa famille pour aller s'installer dans cette ville distante d'une vingtaine de milles avant la mi-juin. Il démissionnait donc le soir même du poste de maire qu'il occupait depuis huit ans.

Le premier moment de stupeur passé, tout le monde se mit à parler en même temps dans la salle, sans tenir compte des rappels à l'ordre du maire. Quand il parvint enfin à rétablir un peu de silence, Côme Crevier se leva pour prendre la parole. Le garagiste corpulent parvenait difficilement à dissimuler un air triomphant.

— C'est ben de valeur que tu partes avant la fin de ton mandat, Arthur, dit-il un peu hypocritement. Mais je suppose qu'il va falloir faire des élections pour te remplacer?

— Non, Côme. Il me semble que tu devrais savoir que la loi prévoit que si le maire peut pas finir son mandat, il est automatiquement remplacé par l'échevin qui a été nommé pro-maire. Lui, il va finir le mandat à la place du maire. Tout à l'heure, le conseil a décidé de nommer Gilbert Parent pro-maire de Saint-Jacques. Il va me remplacer jusqu'à l'automne prochain.

— Et on n'a rien à dire, nous autres? s'insurgea le garagiste avec mauvaise humeur.

— Non. C'est la loi.

Il y eut quelques applaudissements dispersés dans la salle pour accueillir le nouveau maire de Saint-Jacques-de-la-Rive. Parent, un homme râblé à l'épaisse chevelure striée de fils blancs, salua de la tête d'un air un peu emprunté.

— Avant que tu partes, Arthur, reprit Crevier, est-ce qu'on peut savoir ce que t'as fait exactement pour sauver le couvent? On a su que Paquette, à titre de président de la commission scolaire, s'est pas mal démené pour que les sœurs reviennent, mais on n'a pas entendu parler de toi.

Arthur Boisvert jeta à l'importun un regard exaspéré avant de répondre.

— C'est correct. Il y a pas de secret là-dedans. Je suis allé rencontrer la supérieure vendredi passé avec le président de la commission scolaire. On lui a promis qu'on trouverait un moyen de loger les religieuses quelque part au village en attendant d'avoir les moyens de construire un autre couvent.

— Et où est-ce qu'elles auraient fait l'école? demanda une dame Garneau, du rang Saint-Paul.

— On aurait pu se débrouiller pour qu'elles fassent l'école dans le sous-sol de l'église ou ailleurs au village.

— Puis? fit Crevier.

— Elle a refusé. Paquette et moi, on a eu l'impression que son idée était faite depuis longtemps. On aurait pu lui proposer la lune ; elle aurait dit non. Elle a fini par nous avouer que depuis deux ou trois ans, elle pensait sérieusement à ramener ses sœurs au grand couvent de Nicolet parce qu'elle trouvait qu'on n'avait pas assez d'élèves.

Il y eut des murmures de désapprobation dans la salle.

— Il me semble que vous auriez pu vous démener plus que ça, conclut Crevier en prenant toutes les personnes présentes à témoin.

Il n'y eut aucune réaction dans l'assistance et le garagiste en fut pour ses frais.

— Peut-être, reconnut Arthur Boisvert avec un petit sourire mauvais. Mais perds pas patience, tu vas ben finir par avoir la chance de prouver tout ce que tu sais faire… à condition, ben sûr, d'arriver à te faire élire l'automne prochain.

Quelques ricanements dans la salle saluèrent le trait ironique du maire sortant.

Chapitre 19

L'amour

Étienne Fournier n'était pas présent à la réunion qui s'était tenue au village. Les affaires municipales étaient bien loin de ses préoccupations. Dans une odeur entêtante de vernis, il mettait la dernière main à la coiffeuse à laquelle il travaillait depuis plus d'un mois, chaque soir, après sa journée de travail.

L'habile ébéniste avait doté le petit meuble en chêne blond de trois tiroirs divisés en compartiments pratiques. La table était surmontée d'un miroir ovale placé dans un cadre en chêne fixé à un pivot horizontal qui permettait de l'orienter. En outre, il avait décoré son meuble en sculptant une rose dans un coin du tablier et au fronton de chacun des tiroirs. Il avait complété le tout par une chaise délicate dont le style se mariait parfaitement à celui de la table. Bref, l'ensemble avait tout pour plaire à une femme.

Néanmoins, l'humeur du jeune ébéniste s'assombrissait de plus en plus à mesure qu'il approchait de la conclusion de son travail. Ce qui lui avait paru comme une excellente idée au début lui semblait maintenant presque impossible à réaliser. Il avait dessiné et créé la coiffeuse et la chaise dans un seul but : les offrir à Françoise le 14 juin, le jour de son vingt et unième anniversaire de naissance.

Étienne ne s'était pas trompé lorsqu'il avait prévu qu'il retomberait dans sa solitude après le départ de Lionel et

Louis Tremblay. Pendant un moment, il s'était bercé de l'illusion qu'il ferait le pont entre les deux déserteurs et leur famille parce que ces derniers avaient promis de lui écrire des nouvelles à transmettre aux leurs. Mais à part une courte lettre écrite une semaine après leur départ, l'oncle et le neveu n'avaient plus donné signe de vie, ce qui avait enlevé au jeune homme toute excuse pour aller rendre visite à la famille de Clément Tremblay et ainsi voir Françoise. Il se demandait même si c'était une bonne idée d'avoir fait installer le téléphone puisque la présence de l'appareil lui avait enlevé certaines occasions d'aller chez les voisins.

Étienne souffrait de ne pouvoir rencontrer plus souvent la jeune fille à laquelle il rêvait de plus en plus. Il en était au point de tenir avec elle d'interminables conversations durant ses longues soirées solitaires. Il était même devenu très habile à formuler les questions et les réponses à ce petit jeu. Bien sûr, il apercevait parfois Françoise de loin, en train de travailler dans le jardin, derrière la maison familiale, mais c'était loin de satisfaire son besoin de la voir. Il aurait tout donné pour qu'elle revienne lui rendre visite avec son frère Jean, comme durant l'hiver. À chacune de ses visites, elle ne manquait jamais de lui demander de voir le mobilier de chambre qu'il était en train de cons-truire… Comme il aimait aussi se retrouver debout à ses côtés, dans sa cuisine, la regardant et l'écoutant lui expli-quer comment réussir telle ou telle recette! Mais ce temps-là était terminé. Maintenant, il en était à attendre avec une fébrilité croissante la fin de la grand-messe du dimanche matin, seul moment de la semaine où il pouvait l'approcher et lui dire quelques mots avant qu'elle se précipite vers la Ford où ses parents s'impatientaient déjà.

Au souvenir du dimanche après-midi précédent, les traits du visage d'Étienne se durcissaient et son cœur avait des ratés.

Ce jour-là, un peu après le dîner, le jeune homme était occupé à secouer à l'extérieur le paillasson déposé devant la porte d'entrée de la cuisine quand il vit passer Léo Veilleux en boghei en compagnie d'un jeune homme coiffé d'un élégant Stetson gris. Il pensa d'abord que le mécanicien de chez Thibault allait rendre visite à son père et à son frère Jérôme, au bout du rang, en compagnie d'un ami, mais le véhicule s'immobilisa chez Clément Tremblay. Il en déduisit que Léo s'arrêtait saluer sa sœur et son beau-frère avant de poursuivre sa route.

Le jeune cultivateur ne s'était plus préoccupé de rien et avait cuisiné une partie de l'après-midi, comme il avait pris l'habitude de le faire tous les dimanches parce qu'il manquait de temps durant la semaine. Il avait terminé son travail de ménagère vers trois heures et s'était alors empressé d'aller s'asseoir sur la galerie pour profiter un peu de ce beau dimanche après-midi de juin. Quelques minutes plus tard, Françoise était passée devant chez lui en compagnie de l'inconnu au chapeau gris. Tous les deux marchaient lentement sur la route et semblaient fort bien s'entendre. La jeune fille l'avait interpellé et salué avant de poursuivre son chemin. Étienne lui avait répondu d'un signe de la main, le cœur rongé par la jalousie.

Qui était ce gars ? Qu'est-ce qu'il venait faire chez les Tremblay ? D'où venait-il ? Était-ce un parent ? Françoise s'était-elle fait un amoureux ? C'était bien possible. Comment aurait-il pu le savoir ? Le bossu suivit le couple du regard jusqu'à ce qu'il regagne la maison voisine. Quand il le vit s'asseoir dans la balançoire installée sur le côté de la maison, il se mit à le surveiller de loin en échafaudant toutes sortes de scénarios. Mais maintenant, à bien y penser, il était évident que l'inconnu ne pouvait être que le nouvel amoureux de sa jeune voisine. Il en aurait hurlé de rage et de dépit.

Le soir venu, il avait eu du mal à résister à la tentation de démolir à coups de hache la délicate coiffeuse qu'il achevait de construire. Il lui avait fallu faire un réel effort pour ne pas succomber à la tentation de détruire ce qu'il avait mis des dizaines d'heures à fabriquer.

— C'est sûr, il est pas bossu, lui! se répéta-t-il cent fois. Il y a personne pour rire de lui dans son dos quand il passe, lui!

Étienne n'était ni sourd ni idiot. Il savait fort bien qu'on l'avait toujours appelé Fournier le bossu, dans son dos, du moins jusqu'à la mort de son père, l'hiver précédent. Depuis, il avait surpris plusieurs personnes en train de chuchoter « le fils du pendu » sur son passage. Il n'avait pas besoin de se planter devant un miroir pour savoir que toute tentative d'entrer en compétition avec un autre pour gagner le cœur de sa belle serait inutile.

— Maudite vie de chien! s'était-il écrié, amer, en sablant le tablier de la coiffeuse. Quand on est un infirme, il y a personne qui t'aime, même pas ta mère!

Il faisait allusion au fait que sa mère n'avait même pas pris le temps de lui écrire un mot pour son vingt et unième anniversaire de naissance à la mi-avril. Il avait célébré seul son accession à sa majorité.

Soudain, le projet de tout quitter et d'aller faire sa vie en ville lui était revenu plus fort que jamais, comme au temps où Berthe vivait. Dieu qu'elle lui manquait! Elle n'était morte que depuis six mois et il aurait juré qu'elle avait disparu depuis une éternité…

Les jours suivants, Étienne s'était toutefois repris en main. À l'époque où il élaborait ce projet avec sa sœur, il ne connaissait pas Françoise. Maintenant, partir aurait signifié ne plus la revoir, et à cela, il ne parvenait pas à se résoudre. Cette dernière constatation l'avait alors poussé à prendre une grande décision: se déclarer à la jeune voisine. Comme tous les grands timides poussés dans leurs derniers retranchements, il était prêt à affronter l'obstacle pour en finir une fois pour toutes, quelles que soient les conséquences. Sans le savoir, il répétait le geste posé par son père, plus de vingt ans auparavant... et avec la fille de celle qui avait rejeté Germain Fournier et l'avait poussé, sans le vouloir, dans les bras de Gabrielle Paré.

On aurait dit que cette décision avait aidé le bossu à retrouver une certaine sérénité. Il avait alors cessé de songer au jeune étranger venu en visite chez les Tremblay le dimanche précédent pour se concentrer sur la meilleure manière d'offrir à sa belle la coiffeuse et la chaise pour son anniversaire. Or, plus il y songeait, plus cela lui semblait difficile. Il ne pouvait tout de même pas arriver chez ses voisins avec son cadeau dans les bras. Il serait incapable de répondre au pourquoi d'un tel geste. Si Françoise le refusait, que ferait-il? Il se voyait en pensée retournant chez lui avec son cadeau rejeté. Un tel refus marquerait l'échec définitif de tous ses rêves. Si cela se produisait, quel choix lui resterait-il?

—Je vends et je pars, trancha-t-il finalement deux jours avant l'anniversaire de la jeune fille. Si elle en veut pas, ça veut dire qu'elle veut pas de moi non plus comme cavalier. Ça va être clair une fois pour toutes. À ce moment-là, je vendrai la terre et je m'en irai en ville...

À la seule pensée d'être repoussé, ou pire de déchaîner le rire moqueur de la belle avec ses prétentions, il en avait des sueurs froides. Cette nuit-là, il ne put trouver le sommeil.

Le lendemain soir, après le souper, Étienne se rasa de près et s'habilla proprement. Durant plusieurs minutes, il chercha désespérément un prétexte pour se présenter chez les Tremblay, un prétexte qui lui permettrait de parler au père ou à la mère, hors de la présence de Jean et de Françoise. C'était l'unique solution qui s'était présentée à son esprit. Il allait demander aux parents la permission d'offrir la coiffeuse à leur fille.

Au moment où il venait enfin de trouver une bonne raison d'aller chez les Tremblay, il vit le frère et la sœur quitter leur maison. Tous les deux étaient à pied et se dirigeaient vers la maison de leur grand-père Veilleux. Enfin, la chance semblait lui sourire. Sans perdre un instant, le jeune homme prit la route pour se rendre chez son voisin, habité par la crainte de voir revenir Françoise et Jean avant d'avoir eu le temps de parler aux parents de la jeune fille. Cette nécessité de faire vite lui fit oublier en partie son angoisse de se faire repousser.

À son arrivée chez les Tremblay, il trouva le père et la mère assis paisiblement sur la galerie, profitant de la légère brise qui venait de se lever en cette fin de chaude journée du début du mois de juin. Il s'arrêta au pied de l'escalier, l'air un peu embarrassé.

— Bonsoir, Étienne, le salua Céline avec bonne humeur. Ne me dis pas que tu as enfin reçu des nouvelles de nos deux Américains, ajouta-t-elle, pleine d'espoir.

Étienne sourit timidement à sa voisine. Les deux mèches blanches qui striaient sa chevelure brune ne parvenaient pas à vieillir son visage parsemé de taches de rousseur. Une fois de plus, il remarqua que Françoise avait les mêmes yeux que sa mère.

— Malheureusement non, madame Tremblay. J'ai pas encore reçu de lettre. Pour moi, ils sont trop loin dans le bois et ils ont de la misère à trouver quelqu'un pour poster leurs lettres.

— Ça doit être ça, fit Clément. Monte t'asseoir une minute, ajouta-t-il. Reste pas planté debout au pied des marches comme un piquet.

—Je veux pas vous déranger ben longtemps, dit Étienne en demeurant debout, le pied posé sur la première marche de l'escalier conduisant à la galerie. Je me demandais juste si votre beau-frère Jérôme me prêterait son taureau pour servir mes vaches. L'année passée, mon père a emprunté celui des Desjardins, mais ça a pas été fameux.

— Pour le savoir, il va falloir que tu le lui demandes, répondit Clément en bourrant sa pipe. Mais je vois pas pourquoi il te le passerait pas. Tout ce que je peux te dire, c'est que le taureau de mon beau-frère est peut-être un peu capricieux, mais il fait du bon ouvrage. Mes vaches m'ont donné des beaux veaux ce printemps.

Durant quelques minutes, les deux cultivateurs parlèrent des ravages causés par les centaines d'oies blanches qui s'étaient posées sur leur terre le mois précédent et de la nécessité de drainer certains champs pour mieux les assécher. Puis, il y eut un temps mort dans la conversation, comme si on avait épuisé tous les sujets. Au moment où les Tremblay s'attendaient à voir leur jeune voisin prendre congé, ce dernier, passant une main dans son épaisse chevelure châtain clair peignée sur le côté, reprit d'une voix embarrassée :

— Est-ce que je me trompe en pensant que la fête de Françoise, c'est demain ?

— Non, c'est ça, répondit Céline, surprise.

—Je voulais aussi vous demander si ça vous dérangerait que je lui donne un cadeau de fête. Je lui ai fait un petit meuble avec des restes de bois que j'avais et...

— T'es ben fin de nous demander la permission, Étienne, l'interrompit Clément. Mais Françoise va avoir vingt et un ans demain. Elle va être majeure. On n'a plus à lui dire ce qu'elle doit faire. T'as juste à lui en parler.

Après avoir salué ses voisins, Étienne retourna chez lui en se redressant pour effacer le plus possible sa bosse.

— Veux-tu ben me dire pourquoi il est venu nous parler du taureau de Jérôme ? demanda Clément à sa femme. Il sait ben que ton frère le prête à tous ceux qui le veulent.

— On dirait que t'as rien compris, dit Céline en regardant le jeune voisin regagner la maison voisine d'un pas faussement nonchalant. C'est clair qu'il venait pour savoir s'il pouvait donner un cadeau à Françoise. L'affaire du taureau, c'était juste un prétexte.

— Peut-être ben, fit Clément, perplexe.

— Je me demande pourquoi il lui a fait ce meuble-là, reprit la mère, pensive. J'aimerais pas qu'il se fasse de fausses idées. Je trouve qu'il a déjà eu son lot de misères cette année. Comme s'il en avait pas assez eu avec la mort de sa sœur et de son père. Je parle même pas de sa mère qui est partie. Je trouve que c'est demander pas mal à un gars de son âge de tout endurer ça.

— Quelles fausses idées ? demanda Clément qui ne l'écoutait qu'à moitié.

— Laisse faire, je me comprends, dit Céline en se levant pour rentrer dans la maison.

⁓

Rentré chez lui, Étienne s'installa sur sa galerie, bien décidé à intercepter Françoise et son frère à leur retour de chez leur grand-père. Le bossu n'eut pas à attendre bien longtemps. Quelques minutes plus tard, il les aperçut sur la route. Lorsqu'ils passèrent devant chez lui, il les héla.

— Françoise, as-tu une minute ? demanda-t-il en allant à la rencontre des deux jeunes gens. J'ai quelque chose à te montrer.

Souriante, la jeune fille s'avança vers lui. Elle portait une jolie robe jaune paille rembourrée aux épaules, comme le voulait la mode. L'ovale de son visage était mis en valeur par sa coiffure. Son épaisse chevelure brune était attachée en une queue de cheval.

— Je suppose que moi aussi, je suis invité ? demanda Jean qui avait suivi sa sœur.

— C'est sûr.

Étienne entraîna ses deux jeunes voisins jusque devant la remise où il travaillait le bois. Après le souper, il avait sorti la table de toilette et la chaise et les avait couvertes d'une vieille couverture grise rapiécée.

— Qu'est-ce que c'est ? demanda Françoise en montrant du doigt ce qui était couvert.

— Ben, je dirais que c'est ton cadeau de fête, si tu le veux, répondit l'ébéniste, la gorge un peu serrée par l'émotion.

— Est-ce que je peux le voir ?

— T'as juste à tirer sur la couverte.

Françoise ne se fit pas répéter l'invitation. Elle saisit la couverture d'une main impatiente et la tira vers elle. Alors apparut la table de toilette surmontée de son miroir ovale et flanquée d'une chaise aux fines cannelures. Les rayons obliques du soleil couchant faisaient reluire les meubles en chêne blond fraîchement vernis. La jeune fille demeura d'abord sans voix, absolument émerveillée par un tel présent.

— C'est bien trop beau ! s'exclama-t-elle en passant doucement la main sur le tablier de la table. J'ai jamais vu quelque chose d'aussi beau !

Le cœur serré, Étienne était partagé entre le plaisir de voir son ouvrage admiré et la peur que Françoise le refuse.

— C'est pas grand-chose, finit-il par articuler, la gorge sèche. C'est juste un petit cadeau. Est-ce que tu le veux ?

— Une folle ! C'est sûr que je le veux ! s'écria la jeune fille en le saisissant par une épaule avant de déposer avec fougue un léger baiser sur sa joue. Je suis certaine que j'aurai jamais un aussi beau cadeau.

Transporté, Étienne rougit de plaisir et, pour cacher son embarras et sa joie, il lui montra les roses sculptées ainsi que les compartiments de chacun des tiroirs.

— On va tout remettre dans la remise, dit-il finalement à Françoise. Demain soir, on te l'apportera si Jean veut venir me donner un coup de main.

— Si ça fait ton affaire, je peux venir vers sept heures, proposa l'adolescent qui venait de célébrer ses dix-sept ans.

— Je vais t'attendre.

À leur retour à la maison, Françoise s'empressa de décrire avec enthousiasme le cadeau que leur voisin lui destinait pour son anniversaire.

— Ça te gêne pas de recevoir un cadeau pareil d'un pur étranger ? lui demanda Céline en scrutant le visage de sa fille.

— N... Non, m'man. Pourquoi je serais gênée ? Étienne est un ami et ça lui fait plaisir de me faire ce cadeau-là. Il sait depuis longtemps que j'aime ce qu'il fait.

— Si t'es bien sûre que c'est juste pour ça qu'il te fait ce cadeau-là...

— Voyons, m'man, pour quelle autre raison voulez-vous qu'il me donne ça ?

— C'est correct, trancha sa mère, pas du tout convaincue.

Ce soir-là, Étienne eut encore beaucoup de mal à s'endormir. Non seulement Françoise avait accepté son cadeau, mais elle l'avait embrassé. Il sentait encore la pression de ses lèvres douces sur sa joue gauche. Il était heureux comme jamais il ne l'avait été. Une nouvelle vie allait commencer pour lui, il en était persuadé.

La journée du lendemain lui sembla interminable. Au début de l'avant-midi, une petite pluie fine se mit à tomber et noya le paysage toute la journée. Après le déjeuner, le jeune cultivateur en profita pour aller demander son taureau à Jérôme Veilleux. Le cultivateur accepta volontiers de venir conduire sa bête dans l'enclos derrière la grange des Fournier pour rendre service au voisin. Ensuite, Étienne passa la journée entière à exécuter des réparations urgentes dans son étable.

À la fin de l'après-midi, il nourrit ses animaux après avoir trait ses vaches et déposa une bonne épaisseur de poches de jute au fond de la voiture dans laquelle seraient transportées la coiffeuse et la chaise. Son souper terminé, il s'empressa de faire sa toilette et attendit Jean. L'adolescent tint parole. À sept heures, il se présenta chez Étienne et tous les deux chargèrent le meuble et la chaise dans la voiture en faisant attention de ne pas abîmer le miroir.

Lorsqu'ils les déposèrent sur la galerie des Tremblay quelques minutes plus tard, Clément et Céline sortirent pour contempler le cadeau d'Étienne. Il se dégageait de l'ensemble tant de délicatesse et de beauté que les parents de Françoise ne parvinrent pas à cacher leur admiration.

— C'est tellement beau que c'est presque un péché de cacher ça dans une des petites chambres du haut, s'exclama Céline.

— On mettrait ça dans notre salon et ce serait le plus beau meuble, reprit Clément. J'ai jamais vu quelqu'un travailler aussi ben le bois que toi.

Étienne sourit de contentement, ne sachant pas trop quoi faire de ses deux grandes mains musclées.

— En tout cas, si t'as fait ça avec des restes de bois, comme tu nous l'as dit hier, ajouta le voisin, je vais te garder mes restes pour voir ce que tu peux faire avec.

— J'ai juste fait de mon mieux, se justifia l'ébéniste en cherchant Françoise du regard, étonné de ne pas la voir arriver.

— Tu cherches la chanceuse à qui t'as fait ce beau cadeau-là ? demanda Céline qui venait de saisir son regard inquisiteur. Elle a été invitée à souper par sa tante Cécile pour sa fête.

Immédiatement, la figure d'Étienne se rembrunit. Il s'attendait à voir Françoise et à lui souhaiter un bon anniversaire. Il pensait même passer quelques minutes en sa compagnie. Cependant, faisant contre mauvaise fortune bon cœur, il finit par proposer :

— Voulez-vous que je vous aide à monter ça dans la chambre de votre fille ?

— Ce sera pas nécessaire, Étienne. Jean est là pour me donner un coup de main. Viens plutôt boire quelque chose.

— Je vous remercie, monsieur Tremblay, mais je pense que je suis mieux de pas trop traîner. Votre beau-frère m'a prêté son taureau, mais il a l'air pas mal nerveux. J'aime autant l'avoir à l'œil.

— Si jamais tu te rends compte que quelque chose marche pas avec lui, t'as juste à téléphoner à Jérôme.

Le jeune cultivateur était tristement rentré chez lui, d'autant plus tristement qu'il s'était fait une joie toute la journée à la pensée de l'accueil que la belle Françoise lui réserverait quand il lui apporterait son cadeau. Après avoir dételé son cheval, il alla jeter un coup d'œil au taureau qu'il venait d'entendre mugir dans le clos situé derrière la grange. La bête semblait complètement déchaînée sans aucune raison apparente. Elle s'élançait brusquement dans une direction et fonçait, cornes baissées, sur la clôture en lançant un mugissement assourdissant ; puis elle repartait dans une autre direction pour faire la même chose.

— Mais il est complètement fou, ce maudit taureau-là ! s'écria Étienne. Si je l'amène à une de mes vaches, il est capable de l'encorner.

Sans perdre un instant, il courut à la maison téléphoner à Jérôme. Ce dernier arriva quelques minutes plus tard en compagnie de son fils André. Il portait une carabine.

— Est-ce qu'il est encore dans le clos où on l'a mis à matin ? demanda-t-il à Étienne, sorti de la maison pour l'accueillir.

— Oui.

— Bon. Je vais te le tranquilliser, moi, ce torrieu de taureau-là.

— Vous allez le tuer ? demanda le jeune cultivateur, abasourdi.

— Es-tu malade, toi ? Ben non. Je vais lui payer la traite avec une charge de gros sel. Tu vas voir comment ça va le calmer.

Les deux hommes et l'adolescent prirent la direction du pré où le taureau semblait toujours en proie à une colère inexplicable. Sans dire un mot, Jérôme épaula son arme et visa l'arrière-train de sa bête. La rafale de gros sel eut l'effet d'une décharge électrique sur le taureau qui partit au galop jusqu'au fond du pré d'où il ne bougea plus.

— T'inquiète pas pour lui, dit Jérôme. Demain matin, tu vas voir qu'il va être pas mal moins malcommode quand tu vas le conduire à tes vaches.

Sur ce, le père et le fils retournèrent chez eux.

Cette semaine-là, Étienne attendit vainement un signe de vie de Françoise. Il l'aperçut bien de loin, à deux ou trois reprises, toujours en train de travailler dans le jardin avec sa mère, mais elle ne chercha pas à entrer en contact avec lui.

~

Le dimanche suivant, à la sortie de l'église, Étienne fut intercepté par Jérôme Veilleux et son vieux père qui voulaient savoir s'il était satisfait du taureau prêté et il dut se résigner à voir Françoise lui filer sous le nez en compagnie d'une jeune fille du village. La fille de Clément et de Céline ne lui avait jamais semblé aussi belle qu'en ce chaud dimanche ensoleillé de juin.

De retour à la maison, dépité, il n'eut d'autre choix que de changer de vêtements et de se mettre à son lavage et à son ménage hebdomadaires. Au fil des mois, il s'était découvert un trait commun avec sa mère : il détestait vivre dans une maison en désordre. Il fallait que les parquets soient propres et que la vaisselle soit lavée et rangée. Les fenêtres poussiéreuses l'agaçaient autant qu'elles agaçaient Gabrielle.

Au début de l'après-midi, il étendait des vêtements fraîchement lavés sur sa corde à linge quand il vit passer lentement un boghei. Il crut reconnaître l'inconnu au Stetson gris qui était venu chez les Tremblay le dimanche précédent avec Léo Veilleux. Il arrêta son travail pour épier la voiture quand il s'aperçut qu'elle s'arrêtait chez les voisins et que Françoise sortait de la maison de ses parents pour accueillir le visiteur. Alors, il n'eut plus aucun doute : il s'agissait bien de l'homme qu'il avait vu en compagnie de Françoise sept jours auparavant. Cette découverte le laissa abasourdi. Il rentra dans la maison où il termina son lavage comme un automate.

Il avait bien pensé à ce type à quelques reprises durant la semaine, mais comme il l'avait vu arriver avec l'oncle de Françoise, il avait fini par se persuader qu'il s'agissait d'un vague parent à qui elle avait tenu compagnie par politesse. Mais le voir arriver seul chez les Tremblay et être accueilli par la jeune fille elle-même, c'était une tout autre histoire.

Alors, le bossu fut submergé par la jalousie comme par une vague de fond. Il fut incapable de poursuivre le moindre travail. Il était trop malheureux. Il s'installa sur sa galerie de manière à pouvoir apercevoir au loin la balançoire où Françoise venait de prendre place avec son visiteur et ne quitta pas le couple des yeux, du moins tout le temps où il y demeura. À un certain moment, tous les deux se levèrent et allèrent se promener sur la route brûlée par le soleil. Malheureusement, ils se dirigèrent dans la direction opposée à sa maison et il les perdit de vue durant de longues minutes. Enfin, un peu avant cinq heures, Étienne vit partir l'inconnu, mais ce départ ne lui apporta aucun soulagement. Il lui fallait absolument savoir qui il était et ce qu'il faisait avec la fille qu'il aimait.

Le jeune homme passa la soirée à se torturer l'esprit pour trouver un moyen d'identifier le visiteur. Il ne pouvait arriver chez les Tremblay et demander de but en blanc aux parents ou à Françoise elle-même qui il était. De toute façon, il ne lui venait à l'esprit aucun prétexte pour se présenter chez les voisins.

Encore une fois, le hasard lui vint en aide le lendemain avant-midi. Le facteur lui avait laissé une lettre pendant qu'il était aux champs. Il l'avait découverte à son retour, à l'heure du dîner. C'était une lettre de Louis qui donnait enfin de ses nouvelles. Il avait écrit qu'il ne vivait plus avec son oncle parce qu'on l'avait affecté à la réfection d'un autre camp, à une dizaine de milles d'où Lionel travaillait. Il disait être en bonne santé et ne manquer de rien.

Pendant tout son repas, Étienne hésita sur la façon de communiquer aux Tremblay les nouvelles envoyées par leur fils. S'il allait les leur porter, toute la famille serait réunie et il lui serait impossible de connaître l'identité du visiteur de la veille. Il était hors de question de leur téléphoner parce qu'il y avait trop d'abonnés qui écouteraient. Finalement, il se donna jusqu'à la fin de la journée pour trouver une solution satisfaisante. Les Tremblay attendaient ces nouvelles depuis des semaines, ce n'étaient pas quelques heures de plus ou de moins qui allaient changer quelque chose.

Durant l'après-midi, la chaleur devint telle qu'il dut s'arrêter à quelques reprises pour boire à la cruche d'eau qu'il avait déposée à l'ombre, au pied d'un érable, en bordure de son champ. À un certain moment, il s'entendit héler par Jean Tremblay qui marchait dans le champ voisin.

— T'en aurais pas un peu pour moi? demanda-t-il au voisin. Mon père a rapporté notre cruche et il se décide pas à revenir.

— Certain. T'as juste à sauter la clôture et à venir boire, l'invita Étienne qui venait de réaliser qu'il tenait la solution de son problème.

L'adolescent passa entre les fils de fer barbelé et s'empara de la cruche que lui tendait Étienne.

— Dis donc. Est-ce que ton père a pris un homme engagé? demanda le bossu.

— Non. Pourquoi tu me demandes ça?

— Ah! Parce que j'ai vu un gars chez vous, hier. Je pensais que c'était un nouvel homme engagé.

— Ben non. C'est le *chum* de Françoise.

Étienne pâlit en entendant cela, même s'il s'y était attendu. Il tenta de faire tout de même bonne figure.

— C'est pas un gars de Saint-Jacques.

— Non. Il reste à Pierreville, confirma Jean Tremblay. Il s'appelle Pascal Brien. Il travaille avec mon oncle Léo, chez Thibault.

— C'est un mécanicien?

— Non. Il paraît qu'il travaille dans les bureaux. Mon oncle l'a présenté à Françoise la semaine passée. Elle a l'air de le trouver pas mal à son goût.

Chacune des paroles du voisin causait à Étienne une souffrance intolérable. Non seulement l'inconnu était beau et normal, mais il était également instruit. Il n'avait plus aucune chance. Il avait subitement l'impression qu'une chape de plomb venait de lui tomber sur les épaules. Il n'avait qu'une hâte: mettre fin à la rencontre pour se retrouver seul.

— Ah oui! J'ai reçu une lettre de Louis. Dis à ta mère qu'il va ben et qu'il manque de rien. Il reste plus avec ton oncle Lionel. Tous les deux travaillent à une dizaine de milles l'un de l'autre.

— Pourquoi tu viens pas lui dire ça toi-même?

— Parce que j'ai ben de l'ouvrage ces temps-ci. J'ai personne pour m'aider et, en plus, je veux finir mon *set* de chambre avant la fin de juillet, mentit Étienne en déposant au pied de l'arbre la cruche que Jean venait de lui remettre.

Tous les deux retournèrent à leur travail. À compter de ce jour-là, Étienne limita ses contacts avec la famille Tremblay au strict minimum. À ses yeux, la belle Françoise l'avait trahi, même s'il reconnaissait au fond de lui-même qu'elle n'avait jamais été autre chose qu'une voisine gentille et charitable. Tout le reste, il l'avait imaginé. Mais cela ne lui faisait pas moins mal pour autant.

Le jeune homme retourna à ses anciennes habitudes. Il ne fréquenta plus que la basse-messe le dimanche matin et, le soir, il s'assoyait à l'arrière de sa maison pour ne pas avoir à répondre aux voisins qui auraient pu être tentés de lui parler en passant sur la route.

Chapitre 20

Un village transformé

En ce mois de juin 1944, on aurait dit que tout Saint-Jacques-de-la-Rive baignait dans l'odeur persistante du lilas. On trouvait ces fleurs non seulement autour de la plupart des maisons, mais encore, à l'état sauvage, le long des fossés. La chaleur qui régnait depuis le début de la troisième semaine de mai donnait l'impression d'être déjà en juillet.

Si on voyait encore un camion de la police militaire circuler de temps à autre dans la région, les gens s'en inquiétaient beaucoup moins que du débarquement en Normandie qui avait eu lieu quelques jours plus tôt, le 6 juin. *La Presse* avait rapporté que deux mille cent cinquante-quatre bateaux et neuf mille avions avaient pris part à cette opération militaire d'une envergure extraordinaire. On parlait même de deux cent cinquante mille soldats alliés qui participaient à cette tentative de repousser vers l'est les troupes hitlériennes. Personne n'ignorait que de nombreux régiments canadiens étaient impliqués dans les combats acharnés qui se livraient sur le sol français. Des gens de Pierreville jouissant de l'électricité, donc de la radio, disaient avoir entendu parler de milliers de soldats tués chez les nôtres.

De telles nouvelles alarmaient toutes les familles dont l'un des membres avait été enrôlé. Les Hamel priaient pour que leur Charles soit épargné pendant que les Tremblay en faisaient autant pour que Lionel et Louis continuent à échapper à l'enrôlement.

En ce début d'été, Gilbert Parent, le pro-maire, se révéla être une agréable surprise. Le successeur du maire Boisvert était un homme discret mais efficace. Dépourvu de toute ambition, le robuste quadragénaire fit d'abord clairement comprendre à tous ses administrés qu'il n'avait aucune intention de se représenter à la mairie l'automne suivant. Il allait se contenter de régler les affaires courantes en attendant les élections de novembre.

Son premier objectif fut le nettoyage du terrain voisin de l'église. Les débris carbonisés du couvent étaient comme une plaie ouverte au milieu du village. Ces décombres avaient un effet déprimant sur les gens et représentaient en outre un danger potentiel pour les jeunes qui avaient déjà commencé à aller s'amuser sur l'ancien terrain des religieuses. Le nouveau maire convainquit l'ensemble de la population qu'une corvée s'imposait pour redonner au village un visage plus attrayant.

Les lieux appartenaient à la paroisse et les marguilliers tinrent une réunion extraordinaire pour décider de l'avenir de ce grand terrain situé en bordure de la rivière. Comme les religieuses de l'Assomption refusaient de revenir à Saint-Jacques-de-la-Rive, Jérôme suggéra de céder le terrain à la municipalité pour l'aménager en parc municipal. Lors de cette réunion, l'abbé Leroux fut le seul à émettre une objection.

— Vous pensez pas qu'un parc aussi près de l'église et du presbytère va venir troubler la paix des gens? demanda le jeune vicaire qui affichait un air contrarié.

— Il faut pas exagérer, monsieur l'abbé, répondit Jérôme. Le parc serait à au moins six cents pieds du presbytère.

— Ça posera aucun problème, intervint le curé Ménard en jetant un regard sévère à son subalterne. Ce terrain-là nous a été prêté par la communauté et il est normal qu'il lui soit retourné puisqu'on n'aura pas d'autre couvent.

— Qu'est-ce qui va arriver avec les élèves qui allaient au couvent ? demanda le président de la fabrique.

— Elles vont aller à Nicolet si elles veulent continuer à étudier, répondit le curé. Elles auront pas le choix.

— Et pour le parc, il y aurait vraiment pas grand-chose à faire, poursuivit Jérôme, qui tenait à son idée. Il y a de beaux ormes sur le terrain. La plupart ont pas été touchés par le feu. Quand on aura ramassé ce qui reste du couvent et rempli de terre ce qui était la cave, tout va être en ordre.

Évidemment, le conseil municipal s'empressa d'accepter ce don de la fabrique. Le second samedi de juin, une corvée fut organisée à laquelle une trentaine de personnes participèrent. Les débris furent transportés hors du village et on démolit les fondations de l'ancien couvent. Avant la fin de la journée, on avait transporté et nivelé la terre avec l'aide de plusieurs citoyens. Le lendemain matin, les fidèles, en route vers l'église, apprécièrent le changement de paysage et plusieurs firent connaître leur satisfaction au maire.

Le mois de juillet commença sous une chaleur torride et sèche. Il n'était pas tombé la moindre goutte de pluie depuis près de quatre semaines. Les champs commençaient à jaunir et le foin n'avait pratiquement pas poussé. Les bêtes, assommées par la chaleur, cherchaient refuge à l'ombre des rares arbres plantés en bordure des champs.

Toute la nature réclamait un peu d'eau. La moindre voiture passant sur la route soulevait un nuage de poussière.

Les cultivateurs s'inquiétaient et guettaient l'arrivée des nuages. Si la pluie tardait trop, on allait tout perdre. Tout allait brûler dans les champs. Déjà, les fraises étaient en retard et seraient toutes petites à cause du manque d'eau. Pour le blé et l'avoine, on n'en parlait même pas tant ils avaient peu levé. Les femmes devaient arroser leur jardin et leurs fleurs soir et matin pour éviter que tout se dessèche.

L'assemblée municipale du premier lundi de juillet se tint, comme d'habitude, à l'école du village. Ce soir-là, il faisait une chaleur insupportable dans la salle, même si l'un des échevins avait pris la précaution de venir ouvrir les fenêtres de l'endroit au début de l'après-midi. À cause de la température, pas plus de deux douzaines de personnes avaient trouvé le courage de se présenter à la réunion. Pourtant, la bonne nouvelle communiquée par Gilbert Parent valait à elle seule le déplacement.

Le maire l'annonça dès le début de l'assemblée: le député Drolet avait tenu parole. Il avait obtenu du ministère de la Voirie le goudronnage du rang Saint-Edmond dans sa partie désignée sous le nom de village, et le travail serait exécuté dès la semaine suivante. Des applaudissements nourris saluèrent la nouvelle.

— Cré maudit! s'exclama Ernest Veilleux, ça sent les élections, cette affaire-là!

— Drolet a dû faire des pieds et des mains pour nous avoir ça, approuva le gros Desjardins. Pour moi, ses organisateurs ont dû lui dire qu'il serait jamais réélu dans le comté s'il se grouillait pas plus que ça.

Évidemment, Côme Crevier s'était levé pour demander la parole après cette annonce du maire.

— Tout le monde est ben content pour la paroisse, Gilbert, mais pas moi, tonna-t-il de sa grosse voix.

L'asphalte va encore s'arrêter à deux cents pieds de chez nous, comme pour le trottoir, calvaire !

Le curé Ménard, assis à la table du conseil à titre d'aumônier, fit les gros yeux au garagiste qui était si en colère qu'il n'en tint aucun compte.

— Il y a quelqu'un au conseil qui m'en veut et qui s'est organisé pour que je sois toujours laissé de côté. Mais attendez aux prochaines élections, mon heure va venir !

Gilbert Parent, l'air ennuyé par l'éclat du gros homme, donna un coup de maillet sur la table.

— Côme, tu t'énerves pour rien, encore une fois, dit-il d'une voix calme. Le pavage du village va s'arrêter dix pieds passé ton terrain.

Le garagiste, stupéfait, ne sut alors quoi dire. Il était tellement certain que son exclusion du village avait toujours été une vengeance du maire Boisvert et des rouges au pouvoir qu'il ne comprenait pas pourquoi il obtenait subitement ce qu'il voulait sans avoir à se battre.

— J'aime autant te dire tout de suite que j'ai pas eu à tordre le bras du député pour obtenir ça, poursuivit le pro-maire. Quand je lui ai dit que ton garage faisait partie du village, il a tout de suite accepté.

— Ouais, ça c'est correct, reconnut Crevier, un peu à contrecœur. Mais as-tu pensé de quoi ça va avoir l'air, un bout de route asphaltée devant mon commerce et ma maison, mais un trottoir qui arrête deux cents pieds avant ?

— Inquiète-toi pas pour ça non plus, le rassura Parent. On va couler un trottoir des deux côtés de la route jusqu'à la place où l'asphalte va finir. J'ai eu qu'à le demander pour l'avoir.

— C'est ben correct, fit le garagiste avant de se rasseoir, l'air renfrogné.

Côme était soudainement inquiet. À quel jeu Parent jouait-il ? Il avait beau crier sur tous les toits que la mairie ne l'intéressait pas, il ne se conduirait pas autrement s'il voulait être élu en novembre. Du temps de Boisvert, c'était clair. Les deux hommes se détestaient et ne rataient jamais une occasion de déblatérer l'un contre l'autre. Tous les coups étaient permis. Comment s'en prendre à Parent? Il ne cherchait même pas à tirer le moindre avantage de ses réalisations. Trois mois auparavant, son élection à la mairie de Saint-Jacques-de-la-Rive ne lui semblait qu'une formalité tant les gens en avaient assez d'Arthur Boisvert, mais avec Parent, s'il posait sa candidature, ce serait peut-être une autre paire de manches.

— Si c'est ça qu'il prépare, le maudit hypocrite, marmonna le garagiste, il me prendra pas les culottes baissées.

Le lundi matin suivant, les habitants du village assistèrent à l'arrivée d'une niveleuse suivie d'une demi-douzaine de camions. Pendant plusieurs heures, il y eut un ballet incessant de camions déversant du gravier dans un nuage de poussière. Des ouvriers s'occupaient de construire des formes et de couler le ciment pour le prolongement des trottoirs, alors que d'autres, plus nombreux, préparaient l'asphaltage de la route.

Quelques jours suffirent aux employés du ministère de la Voirie pour couler deux cents pieds de trottoir et asphalter une section du rang Saint-Edmond. À la mi-juillet, tout était terminé. Les habitants de Saint-Jacques-de-la-Rive pouvaient se réjouir d'avoir enfin un village propre. Il était fini, le temps où la moindre pluie transformait la route en une mer de boue. Finis les nuages de poussière soulevés par les voitures. Maintenant, c'était comme à Pierreville. On pouvait se déplacer partout sans risquer de se salir.

— C'est encore mieux qu'à Pierreville, n'hésitaient pas à dire certaines personnes. Notre asphalte est neuve et nos trottoirs sont d'aplomb.

Les ménagères du village furent les premières à chanter les louanges de ce changement. À les entendre, l'entretien de leurs parquets et de leurs fenêtres était maintenant tellement plus facile qu'elles provoquèrent l'envie de celles qui demeuraient dans les rangs et qui n'auraient probablement jamais la chance de connaître un tel luxe.

⁓

Quelques jours plus tard, la nouvelle éclata comme une bombe : Adélard Godbout avait déclenché des élections provinciales pour le 28 août.

Au pouvoir depuis 1939, le premier ministre libéral avait beaucoup fait pour la province et allait solliciter un nouveau mandat. Durant cette canicule qui n'en finissait plus, cette nouvelle procura aux gens un autre sujet de conversation que la sécheresse qui perdurait. Chez la plupart, elle réveilla les passions.

Dès le troisième jour de la campagne électorale, un petit groupe d'hommes de Saint-Jacques-de-la-Rive prit l'habitude de se rassembler de temps à autre, après le souper, sur la galerie de l'épicerie du village. Ils se rencontraient là pour discuter de politique, même si chacun savait fort bien qu'il ne parviendrait jamais à faire changer son voisin d'idée. L'orientation politique de chacun était connue depuis longtemps et on n'en changeait pas de crainte de se faire taxer de « vire-capot ». On était rouge ou bleu de père en fils dans la région, et aucun argument n'était assez fort pour qu'on abandonne son parti. À Saint-Jacques-de-la-Rive, rien n'était plus bleu qu'un Veilleux et plus rouge qu'un Tremblay.

Ce soir-là, même si le soleil avait déjà beaucoup baissé à l'horizon, la chaleur demeurait étouffante. Pas le moindre souffle de vent. L'air était rempli des stridulations des insectes.

— Veux-tu ben me dire quel est l'insignifiant qui est allé conseiller à Godbout de déclencher des élections en plein été ? s'écria Ernest Veilleux.

— Il va se casser la gueule, prédit son fils Jérôme. Tant pis pour lui. C'est pourtant un agronome. Il devrait ben savoir que les cultivateurs aiment pas ça être dérangés par des élections durant l'été. On fait ça l'automne ou au printemps, s'il le faut ; jamais l'été.

— Moi, je souhaite qu'il en mange une maudite, grommela Antonius Tougas qui n'avait pas pardonné aux rouges que son Émile ait été incorporé de force dans l'armée. Comme bien des électeurs du comté, il n'oublierait pas de sitôt leurs fausses promesses de lutter contre la conscription.

— Duplessis va l'écraser à mort, prédit le vieux Dionne. Les cultivateurs ont pas oublié le crédit agricole et tout ce qu'il a fait pour eux autres avant la guerre.

— Vendez pas la peau de l'ours avant de l'avoir tué, intervint Gérald Tremblay qui venait de sortir de l'épicerie, un Coke à la main. Godbout, c'est pas un deux de pique. S'il a déclenché des élections, c'est qu'il pense avoir une chance de gagner. Pour moi, il est encore mon homme. Trouvez-moi quelqu'un qui a fait plus pour la province que lui. Il a donné le droit de vote aux femmes.

— La belle affaire, plaisanta Anselme Marleau du rang des Orties. Avec cette idée de fou, on est pognés avec des femmes qui se mêlent de politique à cette heure, même si elles y connaissent rien.

— Il y a deux ans, il a fait voter la loi pour rendre l'école obligatoire jusqu'à quatorze ans, renchérit Gérald.

— Puis après ? demanda Ernest. Les jeunes qui veulent plus aller à l'école y vont pas plus.

— Sa commission sur un plan d'assurance-maladie universelle, c'est pas beau ça, beau-père ? intervint Clément.

— Clément, on sait pas encore ce que ça va donner, cette commission-là, l'interrompit son beau-frère Jérôme. Il y a pas de quoi sauter au plafond.

— Et sa commission hydroélectrique ?

— La même maudite affaire, reprit le fils d'Ernest.

— Et toi, Jean-Paul, pour qui tu vas voter ? demanda Clément à l'épicier qui venait de quitter son comptoir en claudiquant un peu pour venir prendre le frais sur la galerie.

— Moi, je suis neutre. Dans le commerce, je peux pas prendre pour un ou pour l'autre parce que je risque de me mettre à dos des clients.

— Est-ce que ça veut dire que t'as pas d'opinion ? demanda Clément.

— Ça veut juste dire que je veux pas perdre des clients, sacrifice !

— Tu me déçois ben gros, le beau-frère, reprit Clément en feignant une profonde déception. Puis, tu dois faire ben de la peine à ton vieux père.

— Clément, mon maudit haïssable ! dit Ernest. Même s'il parle pas, je suis sûr que mon gars va voter du bon bord.

— Moi, j'aurais jamais cru qu'il penserait d'abord à sa poche, se moqua Clément.

— Si Jean-Paul est rendu comme ça, il doit voter libéral, plaisanta Alphonse Meunier.

Cette pique suscita une vague de protestations des partisans libéraux du groupe.

— Moi, j'haïs pas le Bloc populaire, annonça Elphège Turcotte qui venait de se joindre au groupe. Il me semble que Raymond et Laurendeau ont des maudites bonnes idées.

— Va t'asseoir, toi, avec ton Bloc, le rabroua le gros Desjardins. À ton âge, Tit-Phège, tu devrais ben savoir qu'il y a de la place juste pour deux partis dans la province : les bons et les pas bons. En plus, ce maudit Bloc-là, c'est juste bon pour le monde de la ville. Il y a pas de cultivateurs là-dedans. Raymond et Laurendeau parlent avec la bouche en cul-de-poule. Je les ai entendus au radio ce printemps chez mon beau-frère de Sorel. J'ai pas confiance pantoute à du monde comme ça, moi.

— En tout cas, on va sûrement avoir des bonnes assemblées à Pierreville et à Nicolet, prédit Parent qui n'avait pratiquement pas ouvert la bouche durant toute la discussion. À ce moment-là, on va être capables de savoir ce que les partis nous promettent.

Cette constatation provoqua un court moment de silence avant qu'Antonio Ouellet, du rang Saint-Pierre, ne déclare en secouant la tête :

— C'est ben beau, ces élections-là, mais c'est pas ça qui va nous apporter de la pluie. S'il mouille pas bientôt, on va tout perdre, jériboire ! En trois semaines, le foin a pas allongé d'un pouce. La même chose pour le blé et l'orge.

— Si encore il y avait moins de maringouins, dit Desjardins d'une voix exaspérée en écrasant bruyamment un insecte sur son bras velu.

Pour la première fois de la soirée, les cultivateurs rassemblés sur la galerie furent unanimes. Ils se mirent à déplorer la sécheresse qui sévissait depuis le début de juin et contre laquelle même le gouvernement ne pouvait rien.

— La terre est dure comme de la pierre, dit Gérald. Ça fait des années que j'ai pas vu ça.

— Moi, c'est mon puits qui commence à m'inquiéter, reprit Georges Hamel. J'ai toujours eu de l'eau en masse. Depuis une semaine, j'ai de la misère à en avoir assez pour faire boire mes vaches.

Chacun racontait alors ce qu'il craignait le plus de subir si la pluie ne se mettait pas à tomber bientôt. Ce soir-là, on rentra à la maison lorsque l'obscurité tomba. La campagne électorale avait beau s'annoncer passionnante, l'absence de pluie était la préoccupation majeure de tous.

Étienne était probablement le seul cultivateur de Saint-Jacques-de-la-Rive à ne pas s'inquiéter outre mesure de l'absence de pluie depuis près d'un mois.

— Que le diable emporte le foin et tout le reste ! se répétait-il en regardant le ciel où aucun nuage n'apparaissait.

Sa décision était maintenant prise. Au début de l'automne, il vendrait la ferme et irait s'installer à Montréal. Il était même possible qu'il propose à sa mère de venir vivre avec lui en ville, puisqu'elle projetait de quitter le presbytère de Saint-Grégoire à la fin de l'été pour aller vivre à Nicolet. Pourtant, au fond de lui, le jeune homme se doutait bien qu'il allait au-devant d'un refus de sa mère. Il l'avait appelée à trois reprises depuis qu'il avait le téléphone à la maison, chaque fois, sa mère avait trouvé une excuse pour abréger la communication, lui faisant nettement sentir qu'il la dérangeait.

Étienne n'avait pas participé à la corvée de nettoyage du terrain du couvent et il n'avait pas eu l'occasion de parler à un Tremblay depuis près d'un mois. Le jeune cultivateur avait partagé son temps entre la remise en état de son étable et de son poulailler et les soins à apporter à ses cultures. Même s'il avait terminé son mobilier de chambre à coucher en érable depuis deux bonnes semaines, il ne se décidait pas à aller le proposer au propriétaire du magasin Murray de Pierreville. Il était évident qu'il y avait chez lui un ressort qui s'était brisé depuis que Françoise lui avait préféré quelqu'un d'autre. Il faisait encore son travail, mais sans l'élan qui l'avait toujours caractérisé. Depuis que Jean lui avait appris que sa sœur avait un amoureux, le bossu n'avait plus cherché à voir ou à espionner sa jeune voisine.

Un après-midi de la fin juillet, le jeune homme, occupé à réparer une cloison de sa grange, entendit des cris en provenance de sa cour. Il sortit précipitamment du bâtiment.

— Étienne, grouille! lui cria Clément, debout à côté de sa Ford dans laquelle son frère Gérald et son fils Bertrand avaient pris place. Tougas a mis le feu dans le champ. Ça gagne le bois. Apporte-toi une pelle.

Le jeune cultivateur tourna la tête vers la deuxième ferme à sa gauche et aperçut une épaisse fumée noire à mi-chemin entre les bâtiments et la maison d'Antonius Tougas. Il comprit immédiatement les implications d'un tel incendie. Si les flammes atteignaient la terre à bois des Tougas, toutes les terres à bois du côté droit du rang Sainte-Marie risquaient d'y passer, à commencer par celles des voisins immédiats, soit celle de Clément et la sienne. Tout était tellement sec que la forêt allait s'enflammer comme une allumette si des étincelles atteignaient les arbres.

Étienne s'empara d'une pelle et se précipita vers la Ford. Sans perdre un instant, le conducteur fit demi-tour pour s'engager sur la route. Moins de cinq minutes plus tard, la voiture roulait en cahotant dans le champ, derrière la grange des Tougas.

Une nappe de flammes basses s'étendait sur un front d'une centaine de pieds et provoquait une fumée si intense qu'il était difficile de s'en approcher. Déjà, cinq ou six voisins, armés de pelles, s'activaient fébrilement à creuser un coupe-feu du côté du bois pour empêcher les flammes de se propager dans cette direction. L'alerte avait été donnée si rapidement qu'en moins d'une demi-heure, une trentaine de personnes des rangs voisins vinrent se joindre aux premiers combattants de l'incendie.

Par chance, l'absence de vent joua en faveur des volontaires. En moins de deux heures, on parvint à creuser un coupe-feu efficace et à contenir l'élément destructeur. En fait, le feu finit par mourir de lui-même, incapable de trouver de quoi s'alimenter. Un peu avant cinq heures, il ne resta plus qu'une vaste portion carbonisée du champ d'Antonius Tougas comme preuve qu'un incendie avait eu lieu.

Les gens commencèrent à rentrer chez eux les uns à la suite des autres après s'être brièvement arrêtés au puits des Tougas pour se désaltérer. La chaleur créait une sorte de brouillard et faisait vibrer l'air en cette fin d'après-midi.

— Veux-tu ben me dire comment ce feu-là a pris? demanda le vieux Ernest au fermier.

Antonius Tougas prit le temps de passer une main sur son long visage maigre couvert de suie avant de répondre.

— J'ai pas compris pantoute comment c'est arrivé, admit-il, piteux. Je brûlais mes vidanges. Il y avait même pas de vent.

— Baptême, Antonius! s'exclama le père Veilleux. Viens pas me dire que tu brûles tes vidanges sans les surveiller.

— Ben non, je les surveillais, se défendit Tougas. Quand ça a commencé à s'étendre, j'ai pas été capable d'éteindre le feu. Il a tout de suite pogné dans l'herbe.

— Pourquoi tu fais pas comme tout le monde? intervint Antoine Desjardins. Fais brûler tes cochonneries dans un vieux baril. Comme ça, tu sacreras pas le feu partout.

— Je le sais, sacrament! jura Tougas, furieux d'être pris à partie. Mais quand t'as des grosses affaires à brûler, ça entre pas dans un baril.

— Ben, dans ce temps-là, t'attends qu'il mouille pour les faire brûler.

— Si j'avais eu assez d'eau, j'aurais été capable de me débrouiller tout seul, plaida Antonius. Mais je suis rendu au fond de mon puits.

— Moi aussi, je commence à manquer d'eau, avoua Gérald.

Il y eut un murmure dans le petit groupe de gens encore présents. Il était évident que l'eau commençait à poser un sérieux problème.

— Moi, j'ai la source, se vanta Antoine Desjardins en passant une main sur son large cou pour en chasser un moustique. Je sais pas d'où vient l'eau, mais elle coule toujours autant qu'au printemps. En plus, elle est bonne et pas mal froide. Si vous voulez de l'eau, vous avez juste à venir vous en chercher. Je suis pas regardant.

— C'est vrai qu'elle est bonne, ton eau, reconnut Ernest. Mais aller en chercher chez vous, même si tu restes pas ben loin de chez nous, c'est pas pratique pantoute. Ce qu'il faudrait…

— Ce qu'il faudrait, intervint Clément, c'est un aqueduc qui servirait tout le monde dans le rang.

— Ouais, mais ça coûterait cher en maudit, faire ça, fit remarquer son beau-frère Jérôme.

— Peut-être pas tant que ça, reprit Clément qui se prenait au jeu de ce qui n'avait été qu'une suggestion en l'air. En tout cas, on pourrait toujours demander à mon beau-frère, Hubert. Lui, il est ingénieur. Il serait capable de nous dire si c'est faisable et combien ça nous coûterait.

— Qu'est-ce que vous en pensez, vous autres? demanda Gérald en sortant sa blague à tabac pour approvisionner sa pipe. Ce serait commode en maudit de plus avoir à se casser la tête pour avoir de l'eau à la maison et aux bâtiments.

— Ben là, je suis pas sûr qu'il y aurait assez d'eau pour toutes les fermes du rang, dit Desjardins d'une voix beaucoup moins assurée.

On sentait qu'il regrettait un peu son offre et Clément s'en rendit compte.

— Voyons, Antoine, tu vas pas reculer à cette heure que tu nous as offert ton eau.

— Ben non, se défendit mollement le cultivateur. Quand je donne, je dédonne pas.

— Bon! On va y aller, nous autres, annonça Clément en faisant un pas vers sa vieille Ford poussiéreuse. Je suis déjà en retard pour mon train. Pour l'aqueduc, j'en parlerai à Hubert. Il devrait venir à Saint-Jacques en fin de semaine pour la fête de ma mère. On verra ben ce qu'il va en dire.

— En tout cas, Antonius, jette quand même un coup d'œil à ton champ au cas où le feu reprendrait, dit Desjardins sans manifester la moindre animosité envers celui qu'il avait enguirlandé quelques instants plus tôt. Avec un temps pareil, un tison mal éteint pourrait faire repartir toute l'affaire.

Le lendemain, les habitants de Saint-Jacques-de-la-Rive se levèrent sous un ciel gris foncé. Durant la nuit, le vent s'était levé à l'ouest et avait apporté de lourds nuages.

L'air était saturé d'humidité et on entendait au loin le tonnerre gronder.

— Dis-moi pas qu'on va enfin avoir de la pluie! s'exclama Céline en jetant un coup d'œil au ciel par l'une des fenêtres de sa cuisine d'été.

— Pour moi, ce sera pas long, m'man, dit Françoise. Je viens de voir des éclairs.

Comme si la nature n'avait attendu que ce signal, le ciel ouvrit brutalement ses écluses. En un moment, tout le paysage se retrouva sous un véritable déluge. Accompagnées de coups de tonnerre assourdissants, des trombes d'eau se déversèrent sur la campagne, formant une sorte d'épais rideau liquide. La pluie venait tambouriner sur le toit et sur les vitres avant d'aller former de grandes mares sur la route et au milieu de la cour, le sol, trop durci par un mois de soleil intense, ne parvenant pas à l'absorber.

Clément et Jean traversèrent la cour au pas de course et ne s'arrêtèrent que sur la galerie. Alertée par le bruit de leurs pas, Céline se présenta à la porte moustiquaire qu'elle ouvrit pour leur tendre deux serviettes.

— Déchaussez-vous avant d'entrer et essuyez-vous un peu, leur ordonna-t-elle. Il est pas question que vous veniez saloper mon plancher de cuisine.

Le père et le fils obéirent. Ils pénétrèrent ensuite dans la cuisine, tout heureux de la pluie qui tombait.

— Enfin, on va respirer un peu, dit Clément en s'assoyant dans sa chaise berçante. Ça va nous apporter un peu d'air frais et ça va surtout faire du bien à la terre.

— Le jardin en avait bien besoin, fit Françoise. On a beau l'avoir arrosé soir et matin, il manquait d'eau pareil.

— C'était il y a quinze jours qu'on en avait besoin, rétorqua sa mère. Le temps des fraises est passé. On n'a même pas pu faire la moitié des pots de confiture qu'on fait d'habitude.

— On va peut-être se réchapper avec les framboises, voulut la consoler sa fille.

— Moi, des confitures qu'on peut pas sucrer comme on veut à cause du rationnement du sucre...

— Plains-toi donc pas, dit Clément. Si on était en ville, on trouverait ça encore plus dur.

— Je vois pas la différence, reprit Céline avec humeur. On se fait rationner le matériel, la laine, l'huile et le sucre comme ceux qui vivent en ville.

— Peut-être, mais oublie pas qu'on a le bois et le cuir qu'on veut. En plus, on n'a pas à se serrer la ceinture pour la farine et le sirop d'érable. Arrête de t'en faire. On va finir par avoir un jardin pas trop mal et les bleuets manqueront pas non plus.

Céline ne répliqua rien, faisant mine de se concentrer sur la farine qu'elle étendait de la main sur la table.

— Cette pluie-là a l'air d'être partie pour la journée. Ça fait que je pense ben que je vais accepter l'offre de ton frère Jérôme. Je vais monter à Pierreville avec lui et ton père après le souper pour aller écouter Maurice Duplessis au radio. Léo les a invités.

— C'est ça, fit sa femme en se plantant devant lui, les mains sur les hanches. Nous autres, les belles dindes, on va rester toutes seules à la maison à regarder tomber la pluie. À part ça, depuis quand tu t'intéresses aux bleus, Clément Tremblay ?

— Écoute. J'ai accepté pour rendre service à ton père et à ton frère. Ils ont pas de char... Tu sauras que les bleus m'intéressent pas une miette, se défendit Clément. Je veux juste savoir ce que le bonhomme Duplessis promet s'il est élu le 28 août.

— Tu vas te faire tirer la pipe toute la soirée par mon père et mes frères. Tu sais ce qu'ils pensent des rouges comme toi.

— Ça me dérange pas pantoute. De toute façon, Duplessis entrera jamais. Godbout a fait trop du bon ouvrage pour être battu.

— T'oublies les femmes, Clément Tremblay. Nous autres aussi, on a le droit de vote et on a notre mot à dire. Ça se pourrait bien qu'on décide de voter autrement que les hommes. Il y a rien qui nous oblige à voter comme vous autres.

— Ah ben, baptême ! jura le cultivateur. Il manquerait plus que tu viennes annuler mon vote, par exemple. Ce serait ben le boutte !

Céline adressa à sa fille un sourire de connivence avant d'ajouter :

— Non seulement je peux annuler ton vote, mon Clément, mais Françoise et moi, on peut annuler deux votes. Qu'est-ce que t'en dis ?

— J'en dis que Godbout a été un maudit bel innocent en vous donnant le droit de vote en 1940. Il aurait dû savoir que les femmes comprendraient jamais rien à la politique. Tu sauras qu'on vote pas pour annuler un vote !

— Si tu ajoutes juste un mot de plus, je te jure que je vote bleu, Clément Tremblay, menaça sa femme avant de se remettre à pétrir sa pâte à pain.

Ce soir-là, Maurice Duplessis livra l'un de ses meilleurs discours politiques de la campagne de 1944. Il fit un bilan implacable des réalisations du gouvernement Godbout, qu'il accusa d'avoir bradé au fédéral des pouvoirs qui avaient appartenu à la province depuis les débuts de la confédération canadienne. Il qualifia le premier ministre en exercice de traître à sa race et de vendu aux intérêts des capitalistes anglophones du pays. Il le rendit responsable de toutes les mesures de guerre qui saignaient les Canadiens français aux quatre veines depuis le début du conflit.

À la fin de la soirée, en prenant place à bord de la Ford de son gendre, Ernest Veilleux ne put s'empêcher de déclarer à ce dernier :

— Je veux pas trop rien dire, Clément, mais j'espère que tu t'es ben rendu compte que Duplessis, ça, c'est l'homme qu'il nous faut.

— Je vais attendre de savoir ce que Godbout a à dire avant de me décider, beau-père, mentit Clément qui ne voulait pas entamer une dispute stérile.

Le samedi suivant, Thérèse fêta ses soixante-dix ans. Pour l'occasion, Cécile organisa une petite fête et invita toute la famille à venir célébrer l'anniversaire de sa belle-mère. Claire et son mari arrivèrent de Québec au début de la matinée.

Hubert s'était fait un plaisir d'informer sa belle-mère qu'il était allé une dizaine de jours auparavant dans le Maine avec des collègues de son ministère pour discuter d'un projet conjoint avec les Américains. Il avait fait un détour pour aller voir Lionel qui semblait bien heureux, même s'il s'ennuyait de sa famille. Par lui, il avait eu des nouvelles de Louis qui allait bientôt revenir travailler avec lui après avoir passé quelques semaines seul dans un autre chantier.

Après le dîner, Clément se souvint de la proposition d'Antoine Desjardins et entraîna son beau-frère chez le dernier cultivateur du rang Sainte-Marie pour lui montrer la source et lui expliquer le projet de construction d'un aqueduc.

— Vous êtes combien dans le rang ? demanda l'ingénieur.

— Neuf. De notre côté de la route, il y a Jérôme Veilleux, Gérald, Georges Hamel, Étienne Fournier, moi et Antonius Tougas. De ce côté-ci, il y a les Beaulieu, les Gariépy et ici, chez Desjardins.

— Je vois pas où serait le problème, dit Hubert en enlevant ses fines lunettes à monture d'acier. Le débit est pas mal fort. Tout ce qu'il vous faudrait, c'est un gros réservoir et une bonne pompe.

— D'après toi, est-ce que ça nous coûterait cher ?

— Ça dépend.

— Tu comprends, c'est pas municipal, cette affaire-là. Ce serait juste pour les cultivateurs du rang.

— Si vous vous entendez pour creuser et poser le tuyau vous-mêmes, vous auriez seulement à vous partager le prix de la pompe et du réservoir. À neuf, ce serait pas trop dispendieux.

— Comment tu vois ça, toi ? demanda Clément, nettement encouragé par les précisions données par son beau-frère.

— D'abord, vous passez un papier chez le notaire comme quoi Desjardins vous accorde gratuitement l'eau de sa source et vous donne le droit d'installer un réservoir et une pompe sur sa terre.

— Ça devrait être faisable, reconnut Clément.

— Ensuite, il faut que le conseil municipal accepte que vous passiez la canalisation au fond du fossé. Cette demande-là serait juste un geste de politesse. La municipalité peut pas s'y opposer puisque vous allez creuser sur votre terre. Il vous resterait aussi à creuser votre entrée d'eau, chez vous. Moi, à votre place, je ferais courir le tuyau dans le fossé sud de la route, du côté où il y a six fermes. Comme ça, vous auriez à creuser sous la route que pour les terres de Beaulieu et de Gariépy pour leur apporter l'eau.

— Et aussi ici, devant chez Desjardins, ajouta Clément. C'est possible que le conseil aime pas ben ça, qu'on défonce la route pour passer le tuyau, mais si on arrange tout comme il faut après, il devrait pas y avoir de problème.

À ce moment-là, Antoine aperçut les deux hommes debout près de sa source et s'approcha d'eux, l'air inquisiteur.

— Bonjour, Antoine, le salua Clément. Je t'avais dit que je parlerais de ta source à mon beau-frère ingénieur. Tu te rappelles d'Hubert Gendron ?

— Ben oui. L'ingénieur qui a construit notre pont, fit le gros cultivateur en tendant la main au mari de Claire.

— On parlait de la manière qu'on pourrait s'y prendre pour amener l'eau de ta source sur les terres de tout le rang. D'après mon beau-frère, c'est faisable et ce serait pas trop dispendieux.

Hubert répéta les quelques explications qu'il venait de donner à Clément. Antoine écouta attentivement. Il était évident qu'il regrettait d'avoir proposé l'eau de sa source. S'il accordait tout ce qu'on lui demandait, il était conscient d'aliéner certains de ses droits.

— J'aime pas trop ça passer chez le notaire, laissa-t-il tomber, le visage soudainement fermé.

— Ça t'enlèverait rien, expliqua Clément. Ce serait juste pour dire que tu nous donnes ton eau et que tu acceptes la pompe et le réservoir sur ta terre.

— Et ça se ferait quand, cette affaire-là ?

Clément se tourna vers Hubert pour demander son avis.

— Selon moi, le mieux serait que chacun creuse son entrée d'eau et le long du fossé qui longe sa terre, juste sous le point de congélation. Ça peut facilement être fait pour l'automne. Quand tout le monde aura fait son bout, il restera juste à installer le tuyau, ce qui devrait se faire pas mal vite. La pompe et le réservoir, c'est une affaire de deux ou trois jours environ.

— C'est ben beau, cette affaire-là, reprit Desjardins, réticent, mais il faudrait savoir si tout le monde dans le rang veut embarquer.

— Là, Antoine, c'est ton eau, reconnut Clément. Je te laisse ça entre les mains. Si tu penses que ça va te déranger, t'as juste à pas bouger et on va oublier ça. Si tu veux rendre service à tous les cultivateurs du rang, tu peux faire le tour pour demander à chacun s'il est intéressé. Si tu sens que ce serait plus juste qu'on te paie quelque chose pour ton eau, t'as juste à le dire.

— Il est pas question que je vous charge une cenne, protesta le cultivateur dont la large figure était brûlée par le soleil. Je vais y penser comme il faut, prit-il tout de même la peine de préciser. Si je décide que ça pourrait marcher, je passerai voir tout le monde.

— Tout ce que je peux te dire, c'est que Veilleux, Tougas, Hamel, Gérald et moi, on est prêts. J'ai pas voulu en parler à Étienne Fournier, à Omer Gariépy et à Alcide Beaulieu parce que c'est ton idée, pas la mienne après tout, mentit effrontément Clément.

— Je vais m'en occuper, finit par promettre Desjardins sans montrer aucun enthousiasme.

Les deux visiteurs prirent congé et rentrèrent lentement à pied chez Gérald Tremblay où toute la famille était réunie autour de Thérèse, rayonnante au milieu de sa famille. Comme la galerie n'était pas suffisamment grande pour accueillir toute la parenté, certains avaient installé leur chaise dans l'herbe, devant la maison. On festoya jusqu'à la tombée de la nuit.

Chapitre 21

Le sauvetage

Les grandes chaleurs de juin et juillet ne revinrent pas au début du mois d'août. Après les quelques jours de pluie qui avaient marqué la fin du mois de juillet, la température se fit plus clémente. La terre desséchée avait doucement absorbé toute l'eau tombée du ciel et les champs perdirent progressivement leurs vilaines teintes jaunes et brunes pour finalement reverdir. Pour le plus grand soulagement des fermiers de la région, le foin se mit à pousser, comme pressé de rattraper son retard et les petites pousses de céréales s'empressèrent de l'imiter.

Déjà, les cultivateurs se faisaient moins alarmistes et finissaient par admettre que si le beau temps se poursuivait, ils pourraient peut-être finir par avoir des récoltes acceptables.

Pour sa part, Antoine Desjardins s'était décidé à visiter les fermiers du rang pour sonder leur volonté d'obtenir son eau. Tous s'étaient dits intéressés et prêts à participer au projet d'aqueduc. Il n'y avait qu'Étienne qui s'était fait tirer l'oreille avant d'accepter. Le jeune homme, plus que jamais décidé à vendre, n'avait pas vu de prime abord l'intérêt de creuser comme les autres et d'augmenter ainsi ses dépenses. Puis, à la réflexion, il convint que cet aqueduc serait une valeur ajoutée à sa ferme et il donna finalement son accord.

Le contrat avait été passé chez le notaire Beaubien, à Pierreville. Desjardins avait accepté de laisser installer sur sa terre la pompe et le réservoir, mais il avait exigé que chacun s'engage à n'utiliser l'eau de sa source que pour ses besoins domestiques. Il était entendu que les puits continueraient à servir à l'arrosage et aux soins à donner aux bêtes.

Les cultivateurs du rang Sainte-Marie commencèrent à creuser sans hâte excessive, encouragés par une excellente nouvelle : Hubert Gendron, en faisant jouer certains appuis de son ministre, avait obtenu de la Marine Industries de Sorel un réservoir et de la tuyauterie à un prix dérisoire. Tout indiquait que l'eau de la source de Desjardins allait se retrouver dans toutes les fermes du rang avant la fin de l'automne.

On se mit donc à creuser pour s'occuper en attendant la première coupe de foin qui ne pourrait avoir lieu, au mieux, qu'à la mi-août à cause de la sécheresse. Il valait mieux faire ce travail tout de suite plutôt que d'attendre septembre quand les céréales seraient prêtes à être récoltées. Pendant ce temps, un bon nombre de femmes et d'enfants de Saint-Jacques-de-la-Rive hantaient les taillis du rang du Petit-Brûlé, réputé pour la quantité et la grosseur de ses bleuets. Chaque après-midi, on pouvait les voir revenir à pied, portant fièrement de grands contenants remplis de petits fruits qu'on allait trier et laver avant de les faire cuire.

~

Quelques jours avant la mi-août, un mardi après-midi, Clément Tremblay sortit de l'étable, furieux. Il s'approcha à grands pas du jardin où Céline et Françoise étaient occupées à désherber.

— Qu'est-ce qu'il t'arrive? lui demanda sa femme qui se redressa en se tenant les reins.

— Maudit verrat! jura Clément. Tu parles d'une malchance! Je viens de casser la lame de ma scie à métaux. Il va falloir que je lâche tout pour aller m'en chercher une chez ton frère, au village. On peut dire que ça tombe ben, cette affaire-là. J'ai de l'ouvrage par-dessus la tête dans l'étable.

— T'as juste à envoyer Jean t'en chercher une.

— Il est au bout du champ en train de réparer une clôture avant que les vaches prennent le bois.

— Si vous voulez, p'pa, je peux bien y aller, proposa Françoise.

— Ça ferait ben mon affaire, dit son père, soudainement radouci.

— C'est ça, mon Clément, viens m'enlever mon aide, protesta Céline. Qui est-ce qui va m'aider à nettoyer le jardin pendant que Françoise va courir les chemins?

— Je serai pas partie bien longtemps, m'man, voulut la rassurer sa fille.

— C'est correct. Vas-y, mais prends le bicycle.

— Je l'haïs, ce bicycle-là, m'man. C'est un bicycle de gars et il est vieux comme la lune.

— Il est peut-être pas beau, mais il est pratique. Louis s'en servait tout le temps, lui, et il s'en est jamais plaint. Jean fait la même chose.

— Demande à ton oncle une lame de scie à métaux et dis-lui de mettre ça sur notre compte. Je passerai le payer samedi, dit Clément pour mettre fin à la discussion entre la mère et la fille.

Sur ce, il retourna à l'étable pendant que Françoise s'empressait de quitter le jardin pour aller faire un brin de toilette. Quelques instants plus tard, la jeune fille, vêtue de sa robe fleurie, sortit de la maison et alla chercher la grosse bicyclette CCM bleue appuyée contre un mur dans la remise.

— Mets-toi un chapeau, lui ordonna sa mère en la voyant enfourcher l'engin.

— Bien non, m'man. Le chapeau me tient pas sur la tête quand je pédale.

— T'as juste à l'attacher.

Il était trop tard puisque la jeune fille avait déjà quitté la cour et se dirigeait vers le village. À son arrivée devant l'épicerie de son oncle Jean-Paul, au coin des rangs Sainte-Marie et Saint-Edmond, elle croisa l'abbé Leroux qui lui jeta un regard réprobateur avant de traverser la route pour rentrer au presbytère. Le jeune vicaire trouvait probablement inconvenant de la voir bras et tête nus.

Si Hélèna Pouliot était revenue à Saint-Jacques-de-la-Rive, elle aurait eu du mal à reconnaître l'épicerie qu'elle avait exploitée durant une trentaine d'années. Le nouveau propriétaire avait tout aménagé autrement et avait donné une telle expansion au commerce qu'on pouvait presque l'appeler un magasin général. Il tenait maintenant une bonne quantité d'outils et de matériaux de construction, pour la plupart entreposés dans le hangar situé derrière la maison.

À l'entrée de sa nièce, Jean-Paul, souriant, vint au-devant d'elle. Il alla lui chercher ce qu'elle désirait après l'avoir saluée.

— Puis, comment vont tes amours ? la taquina-t-il après avoir déposé sur le comptoir la lame de scie qu'elle était venue chercher.

— Moins bien que les tiennes, mon oncle, répondit la jeune fille, du tac au tac. C'est à tes noces qu'on va aller dans un mois, pas aux miennes.

— Dis-moi pas ça ! plaisanta Jean-Paul en faisant semblant de trembler. Tu me fais peur.

— Aïe, mon oncle! Claudette te tord pas un bras pour te marier que je sache.

— Ça, c'est vrai, reconnut-il en riant. J'ai couru après. Ah! pendant que j'y pense, serais-tu assez fine pour rapporter du tabac à ton grand-père? Il m'en avait demandé dimanche, mais j'ai complètement oublié de lui en apporter quand je suis allé veiller chez Claudette.

— Je vais lui apporter ça, consentit Françoise. Pour la lame, tu peux mettre ça sur notre compte. P'pa m'a dit qu'il te règlerait en fin de semaine.

La jeune fille sortit après avoir salué son oncle et attacha sur le porte-bagages le petit paquet qu'elle venait de prendre à l'épicerie. Elle enfourcha sa bicyclette et reprit la route.

Cet après-midi-là, le ciel était nuageux et une petite brise rafraîchissait l'atmosphère. Armé d'une pelle, Étienne était descendu dans le fossé, à mi-chemin entre chez lui et la ferme des Tremblay, dans l'intention de poursuivre le creusement entrepris deux semaines auparavant. Le jeune cultivateur en faisait un peu chaque jour de manière à avoir terminé avant les foins. On ne lui voyait que la moitié du corps hors du fossé et son front luisait de sueur. De l'autre côté de la route, entre sa maison et celle de Clément Tremblay, il pouvait voir la petite résidence en bardeaux gris des Gariépy, une famille nombreuse qui ne faisait guère de bruit.

Soudain, le bossu sursauta en entendant des cris en provenance de la route. Il tourna la tête juste à temps pour apercevoir le chien d'Omer Gariépy sortir en trombe de la cour de ses maîtres pour s'élancer à la poursuite de la bicyclette montée par Françoise. La bête, un bâtard haut sur pattes et à poil long, jappait avec rage et s'approchait dangereusement des mollets de la cycliste, qui, paniquée, poussait des cris.

— Va-t'en! Va-t'en! hurla la jeune fille alors que sa grosse bicyclette bleue zigzaguait sur la route pour éviter l'animal.

Étienne n'eut pas le temps d'intervenir. Un instant plus tard, le vélo traversa la route en diagonale, heurta un arbuste le long du chemin et Françoise partit en vol plané vers le fossé, à une dizaine de pieds du jeune cultivateur. L'animal, planté au bord de la route, au-dessus de la jeune fille, continuait à japper furieusement.

D'abord figé, Étienne s'élança hors du fossé, assena un solide coup de pelle au chien qui déguerpit en couinant. Il abandonna ensuite sa pelle pour redescendre dans le fossé d'où provenaient des plaintes indistinctes. Françoise était à demi étendue au fond et se tenait la tête.

— Est-ce que ça va? demanda Étienne, inquiet.

— Je le sais pas; je me sens tout étourdie, se plaignit la jeune fille.

— Attends, je vais t'aider, fit son voisin en lui tendant la main.

Françoise saisit la main qui lui était offerte et se remit difficilement sur pied, pas très solide sur ses jambes.

— T'as rien de cassé?

— Ça a pas l'air, dit la jeune fille en s'examinant. J'ai juste un peu mal à une cheville. J'ai un bras tout éraflé et je suis sûre que je vais avoir des bleus un peu partout demain matin.

— T'es chanceuse de t'en tirer comme ça.

— Tu parles d'un chien fou! s'exclama-t-elle d'une voix rageuse.

— J'ai pas l'impression qu'il est à la veille de recommencer, fit Étienne en l'aidant à sortir du fossé. Le coup de pelle qu'il vient de recevoir va lui aider à s'en souvenir.

— Et mon bicycle? s'inquiéta soudainement Françoise.

Le fermier souleva la vieille bicyclette et la regarda un moment avant de montrer à la jeune fille la roue avant voilée.

— Je pense qu'il va avoir besoin d'une roue neuve.

— Ayoye! fit Françoise en esquissant un pâle sourire. C'est Jean qui va être de bonne humeur quand il va vouloir s'en servir.

— C'est ce qui arrive quand on cherche à aller plus vite que le bicycle qu'on monte, plaisanta Étienne. Je vais t'aider à retourner chez vous.

— Dire que rien de tout ça me serait arrivé si j'avais pas eu à aller porter un paquet de tabac à mon grand-père...

— C'est juste une malchance.

— Sais-tu qu'on dirait que t'es toujours là quand j'ai besoin de toi, reprit Françoise, reconnaissante.

— Je dois être une sorte de saint-bernard, plaisanta Étienne. Mais farce à part, tu devrais peut-être t'arranger pour que ton cavalier te suive de plus près pour te protéger des accidents, ajouta-t-il en s'efforçant de plaisanter sur un sujet qui lui faisait particulièrement mal au cœur.

— Il faudrait pour ça que j'en aie un.

— Ton *chum* de Pierreville?

— J'ai pas de *chum* à Pierreville.

— Le beau blond avec un chapeau gris qui vient te voir le dimanche?

— Ah lui! C'est pas mon amoureux. À part ça, ça fait longtemps qu'il vient plus me voir. Il est venu juste deux dimanches.

Aucune parole ne pouvait faire plus plaisir au soupirant. Les entendre de la bouche de celle qu'il aimait en secret le faisait soudainement revivre.

— Je te gage qu'il était pas assez beau pour toi, blagua le jeune cultivateur en se mettant en route aux côtés de Françoise, chargé de la bicyclette accidentée.

— Me prends-tu pour une tête folle, Étienne Fournier ? s'emporta la jeune fille qui boitillait péniblement. Les filles regardent pas juste la beauté chez les hommes, tu sauras.

— Qu'est-ce que tu lui reprochais à ton amoureux ?

— C'était un grand insignifiant, dit-elle sur un ton tranchant. Moi, quelqu'un qui se prend pour le nombril du monde parce qu'il a pas été élevé sur une terre, je peux pas endurer ça. Quand je parlais, il me regardait comme si j'étais une habitante qui savait rien... Il pouvait bien me regarder de haut. Lui, il était même pas capable de faire quelque chose avec ses dix doigts.

— C'est pas ben grave. Tu vas facilement te trouver un autre cavalier parce que...

— Parce que quoi ? demanda Françoise en le regardant rougir.

— Parce que t'es la plus belle fille de la paroisse, articula difficilement Étienne, de plus en plus rouge.

— Est-ce que c'est un compliment que tu me fais là, Étienne ?

— On le dirait, dit en riant le jeune homme, tout de même rouge d'avoir osé. Mais tu remarqueras que j'ai attendu que tu sois à moitié morte pour que tu puisses pas me frapper.

Les deux jeunes gens pénétrèrent dans la cour des Tremblay à ce moment-là. Il n'y avait personne à l'extérieur. Étienne appuya la vieille bicyclette contre le mur de la maison et Françoise monta les trois marches qui conduisaient à la galerie en claudiquant.

— Bon, je pense que je vais y aller, annonça le jeune voisin, l'air subitement emprunté.

— Une minute, Étienne, le retint Françoise. Tu penses tout de même pas t'en tirer comme ça. Tu m'as ramassée dans le fossé. À cette heure, la moindre des choses serait que tu reviennes demain, juste pour voir si je suis pas morte de mes blessures durant la nuit.

Le visage du bossu s'illumina instantanément lorsqu'il entendit cette invitation.

— C'est sûr que je vais venir, promit-il. Mais tes parents ?

— Laisse faire mes parents. Je suis une grande fille et en plus, je suis sûre que ça va leur faire plaisir de voir que t'as arrêté de bouder.

— Mais je boudais pas, protesta Étienne, mal à l'aise.

— Ça ressemblait à ça, si tu veux le savoir. Je me demandais ce que j'avais bien pu te faire pour que tu me regardes même plus. En tout cas, je t'avertis, dit Françoise sur un ton plus léger. Si t'es pas venu voir comment je vais demain après-midi, je vais aller te chercher par une oreille, tu m'entends ?

— C'est promis.

Étienne se sentait si léger en quittant la cour qu'il avait l'impression qu'il aurait pu s'envoler. Il retourna chercher sa pelle dans le fossé, mais il avait tellement le cœur en fête qu'il renonça à poursuivre son travail. Il rentra chez lui, heureux comme il ne l'avait pas été depuis longtemps.

Durant la soirée, il s'installa confortablement sur sa gelerie pour réfléchir à la nouvelle tournure que venaient de prendre ses relations avec sa voisine. Bien sûr, il devait reconnaître qu'il ne s'était rien produit d'important, mis à part le fait qu'ils avaient renoué des relations entreprises l'hiver précédent. L'incident de l'après-midi lui avait au moins appris qu'elle ne le méprisait pas et qu'elle reconnaissait en lui un véritable ami. Évidemment, il aspirait à plus. Voudrait-elle un jour accepter un bossu comme amoureux ? Il n'osait pas se poser trop ouvertement la question de crainte d'être contraint de reconnaître qu'il s'agissait là d'un rêve irréalisable. La plus belle fille de

Saint-Jacques-de-la-Rive ne se promènerait jamais à son bras. Si ça se trouvait, son invitation pour le lendemain n'était due qu'au choc qu'elle avait subi. Après sa visite, elle allait probablement lui tourner le dos comme elle l'avait fait depuis son anniversaire.

⌒

Le jeune homme hésita longuement avant de se décider à se présenter chez les Tremblay tant il craignait d'essuyer une rebuffade de la belle Françoise. Finalement, vers deux heures, n'y tenant plus, il se dirigea vers la maison voisine. À son arrivée, il découvrit la jeune fille, assise dans la balançoire, la cheville bandée. Dans ce décor, elle lui apparut encore plus belle qu'à l'ordinaire avec ses longs cheveux bouclés et son visage aux traits délicats. Son cœur se mit à battre plus vite quand il s'approcha d'elle.

— Un peu plus et je me décidais à aller te chercher, dit-elle en le voyant.

— J'aurais pas voulu que tu forces ta cheville, rétorqua-t-il.

— C'est vrai que j'aurais eu de la misère, reconnut Françoise avec une grimace significative. Hier soir, elle s'est mise à enfler. Ma mère a dû me mettre une compresse de beurre chaud.

— Et tes éraflures?

— Ça chauffe un peu, fit la jeune fille en lui montrant son bras droit, mais ça va guérir vite.

Étienne entendit la porte moustiquaire s'ouvrir. Céline apparut sur la galerie, portant un panier de vêtements mouillés qu'elle s'apprêtait à aller étendre sur sa corde à linge, à l'arrière de la maison.

— Bonjour, Étienne, dit-elle en l'apercevant debout devant la balançoire où sa fille était assise.

— Bonjour, madame Tremblay.

— Il paraît que c'est toi qui l'as ramassée dans le fossé hier après-midi?

— Ben oui. Elle faisait une course avec le chien des Gariépy et elle a perdu.

— Oui, je sais. J'ai appelé Omer pour lui demander d'attacher sa bête.

— C'est une bonne idée, reconnut le jeune cultivateur.

— Laisse-toi pas monter de bateau par la grande blessée, le prévint la mère de famille avec un sourire narquois. Elle a presque rien. Elle aime ça se donner des airs de mourante pour attirer l'attention et surtout pour rien faire.

— Exagérez pas, m'man, protesta Françoise, indignée. Je me suis vraiment fait mal.

— Oui, oui, fit sa mère. Disons que t'haïs pas ça jouer à la princesse... surtout que ça t'évite de travailler. J'aime autant te dire que tout à l'heure, tu vas pouvoir aller t'asseoir à la table de cuisine pour éplucher les patates du souper. Ça, t'es capable de le faire.

Françoise poussa un profond soupir qui fit éclater de rire Étienne et sa mère.

— Puis, arrête de jouer à la martyre, fit Céline avant de disparaître à l'arrière de la maison.

Les deux jeunes gens discutèrent encore quelques minutes. Étienne quitta Françoise après l'avoir invitée à venir voir le mobilier de chambre à coucher dont il avait terminé la fabrication.

Ce soir-là, Céline ne put s'empêcher de murmurer à Clément, quelques instants après que leur fille fut montée se coucher:

— Le petit Fournier est venu voir Françoise cet après-midi.

— Pour quoi faire ?

— Pour voir si elle allait mieux.

— Ah bon !

— J'ai peur qu'il se fasse des idées, finit-elle par dire, avec une trace d'inquiétude dans la voix.

— Des idées ! Quelles idées ?

— J'ai l'impression que le voisin détesterait pas venir veiller avec notre fille.

— Ben, elle pourrait tomber plus mal, dit Clément en allumant sa pipe. Il a une bonne terre et il a du cœur.

— Peut-être, mais oublie pas que c'est aussi le garçon d'un pendu. On a connu le père et la mère et on sait comment c'était du drôle de monde… En plus, d'après mon père qui a bien connu la grand-mère Fournier, il paraît qu'elle était pas mal spéciale, elle aussi.

— Voyons, Céline !

— C'est vrai ou c'est pas vrai ?

— C'est vrai, reconnut son mari.

— En plus, il est bossu et, même sans sa bosse, on peut pas dire que ce pauvre Étienne est le plus beau garçon de la paroisse.

— Ta fille décidera ben toute seule si elle veut l'avoir pour cavalier.

— C'est pas ça le problème. J'ai peur qu'elle se rende pas compte qu'elle l'encourage à se faire des idées.

— Laisse donc faire le temps. Ça sert pas à grand-chose de se faire des cheveux blancs pour ça. Françoise est pas bête. Elle va ben voir qu'il est en train de s'amouracher d'elle si c'est ça qui te fatigue. Si ça fait pas son affaire, elle est capable de le lui faire comprendre. Tu lui en as parlé ?

— Oui. Elle m'a dit que c'était moi qui me faisais des idées.

Chapitre 22

Les élections

À la fin de la seconde semaine du mois d'août, la plupart des cultivateurs de Saint-Jacques-de-la-Rive jugèrent que le foin était maintenant assez haut pour être coupé. Il faisait beau et chaud et la moisson ondulait dans les champs à la moindre brise.

Debout sur l'étroite galerie qui ceignait la vieille maison recouverte de bardeaux rouges, Ernest Veilleux admirait le spectacle de la prochaine récolte. À près de soixante-quinze ans, le vieil homme ne se lassait pas de regarder le foin, les blonds épis de blé et l'avoine produits par la terre dont il avait hérité de son père plus de cinquante ans auparavant. Quand il l'avait cédée à son tour à son fils Jérôme en 1935, cela lui avait fait mal comme si on lui avait arraché un morceau de lui-même.

— Je crois ben qu'on va commencer à faucher le foin demain matin, dit Jérôme en venant se planter aux côtés de son vieux père.

— Ça sert à rien d'attendre plus longtemps, approuva Ernest. De toute façon, ce serait pas mal surprenant qu'on ait une deuxième coupe cette année. Pourquoi on commence pas aujourd'hui ?

Jérôme prit un air embarrassé et se racla la gorge avant de dire à son père :

— Parce que Jocelyn Dupuis pouvait pas venir avant demain.

— Qu'est-ce que le petit Dupuis va venir faire ici ?

— M'aider à faire les foins, p'pa.

— Mais on est déjà trois hommes.

— Ben, André vient juste d'avoir quatorze ans et vous, p'pa, vous allez sur vos soixante-quinze ans. Vous pensez pas que ce serait le temps de vous reposer un peu ?

— Je suis encore capable, tu sauras ! s'emporta le vieil homme, les yeux pleins de feu.

— On le sait que vous êtes encore bien capable, beau-père, intervint Colette, parlant à travers la porte mousti-quaire. Mais à votre âge, il me semble que vous avez ben gagné de souffler un peu. Vous pensez pas que faire les foins, c'est une affaire de jeunes ?

— Torrieu ! Je suis pas encore rendu au point de m'asseoir à la journée longue dans une chaise berçante, protesta le vieillard.

— C'est certain, monsieur Veilleux. Vous le savez qu'on a encore pas mal besoin de vous pour faire toutes sortes d'ouvrages sur la terre, expliqua sa bru, très diplomate. Mais les foins ! Si les voisins s'aperçoivent qu'on vous crève à les faire, ils vont finir par nous montrer du doigt.

— Ouais. Mais je pourrais au moins conduire la charge.

— C'est ce que Jérôme pensait vous demander, répliqua Colette.

— Ben oui, p'pa. J'ai engagé le petit Dupuis pour m'aider à charger et à décharger, mais j'ai besoin de vous pour vous occuper du cheval.

— OK. Je vais faire la *job* d'une femme, se résigna Ernest.

Le vieil homme rentra promptement dans la mai-son, humilié d'être relégué à un travail qu'on confiait habituellement à un enfant ou à une femme. S'il était secrètement soulagé de ne pas avoir à suivre le rythme des hommes plus jeunes en train de charger et de décharger les voitures de foin, il n'en laissa rien paraître.

Pour sa part, Étienne eut la chance d'engager Antonius Tougas pour la durée de la récolte du foin. Le cultivateur de soixante ans n'avait jamais cultivé le foin sur sa terre, préférant la culture des céréales à celle du fourrage. En cette période de l'été, ses fils et lui s'étaient toujours engagés chez les voisins en échange d'un maigre salaire et de la quantité de foin suffisante pour nourrir les quatre vaches possédées par la famille. L'homme maigre était tout en muscles et travailleur. Il valait largement le salaire qu'il demandait.

Dans toutes les fermes de Saint-Jacques-de-la-Rive et des environs, le rythme du travail s'accéléra. Tous les fermiers étaient conscients que le beau temps ne durerait pas. Il fallait battre la pluie de vitesse. Il importait de couper le foin et de l'engranger le plus rapidement possible. La plupart des femmes quittaient leur cuisine et venaient prêter main-forte dans les champs.

On travailla alors de l'aurore au crépuscule, prenant à peine le temps de manger. Si on ne fauchait plus à la faux, comme vingt ans auparavant, le travail n'en était pas moins pénible. Il fallait encore charger le foin avec une fourche dans les voitures et le décharger dans le fenil. Malgré cette presse exténuante, il fallait aussi continuer à soigner les animaux et préparer les repas.

Le soir venu, lorsque l'obscurité tombait enfin, les gens, épuisés, se lavaient près du puits pour se débarrasser de la sueur et de la poussière accumulées durant la journée. Ils allaient ensuite s'asseoir quelques minutes sur la galerie pour se reposer avant de se mettre au lit, abrutis de fatigue.

La période des foins continuait à être l'un des moments les plus importants de l'année pour un bon nombre de cultivateurs. Un fenil bien rempli signifiait la nourriture assurée pour le troupeau durant tout l'hiver. Manquer de fourrage pouvait entraîner des pertes sévères parce qu'on devait alors en acheter ou, pire, vendre des bêtes qu'on était incapable de nourrir.

Les gens furent tellement pris par le travail que la libération de Camilien Houde passa presque inaperçue. Le retour triomphal de l'ex-maire de Montréal dans la métropole ne suscita guère de commentaires chez les habitants de Saint-Jacques-de-la-Rive. On avait déjà oublié que l'homme avait passé les quatre dernières années emprisonné à Petawawa pour avoir encouragé la désobéissance civile en conseillant publiquement à ses administrés de ne pas se laisser enrôler dans l'armée. Les autorités en avaient alors profité pour l'arrêter et l'interner avec des prisonniers de guerre dans un camp ontarien après l'avoir accusé d'être un agent des nazis.

Par ailleurs, comme il fallait s'y attendre, la campagne électorale déclenchée en pleine saison estivale avait connu plusieurs ratés. Cependant, les organisateurs des trois partis politiques qui se livraient une lutte sans merci ne renonçaient pas à convaincre les électeurs. Tout était déjà en place pour fournir un ultime effort durant le dernier tiers de la campagne.

Chez Clément Tremblay, on avait fini les foins la veille. Le fenil était loin d'être plein, mais on pouvait au moins se réjouir de ne pas avoir été retardé par la moindre goutte de pluie durant huit jours.

Ce soir-là, après le souper, Clément ne tenait pas en place. Il était déjà allé à trois reprises dans le hangar durant les quelques minutes dont sa femme et sa fille avaient eu besoin pour laver et ranger la vaisselle.

— Veux-tu ben me dire ce que t'as à grouiller comme un ver à chou ? finit par lui demander Céline en sortant de la maison.

— Maudit que c'est plate de pas avoir l'électricité, se plaignit son mari avec humeur. Si on l'avait, on pourrait au moins écouter ce que Godbout a à dire au radio. C'est son tour à soir. Il est temps qu'il parle. Raymond et Duplessis ont encore fait des discours la semaine passée.

— Encore des menteries, le provoqua Céline.

— Tu sauras que Godbout est le moins menteur de la *gang*. Je suis certain que la plupart des promesses qu'il va faire à soir, il va les tenir, lui.

— Bon. J'ai compris, finit par dire Céline. Vas-y donc l'écouter si ça te travaille tant que ça. Je suppose que c'est ce que tu veux.

— Ben, j'avais pensé que je pourrais aller l'écouter avec Gérald chez Traversy. Gagnon, l'organisateur du parti, a réservé la taverne pour tous ceux qui veulent venir écouter le discours au radio. Il paraît qu'il va faire installer des haut-parleurs pour qu'on manque rien de ce que Godbout va dire.

— Un bel innocent, ton Gagnon ! laissa tomber Céline, en déroulant les manches de sa robe qu'elle avait relevées pour laver la vaisselle. On dirait qu'il a oublié que les femmes ont pas le droit de mettre les pieds dans une taverne. Si tu lui parles à soir, rappelle-lui donc que les femmes vont voter, elles aussi.

Clément se garda bien de jeter de l'huile sur le feu en répliquant. Il se contenta de hocher la tête.

— Vas-y, mais essaie de te souvenir que t'es pas là pour boire. Si tu reviens soûl, je te garantis, Clément Tremblay, que tu vas aller coucher dans la grange.

— On reviendra pas trop tard, promit-il à sa femme.

Il entra précipitamment dans la maison, changea de vêtements et téléphona à son frère qu'il passait le prendre. Quelques minutes plus tard, Céline et Françoise le virent monter à bord de sa vieille Ford.

Lorsque les Tremblay entrèrent dans Pierreville, la circulation était beaucoup plus dense que celle qu'on trouvait habituellement dans la petite municipalité un soir de semaine. Ils eurent énormément de mal à se stationner près de l'hôtel Traversy. Il y avait des voitures jusque près du pont qu'on devait emprunter pour aller à Saint-François-du-Lac.

— Blasphème ! jura Gérald en voyant toutes ces voitures, on trouvera jamais une place dans la taverne. Elle doit être pleine comme un œuf.

— On n'a pas fait tout ce chemin-là pour rien, protesta Clément. Viens. On va aller voir.

En fait, la taverne de l'hôtel Traversy était passablement remplie, mais pas au point qu'on ne puisse pas trouver une chaise libre autour d'une table. Clément aperçut Georges Hamel assis près d'Eusèbe Gagnon, l'organisateur de la réunion.

— Est-ce qu'on peut s'asseoir à votre table ? demanda Clément en s'approchant des deux hommes.

— C'est sûr. Tirez-vous une chaise, répondit l'autre, jovial.

— Il y a tellement de voitures dehors que je pensais que ce serait plus plein que ça ici, dit Gérald en se laissant tomber à son tour sur une chaise libre.

— Les bleus ont organisé une réunion dans la cour de l'école, à côté du pont, expliqua l'organisateur libéral.

Antonio Élie est supposé venir parler pour aider Arsenault à se faire élire dans le comté. Il y en a même qui disent que c'est possible que Duplessis vienne dire quelques mots pour aider son candidat. Comme tu peux voir, même si c'est vrai, ça nuira pas à notre chef. Ici, il y a du monde en tabarnouche pour l'entendre. Attends tout à l'heure. Je suis certain qu'il va y en avoir jusque dans la cour de l'hôtel.

Sur ces mots, on entendit l'indicatif de Radio-Canada. La radio avait été branchée sur deux puissants haut-parleurs installés à l'avant de la salle. Le présentateur annonça que sans plus tarder, il laissait la parole à l'honorable Adélard Godbout, premier ministre de la province. Immédiatement, le silence tomba sur la salle, à peine troublé par le bruit des bouteilles de bière déposées sur chacune des tables par des serveurs empressés.

Alors qu'Adélard Godbout se mettait à énumérer avec force détails les nombreuses réalisations de son gouvernement, Gagnon voyait à ce que les consommations généreusement offertes par le parti libéral soient fréquemment renouvelées.

Sur les ondes, la voix chaude du premier ministre avait des accents de sincérité assez convaincants, surtout quand il se mit à raconter dans quel état il avait trouvé les finances de la province lorsqu'il avait remplacé Maurice Duplessis, à qui il reprochait autant ses frasques d'ivrogne que son incurie. Il rappela aux auditeurs à quel point son gouvernement avait dû travailler pour permettre au Québec de rattraper le retard pris vis-à-vis de l'Ontario. À l'entendre, aucun gouvernement depuis celui de Lomer Gouin n'avait fait autant que le sien pour le bien-être des habitants de la province. Il avait fait voter la loi de l'instruction obligatoire en 1942, permis aux femmes d'obtenir le droit de vote et assaini les mœurs politiques. De plus, durant les deux dernières années de son mandat, il avait institué deux commissions extraordinaires. La première travaillait à préparer un plan d'assurance-maladie universelle depuis le début de 1943. La seconde étudiait la possibilité que le Québec rachète tout ce qui touchait à l'hydroélectricité dans la province.

Durant près de quatre-vingt-dix minutes, le chef du parti libéral expliqua tous les projets qu'un futur gouvernement dirigé par lui voulait mener à terme. Ses auditeurs de chez Traversy approuvaient d'autant plus bruyamment chacune de ses promesses qu'elles étaient toutes largement arrosées par un flot de bière que Gagnon ne faisait pas mine de vouloir assécher. Alcide Drolet, le député sortant, allait d'une table à l'autre en distribuant généreusement les poignées de main.

Évidemment, Adélard Godbout n'était pas seul à parler ce soir-là et plusieurs de ses affirmations étaient contestées par Antonio Élie, quelques centaines de pieds plus loin, devant les partisans enthousiastes de l'Union nationale.

Tout observateur impartial aurait vite remarqué que la foule qui se pressait dans la cour de l'école Moreau, à Pierreville, était passablement plus nombreuse que celle qui avait envahi la taverne de l'hôtel Traversy. Et les organisateurs de l'Union nationale étaient aussi généreux que ceux du parti libéral pour les « rafraîchissements » en cette chaude soirée du mois d'août.

Après avoir fait un bref discours assez terne, le candidat unioniste, Édouard Arsenault, s'était empressé de céder la parole à l'ex-ministre Antonio Élie, un proche de Maurice Duplessis. Le politicien, un homme trapu, était monté sur l'estrade sous un tonnerre d'applaudissements et s'était immédiatement mis à tirer à boulets rouges sur le gouvernement qui avait endossé la conscription au Québec.

En politicien chevronné, il avait commencé par rappeler à son auditoire que près de quatre-vingt-dix pour cent des électeurs du comté de Nicolet avaient voté en avril 1942 contre la conscription, soit presque le même pourcentage que dans son comté de Yamaska. Malgré un vote massif contre la conscription, Godbout s'était fait complice d'Ottawa pour envoyer des jeunes Canadiens français se faire tuer sur les champs de bataille en Europe. À ses yeux, il était aussi coupable qu'Ernest Lapointe et les autres députés libéraux fédéraux qui avaient trahi ceux de leur race pour être bien vus à Ottawa. Selon ses dires, Godbout n'avait pas cessé de céder des droits du Québec au fédéral depuis qu'il dirigeait la province. Comme il gouvernait pour les gens qui vivaient en ville et pour les hommes d'affaires, les cultivateurs étaient toujours les grands oubliés sous le régime libéral.

Une salve d'applaudissements nourris avait salué cette entrée en matière. L'orateur invité en profita alors pour changer de registre et s'adapter à son auditoire. Il expliqua longuement que le gouvernement actuel n'avait rien fait pour les cultivateurs de la province depuis qu'il était au pouvoir. Les libéraux étaient tous des communistes qui ne feraient jamais rien pour protéger notre langue et notre religion. Les finances du Québec n'avaient jamais été en si mauvais état, même s'il ne se faisait pratiquement rien dans la province. L'électrification des campagnes était presque au point mort. Le prix du lait et des produits agricoles n'avait pas cessé de chuter. Malgré sa promesse, Godbout n'avait rien fait pour aider les fils de cultivateurs à s'établir sur des terres. Il ne s'était presque pas construit d'écoles et d'hôpitaux, même si les besoins étaient criants. Par contre, les amis du régime s'engraissaient et il ne se passait pas de mois sans qu'on découvre un scandale dans lequel des libéraux étaient impliqués.

— Quand l'Union nationale va reprendre le pouvoir le 28 août prochain, tout va changer, avait promis Élie. Québec va avoir enfin un gouvernement honnête qui va remettre de l'ordre dans la province.

L'ancien ministre avait alors terminé son discours en décrivant avec fougue tout ce que son parti se proposait de faire pour les cultivateurs de la province de Québec.

⁓

Chez Traversy, la discussion devint générale après l'allocution radiophonique d'Adélard Godbout. Comme on continuait à servir généreusement des consommations gratuites, peu d'auditeurs avaient quitté leur chaise dans la grande salle enfumée où il faisait aussi chaud que dans un four. À un certain moment, Clément jeta un coup d'œil à sa montre.

— Il serait temps qu'on y aille, dit-il avec une élocution un peu pâteuse à son frère. Il est presque onze heures.

Les deux hommes se levèrent péniblement et quittèrent la place d'une démarche un peu titubante. À l'extérieur de l'hôtel, l'air chaud et humide ne les aida pas à dissiper les vapeurs de l'alcool ingurgité durant la soirée. Ils se dirigèrent lentement vers la vieille Ford bleue 1929 stationnée devant l'église. Ils entendaient clairement les cris enthousiastes poussés par les partisans de l'Union nationale encore rassemblés dans la cour de l'école située près du temple.

— Ah ben maudit! s'exclama Clément en se retenant à la portière de sa voiture. Tu parles de beaux sans… sans-dessein! Comment je vais faire pour sortir de là, moi?

La vieille automobile était coincée entre une Chevrolet rouge vin et une Plymouth noire. Les conducteurs des deux véhicules n'avaient laissé que quelques pouces entre leur voiture et la vieille Ford.

— Tu penses pas que t'as un peu trop bu pour conduire ton char? lui demanda Gérald en hésitant sur certains mots. Moi, je conduirais ben, mais je sais pas mener ça, une machine. En plus, je pense que je suis encore plus chaud que toi.

— Ben non. Inquiète-toi pas, voulut le rassurer son frère en montant à bord. On n'a pas bu tant que ça. Aussitôt qu'on va rouler, l'air frais va nous faire du bien. Tu sauras que mon Ford, c'est comme un vieux cheval. Il est presque capable de rentrer tout seul à la maison.

— Comment tu vas faire d'abord pour le sortir de là? demanda Gérald.

— Tu vas voir. C'est pas ben com... compliqué, dit Clément, l'élocution toujours aussi hésitante, en démarrant sa voiture. Je vais juste les pousser un peu.

Il recula sèchement. Il y eut un heurt.

— Oups! fit le conducteur. Je pense que je l'ai tou... touché un peu.

Il embraya et avança, tournant rapidement le volant. Un «bang» accompagné d'un bruit de vitre brisée suivit la manœuvre.

— Celui-là aussi, ricana bêtement Clément.

— Aïe, arrête! lui cria son frère. T'es en train de démolir ton char.

— Ben non, il est so... solide.

— Attends. Je vais aller voir, ordonna Gérald.

— C'est pas le temps de traî... traîner, dit le conducteur avec un reste de lucidité. Si j'ai bossé le char d'en avant, j'ai pas le goût de voir son propriétaire venir me demander de payer les réparations.

Sur ces mots, Clément répéta la manœuvre deux autres fois avant de parvenir finalement à se dégager.

— T'es chanceux en blasphème que personne t'ait vu, déclara Gérald en abaissant la glace de la portière, côté passager.

Clément ne répondit pas. Il se concentrait sur la conduite de sa Ford. Cinq milles le séparaient de sa maison. Il devait conduire sur un chemin de terre étroit et non éclairé. Il tentait de se maintenir au centre de la route du mieux qu'il pouvait. Il faisait chaud et le déplacement d'air entraîné par la voiture en marche ne parvenait pas à lui éclaircir les idées. À ses côtés, Gérald somnolait. Le conducteur voyait sa tête dodeliner.

Il finit tout de même par arriver devant l'église de Saint-Jacques-de-la-Rive et tourna dans le rang Sainte-Marie. Quelques centaines de pieds avant d'arriver devant la ferme des Tougas, le conducteur crut voir une mouffette traverser la route devant son véhicule. Il donna un brusque coup de volant pour éviter la bête et la Ford quitta la route pour aller se planter dans le fossé.

— Calvaire! hurla Clément en se tenant la tête qui était allée donner durement contre le montant de la cabine.

— Ayoye! Simonac! Qu'est-ce que t'as fait là? demanda Gérald, réveillé en sursaut après s'être frappé le nez contre le pare-brise.

Pendant que son frère épongeait le sang qui coulait de son nez avec un large mouchoir qu'il venait de tirer de l'une de ses poches, Clément essaya d'extraire sa Ford du fossé. Après plusieurs tentatives infructueuses, le conducteur, dégrisé, dut admettre qu'il n'y parviendrait pas.

— Descends, ordonna-t-il à son frère. Ça sert à rien de s'en… s'entêter. On le sortira pas comme ça.

— Il nous reste juste à aller chercher ton *span* de chevaux chez vous pour sortir ton bazou de là.

— Tu parles si on n'est pas malchanceux, se plaignit Clément. On était… presque arrivés.

— Tu vois ben qu'on n'a pas le choix, fit son frère.

— T'as raison, convint Clément. On va faire ça. J'ai une chaîne dans la valise.

Les deux hommes se mirent en marche. À leur entrée dans la cour, la maison n'était éclairée que par une lampe à huile. La porte s'ouvrit sur Jean qui s'avança sur la galerie pour mieux distinguer les arrivants.

— Où sont ta mère et ta sœur? demanda Clément à voix basse.

— Elles sont couchées depuis un bon bout de temps, p'pa. Où est votre char?

— On a un petit problème avec. On va atteler les che... les chevaux pour le traîner jusque dans la cour.

— Voulez-vous que je vienne vous donner un coup de main?

— Non. Tu peux monter te coucher. Ton oncle et moi, on va régler ça.

Jean n'insista pas et rentra dans la maison pendant que les deux hommes allaient atteler les chevaux. Quelques minutes plus tard, ils reprirent la route. Les deux bêtes n'eurent aucun mal à extraire la Ford du fossé. Gérald ramena les chevaux à l'écurie pendant que son frère parvenait à faire démarrer sa voiture et venait la stationner près de la remise, à sa place habituelle.

⌒

Le lendemain matin, Clément se leva à l'aurore avec une solide migraine. Le ciel était gris et l'humidité s'était encore accrue depuis la veille. Lorsqu'il pénétra dans la cuisine d'été après être allé traire les vaches en compagnie de Jean, sa femme l'attendait de pied ferme.

— Est-ce que je peux savoir à quelle heure t'es rentré ? lui demanda-t-elle sans se retourner vers son mari.

— Un peu après dix heures. J'ai pas regardé l'heure.

— Il devait être pas mal plus tard que ça parce que je suis allée me coucher à cette heure-là et ça m'a pris du temps avant de m'endormir, ajouta Céline en déposant sur la table les œufs qu'elle venait de faire cuire.

— Je viens de te dire que j'ai pas regardé l'heure, répéta Clément sur un ton léger.

— Mais qu'est-ce que t'as dans le front ? C'est une bosse ?

Clément se tâta le front en prenant un air étonné, comme s'il venait de découvrir la bosse.

— Quand est-ce que tu t'es fait ça ?

— Hier soir. C'est pas grave. J'ai dû me cogner.

— Comment ça, cogner ?

— Je me suis cogné quand j'ai voulu éviter de passer sur une maudite bête puante qui traversait le chemin, si tu veux savoir, expliqua son mari, exaspéré par cet interrogatoire.

— Voyons donc ! fit Céline, incrédule.

— Ben oui. J'ai donné un coup de roue et on s'est ramassés dans le fossé, sacrifice !

— Est-ce que mon oncle s'est fait mal ? s'informa Françoise qui venait de prendre place sur le grand banc placé derrière la table.

— Non. Il saignait juste un peu du nez parce qu'il s'est cogné lui aussi.

— Comment vous êtes sortis de là ? demanda Céline.

— On est venus chercher les chevaux.

— Mon petit doigt me dit que t'étais soûl quand t'es revenu, Clément Tremblay, lui reprocha sa femme. C'est pour ça que c'est arrivé, cette avarie-là.

— Là, tu parles sans savoir, répliqua sèchement Clément. Tu dormais comme une marmotte quand je me suis couché.

Il y eut un long silence autour de la table. Le couple et ses deux enfants mangèrent leurs œufs et leurs rôties avec un bel appétit. Après le repas, Clément se sentit ragaillardi et se versa une tasse de thé bouillant en souriant.

— On a trop de tomates mûres dans le jardin, dit Céline en se levant de table. En plus, on a des tomates vertes à plus savoir quoi en faire. Je pense qu'aujourd'hui, on va commencer à faire cuire notre ketchup avant de les perdre.

— Nous autres, fit Clément, on va s'occuper de réparer le grillage du poulailler. Mais avant ça, Jean va atteler. Je vais aller chez Crevier avec la Ford pour la faire réparer et il va me ramener.

— Comment ça ? s'étonna Céline. Est-ce que le char est si magané que ça ?

— Non, mais je veux que Crevier vérifie quand même s'il y a pas quelque chose de cassé.

— Ça m'a l'air louche, cette affaire-là, fit Céline en affichant un air suspicieux. J'aimerais bien voir ce qui est arrivé à ce char-là, moi.

Soupçonneuse, Céline décida d'aller jeter sans plus attendre un coup d'œil à l'automobile familiale. Son mari la suivit à contrecœur. Arrivée près de la remise, elle fit lentement le tour du vieux véhicule bleu. À l'arrière, un feu de position était éclaté et le garde-boue présentait une belle bosse. Elle poursuivit son inspection sans dire un mot. Arrivée à l'avant de la voiture, elle s'arrêta brusquement. Le pare-chocs était tordu, le phare du côté droit était à demi arraché et l'un des garde-boue était enfoncé.

— Mon Dieu ! s'exclama-t-elle en s'approchant pour mieux examiner les dommages. Tu me feras pas accroire que tout ça est arrivé en tombant dans le fossé.

— Je te le dis ! protesta Clément avec véhémence.

— T'es tout de même pas tombé à reculons dans le fossé. Comment t'expliques qu'il y a une lumière arrachée et une grosse bosse sur l'aile, en arrière ? demanda-t-elle avec une logique irréfutable.

— Ben…

— En plus, il y a de la peinture noire sur le *bumper* et sur l'aile en avant.

— Je sais pas comment c'est arrivé là, finit par admettre un Clément, piteux, les deux mains enfoncées profondément dans les poches de son pantalon.

— C'est ça qui arrive quand on conduit soûl, Clément Tremblay ! T'aurais pu te tuer, grand insignifiant.

Sur ces mots, elle tourna les talons et rentra à la maison sans plus s'occuper de son mari. Quelques minutes plus tard, le cultivateur quitta sa ferme au volant de sa Ford 1929 et se dirigea vers le garage de Côme Crevier, au village. Son fils le suivit quelques minutes plus tard, après avoir attelé la voiture.

À son arrivée chez Crevier, le cultivateur trouva le garagiste en train d'examiner une Plymouth noire dont le garde-boue arrière était sérieusement bosselé.

— C'est pas le char du curé Ménard, ça ? demanda Clément.

— En plein ça, fit Côme. C'est son carrosse.

— Depuis quand il te laisse y toucher ?

— Depuis que son garagiste de Drummondville a pas le temps de s'en occuper, rétorqua le garagiste avec humeur. Il m'est arrivé avec il y a une heure, et je peux te dire qu'il était pas à prendre avec des pincettes, notre curé.

— Pourquoi ? Qu'est-ce qui lui est arrivé ?

— Il paraît qu'en allant dire sa messe, il s'est aperçu que sa Plymouth avait été accrochée. D'après lui, la seule place où ça a pu arriver, c'est à Pierreville, hier soir. Il m'a dit qu'il était allé veiller au presbytère de Pierreville et qu'il l'avait laissée devant l'église ou le presbytère, je sais plus trop. En tout cas, quand il est revenu à la fin de la veillée, il a jamais remarqué que son aile avait été bossée. Tu le connais. Tu sais comment il tient à son bazou. Pas nécessaire de te dire qu'il était furieux.

— Tu vas lui débosser son aile?

— Es-tu fou, toi? Non. Ça, il y a juste son maudit garagiste de Drummondville capable de le faire. Il m'a laissé son char pour que je lui change sa lumière brisée. On sait ben. Moi, je suis pas assez bon pour faire autre chose.

— En tout cas, celui qui l'a frappé l'a pas manqué, dit hypocritement Clément en se penchant pour examiner les dégâts.

— Tu peux le dire. À mon avis, notre curé va se démener comme un diable dans l'eau bénite pour trouver celui qui a bossé son char. Celui-là doit avoir pas mal de peinture noire de sa Plymouth sur son *bumper*.

— Ça peut être n'importe qui, dit Clément d'une voix peu assurée. Après tout, il y avait pas mal de chars à Pierreville hier soir.

— C'est certain, reconnut le garagiste. Bon, qu'est-ce qu'il y a avec ta Ford? reprit Crevier, en faisant mine de sortir de son garage pour venir voir de plus près le véhicule stationné devant la porte.

— Pas grand-chose. Ça peut attendre, dit précipitamment Clément. Occupe-toi du char du curé. Je reviendrai te voir un autre jour.

Le cultivateur s'empressa de quitter les lieux à bord de sa voiture. Lorsqu'il rencontra son fils qui arrivait au croisement des rangs Sainte-Marie et Saint-Edmond, il s'arrêta un instant pour lui dire de rentrer à la maison. Arrivé chez lui, le cultivateur alla chercher du papier de verre et se mit à faire disparaître la moindre trace de peinture noire sur son garde-boue et sur son pare-chocs. Quand Jean passa près de lui pour aller dételer les chevaux, son père ne leva même pas la tête, trop occupé par son travail.

— T'es déjà revenu ? lui demanda Céline, debout sur la galerie. J'étais en haut et je t'ai pas entendu rentrer.

— Comme tu peux voir.

— Crevier a pas déjà réparé la Ford ?

— Non. Il l'a pas touchée. Il a trop d'ouvrage aujourd'hui. J'y retournerai demain.

Ce jour-là, la maison des Tremblay baigna dans des effluves de ketchup cuisant sur le poêle à bois de la cuisine d'été. Durant tout l'avant-midi et une bonne partie de l'après-midi, Françoise et sa mère ébouillantèrent des tomates rouges et les tranchèrent avant de les faire cuire avec des épices, du céleri et des oignons. Pour les tomates vertes, il s'agissait de les mettre dans une poche de jute avec du gros sel durant toute une nuit pour les faire dégorger. Le lendemain, les deux femmes les feraient cuire et parviendraient à remplir une vingtaine de pots de ketchup vert.

Après le souper, une pluie rafraîchissante se mit à tomber. Malgré leur fatigue, la mère et la fille s'assirent à la table de cuisine devant un catalogue de Dupuis et frères. Elles se mirent à tourner les pages en se consultant à voix basse.

— Qu'est-ce que vous faites là ? demanda Clément, intrigué de voir que sa femme ne venait pas profiter de la fraîcheur, à ses côtés, sur la galerie.

— On regarde la mode dans le catalogue, répondit sa femme.

— Pourquoi ?

— As-tu oublié que Jean-Paul se marie dans trois semaines ?

— Non, mais je vois pas le rapport.

— Même si le matériel est rationné, je pense qu'on va être capables de s'en acheter assez pour se faire chacune une robe, dit Céline, sur un ton décidé. On regarde ce qui est à la mode et on va acheter des patrons chez Murray demain avant-midi. Après tout, c'est pas tous les jours qu'un de mes frères se marie.

Les deux femmes, un instant distraites par cette intrusion, retournèrent à leur consultation du catalogue pendant que Clément se contentait de lever les épaules et d'allumer sa pipe.

Le lendemain, dès l'aube, Amélie était à ses fourneaux. Trois jours auparavant, le secrétaire de monseigneur Poitras avait annoncé au curé Ménard que l'évêque s'arrêterait au presbytère le samedi suivant.

— Je suppose que ça aurait été trop lui demander de dire s'il était pour arriver pour dîner ou pour souper ! pesta à mi-voix la ménagère en essuyant la sueur qui perlait à son front. Bien non ! Monseigneur va arriver quand ça va lui tenter ! Et là, par miracle, le repas va être prêt et il aura juste à s'asseoir à table. Je te dis, des fois…

La porte de la cuisine s'ouvrit dans le dos de la cuisinière qui se tourna tout d'une pièce vers l'intrus qui venait la déranger en plein coup de feu.

— Qu'est-ce qu'il y a, monsieur le curé ? demanda-t-elle sur un ton peu amène.

— Rien, madame Provost. Dérangez-vous pas. Je voulais juste avoir un verre d'eau.

— Attendez. Je vous en verse un.

— Faites-en pas trop, dit le curé pour la rassurer. Vous connaissez monseigneur. C'est pas un gros mangeur et il est pas difficile.

455

— On dit ça, mais je voudrais pas qu'il croie que je vous laisse mourir de faim, vous et le vicaire. Ce qui m'énerve, c'est que je sais pas s'il va venir dîner ou souper.

— C'est pas grave. Même réchauffé pour le souper, votre ordinaire est bien bon.

Amélie ne put s'empêcher de sourire en entendant ce compliment.

Un peu avant dix heures trente, un bref coup de sonnette fit sursauter la ménagère du curé Ménard.

— Bon. Ça a tout l'air qu'il a décidé de venir dîner, dit-elle à mi-voix en refermant la porte de l'armoire qu'elle venait d'ouvrir. Une chance que j'ai tout préparé de bonne heure!

Elle s'essuya les mains sur son tablier et alla ouvrir la porte. Monseigneur Gustave Poitras, un grand ecclésiastique osseux au visage glabre entra, suivi de près par son secrétaire-chauffeur.

— Bonjour, madame, salua le prélat en enlevant son chapeau. Monsieur le curé est-il ici?

— Oui, monseigneur. Il vous attendait.

Au même moment, Ludger Ménard descendit l'escalier qui conduisait aux chambres et vint accueillir son évêque. Le contraste entre les deux ecclésiastiques était frappant. Monseigneur Poitras était maigre et sa figure allongée était surmontée par une abondante chevelure grise soigneusement coiffée. Le curé Ménard, à demi chauve, était tout en rondeurs et sa large figure coupe-rosée respirait la joie de vivre.

— Où est votre vicaire? demanda le prélat au moment où son hôte l'entraînait vers le salon.

— Il va arriver dans une minute, monseigneur, dit le curé en lui désignant un fauteuil recouvert de velours côtelé vert foncé.

— Très bien. L'abbé, allez donc lire votre bréviaire à l'extérieur, dit Gustave Poitras à son chauffeur, sans aucune délicatesse. Je vous ferai appeler si j'ai besoin de vous.

Le jeune prêtre eut un sourire gêné. Il salua de la tête le curé de Saint-Jacques-de-la-Rive et quitta la pièce.

— Bon. À cette heure qu'on est juste nous deux, monsieur le curé, dit sèchement l'évêque, j'aimerais bien que vous m'expliquiez une ou deux petites choses.

Ludger Ménard pâlit un peu en entendant son supérieur s'adresser à lui sur un tel ton.

— Bien sûr, monseigneur.

— Qu'est-ce qu'il y a de vrai dans cette histoire de paroissien pendu? On m'a rapporté que vous auriez, contre toutes les règles de l'Église, accepté d'accueillir son corps dans le charnier de votre cimetière.

— C'est vrai, monseigneur, reconnut le curé.

— Pourquoi?

— Par charité chrétienne pour la famille si durement frappée. En plein hiver, il fallait tout de même que sa veuve et son fils trouvent un endroit où mettre le corps. Le sol était trop gelé pour l'enterrer. En plus, le couple avait perdu leur fille un mois avant.

— Je vois, se contenta de dire abruptement le prélat.

L'abbé Leroux apparut alors à la porte du salon et fit mine de pénétrer dans la pièce.

— Vous reviendrez tout à l'heure, l'abbé, lui intima l'évêque sur un ton cassant. J'ai à parler à votre curé.

— Excusez-moi, monseigneur, fit le jeune prêtre, confus, en se retirant immédiatement.

Amélie, debout derrière la porte de la cuisine entrebâillée, essayait de ne pas perdre un mot de l'échange. En repoussant un peu la porte, elle aperçut l'abbé Leroux dans le couloir. Le jeune prêtre ne s'était pas beaucoup éloigné du salon et cherchait, de toute évidence, à entendre ce qui s'y disait. Elle ouvrit franchement la porte et dévisagea Hervé Leroux en affichant un air désapprobateur, ce qui eut pour effet d'obliger le vicaire, rouge de confusion, à aller chercher refuge dans la salle d'attente, près du bureau du curé. La ménagère put alors reprendre son poste d'écoute.

Il y eut un court silence dans le salon avant que l'évêque de Nicolet ne reprenne la parole.

— J'ai aussi entendu dire que vous aviez officié à l'enterrement du suicidé. C'est vrai ?

— C'est faux, déclara le curé Ménard sans élever la voix. On a dû vous dire que la fabrique a accepté, sur ma recommandation, de vendre un petit lopin de terre hors du cimetière au fils du défunt pour permettre l'enterrement du malheureux.

— Je suis au courant.

— Quand le moment est venu de le porter en terre au mois de mai, j'ai pas célébré de service funèbre à l'église, monseigneur. Mais j'ai cru de mon devoir de pasteur d'accompagner les membres de sa famille et d'aller dire une prière sur sa tombe, comme l'ont fait plusieurs voisins, même s'ils connaissaient la vérité sur sa mort.

Gustave Poitras dévisagea un long moment son vis-à-vis avant de dire :

— Je dois reconnaître, monsieur le curé, qu'aucun prêtre aurait pu faire mieux que vous dans les circonstances. Je vous félicite pour votre jugement et je commence à comprendre pourquoi vos paroissiens vous apprécient autant.

Le curé Ménard rougit de plaisir en entendant ce compliment, tant il était peu courant que son évêque en distribue à ses subordonnés.

— Si ça vous dérange pas, j'aimerais dire deux mots à votre petit vicaire. Mais avant, pouvez-vous me dire s'il s'est un peu replacé depuis que je vous ai fait part des plaintes qu'on avait reçues à son sujet à l'évêché?

—J'ai pas entendu personne s'en plaindre, dit prudemment le curé. Il est peut-être un peu strict, mais il est encore jeune. Il va apprendre. Je vous l'envoie.

Le curé Ménard sortit du salon. Il passa devant la porte entrouverte de la cuisine et se dirigea vers la salle d'attente où son vicaire faisait les cent pas depuis quelques minutes.

— Monseigneur voudrait vous voir, l'abbé.

—J'y vais tout de suite, monsieur le curé.

Lorsque l'abbé Leroux pénétra dans le salon, il trouva monseigneur Poitras, la mine sévère, toujours assis dans son fauteuil. Comme son évêque ne lui offrait pas de s'asseoir, il demeura debout, se sachant examiné par le regard inquisiteur de son supérieur.

— J'ai deux mots à vous dire, l'abbé, fit ce dernier sur un ton tranchant. J'aimerais que vous ouvriez vos oreilles toutes grandes de façon à ce que j'aie pas à vous le répéter.

Le vicaire pâlit.

— Je-ne-veux-plus-recevoir-de-vos-petites-lettres-mesquines-de-dénonciation, martela l'évêque. Est-ce que je me suis fait bien comprendre?

— Oui, monseigneur, balbutia le jeune prêtre.

— Pas plus que je veux avoir d'autres plaintes de paroissiens qui m'écrivent pour me dire que vous terrorisez les enfants avec vos visions de l'enfer.

— Oui, monseigneur.

—Je vous cacherai pas, l'abbé, que j'ai une grosse envie de prendre des sanctions contre vous et de vous envoyer dans une paroisse du diocèse où le curé vous casserait. Je vous accorde une chance de vous amender… Vous êtes chanceux d'avoir un aussi bon curé que monsieur Ménard. Imitez-le au lieu de le critiquer et vous deviendrez un excellent prêtre.

— Merci, monseigneur.

— Si j'ai un conseil à vous donner, monsieur, c'est de vous faire oublier et d'essayer de vous faire aimer des paroissiens de Saint-Jacques-de-la-Rive. Est-ce que je suis clair ?

— Oui, monseigneur.

— Parfait. Ce sera tout, fit sèchement le prélat en se levant.

L'abbé Leroux sortit de la pièce, les jambes molles et les joues en feu. Il passa devant le curé Ménard sans le voir et se dirigea vers l'escalier qui conduisait à sa chambre. Monseigneur Poitras sortit à son tour du salon, le chapeau à la main.

— Vous partez pas déjà, monseigneur ? lui demanda Ludger Ménard.

— J'ai pas le choix ; j'ai une réunion importante cet après-midi à l'évêché.

— Ma cuisinière va être bien déçue. Elle vous avait préparé un bon dîner.

— Vous lui ferez mes excuses, monsieur le curé. Vous lui direz que je me reprendrai cet automne quand je viendrai pour ma visite pastorale.

L'évêque se coiffa et sortit du presbytère suivi par le curé Ménard qui l'accompagna jusqu'à sa voiture près de laquelle se tenait son chauffeur.

À son retour, le curé s'arrêta un instant dans la cuisine où s'activait sa cuisinière.

— Monseigneur restera pas à dîner, madame Provost. Il est déjà reparti.

— Dites-moi pas ça ! s'exclama la femme.

— Comme si vous le saviez pas déjà, se moqua gentiment le prêtre.

— Pourquoi vous me dites ça, monsieur le curé ?

— Parce que quand une porte reste entrouverte, c'est qu'il y a quelqu'un derrière en train d'écouter ce qui le concerne pas.

— Ah bien! s'exclama Amélie, feignant être outrée.

— Tsst! Tsst! Tsst! fit le curé Ménard. Il faut pas mentir. Chacun a ses faiblesses.

Sur ce, le prêtre sortit de la pièce, tout heureux d'avoir eu, pour une fois, le dernier mot.

⁓

Le lendemain matin, à la grand-messe, Françoise vit du coin de l'œil Étienne se glisser dans son banc. Il y avait plus de deux mois qu'elle ne l'avait pas vu à la grand-messe. Elle lui fit un petit signe de reconnaissance auquel il répondit par un grand sourire. À la fin de la messe, lors de la sortie de l'église, la jeune fille ralentit volontairement le pas pour laisser ses parents prendre de l'avance et se retrouver aux côtés du bossu. En posant le pied sur le parvis, Étienne lui demanda:

— Es-tu venue à la messe en bicycle?

— Pourquoi tu me demandes ça?

— Si t'es en bicycle, je vais te suivre en voiture pour te ramasser dans le fossé.

— T'es bien drôle, Étienne Fournier. Tu sauras que je sais conduire un bicycle. Je suis venue avec mon père, ajouta-t-elle en montrant la Ford accidentée stationnée devant l'épicerie de son oncle Jean-Paul, en face de l'église.

— Qu'est-ce qui est arrivé au char de ton père?

— Il s'est planté dans le fossé, pas loin de chez Tougas.

— Dis donc, c'est une habitude chez les Tremblay, dit Étienne en riant. Voulez-vous ben me dire ce que vous cherchez au fond des fossés? Pour rouler, la route, c'est ben plus confortable.

— Attends que je dise ça à mon père, le menaça Françoise, à demi sérieuse.

— Fais pas ça. Des plans pour qu'il te défende de me parler.

Sur le parvis, la plupart des fidèles ne semblaient guère pressés de rentrer dîner à la maison. On semblait heureux de profiter de ce beau dimanche ensoleillé du mois d'août et on parlait surtout de l'élection qui allait avoir lieu deux jours plus tard. Chacun y allait de ses pronostics, guidé, bien sûr, par son orientation politique.

— Est-ce que ça te dérangerait de me laisser à la maison en passant? demanda Françoise à Étienne.

— Ça me ferait plaisir, répondit le jeune homme, tout heureux à l'idée d'avoir sa jolie voisine assise à ses côtés durant le court trajet.

Françoise prévint son père qu'elle rentrait avec Étienne. Ce dernier, en train de discuter avec Antonius Tougas et Ernest Veilleux, se contenta de lui faire signe de partir sans avoir écouté ce qu'elle venait de lui dire. Pour sa part, Céline, en conversation avec la veuve Boisvert, vit sa fille monter dans la voiture de leur voisin sans trop de plaisir.

Étienne trouva le trajet entre le village et la maison des Tremblay beaucoup trop court à son goût. Lorsqu'il aida la jeune fille à descendre devant chez elle, cette dernière lui dit:

— Est-ce que ça t'ennuierait si cet après-midi, j'allais voir avec Jean le *set* de chambre que t'as fait?

— Pantoute. Je vais vous attendre, dit Étienne, enchanté à l'idée de la revoir le jour même.

Ce midi-là, Céline attendit de se retrouver seule avec sa fille après le repas pour la sermonner encore une fois.

— Françoise, mets-toi donc un peu de plomb dans la tête. Il me semble que t'es bien assez vieille pour savoir qu'une fille pas mariée va pas toute seule en voiture avec un étranger.

— Étienne est pas un étranger, m'man. On le connaît. C'est notre voisin.

— Étienne Fournier est un étranger, et on le connaît pas tant que ça. C'est peut-être un bon garçon, mais c'est un homme. Fais attention à ta réputation, ma fille. Tous ceux qui t'ont vue partir toute seule avec lui après la messe vont s'imaginer toutes sortes d'affaires et ça va placoter dans la paroisse sur vous deux.

— Mais il y a rien à dire sur nous deux.

— Même s'il y a rien à dire, poursuivit sèchement Céline.

— Si Jean vient avec moi cet après-midi voir les meubles qu'il a finis, j'espère que personne y trouvera à redire, fit la jeune fille sur un ton un peu frondeur.

— Si ton frère est avec toi, précisa sa mère d'une voix cassante.

Quelques minutes plus tard, Céline vit Françoise et Jean se diriger vers la ferme voisine. Elle aurait bien voulu savoir ce que sa fille avait promis à son jeune frère pour le décider à l'accompagner.

Étienne attendait ses visiteurs depuis près d'une heure dans la remise où il travaillait habituellement le bois. Il avait pris soin d'épousseter le mobilier de chambre à coucher en érable qu'il avait fabriqué après avoir enlevé les vieilles couvertures qui le protégeaient.

Avec une fierté non déguisée, il leur montra la commode, les deux tables de chevet ainsi que le lit sur lesquels il avait sculpté des gerbes de blé. Il se dégageait de l'ensemble une impression de robustesse et de finesse tout à la fois. Françoise examina avec soin chaque meuble en ne cachant pas son admiration pour l'habileté de son artisan.

— Ton *set* de chambre est bien beau, finit-elle par dire, mais jamais autant que la coiffeuse que tu m'as donnée à ma fête. T'as pas commencé un autre meuble?

— J'ai pas eu le temps, mais après les labours d'automne, j'ai l'intention d'essayer de faire un *set* de cuisine.

— En érable?

— Je pense qu'il m'en reste encore assez dans la grange pour le faire.

Il y eut un bref silence dans la remise. De toute évidence, Jean s'ennuyait et avait hâte de retourner à la maison.

— Si t'as rien de mieux à faire cet après-midi, pourquoi tu viendrais pas te bercer avec moi dans la balançoire?

À ces mots, le cœur d'Étienne eut un raté. Il n'avait pas rêvé. Françoise voulait qu'il aille lui tenir compagnie.

— Je peux pas refuser ça, parvint-il à dire en refermant derrière lui la porte de la remise.

De retour chez les Tremblay, les deux jeunes gens prirent place dans la balançoire placée à l'ombre d'un érable centenaire pendant que Jean rentrait dans la maison. Quelques minutes plus tard, Céline sortit s'asseoir sur la galerie avec un tricot, jetant de temps à autre un coup d'œil au couple. Intérieurement, la mère fulminait. Sa fille ne l'avait pas prévenue qu'elle ramènerait le voisin à la maison et cette visite l'empêchait d'aller faire une sieste avec Clément, comme elle le faisait habituellement le dimanche après-midi. À trois heures, elle rentra dans la maison et pénétra dans sa chambre à coucher pour secouer son mari qui dormait profondément.

— Clément, lève-toi, lui ordonna-t-elle sans ménagement.

— Hein! Pourquoi? Quelle heure il est?

— Il est trois heures.

— J'ai le temps de dormir une autre heure.

— Non. Tu vas aller surveiller ce qui se passe dans la
balançoire pendant que je prépare le souper.

— Qui est-ce qui est là?

— Ta fille et Étienne Fournier. J'ai pas dormi, moi. Il
a fallu que je les surveille tout l'après-midi, lui reprocha-
t-elle.

— Pourquoi les surveiller?

— Fais-moi pas parler pour rien, Clément Tremblay!
Essaye de te rappeler ce qu'on faisait dans la balançoire de
mon père, quand tu venais veiller à la maison.

— Torrieu! On faisait rien de mal. Ta mère nous
lâchait pas d'une semelle, protesta Clément en se levant.

— C'est en plein ça. C'est parce que ma mère nous
surveillait. Grouille. Va t'asseoir sur la galerie.

— Le voisin est même pas son cavalier.

— Laisse faire, dit sa femme en sortant de la pièce.

Quand Étienne quitta Françoise pour aller soigner ses
animaux à la fin de l'après-midi, Céline ne fit aucun effort
pour cacher son mécontentement à sa fille.

— La moindre des choses est que tu nous préviennes
quand tu reçois un garçon, lui dit-elle.

— Je l'ai pas reçu au salon, m'man. On est restés
dehors tout l'après-midi. C'est pas la même chose.

— Tu vas finir par te brûler les ailes à ton petit jeu, ma
fille.

— De quel jeu vous parlez?

— De rien. Mais la prochaine fois, avertis-moi, trancha sa mère, peu encline à discuter de nouveau du jeu que
sa fille semblait jouer avec le voisin.

Le 28 août, jour des élections, la température était nettement plus fraîche que les jours précédents. La pluie tombée durant la nuit avait fait disparaître la touffeur humide que les gens avaient du mal à supporter depuis une semaine.

Rose-Aimée Turcotte, nommée directrice de l'unique bureau de scrutin de Saint-Jacques-de-la-Rive, avait fait installer les urnes dans l'école du rang Saint-Edmond, au village. Ce matin-là, un peu avant huit heures, la sœur du bedeau, endimanchée, s'installa au pupitre habituellement occupé par l'institutrice pour avoir à l'œil les deux scrutateurs. Pour une fois, elle avait délaissé la lecture de ses chers romans pour jouer un rôle actif et elle semblait s'y plaire. Durant toute la journée, l'imposante dame vêtue de mauve ne rata pas une occasion de se déplacer dans la classe avec la majesté d'un navire amiral pour faire la conversation aux électeurs et aux électrices qui s'étaient déplacés pour venir voter.

Pour sa part, son frère Elphège avait déclaré sans ambages au curé Ménard ce matin-là qu'il entendait prendre une journée de congé parce qu'il devait réfléchir à son choix de vote. Selon ses dires, son idée n'était pas encore faite. Le brave curé avait eu du mal à réprimer un sourire en entendant son bedeau. Comme il n'y avait aucun travail pressant à exécuter, il avait accepté.

Lorsqu'il lui avait raconté sa rencontre avec Elphège Turcotte, sa ménagère n'avait pas caché sa désapprobation.

— Vous l'encouragez dans sa paresse, monsieur le curé. S'il le pouvait, Tit-Phège Turcotte prendrait congé trois cent soixante-cinq jours par année. Réfléchir à son vote ! Si ça se trouve, il ira même pas voter parce que c'est trop fatigant de marcher jusqu'à l'école.

— Il faut de tout pour faire un monde, ma bonne Amélie.

— Oui, mais on se demande des fois à quoi certains peuvent bien servir, répliqua la cuisinière, sur un ton acerbe.

Ludger Ménard ne l'entendit pas parce qu'il était déjà entré dans son bureau.

Ce soir-là, plus d'un habitant de Saint-Jacques-de-la-Rive et des villages des environs maudit le ciel de n'avoir pas encore l'électricité qui lui aurait permis d'écouter les résultats du vote à la radio, confortablement installé à la maison. Une heure avant la fermeture des bureaux de scrutin, les voitures envahirent les rues de Pierreville et on les stationna un peu partout de façon un peu anarchique. Les organisateurs des différents partis avaient choisi leur point de ralliement où ils avaient fait installer des haut-parleurs pour rassembler leurs partisans en prévision des célébrations qui allaient entourer la victoire de leur candidat.

Les supporteurs de Godbout se rassemblèrent dans la grande cour de l'hôtel Traversy alors que les partisans de Maurice Duplessis s'entassaient déjà derrière l'école de Pierreville. Un peu plus loin, aux abords du pont, une poignée de fidèles au Bloc populaire attendait les premiers résultats. Dans les trois endroits, la tension était palpable et, par superstition, on évitait de célébrer avant de connaître l'identité de celui qui serait élu.

À huit heures et demie, le soleil commença à se coucher. La voix de Roger Baulu, de Radio-Canada, se fit entendre dans les haut-parleurs. Un lourd silence tomba sur les trois lieux de rassemblement. L'annonceur commença à donner les résultats partiels du vote dans différents comtés. Chaque annonce était saluée par des murmures divers dans la foule. Au fur et à mesure que la soirée avançait, le climat se mit à changer selon l'endroit où on se trouvait.

À dix heures, il ne restait pratiquement plus personne près du pont de Pierreville. La maigre assemblée qui s'était réunie là pour saluer la victoire des candidats du Bloc populaire avait vite compris que leur parti n'avait aucune chance de triompher. En fait, même les candidats qui avaient de sérieuses possibilités de se faire élire dans leur comté éprouvaient certaines difficultés. À la plus grande surprise de leurs supporteurs, Maxime Raymond, André Laurendeau, Jean Drapeau et Gérard Filion, les ténors du Bloc, semblaient même en voie d'encaisser un cuisant échec.

Il en allait tout autrement dans les deux autres lieux de rassemblement. Les libéraux tenaient tête à la poussée unioniste. Tous les Tremblay présents dans la cour de l'hôtel suivaient avec intérêt la lutte que se livraient les deux vieux partis à l'échelle provinciale. Vers neuf heures trente, il y eut des murmures de surprise quand on apprit que Arsenault, le candidat de l'Union nationale, avait battu Drolet dans Nicolet.

— Au fond, c'est pas ben grave, dit Gérald à son frère. Drolet, c'est pas une grosse perte. L'autre peut pas faire pire.

— Ouais, acquiesça Clément, à contrecœur. Mais ça empêche pas que c'est un maudit bleu et si les libéraux l'emportent, on pourra toujours se gratter pour avoir quelque chose du gouvernement à Saint-Jacques.

On aurait dit que cette annonce de la victoire d'Arsenault dans le comté venait d'ouvrir les vannes aux bleus. En moins d'une heure, l'annonceur ne cessa d'énumérer les noms des candidats unionistes qui remportaient la victoire dans leur comté.

Quand les Tremblay décidèrent de rentrer à la maison, on venait d'annoncer qu'Adélard Godbout allait concéder la victoire à son adversaire d'un instant à l'autre, même si quarante pour cent des suffrages exprimés étaient allés à son parti. Le décompte des votes avait beau ne pas être entièrement terminé, tout laissait croire que les unionistes de Maurice Duplessis allaient remporter quarante-huit des soixante-dix-neuf comtés. Le nouveau premier ministre allait ensuite prendre la parole dans un parc de Trois-Rivières, le comté de la province qui l'avait encore réélu avec la plus forte majorité.

— Moi, je reste pas pour entendre les discours, déclara Clément, abattu.

— J'y tiens pas non plus, fit son frère alors que des clameurs de victoire s'échappaient de la cour de l'école, tout près. Des dizaines de personnes chantaient déjà à gorge déployée « Il a gagné ses épaulettes ».

La mine basse, les deux frères et leurs épouses quittèrent les lieux et se dirigèrent vers la Ford cabossée de Clément. Un bon nombre de partisans libéraux avaient déjà commencé à rentrer chez eux.

— J'ai l'impression qu'on n'a pas fini d'entendre les bleus fêter, dit Clément en montant à bord.

— C'est de valeur que Françoise ait pas voulu venir, renchérit Cécile.

— Ça lui tentait pas, laissa tomber sa mère. La politique l'intéresse pas pantoute.

Clément laissa son frère et sa belle-sœur devant leur maison et rentra chez lui.

— Ils ont même pas laissé une lampe allumée, se plaignit Clément avec mauvaise humeur.

— Il est proche minuit, dit sa femme. Ils sont couchés depuis longtemps. J'aime mieux qu'ils laissent pas une lampe allumée sans surveillance. C'est trop dangereux pour le feu.

Clément et Céline se mirent au lit sans tarder et sombrèrent rapidement dans le sommeil. Des cris et des bruits de cloches en provenance de la route les réveillèrent tous les deux en sursaut alors qu'ils avaient l'impression de venir à peine de s'endormir. Clément se tourna vers son réveille-matin : il n'était que deux heures.

— Veux-tu bien me dire d'où vient tout ce bruit-là ? demanda sa femme en s'assoyant dans le lit, mal réveillée.

— Les maudits bleus ! jura Clément. Qui est-ce que tu veux que ça soit ? Ils font la tournée de la paroisse, comme si on savait pas que Duplessis est le nouveau premier ministre.

— Chez mon père, ils doivent être fiers là ! dit Céline en s'étendant de nouveau dans l'intention de retrouver le sommeil. Ça me surprendrait pas qu'ils soient dans le défilé.

— Qu'ils fêtent, torrieu ! bougonna Clément. Ils vont avoir quatre ans pour se mordre les doigts de l'avoir élu, leur Maurice.

Chapitre 23

L'heure des décisions

Les premières nuits fraîches firent leur apparition avec le mois de septembre. Les journées raccourcissaient déjà et l'extrémité des feuilles des érables commençait à jaunir. Chez les Desjardins, le réservoir, le moteur et la tuyauterie attendaient leur installation. Il ne restait que Gariépy et Tougas qui n'avaient pas encore fini de creuser leur voie de canalisation. Dans les champs, le foin avait poussé, mais jamais assez pour justifier une seconde coupe. Par contre, le blé, l'avoine, l'orge et le sarrasin promettaient une excellente récolte.

— C'est ben de valeur, déclara Gérald, mais je te garantis que les vaches vont rester dehors cet automne jusqu'à la première neige. Je vais les changer de pacage et elles vont manger ce qu'il y aura de foin sur pied. Si on fait pas ça, on n'aura jamais assez de fourrage pour tout l'hiver.

— On aura au moins une consolation, fit Cécile. Le jardin a donné pas mal cette année. J'ai empoté vingt-cinq pots de betteraves marinées et une quinzaine de pots de petits cornichons. Avec les confitures et les ketchups en plus, le garde-manger commence à être pas mal plein. Il nous restera plus à faire que la compote de pommes et de citrouille avant d'hiverner.

— On a aussi des patates plein le caveau, ajouta sa belle-sœur Aline, et on a des oignons à ne plus savoir quoi en faire.

— Inquiétez-vous pas, dit Thérèse. On va bien finir par manger tout ça. On n'en aura pas de trop.

Gérald jeta un coup d'œil à sa mère. À soixante-dix ans, l'aïeule se portait bien et abattait sans mal ses journées de travail aux côtés de Cécile, d'Aline et d'Élise, sa petite-fille.

Le bruit d'une voiture à cheval attira le père de famille à la fenêtre de la cuisine d'été.

— Tiens, dit-il. Voilà Jean-Paul Veilleux qui revient de chez son père. Il a dû laisser le magasin à la petite Carole pour aller veiller avec sa belle Claudette.

Cécile jeta un regard suspicieux à son mari. Elle continuait à ressentir la morsure de la jalousie chaque fois qu'il était question de Claudette Hamel.

— Belle ! Belle ! Il faut rien exagérer, dit-elle abruptement. C'est pas parce qu'elle a un rire de gorge qui a l'air d'exciter les hommes mariés que c'est une beauté.

Sa belle-mère lui fit un signe discret de la tête de ne pas continuer. Aline n'avait rien remarqué du manège entre la bru et la belle-mère.

— C'est normal qu'il aille veiller avec elle, dit Aline. Les bans sont publiés. Ils se marient dans deux semaines.

Les trois autres sentirent dans les paroles de la célibataire de trente-quatre ans un regret poignant.

— J'espère que le Jean-Paul a pas fêté Pâques avant la Saint-Jean, laissa tomber Gérald avec un rire égrillard.

— Évidemment, vous autres, les hommes, vous pensez juste à ça, lui dit Cécile sur un ton cinglant.

— Voyons, Cécile. C'était une farce.

— T'en fais pas avec ça, mon garçon, intervint Thérèse, diplomate. Il manquera pas de monde dans la paroisse pour compter les mois quand la voisine va attendre du nouveau.

Chez Clément, trois fermes plus loin, le calme régnait dans la maison en ce mardi matin. Le cultivateur et son fils avaient commencé à faucher le blé. Dans la cuisine, tout était silencieux. Céline et sa fille finissaient la confection des robes qu'elles voulaient étrenner pour les noces de Jean-Paul. Elles avaient trouvé chez Murray, à Pierreville, les patrons et le tissu désirés.

Assise près d'une fenêtre, Françoise posait des boutons en jetant de temps à autre un coup d'œil vers la maison voisine. Depuis quelques semaines, elle cherchait de plus en plus souvent à apercevoir Étienne. Elle le voyait parfois aller chercher ses vaches dans le champ ou se diriger vers l'un de ses bâtiments. Chaque fois, elle sentait une étrange chaleur l'envahir.

La jeune fille ne s'interrogeait pas sur la nature des sentiments qu'elle éprouvait pour son voisin. Tout ce qu'elle pouvait dire, c'est qu'elle ne ratait jamais une occasion de lui parler. Ils s'entendaient bien. Elle le comparait de plus en plus souvent à son dernier amoureux. Étienne n'était pas beau comme lui, c'était entendu. Par contre, elle reconnaissait volontiers que c'était un homme généreux, gentil et plein de prévenance. Il n'était pas prétentieux comme l'autre. Il était solide et travailleur. À ses yeux, sa bosse n'existait plus. Son visage taillé à coups de serpe était un vrai visage d'homme et il n'y avait rien qu'elle aimait autant que de voir ses yeux s'illuminer quand il riait ou se moquait gentiment d'elle.

Françoise cessa un moment de coudre le bouton qu'elle venait de prendre dans sa trousse de couture. Les yeux perdus au loin, elle réalisait peu à peu qu'elle et Étienne étaient à la croisée des chemins. Il lui faudrait bientôt prendre une décision à son sujet. Ils se parlaient parfois, debout près de la clôture mitoyenne. Ils en étaient même à l'étape de se faire des confidences.

Si elle lui avait avoué s'ennuyer beaucoup de son frère Louis, Étienne lui avait fait comprendre à demi-mot qu'il se sentait rejeté par sa mère. La jeune fille l'avait alors encouragé à renouer avec Gabrielle en lui disant qu'une mère ne pouvait pas ne pas aimer son enfant et qu'elle était probablement partie parce qu'elle était encore sous le choc d'avoir perdu en peu de temps sa fille et son mari. Étienne n'avait rien promis, mais elle le connaissait maintenant assez pour savoir qu'il allait faire quelque chose dans ce sens.

— Si tu sors pas de la lune, lui dit sa mère, t'auras jamais fini ta robe à temps.

Françoise se secoua et reprit son travail de couture.

~

En fait, Étienne était tout près de prendre des décisions définitives sur son avenir.

En ce qui concernait sa mère, il n'avait pas encore eu l'occasion de raconter à Françoise ce qu'il avait vécu trois jours auparavant. Il se demandait même s'il allait lui en faire part. Le fils de Gabrielle Paré et de Germain Fournier avait eu beaucoup de mal à oublier comment sa mère lui avait fait clairement sentir au début de l'été que ses appels téléphoniques la dérangeaient. Il ne l'avait pas rappelée depuis le mois de juin.

Après sa discussion avec Françoise, le jeune homme avait mis de côté sa fierté et s'était décidé, après une longue hésitation, à téléphoner au presbytère de Saint-Grégoire dans l'intention de prendre des nouvelles de sa mère. Il voulait même lui proposer son aide pour emménager à Nicolet durant l'automne, puisque c'était ce qu'elle lui avait dit prévoir faire lorsqu'ils s'étaient rencontrés au mois de mai.

Lorsqu'il demanda à parler à sa mère, une voix féminine lui répondit que madame Fournier ne travaillait plus au presbytère depuis plus d'une semaine. La nouvelle ménagère le pria d'attendre un instant parce que le curé Leclerc voulait lui parler.

— Vous êtes le fils de madame Fournier? demanda une voix chaleureuse.

— Oui, monsieur le curé.

— Votre mère vous a pas prévenu qu'elle s'était trouvé une nouvelle place à Québec?

— Non.

— Elle nous a quittés il y a une dizaine de jours pour Québec, mais elle a pas pensé à nous laisser une adresse où faire suivre son courrier.

— Elle a dû oublier, fit Étienne, bouleversé, mais non surpris par la nouvelle.

— En tout cas, si j'ai des nouvelles de votre mère, promit le curé Leclerc, je lui dirai que vous attendez de ses nouvelles.

— Merci, monsieur le curé.

De toute évidence, le prêtre trouvait pour le moins étrange que son ancienne ménagère n'ait pas avisé son fils de son départ.

Après avoir raccroché, Étienne avait mis plusieurs heures à accepter ce qui semblait être un rejet définitif de sa mère. Elle ne voulait plus le voir ni l'entendre et elle avait coupé les ponts entre eux de façon irrémédiable.

Si encore il avait pu espérer quelque chose de la belle Françoise! Son invitation à passer un après-midi à ses côtés dans la balançoire n'avait pas eu de suite. Durant plusieurs jours, il s'était bercé de l'illusion qu'elle l'inviterait peut-être à venir veiller au salon... Fallait-il être prétentieux pour avoir cru ça un seul instant! Elle voulait bien parler avec lui de temps à autre, mais de là à en faire son prince charmant... À cette pensée, le jeune homme eut un rire amer de dérision.

— Un bossu, c'est bon pour faire rire, pas pour autre chose! dit-il à mi-voix dans le noir.

Ce soir-là, assis seul dans sa cuisine où il n'avait même pas pris la peine d'allumer une lampe à huile, il décida encore une fois de vendre la terre héritée de son père et de partir à son tour. Il allait mettre son plan à exécution une fois les récoltes faites et la tuyauterie de l'aqueduc installée. Il ne voyait pas à quoi rimait de continuer à s'échiner sur une terre qu'il laisserait probablement plus tard à des étrangers quand il ne serait plus capable de la travailler. Il allait sûrement être plus heureux à travailler le bois dans un atelier, à Montréal.

⁓

Lors de sa tournée du lendemain avant-midi, le facteur déposa une lettre dans la boîte d'Étienne. Celui-ci la découvrit à midi quand il vint abaisser le petit drapeau rouge signalant la présence de courrier.

Pendant un moment, le jeune cultivateur crut que c'était une missive de sa mère. Quand il s'aperçut qu'il ne s'agissait que d'une lettre de Louis Tremblay, il la lut rapidement avant de la déposer sur la table de cuisine. Il irait donner des nouvelles du déserteur à ses parents à la fin de l'après-midi, avant de traire ses vaches.

Un peu avant trois heures, il changea de chemise et se rendit chez les Tremblay. La première personne qu'il

476

aperçut en entrant dans la cour de la ferme voisine fut Françoise, armée d'un balai. La jeune fille était occupée à balayer les premières feuilles mortes tombées sur la galerie. L'air vif de cet après-midi de septembre lui avait mis un peu de rouge aux joues.

— Est-ce que je peux me risquer à me rendre à la porte sans recevoir un coup de balai? s'efforça de plaisanter Étienne, même s'il n'avait pas le cœur à rire.

— Si t'es fin, tu risques rien, le rassura la jeune fille en riant. T'en venais-tu jaser avec moi ou bien tu venais faire une commission?

Un grand sourire transforma le visage du garçon.

— Si tu m'invites à jaser, tu peux être certaine que je vais rester, dit Étienne, la voix un peu rauque.

Brusquement, sans aucune raison apparente, Françoise réalisa que l'homme qui se tenait devant elle, au pied des marches conduisant à la galerie, était bien celui qu'elle voulait. Elle venait de prendre sa décision, simplement, comme si elle avait accepté un destin écrit dans le ciel.

— Monte, dit-elle à mi-voix. J'ai deux choses à te demander.

— Quoi? fit Étienne, intrigué par le ton qu'elle employait.

— D'abord, je voudrais te demander si t'accepterais de me servir de cavalier samedi prochain, aux noces de mon oncle Jean-Paul.

— Moi?

— Bien oui, toi. À moins que t'aies trop honte de te montrer avec moi dans la paroisse…

— Certain que je veux t'accompagner aux noces! dit Étienne, enthousiaste.

— Une bonne chose de faite. À cette heure, j'ai une question à te poser, et gêne-toi pas pour me dire la vérité. Comment ça se fait que tu m'as jamais demandé de venir veiller chez nous ? Est-ce que c'est parce que tu me trouves laide ou parce que je t'intéresse pas ?

— Ben...

— Envoye, Étienne Fournier. Dis-moi pourquoi ! lui ordonna Françoise avec une certaine impatience.

— Si tu veux le savoir, j'avais peur que tu ries de moi si je te le demandais, avoua Étienne en bafouillant. Tu sais, moi, avec ma bosse...

— Laisse faire ta bosse, correct ? C'est pas une excuse pour m'avoir laissée poireauter pendant des semaines. Si t'as encore le goût de venir veiller, t'as du temps à rattraper, ajouta Françoise sur un ton beaucoup plus doux. Qu'est-ce que tu dirais de venir veiller deux fois par semaine ?

— J'aimerais ben ça, parvint à dire Étienne, rouge de plaisir.

— Penses-tu que tu vas avoir le temps de venir veiller avec moi à soir ?

— À sept heures et demie, je te promets que tu vas me voir arriver. Comment tu veux que je dise non à la plus belle fille de Saint-Jacques ?

— Je vais t'attendre, dit la jeune fille en lui adressant son sourire le plus enjôleur.

— Je vais avoir de la misère à attendre jusque-là, avoua Étienne... Avec tout ça, t'es en train de me faire oublier que j'étais venu donner des nouvelles de Louis qui m'a écrit.

— Viens. Ma mère est dans la cuisine en train de préparer le souper. Tu lui diras ce que mon frère t'a écrit.

Étienne suivit Françoise dans la cuisine d'été comme un somnambule. Céline finissait de peler les pommes de terre qui allaient accompagner le rôti de porc au souper. Quand le voisin eut fini de transmettre à la mère des nouvelles de son fils, Françoise lui annonça :

— Si ça vous dérange pas, m'man, Étienne va venir veiller avec moi au salon. Je lui ai demandé aussi de m'accompagner aux noces de mon oncle Jean-Paul.

— T'es le bienvenu, Étienne, se contenta de répondre Céline qui ne sembla pas étonnée du choix de sa fille.

Quand Clément revint à la maison après la traite des vaches, sa femme profita d'un moment où Françoise était sortie nourrir les porcs pour lui apprendre la nouvelle.

— Qu'est-ce que je t'avais dit? triompha-t-elle. Je le sentais depuis le commencement que ça tournerait de même.

— Énerve-toi pas, lui conseilla son mari. Ils sont pas encore rendus au pied de l'autel.

— Peut-être pas, mais ça fait longtemps qu'ils ont l'air de bien s'entendre, tous les deux. J'ai l'impression que l'Étienne est prêt à lui passer tous ses caprices pour la garder.

— Elle pourrait tomber sur pire, conclut Clément.

Ce soir-là, le jeune cultivateur, fébrile et tout endimanché, vint frapper à la porte des Tremblay quelques minutes à peine après que la vaisselle eut été lavée. Il fut accueilli par une Françoise souriante qui avait fait, elle aussi, des frais de toilette. Étienne, un peu emprunté, salua les parents de sa belle avant que cette dernière l'invite à passer au salon.

Avec un soupir d'exaspération, Clément saisit sa chaise berçante et la transporta dans la cuisine d'hiver, à faible distance de la porte du salon.

— Maudit que j'haïs ça jouer au chaperon! murmurat-il à sa femme, les dents serrées.

— T'es mieux de t'habituer, mon vieux, répliqua Céline. Je t'annonce que tu vas les surveiller au moins un soir sur deux. Et surtout, essaye pas de dormir des bouts.

Pour toute réponse, le père de famille alluma sa pipe en jetant un coup d'œil à l'horloge. Dans le salon, assis l'un auprès de l'autre, Françoise et Étienne se parlaient à voix basse.

— J'espère que tu m'as pas trouvée trop effrontée en t'invitant à veiller ? demanda la jeune fille en rougissant légèrement.

— Jamais de la vie. Ça faisait des mois que j'avais envie de devenir ton amoureux. Remarque, ça me fait un peu peur. J'ai tellement vu mon père et ma mère s'haïr pendant des années que je voudrais pas avoir la même vie qu'ils ont eue, avoua-t-il sans fausse honte.

— Ça nous arrivera pas, promit Françoise en déposant sa main dans la grande main calleuse de son amoureux.

Fin de la seconde partie
Sainte-Brigitte-des-Saults
juin 2005

Table des matières